倾城大匠

# 百草媚

苏曼凌——著

中国出版集团　现代出版社

倾世大魔

# 目录

# 前　言

仰慕传统中医药文化，还是在我做了母亲之后，生活的点点滴滴渗透着祖国传统文化的魅力。我目睹中医的针灸、推拿、药浴在病残儿童身上发生的奇迹。在北京西苑的一家康复医院，很多韩国友人慕名前来，为自己的孩子治疗。因为中医药是我们独一无二的国粹，是世界任何一个国家的文化都无法替代的。

我一直想尝试写这样一个关于中医药的故事。思虑良久，终于决心动笔了。我选择的背景时代是南北朝的侯景之乱，这段历史是我熟悉且有"讲述"冲动的，所以写起来极为顺手。

南北朝是一个动乱的年代，也是我国医学发展史上的重要阶段。由于教育的发展，秦汉时期的医学理论得到长足的发展。同时战争、瘟疫、流行病给医学家们提供了更多的临床机会。长足发展的医学理论、不断丰富的临床经验、比较完善的医务制度，构筑了魏晋南北朝时期医学的三个特点，反映了此时医学方面取得的斐然成就。东汉时，张仲景曾撰《伤寒杂病论》，魏晋时王叔和将此书进行整理，进一步分为《伤寒论》和《金匮要略》。他撰写的《脉经》是我国现存最早的脉学专著。皇甫谧的《黄帝针灸甲乙经》，将祖国中医针灸学提高到一个新水平。另外，还有葛洪的《金匮药方》、南朝人陶景弘的《本草经集注》，都是非常有代表性的医药著作。

还有《太平广记》里《医者》篇除了讲述魏晋南北朝医者的高超医术，居然还有妖鬼狐神的诡异病例。不得不说，医巫的分离使中医学更具有辩证性、科学性、实用性和理论性。但是在我看来，所谓玄巫不过是反映了劳动人民的美好愿望而已。有病治病，无病消灾，是当时每一个人心中的理想模型。从太医令、太医丞、药丞到庶民信奉的江湖郎中，都适应了不同社会阶层的需要。从远古至今天，中医领域似乎仍然有很多难解的谜，需要后人去追寻它们的答案。

本文的线索是结合南北朝出了七世十二位名医的徐氏家族，用徐陶两家在乱世中的爱恨离愁来诠释这种特殊文化背景。我想写的故事，是通过两代人爱的延续，通过婚姻的理念完成"医"和"药"的结合，在这条道路上，这两个概念是无法真正隔离开来的，它们在漫长的历史发展进程中融为一体，用它们无可比拟的优越特质和神奇魅力向读者敞开心扉。

书中的扶南国就是今天的越南、柬埔寨，史书记载，在梁武帝时期曾经遣史来献地方物产。这个细节被我加工成了一段没有结局的异域之恋，由此产生了下一代的爱情纠葛。我将南北朝的历史元素与中医药世家的纠缠、血雨腥风的战乱相融合，并在刀光剑影中提炼我们中华民族所具备的人性的光辉的一面。那就是，在任何困难下，我们都要坚持下去，保护我们的文化精髓。

我记得故乡有一位出自中医世家的医生，到现在仍然坚持用针刺、艾灸、药治、刮痧、推拿、药浴来治疗各种疑难病症。他告诉我，民间的中医之所以以家族的形式流传下来，是因为从诊疗、开方、配药到成药的制造甚至愈后随访，都是非常复杂的，任何一个环节出了差错，都可能酿成大错，所以非自己人不能信任，所以先秦时就有"医不三世，不服其药"的说法。他很严谨，不仅吸收了家族的经验，还师从名医进行了钻研，用"平心"的概念来诠释中医与养生的内涵。

我想，正如书上所说，中国历史上曾遭遇无数次病役侵袭，却从来未像欧洲那样，一死几百万人，甚至上千万人，彰显了中医药在防病治病上的独特优势。所以说，中医要在继承中创新，取他人之长，补己之短，使伟大的中医药重新焕发生机。

当累了一天的人们，闲暇之余，可以翻开一本图文版的《本草纲目》或者《黄帝内经》，在那里，你会看到美丽的花草树木和难得一见的珍稀物品，甚至生活中随处可见的东西，看到大自然为我所用，中华民族用自己的勇敢、坚韧和智慧创造了一个又一个奇迹。从那里，我们依然可以感受到几千年来中华民族的哲学观、美学观和价值观，感受出他们和大自然亲密而又矛盾的艰辛。这份艰辛的过程，正是提升我们的契机。

　　我在写作过程中得到了中医师朋友王雪梅的支持和帮助，在此表示真挚地感谢！本书中所有的古方都来自医学著作，其可用性有待斟酌，请不要轻易尝试。另，本人因水平有限，恐有众多不足，请各位读者和朋友批评指正。

# 第一章　豆蔻香满庭

从建康城的朱雀门而入，一直往北，过了宣阳门，再往东约三百米，是一间有着近百年历史的药堂。正门上方，高高地悬挂着一块漆黑的木匾，"百草堂"三字如强龙劲蛇，入木三分，气势非凡。

再往东远眺，是一座横卧的小桥，来来往往的人流不断。小桥两岸，烟丝轻薄，到处飞舞着绵绵的梨花雪。

百草堂里，一排排方方正正的暗红木格，不经意地沁出淡淡的天然之香，让人心旷神怡。一个柳腰娉婷、顾盼生辉的紫衣女子，娴熟地裹好一包草药，忽然又顿了顿，似乎想起了什么，随即转到后堂，取出一块羊肉，同样用纸包好，走到堂前一个佝偻着身躯的六旬老妇面前，轻轻将草药和羊肉包塞入那老妇手中。

"陶姑娘，上次的药钱……"老妇人诚惶诚恐地接过手中的草药和羊肉，显得不安和愧疚。

四周是陆续来往抓药的人流和两个忙得不亦乐乎的药工，这一切并没有引起什么风吹草动，似乎已经司空见惯。

那个叫陶媚儿的女子嫣然一笑，如耀眼的枸杞，映红了窗外的百花。

"大娘，药您尽管拿去用。豆蔻仁两枚，高良姜半片，加水一碗合煮，去渣取汁，再以生姜汁拌好倒入，和面粉做成面片，在羊肉汤中煮熟，然后空腹吃下即可。这是治胃弱呕逆不食的方子，非常有效，您试试。"

陶媚儿无奈而顿生怜惜，一个孤寡老人，靠几亩薄田度日，何其艰难，怎能再忍心索要银两？只不过，本欲买来为父亲做药膳的羊肉也要拱手奉送了。

"陶姑娘，您真是体贴入微、宅心仁厚、大慈大悲的观音菩萨……"

"大娘，我只是个行医卖药的小女子，您这样说，我岂不是要坠入秦淮河，羞惭而死？"陶媚儿轻嗔，打断了老妇人的奉承。

"这……陶姑娘言重了。人都说言多必失，是我失礼在先了。看来是恭敬不如从命了……"老妇人一边感慨，一边拭泪。

"这就是了。"看到老妇人千恩万谢地缓步离去，陶媚儿方才轻轻舒了口气，看着自家后庭从门内露出的一抹春色，哑然失笑。

一块小小的田圃内，几朵木槿花盘小如葵，颜若紫荆，艳丽中带有少许的淡泊，在静谧的深庭中淹没了世间的浮躁。那株巨桑苍翠碧绿，既有小家碧玉的婉约，又不失浑厚之气。

浓密的树荫下摆满了大大小小的药罐和药杵，那是中途怠工的兄长陶重山的杰作。

只稍稍一皱眉之间，便看到百草堂学徒金正匆匆走到近前，递过一张藤纸，不远处还跟着一个人。这藤纸出自剡溪，以当地出产的野藤制成。只因这野藤到了用尽的边缘，因此这纸便显得尤为珍贵。

抬眼望去，果然不出所料。来者遍身绮罗，白须飘飘，一看便知是富贵中人。藤纸上极为潦草地写着一个方子，与这高贵的纸笺相比，那墨迹显得有几分不谐。

只是，那老者气势汹汹，怒视着金正，似乎有深仇大怨，大有不甘之势。

"你说，为什么不给我抓药？我出银钱，你们卖药。如此冥顽不灵，不怕砸了你们的招牌？"

"您这方子不能用……不是我们不做您的生意……"金正偷偷看了一眼正在思索的陶媚儿，怯声说道。

"什么？"老者眉头紧锁，胡须随着混浊的喘息飘荡，"这是哪家道理？你管我买什么药！我走遍了京城大大小小十几家药堂，好不容易到了这百草堂，为何不做我的生意？那么请问，这百草堂的大门是为谁而开？"

金正拉了拉头上裹着的青色头巾，苦笑着说："小姐，你怎么还不快来救命？我撑不住了……"

陶媚儿轻轻摇头，叹道："请见谅，这位老伯，我们实在是不能按您这方子抓药……"

"为什么？"那老者捋着胡须，有些气恼，"没听说过这药店放着现成的买卖不做，还把方子退回来的！"

陶媚儿轻笑，白皙的皮肤隐隐现出几丝红晕："老伯，不是我们不做您的生意。身为药学世家，我百草堂自然珍惜这来之不易的百年声誉。"

"什么？已有百年？"那老者顿时一愣，"我朝自开国到今，不过方四十七载，难道前朝这药堂就已经在了吗？"

"一点儿不错……老伯，我用百草堂的声誉向您担保，来到这百草堂，您就是我们的家人，我们绝对不会有害人之心。"

"哦？"那老者又捋了一把胡须，怒气渐隐，不禁环顾四周。

在他不远处，凹嵌着一个巨大的葫芦药瓶，斑驳的表面光滑内敛，古旧的色彩昭显着百年的沧桑。葫芦药瓶表面赫然雕刻着一个远古人物赤松子的图像。传说此人为神农时人，善于识药炼神，能入土不腐，入火不焚，是历代医药世家所推崇之人。

"这百草堂经历了这么多战乱和纷争，居然能开到如今，看来果然有过人之处！"

"老伯，您方子里的甘草和海藻本是药性相反之物，绝不能同用……若我冒失，只顾自己利益，就违背了救死扶伤的本意了。"陶媚儿清脆的声音宛如莺啼，拨开了清晨的宁静。

"还有这等说法？"

"老伯久经世事，可曾听说，老虎中了箭伤，会吃清泥；野猪中了药箭，拱荠菜吃；野鸡被鹰啄伤，会以地黄叶贴在伤口；老鼠吃了信石，只要喝了泥水，很快就安然无恙了……还有，被蚕咬了，以甲虫末覆之；被蜘蛛咬了，以雄黄末覆住伤口即可。万物相生相克，只要有立，就有破……这草药也便是如此。"

"什么？原来如此！"那白须老者如梦初醒，顿时怒目圆睁，胡须飘动了起来，"那个江湖术士果真失德，还说是什么祖传秘方，原来又是一个骗取钱财的小人！"

"老伯，听您口音，必然不是京城人士吧？"

"我本是来京城做丝绸生意的。有一孙女，今年七岁，却从小体弱多病，因此想在京城找一名医帮她诊疗。谁料昨天遇上一江湖郎中，说是能治百病，于是就信以为真了。"

陶媚儿听到这里，笑容骤敛："老伯，这个需早早医治，晚了可能会误了令孙女的治疗时机。"

"可是，我如今该如何是好？"老者愤愤地撕碎了手中的药方，颓然跌坐在堂中一青藤椅上。

"老伯放心，您既然已经到了京城，在这藏龙卧虎之地，还怕找不到名医吗？"陶媚儿纤手轻轻朝东一指，"与这百年药店相邻的，就是大名鼎鼎的徐氏，老伯可以亲自去看看。"

"徐氏？"那老者混浊的眼神在陶媚儿的盈盈笑意中渐渐清晰，嘴唇战栗了起来，"你是说出了七代名医的徐家吗？"

陶媚儿轻轻点头。这隔行如隔山，若要医病，先要解惑答疑，若没有仁人济世之心，便是无水之源、无米之炊，难以除病去忧。

那老者果然欣喜若狂："没想到，来到京城的第一天就遇上徐氏传人，我孙女有福了！"

陶媚儿从柜台后走出，手中拿着一个红色锦盒，说道："老伯，我正要过去送药，请随我一起来。"

"好，实在是太好了！"老者欣笑，赶紧跟在陶媚儿后边。

"小姐且慢，你还没有给我讲这血气运行的道理呢，这就走了？"在旁边伫立的学徒金正终于按捺不住，不满地嚷了起来。

陶媚儿叹了一口气，忽然大声说道："气能生血，气动则血生。从食物转化为水谷精微，从水谷精微转化成营气和津液，再从营气和津液中转化为赤色之血，每一程都离不开气动。"

"真奇怪，小姐，你讲的比医书上浅显多了，小的一听就懂了。"金正挠了挠头，嬉笑道。

"好了，我先去了。"陶媚儿看那老者正听得入神，不禁嫣然一笑。

"小姐，你是急着去看小徐医，还是老徐医？"金正边嬉笑着，边往远处躲去。

"你！"陶媚儿嗔道，"过河拆桥不是我百草堂之风，小心你的舌头！"

"嘿嘿！"金正偷偷笑着，急忙躬身躲入高大的柜台之内。

"等我回来再和你理论……老伯请随我来……"陶媚儿踩着细碎的脚步，转身从侧门出去。

那老者被陶媚儿的娇俏逗笑，随后赶紧跟了上去。

穿过一条飘着乱絮的狭长胡同，又进了一道侧门。门内千回百转之后，豁然开朗，俨然又是一后庭，只是庭内芳树奇花，豆蔻花艳繁色深，赛过了满园芳菲。

"老伯，从此门穿堂而过，便可看到徐大医在坐诊了。我还有事要办，去去就来。"

"好，多谢姑娘，请姑娘自便。"老者说完，拱手而别。

陶媚儿双颊生晕，定了定神，继续往后庭深处而去。越过一道拱门，篱笆两侧点缀着几盆香红的石斛，根茎深深埋入一堆不起眼的沙砾中，静悄悄地呈现着娴静的一面。

忽然，只觉一阵劲风卷过，身子一紧，一个雄健的胸膛夹带着狂风骤雨般的肆意，紧紧向她逼来。没等她惊魂落定，唇上骤紧，顷刻被一股熟悉的气息覆盖，险些窒息。

"天琳……你……"她企图用力推开眼前的桎梏，却发现对方的手臂已然如蛇一般紧紧缠绕着她的曼妙身躯，再也无法分开。

"媚儿，我想你……"徐天琳依恋而迷离，无法割舍到手的甜蜜，"母亲已经说了，今年就把我们的婚事办了……我真的已经等不及了……"

"天琳，不要！"陶媚儿大急，气咻咻地用力推去。

院落里轻轻起了一阵风，几片花瓣落入草地，啪啦一声，捆着的绳索忽然断了，门上卷起的竹帘落了下来，遮住了这旖旎的一片春光。

陶媚儿趁机将手里的药物朝徐天琳头上重重砸去，只听到他终于"哎呀"一声，松开手来，捧住了头。

"媚儿，你好狠啊，居然谋害亲夫……"

陶媚儿弹了弹有些松动的锦盒，轻轻地白了他一眼："你活该！耽误了我给徐伯母送药，小心我恨你一辈子！"

徐天琳啼笑皆非，连忙抢过了锦盒："什么？你真要恨我一辈子？"

陶媚儿重新夺了过来，高高举起："我要亲自送给徐伯母，不用你代劳。"

"什么贵重东西让我的媚儿这样殷勤？"徐天琳意图再抢过来看，却被陶媚儿轻盈地一转身躲过。

"哼，偏偏不告诉你！"陶媚儿轻轻一跃，躲过了徐天琳的堵截，朝内堂飘去。那锦盒里边是父亲近日收来的一支野山参，父亲不让卖出，让自己送给徐伯母滋补身体。

"我母亲不在寝室。"徐天琳宠溺地看着心爱的女子颦眉微嗔，与满庭芳菲融为一体，不禁怦然心动。

陶媚儿羞涩一笑，理好垂落的青丝，转身回首，踩着落花小径，朝正堂而去。

徐天琳痴望良久，终于回神，追了过去。

堂中还有幢幢人影晃动，疲惫的徐立康头上冒着豆大的汗珠，徐夫人在他身后轻摇蒲扇。二人情深笃定，琴瑟和谐，让人生羡。

"古人云，神太用则劳，静以养之。这位夫人，回去每晚睡前盘腿而坐，屈指点压双侧涌泉穴和足三里穴，每次五十至一百下，直到酸麻胀感为宜。"说完，执笔写下了一个"静"字。

那中年妇人目瞪口呆地看着那纸笺上墨痕犹湿的"静"字，不满地说："徐大医，我的药方你还没开呢，这是什么？"

"这就是方子，拿去照行就好了，一个月之后再来找我。"

"可是，"那妇人眉头紧锁，怒气渐渐涌上，"我花重金请徐大医看病，就只得到这样一个字？"

徐立康微微摇头："夫人，此时可觉得胸中有异物堵塞，气血不畅？"

那妇人一怔，随即点头。

"这就对了。肝脏于人，犹如大将军一般，神貌威严，怒火冲天，人之发怒，其脏在肝。夫人话没出口，已带三分怒气，久而持之，使肝脏无法疏泄，郁结于此，导致气血不调，则必然引起胸肋、小腹疼痛，或头目胀痛，乃至晕厥……"

那妇人听了，随即面红耳赤："原来如此，看来是我孤陋寡闻了。"

"要知道，医家的方略只不过是辅物，真正要医治病体，还要依靠病者的心志坚定啊。那两个穴是长寿穴，只要夫人耐心按照我所说，平日里注意节制，自然就不药自医了。"说完，徐立康朝徐夫人点头，徐夫人会心一笑，拿出一本厚书，塞入那妇人手中。

"这不是《金刚经》吗？"那妇人不明所以，诧异万分。

"佛家与道家的'静'字诀与我们医家的调养，好比江川河流，终归大海，根本就是一脉相通啊。"

"这位夫人，回去多抄几遍《金刚经》，自然会有心得。"徐夫人敬仰地看着夫君，轻而对那妇人微笑而语。

那妇人起身谢过："没想到，徐大医的医术如此精湛。听完徐大医一言，我才幡然醒悟，自己真是井底之蛙，见识浅微。"

陶媚儿听到这里，微微一笑，走上前去："这位夫人不必介怀。所谓术业有专攻，不知者不怪，答疑解惑，也是医者之道。"

"媚儿来了。"徐立康与徐夫人欣慰地笑着。

"家父让媚儿前来，给伯父、伯母送这支难得一见的老山参过来。"陶媚儿没等徐立康夫妇说话，便又接着说，"家父叮嘱媚儿，请伯父伯母务必收下，否则回去就要责怪媚儿。"

徐夫人摇摇头，笑道："这个陶兄弟啊，真是有心……让你们父女费心了，那我们就恭敬不如从命了。天琳，收好。"

徐天琳一只大手腾空而过，接过了人参，对陶媚儿撇嘴："怎么样？到最后还是要落入我的手掌心，你何必舍近求远呢？"

"你……"陶媚儿自知无法逃脱徐天琳的揶揄，于是低头躲避开来，"伯父请继续忙吧，媚儿不打扰了，这就去了。"

"媚儿你……"徐天琳这才发现自己得了便宜，却唐突了佳人，不禁心生懊悔。

陶媚儿素腕上一只珠环，熠熠流光。那正是他当年送的一双珍珠珏，只因当年去秦淮河送药丢失一只，只剩一只，却被媚儿以红绳系在腕上，一直不肯丢弃。她一身紫气飘逸灵动，两只荷花履轻抬，在众人的艳羡中对徐立康夫妇点头施礼，便转身欲从正门出去。

"等等！"徐天琳不顾众人的嘲笑，想偕香风而去。

徐立康夫妇相视一笑，抿住了嘴，不再言语，继续为众人诊治。

谁料，忽然砰的一声巨响，眼前一个庞然大物裹着飞扬的尘土，呼啸着落入堂中，几个黑影裹着一阵风声如鬼魅般飘进来。走在前边的陶媚儿惊叫一声，已经跌坐在门侧。

再回身看去，徐天琳猝不及防，一条右腿居然被那庞然大物压住，不禁发出一声凄厉的呼叫。情急之中，他仍呼唤着陶媚儿的名字，却不料被一盗匪用刀柄重重一击，便再也没了声音。

"天琳！"堂中传来徐夫人心痛的呼唤，陶媚儿的心暗暗沉了下去。

那是一口红色的楠木棺材，上边一个巨大的"奠"字，夸张地渲染着沉痛和悲怆。这棺木虽然做得极其精巧，但在这间偌大的济世堂里，显得触目惊心。等待诊疗的众人顿时万分惶恐，乱成一片。

"哪个是徐立康？有种的站出来！"一声粗喝，吓得周围众人如避蛇蝎，纷纷躲开。

那走在前边的人，身穿灰色短打，一双虎皮靴赫赫生威，一只手叉腰，另外一只手扛着一把锃亮的尖刀。那满鬓的胡须和头发杂乱交织在一起，俨然一个盗匪首领。

徐立康挺身护住瑟瑟发抖的夫人，近前问道："请问诸位找我有什么事？"

"你就是徐立康？哈哈哈！"那盗匪首领歪头瞪着徐立康，"看面相还有些模样，不像个庸医，但今日我偏偏要揭开你的真面目。众位可知道，这个人不是什么济世救人的良医，而是个道貌岸然的伪君子！"

徐立康眉头一皱，仍然镇定自若，脸上没有一丝涟漪："请问尊驾是哪位？"

"哈哈哈！"那匪首又一阵狂笑，只见眼前一片白光霹雳闪过，那把尖刀不知什么时候已经架在徐立康的脖颈上，"我是来替天行道，向你这个沽名钓誉的庸医来讨要一条人命！兄弟，快来，为你母亲报仇！"

"立康！"徐夫人一声凄厉的呼唤，唤醒了陶媚儿的神志，她深呼吸一口气，试图站起身来，眼前却一阵眩晕。

一只温暖的手从门外伸来，扶住她柔软的身躯。在微微的战栗中，她的眼眸聚拢到一个忧郁的白衣男子身上。那双眼睛微微有些异域的特征，如深潭之水、临海之月，随暗涌的潮流射出精锐的光芒，仿佛把自己的魂魄吸入汩汩的深渊。

陶媚儿只觉得心暗暗沉了下去，被一缕看不到的丝线紧紧牵连、束缚，无法挣脱。那人轻轻一托，自己便不由自主地起身，倚墙而立。

"尊驾是谁？请问我如何得罪了尊驾？"徐立康临危不惧，刚毅沉静，不失医家本色。

"你害死了我兄弟的母亲，就是得罪了我。一命换一命，我让你用命来抵！"那匪首举着尖刀在徐立康眼前晃动着，似乎随时要把他抽筋剥皮，噬骨吸髓，以泄心头之恨。

"我不明白，我到底什么地方做错了，让你如此愤恨？"

"好吧，既然你想死个明白，我就成全了你！来人，把处方拿过来！"匪首大喝一声，他的手下立刻拿出一张几乎要揉碎的纸笺，"打开，你睁大眼睛看看，这个方子是不是你写的？"

徐立康虎目圆睁，仔细看去，确实是自己亲笔所写，只好点头。

"好哇，既然你承认了，那么就来受死吧！"那匪首喝完，举起尖刀便作势要劈下来。

"且慢！"

"且慢！刀下留人！"陶媚儿发现，自己与那白衣男子竟然同出此言。

那白衣男子的眼眸朝她扫了一眼，分明有些吃惊。

梁上一双春燕正衔泥筑巢，顿时也被惊扰。

"怎么？兄弟，你还有什么话说？"那匪首停止了动作，看向白衣男子，一脸不解。

那白衣男子的视线如冰刀寒剑，紧紧锁住陶媚儿，似乎在思索什么。

陶媚儿强迫自己定住心神，轻移莲步上前，趁匪首不备，一把夺过处方，飞快地扫了两眼："这方子的的确确是徐伯父开的……"

此言一出，所有人都发出一片嗟叹之声。

"真没想到，果然是徐大医的手笔……"

"这下可麻烦了，居然惹到山匪了，看今天徐家怎么全身而退？"

陶媚儿呼吸渐渐平稳，她扬起处方，大声说道："各位父老乡亲，徐大医在京城行医四十余载，大家可曾见到他懈怠，出过纰漏？这川芎、防风、苏叶、荆芥、橘红、甘草……是最常见的风寒药方，药量适宜，怎么可能会致人死命？"

此话说完，周围立刻传出一片赞叹之声。

"这行医治病，从诊脉、开方到配药、煎熬、过滤乃至食用，中间经历了多少人的手？又有谁能证明这问题是出在徐大医的方子里？除非这药是直接从徐大医手里接过，立即喝下。徐大医一生从医，本是慈悲为怀，为百姓造福，怎么可能会在一个最普通的风寒处方上失去方寸，让自己的一世清名毁于一旦？"

陶媚儿还记得父亲说过，行医者之所以以世家传承而存在，是因为医药的制作牵扯甚多，非自己人不能信任，因此徐陶两家的姻缘乃是天作之合。于是，她用此理略一变通，就使对方节节败退。

听到这里，那匪首果然一愣："什么？你的意思是我们无理取闹，青天白日来找你们的晦气来了？你——"

"大哥，让她说完……"那白衣男子挥手打断了他的话。

陶媚儿冷哼一声，并不理会，继续说道："大家请看，如果徐大医是一个贪图利益、做了亏心事的医者，还会在这大堂上被人挟持而气定神闲、泰然自若吗？"

徐立康夫妇听到这里，神情一缓，不由得向陶媚儿投来钦佩和赞赏的一瞥。

周围人又是一片唏嘘，纷纷赞成陶媚儿的话。

"你是谁？"只听得那男子的声音由远及近，高耸的鼻梁几乎与她相接。

陶媚儿只觉鼻息一乱，身子一紧，自己已经被钳制到他近前，她无法逃避这近在咫尺的窘迫，便只有拼命挣扎。在对方的逼视之下，心中竟然有一瞬间的惴惴不安。

徐夫人脸色苍白如纸，嘴唇绀青，显然已被震慑，发不出一个字。"放她走，不关她的事！"徐立康再也按捺不住内心的愤怒，厉声喝道。

"哦？"那白衣男子看了一眼徐立康，那眼神深不可测，既有着丧母的悲凉，又不乏积聚良久的仇恨。

只是，让人感到微微有些异样的是，他似乎并不想立时杀人抵命。

那匪首终于不耐："兄弟，难道你不是来报母仇的？还这么婆婆妈妈的做什么？"话音未落，刀已经向前横了过去，顿时徐立康的脖颈已有一道血痕。

一片白影缭乱，恍若飞絮落花，惊鸿缥缈，那把尖刀再次高悬，却无法落下。原来那男子转瞬间已经放开陶媚儿，皱眉挡在徐立康面前。

"大哥……"那匪首顿时愕然，似乎有些忌惮，惊诧中不由自主地放下了寒光凛冽的刀刃。

白衣男子并不看那匪首，一双凌厉的眸子重又看向陶媚儿，缓缓地从唇里迸出几个字："我在问她，是……谁？"

"她是百草堂陶家女儿，我们徐家未过门的儿媳，和你们并没有嫌隙，请放开她！"徐夫人终于缓过神，艰难地吐出几句话。

"未过门的……"白衣男子沉吟不语。

"兄弟，你怎么畏首畏尾的？让我一刀宰了他们算了！"那匪首的耐性分明已到了极限，开始暴跳如雷。

"冤有头，债有主，既然阁下是成心来找碴的，就请放了她一个弱质女流，都冲我徐家来吧！"徐立康明察秋毫，意识到自己是被宿怨所缠，非一时可解。

"好，说得好！"白衣男子微微笑着，"既然徐大医是这开方子的人，就是说仍有洗不脱的嫌疑，不可放过，那么今天是一定要有个了断的。"

"这还差不多！"那匪首晃动着手中明晃晃的刀，似乎要闻到血腥的气息方才罢休。

"只是，我忽然想到了另外一个报仇办法……"那白衣男子淡淡地笑着，蛊惑、轻狂，如垂杨逢三月，犹带几分萧索和寒意。

陶媚儿独自站立在正堂中央，在众目睽睽之下，如朱栏凭靠，梨花似雪的玉箸美人。

耳边传来一个决绝的声音："我只要她——"待她定神，却发现那男子的手指正对着自己。

"你们徐家让我失去了生命中最重要的女子，那么，我也要夺取你们徐家最重要的女子来抵偿！"那男子的笑容渐渐收敛，一派肃穆，渗出一片寒气。

陶媚儿顿觉魂飞魄散，杏眼圆睁，正欲说话，却已感觉脖颈勒痛，一件东西已经套在她脖子上。

那是一块上好的汉代白玉，利用材料的天然形状，鬼斧神工地雕琢成一个莲蓬的样子，温润滑腻，与众不同。

"这……"她拼命想摘下，但是双手已经被那男子紧紧按住。

"这东西既然戴上了，便不能摘下了！"那男子轻声"哼"了一下，"这就是我给你的聘礼，一个月以后，你就是我的新娘！"

"你，盗匪……仗势欺人……"陶媚儿朱唇微启，玉齿中挤出一片怨念。

"一点儿不错，我等本就是躲避山中不问世事的强匪盗贼，若不是失去至亲至爱之人，也不会看得起这虚情假意的所谓'济世良医'，不劳姑娘费神了。"那男子狠狠地瞪了徐立康一眼，冰冷的笑容封住了一春暖意。

那匪首看到忽然出现这样的转机，由惊转喜："哈哈哈！兄弟，你这招走得绝妙，杀一个人容易，还不如让他们一生都在受煎熬，这才是最好的惩罚。大家听到了吗？这个女子从此就是我兄弟的人了！"

那尖刀的寒气在众人的视线中渐渐收敛，陶媚儿胸腔中一股从来没有过的怒气腾空而起，正欲发作，却被徐天琳微弱而嘶哑的声音唤醒。

"不要，媚儿……是我的……谁都不能抢走……"徐天琳似乎刚刚醒转，双手抱膝，强忍着右腿的痛楚，眼神中流露出不满和愤恨。

那白衣男子轻蔑地扫了他一眼，一个凌厉的眼神射向那匪首。于是，那匪首忽然凑近徐天琳，狰狞地笑了起来，还没等众人醒悟，他手中的刀柄又已经重重地向他头上砸去。

"天琳！"徐夫人心疼地又一声尖叫，人已经软软地瘫了下去。

"夫人，夫人！"徐立康情急之下，从案上抄起几根银针，快速地找了几个穴位，扎了进去。

"好了，我们走吧！一个月后，花轿会来抬人！"那白衣男子冷冷地环视四周，一挥手，那些身穿灰色短衫的盗匪抬起棺木，向外退去。

"慢！"看到徐天琳依然昏倒在地上，头上一片刺目的鲜血，陶媚儿胸闷难忍。

"什么？"那男子停住脚步，一个轻盈的转身，回过头来，"姑娘叫我？"

"敢留下你的姓名吗？"陶媚儿执拗地、无所畏惧地迎上他的眼眸。

"哦？"那男子头一扬，甩过散落的几缕长发，"我怎么忘了如此重要的事？我未来的妻子还不知道我的名字！"

陶媚儿冷漠地看着眼前灿若星辰的男子，五脏六腑似有无数蚁噬，密密麻麻的疼痛翻涌而上。

"林子风。"他嘴角优美的弧线轻轻一扬，说出这个名字。随之那份戾气渐渐隐去，取而代之的是一份不易察觉的柔情。

她以为自己已经晕厥，看不清面前的人的一切真实。然而，一阵暖风飘来，卷着几瓣残缺的花瓣，她才猛然醒悟，今天是自己的劫难，这段劫难，并不会很快结束。

他继而又挑衅似的一笑，转身而去，只留下一片朦胧飞扬的尘土。

"夫人……"关心则乱，徐立康早已经失去了从容，仿佛有一件重要东西即将从生命中悄然而去。

"姑娘，我现在才明白，原来我是上了你的当！"先前那个来求医的老者，居然还没有被这一场惊心动魄所扰散，依然伫立在堂中。

陶媚儿看到堂中遍地狼藉，到处是暴虐之徒留下的痕迹，不知如何回答那老者，不由得茫然。

　　"原来你和徐家沆瀣一气，根本就是合伙来骗人钱财的，不然怎么连山上的盗贼都招惹？无风不起浪，要是你们没做黑心事，怎么会有鬼敲门？看来是天绝我也！也罢，我就不信我找不到名医。"老者说完，气呼呼地拂袖而去。

　　"老伯……"陶媚儿僵硬地看着来来往往的混乱人群，欲哭无泪。

# 第二章　黄芩枉断肠

从窗口望去，不远处柳丝无力，袅烟空旋，几点闷雨，湿淋淋而下。

隔壁的济世堂里曲终人散，笼罩着一片愁云惨雾。

陶媚儿看到父亲陶百年依然穿着居家的衣衫，将药箱扔在旁边，一言不发，只是沉闷地在百草堂内踱来踱去，便知道父亲也被这一场劫难所扰，无心去城外收购草药。

刚刚去看了徐伯母，她已经吃过了药安睡过去，但陶媚儿看到徐立康老泪纵横、徐伯母四肢瘫软的情形，仍然心如刀绞。如徐伯母这般玲珑剔透、贤淑练达的女子，怕是从此不能再与夫君同进同出了。

沧海桑田，人事已变，原来竟在转瞬之间。她不敢去看徐天琳捶胸顿足的样子和无计可施的愁闷神情，索性继续保持原本那份从容与淡定，也不敢让父亲担忧，只是悄悄将面颊上的泪水拭去。

自家制作的刀具切割的枣片，薄而不裂，整齐有致，绝对是泡制枣茶的佳品，何苦为那不知缘由的烦恼所扰？将切割好的枣片摆好，放置在庭院中最温暖的地方晾晒，才能将那阴郁之气驱除。

只是内心的焦躁之气，却无法真正驱除。

陶重山看了一眼父亲和妹妹，随后低下头，只顾自己捣药。金正也失去了往日的嬉笑，不敢作声，只是神情凝重地拿起一药块来，凑近鼻端嗅了嗅后，又用牙齿咬了咬，然后拼命摇头。

陶百年一记重拳打在那因年代久远有些裂纹的柜台上，砰的一声响过之后，似乎听到些许细碎的回鸣，如虫蚁钻入耳内："朗朗乾坤，天子脚下，一群乌合之众，我就不信他们能反了！"

"父亲，我看好汉不吃眼前亏……三十六计，走为上策，我们还是找个地方暂避一时。"

又听得嘭的一声，陶百年夺过捣药杵在陶重山额头上一敲："跑，往哪里跑？到处兵荒马乱，跑出去，不知什么时候就掉了脑袋。再者，陶家这百年的基业难道就要从你我的手中断绝？让我有什么脸去九泉之下见祖宗？"

"您为什么又打我？"陶重山一边摸着额头，一边哭丧着脸。

"我为什么打你？"陶百年吹了吹胡子，恨恨地说，"到了现在，你成天游手好闲，不务正业，连百草的药性都不能完全识得，你……让我怎么放心把陶家的基业交给你？"

陶重山心虚地低下了头，口中却仍旧念着："不是还有媚儿吗？"

"你、你这个不肖子！难道你没有看到媚儿的事情都已经火烧眉毛了？弄不好，我们全家都要赔上性命！"陶百年恨铁不成钢，几乎要捶胸顿足。

陶重山终于无语，几步退到后边，重新拿起药杵，捣了起来。

陶百年叹了口气，终于痛下决心："既然这样，我们只有报官了！"

"不，父亲，我们不能报官。"陶媚儿凝神说道。

"为什么？"陶百年一头雾水，不知道女儿在这迫在眉睫的时刻，为何如此镇定。

"当今圣上一味佞佛，几度舍身同泰寺，民怨沸腾。而太子却只顾风花雪月，恣意宫闱。如今大梁的高官贵族锦衣玉食，只知道贪图享受，有几个是真正为民做主的？父亲您忘了，上次官府赊欠我们的药钱到现在还没有头绪呢。父亲这一去，岂不是又让他们找到机会趁机赖账？有这么多贪官污吏，就算没有强人所扰，我们早晚也会入不敷出，败光家业的。"

"这……"陶百年倒吸一口凉气，不禁佩服女儿的深谋远虑。

"难道我们就这样等强盗杀来？"

"听那林子风所说，他刚刚丧母，必然不敢冒天下之大不韪立即娶妻，落个不忠不孝的骂名，所以依女儿看来，我等暂时并无性命之忧。只不过，若他们是故意找徐家的晦气而来，这其中必有缘故。"

"哦？"陶百年精神顿时一振，"果然如此，那我们就有机会化解这段恩怨。"

"是，父亲。徐伯父那方子我看了，是绝对没有问题的，那药也必定出自我陶家。女儿在想，如果方子没有问题，难道是……是我们的草药出了问题？"

"不，不可能。"陶百年摇头摆手，不可置信地说，"我们百草堂的每一批药，都是我亲自检验过的，绝不会有纰漏。"

"父亲，我只怕万一。"陶媚儿皱眉，瞥了一眼父亲身后的赤松子像药瓶，"行医济世本是善举，倘若疏忽懈怠，未必是福气。"

陶百年看到女儿眼神中流露出的淡淡的忧伤，心中一动，默默地看了一眼堂中正忙碌的学徒，叹了口气，转身离去。

"父亲，兵来将挡，水来土掩，我们陶家的一切劫难都会过去的。"陶媚儿坚定的回答如古寺里传来的梵音，让人备感安心。

"小姐，你上次还没给我讲完《百草经》呢。"机灵的金正打破了百草堂的阴霾。

"对呀，妹妹，你给我们再说说吧！"陶重山看到父亲离开，心头一松，有了活气。

"那名医陶弘景是我们陶氏族人的骄傲。只可惜，到了我们这一支，只能弃医专研于'百草'了。《百草经集注》对《神农百草经》所录的三百六十五味药进行了整理和校订，并在此基础上增至七百三十味，并分成玉石、草木、虫、兽、果、菜、米实等七类，并且在药物采集、鉴别、炮制、加工、储存和应用等方面都做了补充。但我以为，任药物种类繁多，从事医药者应谨记一条，多用易得贱价之药，才能真正做到悬壶济世。"

"小姐慈悲心肠，小的实在是自愧不如……昨天有一位老婆婆少了一文钱，小的就没有把足量的茯苓给她，这是不是太市侩了？"金正小心翼翼地看着陶媚儿，等待着她的斥责。

"金正，今后凡是穷苦布衣来买药，你要斟酌而行！"

"是，小姐……"

"哥哥，陶家这座百草堂，经历了无数风雨，付出了我们几代人的心血，仍然顽强地屹立在建康城最繁华的地方，因此不能从我辈手中消亡。要发扬光大，将来就指望你了。你要多读书、多揣摩，不要让父亲失望。"陶媚儿的脚步开始沉重起来，不知怎么，发现自己的每一句话都浸透着即将离别的感伤。

"妹妹你放心。"

听到兄长此时的回答倒是十分稳妥，陶媚儿决定暂时放下心来，待看看那些盗匪的动静再说，随即动了动劳累了一天的臂膀，装了几片枣干，越过大堂，往寝室走去。

天色昏黑，窗外树影婆娑，和枣茶的甜腻交融，无法释怀的伤痛在陶媚儿晶露般的泪水中化为奇异的灵动。霏霏的淫雨，竟不知什么时候飘落在案上。

铜镜里，玉容紧锁，满怀心事的美人，陷入遐思。

恍惚间，抬手去端那杯放凉的枣茶，却发现茶杯已然不见。

"谁？"娇喝一声，却被来人捂住了口。

只是身后那熟悉的男人气息让她释然："天琳，不要闹了……"

身子被用力扳过。徐天琳一身出门的布衣，身后还背着一个巨大的包裹，正殷切地看着自己心爱的女子。

"天琳，你这是？"

"不，不是我，是我们……"徐天琳一根手指仍然堵住她的嘴唇，黑夜中晃动的妖烛把两个人的身影雕入花窗，任碎雨从镂空的窗格中迸落。

她不解，在这生死攸关、性命即将不保的时刻，她的未婚夫君还有心情开这样的玩笑。

"媚儿，我想了很久，我们不能就这样坐以待毙。我们一起走吧，到一个别人找不到的地方，靠我们的医术，夫唱妇随，一定可以衣食无忧，过着神仙般的生活。"

听到眼前的男子轻描淡写地说出这样的话，陶媚儿惊诧之余，顿觉内心荡起一阵冰冷的寒气。

"天琳，你疯了？这个时候，徐伯母还卧病在床，那些盗贼不知什么时候会闯过来杀人放火。你可曾想过，若我们一走了之，那么我们的亲人和我们徐陶两家的一切就全要被毁了！"

"事到如今，也顾不了那么多了。"徐天琳一把揽过她，哽咽着，"我不能没有你，我不能眼睁睁地看着你被强人掳去。我不相信，我徐天琳就没有福报来拥有如花美眷。"

"天琳，如今南北对峙，诸王伺机生乱，百姓随时身首异处，哪里会有我们的立足之地？"

"我们去江陵，荆楚之地自古以来是鱼米之乡，地杰人灵，还有湘东王重兵驻守。到了那里，必然有我们的一番天地。"

"可是，我们不能丢弃祖宗的遗训。弃家，对我们来说就是丢弃了尊严，就是家族的罪人。"

"我不管他什么遗训不遗训，尊严不尊严，我只要你，媚儿！"徐天琳鼻息混乱，焦躁异常，竟然有些失控，"卓文君和司马相如可以私奔，传为佳话，为什么我们一走，就要成为家族的罪人？我不甘心，不甘心……"

"天琳，我不是卓文君，你也不是司马相如，趁早放弃这个念头，我是不会和你走的！"陶媚儿边说边推开了徐天琳。

"为什么？为什么？"徐天琳没有想到，她轻而易举地瓦解了他好不容易搭建起来的万里长城，情急之下，便又用力抱紧她，狂乱的唇压了下来，"和我一起走，媚儿，我不能失去你！"

陶媚儿只觉满脸的清泪滴淌，撕心裂肺的痛楚再次席卷而来。

"快收拾一下，赶紧和我走！迟则生变，快……"徐天琳紧紧拉住她冰冷的手，那珍珠珏依然完好地缚在她的柔腕上。

陶媚儿愤然扬起了那只戴着珍珠珏的右手。

"啪！"寂静的春夜，繁花似锦，却唯有泪千行。

"媚儿，你打我？"徐天琳捂住脸上热辣的伤痛，不可思议地看着一脸肃穆的陶媚儿。

陶媚儿失望地看着眼前的男子，自己的一腔情意曾经毫无保留地给予了他，可是他却在做着背弃亲人的行径。

"我就是要打你，打醒你这个昏聩的男子！"她咬了咬牙，希望这一夜的春雨，能够濯洗那颗蒙尘的心。

"媚儿——"

这是兄长陶重山的呼唤。只是，这声音在寂静的夜空中显得绝望、凄凉，充满恐惧。

陶媚儿心头一震，似乎闻到一股血腥的气味。不！她转身朝外冲去。那个声音，来自父亲的寝室。

哥哥与闻讯而来的金正一边痛哭流涕，一边颤抖着，指着房中。

还没进去，便闻到一股浓重的草药味，陶媚儿熟悉这个味道，这是专治风寒的处方。和其他的草药一样，闻久了，便不再感觉到它的腥烈。

陶百年趴在书案上，脸色乌黑，人已经僵硬，没有了生机。案上还摆着将要喝完的中药残羹。

"父亲！"陶媚儿眼前一黑，人已经软软地倒了下去。

不知过了多久，她方才悠悠转醒，发现自己手腕和头部微微地疼痛，扎满了细细的银针，徐天琳满头是汗，焦虑异常，正忙碌着。

她伸出左手，拔下一枚枚银针，木然而空洞地看着毫无生气的父亲。这一切，如山洪倾注，一泻千里，带着破碎的绝望，淹没了她的意念。

闻讯而来的徐立康再一次老泪纵横，无奈地站立在老友的尸身旁："医者不自医，我枉自行医多年，竟不能够救自己的妻子和老友，我情何以堪？"

"伯父，我父亲可是中毒而死？"

徐立康点头，闷声泣道："看情形，是砒霜（也称信石）中毒……"

陶媚儿推开徐天琳，勉强走至父亲的尸首旁哭泣道："都是媚儿疏忽了，让父亲不能寿终正寝，颐养天年……"

"陶兄弟为何要吞砒霜？"徐立康疑惑不解。

陶媚儿盯住兄长，陶重山瑟瑟发抖，哭泣得上气不接下气："哥哥，父亲昨晚究竟吃了什么？"

陶重山惊惶万分，从袖中掏出一个纸团，轻轻抛了过来。

陶媚儿打开一看，这正是那张风寒的处方。徐立康不禁颤声问道："为什么这处方会在这里？"

陶媚儿眼泪横流，她知道，以父亲之本性，绝不会放过一点儿瑕疵和疑问，他必定为了证明自己的清白，让人照方熬制了同样的药物，亲自喝了下去。

"父亲昨晚喝过药后，还对我说，我就不信，喝了这服药，就能要了命。我要亲自证明给那贼人看，我们陶家百年的信誉不是凭空说出来的……"陶重山用袖子抹着眼泪，哭倒在地。

"伯父，如此看来，确实是我陶家的草药出了问题，与处方无关。只不知何人与我陶家有怨结，陷害我陶家于不仁不义之中，害我父亲为此赔了一条性命……"

陶媚儿忽然跪在徐立康面前，恭恭敬敬地磕起头来："伯父在上，受媚儿一拜！是我陶家有错在先，连累伯母风疾发作，害伯父担惊受怕……"

徐立康大为不忍，连忙扶起她："一切都自有定数，与你无关，只是该如何度过了眼前这一劫？"

"伯父放心，媚儿一定要彻查此事，同时也要还我父亲一个清白！"

说到这里，忽然听到几声清脆的击掌声："好，好！没想到陶媚儿果真是一个率性女子，我果真没有看走眼！"

话音未落，一个晃动的白影仿佛从东方淡白之处，带着山草的清香飘至。

"你来做什么？时限还没到！"徐天琳怒目而视，企图冲上前来，却被父亲一把拦住。

"我自然是要来看看我的未婚妻子，有何不对？"林子风淡笑着，一身素衣旋转惊风，显得卓尔不群，飘逸如仙，与身后的赤松子仙人重叠在一起。

"林子风，是我们陶家欠了你一条人命。父亲亲自试药，已经还给你们一条人命！难道你还不想善罢甘休？"陶媚儿眼泪横流，怒视着那幸灾乐祸的人。

"什么？"林子风神情一悚，这才发现陶家物是人非，出了大变故，"哦？如此说来，我阴差阳错，真找对了人？"

"林子风，你不要打媚儿的主意，要人要命，冲着我来！"徐天琳仍然不甘心就此俯首。

"这是我与陶媚儿之间的事情，我不希望外人插手！"林子风轻蔑地看了一眼徐氏父子，转过身去。

"媚儿恳求伯父不要插手，媚儿要单独和林子风谈。"陶媚儿不想连累徐家，再次朝徐立康拜了下去。

"这……我怎么能让你一个弱女子孤身犯险？让我如何对得起你父亲在天之灵？"徐立康也是情深义重之人，不肯置身事外。

"林子风，你不怕我报官，捉拿你入狱？"徐天琳终于忍耐不住，狠狠地瞪大了眼睛。

"哈哈哈……兄台如果不怕这十里长街变成荒芜之地，就请自便！"林子风狂笑几声，傲然端立。

"你不要欺人太甚！"徐天琳额头青筋暴露，恨不得将对方立刻置于死地，但因牵挂陶媚儿的安危，再也不敢造次。

此时陶媚儿与林子风的距离，只有一步之遥。

陶媚儿抬起头，忽然定神看着柜台下边那一排排红色木格，起身冲了过去，飞快地打开那最里边的夹层，打开一个小木盒。

然而，那木盒里空无一物。

"哥哥，那信石呢？"陶媚儿感觉自己的生命在一点一点地消逝，几乎无法呼吸。本想以这信石作为与林子风谈判的筹码，然而，却不知道是自家人的愚昧毁了一切。

一直呆立在旁，如梦初醒的陶重山语无伦次："什么？那不是你让我碾碎待用的滑石吗？"

"哥哥，你！"五脏六腑被利刃一寸一寸凌迟，漫天的迷雾遮住了眼前的视线。这一刻，如饮鸩毒，灼烧、绞痛、绝望和迷离，蔓延开来……

那方子里的辅药便是滑石，有滑能利窍、以通水道的功用，为至燥之剂。不消再说，糊涂的兄长将信石粉当作滑石粉配错了药……陶家此劫，再难逃遁。

徐立康看到陶媚儿痛不欲生的情形，顿时明白，不由得大恸。

"媚儿，你是说那是信石，我又犯错了？"陶重山此刻如一座僵化的山峰，再也没有平日里逗鸟弄花的得意。

"是的，哥哥，这一次你犯的错误不可饶恕……"陶媚儿眼神散乱，空洞地看着百草堂的一切，感受这从来没有过的可怕的寂静。

陶重山痴痴地看了一眼父亲的尸首，扑了过去，撕心裂肺地号啕大哭："父亲，不是我，不是我……你骂我，打我吧……都是我不争气……"哭着哭着，他滚倒在地上忽然大笑起来，"父亲，我知道错了，我知道你不会怪我……我知道……"

已经几乎哭断气的金正，挣扎着起身，拖起他的少主人，往后堂而去。徐立康父子一时间被骇住，无言再说。

人间至悲至痛之事，莫过于此。泪眼蒙眬中，陶媚儿无法辨清眼前的一片白色，到底孰是孰非。

不想再去责怪兄长的无能和糊涂，也不想去理会徐天琳的纠缠。她知道，天地寰宇，因果报应，这就是自己的宿命。

她慢慢摘下手腕上那戴了八年的珍珠珏，缓步走过去："天琳，你我情缘已尽，我愧对徐家，愧对伯母，再也不能做徐家的媳妇了……"

徐天琳不肯接那珍珠珏，争执之中，红绳断了，那小小的珍珠珏滚入柜台的缝隙中，再也不见。

她转身，凄凉地笑着，泪水从脸上坠落："林子风，是我陶家欠你的，我愿意任你处置……只是，你要答应我一个条件。"

"哦？"林子风已经卸去原先桀骜的神色，动容道。

"要等我安葬完父亲，孝期届满，才能随你去……"

话音未落，只听得徐天琳一阵狂躁："不，媚儿，难道你就这么轻易舍弃我们之间的情分？你就这么无情无义？"

陶媚儿闭上湿润的双眸，断然说："这是上天对我们陶家的惩罚，该用我们一生去洗清罪孽。这是我唯一能做的，对不起……"

徐天琳企图冲上前，却被林子风轻轻一挡，又退出几步开外。他抹了一把脸上的泪，又企图再次挣扎。

又听一声脆响，这一次，是徐立康亲手打自己的儿子。

"父亲，你也打我？"

"对，我就是要打你！孩子，你真糊涂！天下万物，此消彼长，均有定数，绝不能勉强！"

徐天琳一怔，汗水淋淋，不由得向后退缩。

"徐伯父，请你们回去休息，媚儿有话要对林子风说。"

徐立康点头，扶起儿子，对陶媚儿叹道："伯父相信你能把陶家的事情处理好。"

陶媚儿目送徐氏父子出门，方才回头对那个一直站立无语的林子风说道："为什么只有你一人前来？"

"怎么？你以为我林子风前来看望自己的未婚妻子，还要带着自家的兄弟？我林子风堂堂男儿，虽然混迹于山野，却从来不做违背道义仁心的事！"

陶媚儿与他凛然对视，那男人的眼眸中已经失去了欲罢不能的仇恨，转而代之是一抹探索的意味。

"那么，我请你放过我的兄长，他毕竟是无心之过。如果你有怨恨，请冲着我来！"

林子风沉吟片刻，说道："好，你也要答应我一个条件！"

"我还有资格和你谈条件吗？你尽管说来。"

"从今天开始，我就要住在百草堂，百草堂的一切事宜，均要听我调配。"

"林子风，你是来落井下石，看我笑话，还是来行善积德的？"陶媚儿觉得心头一腔热血正欲从喉咙中涌出，咬牙切齿道。

"那随便你如何想了，只是你不觉得我们同是天涯沦落人吗？"林子风暗暗吸了一口气，发现自己的伪装正一点点地被眼前的女子所摧毁，那颗因仇恨而冰封的心，正随着百草堂飘荡的药香和温火渐渐融化。

陶媚儿依稀感觉自己的意识在渐渐模糊，身子竟然再也支持不住这狂风暴雨般的洗礼，眼前一阵金花乱溅，漫天的黑暗如巨幕沉沉压来。

一切风波仿佛都未曾发生，只有自己和天琳在偷窥父亲炮制草药的情形。陶家的药效好，众人称赞，全是因为那谨小细微、一丝不苟的炮制步骤，任何一个环节都不能懈怠，绝没有发生过差错，怎么可能会贻害人命？

"不、不……不可能……父亲……"她低声呼唤着，醒来时觉察浑身已经湿透，正在诧异方才自己居然晕厥过去，却忽然发现林子风的背影在空旷的堂中穿梭，自己身上居然隐约有草药的味道。

"你？"她咂了咂嘴，愕然道："是你给我喂了药？你给我吃的什么？是从哪里配的方子？"

她强自起身站立起来，看见他避开她的审视，仍然在捣弄草药。

"是你自己开的方子？"她知道虽然百草堂珍奇草药无一不有，但这草药的配伍可不是短时日就能参透的学问。他既然不肯去徐家开方，难道真的是他自己所开？

他默然无语，却不回答她的疑问，只是说了一句："看来这百草堂也是徒有虚名，明天我要出去找一味草药了。"

"什么药？"

"白芷。"他卸掉了一身的盗匪之气，连口气也沉郁起来。

白芷？陶媚儿的心剧烈一跳。他哪里知道，这白芷本来是徐伯母的名讳，可如今却因为他而使两家再无安宁之日，他才是名副其实的罪魁祸首，如今还凭借什么来诋毁百草堂的声誉？

她挣扎着走到一长屉前，用力拉开，里边满满一屉白芷，断面色泽鲜艳，整齐饱满，均为上品。"谁说我百草堂徒有虚名？这难道不是你要的？"

他看了淡笑摇头，一副不以为然的样子："我以为陶媚儿是见识广博的药学行家，原来不过如此！"

"你说什么？"她遏制住喉咙中上涌的血腥之气，越来越看不清他的身形。

"我要的不是普通的白芷，我要的滇白芷。"

"你到底是什么人？"未等他说完，她骇然大惊，看他对医药的熟稔程度，又怎能对一个风寒束手无策，还要借他人之手医治？明明是无事生非，故意挑衅寻仇而来。

"明知何必再问？"他的面孔又僵冷了下来。

"你为什么要去做盗匪？你和我原本就不是同路人，又何必管我的生死？若我也死了，不正好让你遂心所愿？"陶媚儿虽然嘴上不改，心中却不知自己为什么竟对他暗暗惋惜起来。这样一个俊逸的年轻男子竟然要放弃人世浮华，与盗贼为伍，为寻仇而陷入不可自拔的泥沼之中。

"如今各路诸侯郡王各踞一方，伺机生变；魏人虎视眈眈，意图染指我江南国土，大梁还能有几年昌隆？这个建康城里，除了到处飘荡着的淫歌艳曲和寺院的钟磬之声，有谁还能真正听到百姓心中的疾苦？纵然是山贼，又如何？只要有正义之心，总比沽名钓誉、不堪一击的士大夫要强百倍……"他掸落掉在身上的药灰，双眸炯炯有神，直射入她的心扉。

"你说什么？"陶媚儿有些怀疑自己的耳朵，这真是一个贼人所说的吗？

"身为医者，若披着君子的外衣，却做着背信弃义的小人行径，还不如去做盗匪。"林子风的声音如重锤一般撞击着陶媚儿的心，"穷苦百姓食不果腹，哪里还有钱来医病？反倒是山上的兄弟们，经常为百姓送草药。我等不过是担了盗匪之名，做的却也是济世救人的好事。"

"你？"陶媚儿脑海中又一阵眩晕，眼前这个断送了徐、陶两家生机的男子却口口声声说自己做的也是正义之举！有谁能相信，眼前那个萧索的身影，竟然就是前几日还带着棺木和贼盗来寻仇的神秘男子。他与徐家究竟有什么样的恩怨情仇？

世事难料，陶家也因为这个男子在一夜之间失去了一切，而自己却与他共处一室，并且承诺将来会成为他的妻子。谁能知道，究竟哪里才是自己的归宿？

脚下一滑，身躯竟又软软地倒下去，却被一只温暖的手托住。凝神望去，迎来的却是他探询的目光。身子无力地倚靠在他的怀中，疲惫的身心已难承受更多的风雨，不如闭上双目，暂时忘掉一切纷争。

心与黑暗融为一体。灵堂里一片缟素，几点烟火悠悠回旋，卷落几片飘浮的纸钱灰。整间大堂里只有她和这个陌生的男子耳鬓厮磨，那暗动的烛火徐徐挑动着暧昧的风尘，让心愈发浮躁不安。

也许，这不过是暂时的尘埃落定；也许，这不过是劫难的开始；也或许，这家破人亡的终局便是他的夙愿所求。不过是一场身心和魂灵的惩罚和沦落而已！

他悚然，那个叫作陶媚儿的坚韧女子终于不堪生命之痛，变得如此虚弱。

那一片白色的媚骨香，如淡月琼枝，让人不敢任意攀折。他眷恋地看着那憔悴的丽影，那仇恨的怨念似乎在渐渐消退。

她瘦弱的身躯随着深夜的穿透渐渐僵硬，一双美目虽然微肿，却清丽有神，如母亲亲手种植的满圃迷迭香。那是一种来自西域的本草，曹子建曾作赋赞之。迷迭香枝柔干细，摇曳生姿，时刻散发着媚惑人的奇香。每看她一眼，他的心即难以抑制莫名的慌乱和躁动，甚至险些忘记了母亲的叮咛。

如今方才能够静下心来细细体会母亲的话，母亲希望她一生爱恋的男子幸福，不愿意毁掉那个男子的声誉。那个男子毕竟是一位显赫医家的真传子弟，清白的声誉对他来说，永远比真心之爱更加珍贵。

他自知无法抗拒那迷迭香的诱惑，便起身故作放松，笑道："陶媚儿，你要记住，你现在身不由己，最好不要任性胡来，你的性命如今是属于我的！"

身后一片沉默。母亲临死前说过，孩子，你面相有异，照我们扶南国的说法，是情劫已到。

原本这次是来向徐家父子讨债的，如今旧债未消，新债又添，眼前这个女子满满地占据了他的心，竟然使他的丧母之痛得到缓解。

那软玉温香的碰触，让他心神荡漾。陶媚儿，你是从什么地方来的？是否也和我母亲一样，跨越千山万水，来自遥远的扶南国？

他心中竟希望这个女子不是大梁的子民，这样，他就有理由带她远走。可是，当他看那外表柔弱、内心坚韧、一心捍卫陶家的女子，竟忍不住改变了初衷，决定留在市井，不再过闲云野鹤的日子。

香风拂过，流星轻薄，划碎了银河，流泻出刻骨铭心的惆怅。这一夕的痛彻心扉，犹如刮骨疗伤，每一滴泪，都刻画着灵魂的裂痕。

陶媚儿觉得仿佛经历了一场漫长的生死轮回，心与身的疼痛永生难忘。在清晨的一抹阳光中悠悠醒来，映入眼帘的依旧是那个忽然闯入自己生活的身影。

他身上并没有前日的戾气与桀骜，只有淡然与宁静。这个男子，是否真的是他？

她并没有想到，这个男子真的肩负起了照顾陶家的责任。父亲的丧事由他一手操办，他似乎忘记了为母报仇，并没有追究兄长的庸碌与过失，虽然她的兄长因为这次重创已经神志不清。

她忍着内心的痛，看到双眉微蹙的他默然不语，在朦胧的天色中，犹如滚滚红尘中最高远的一抹薄云，待风吹来，才还原成最淡泊的真实。不管他出于何种目的来此寻仇，毕竟是自家的兄长做了错事，枉送了两条人命。

何况近几日的相处，竟觉得他身上的盗匪之气已然消失。似乎冥冥之中，他与陶家的宿缘无法分割一般。

"媚儿！我要你出来，我有话对你说！"门外、墙外到处是徐天琳醉意的宣泄。厚厚的墙壁传递的并不是一个年轻男子的哀怨，而是一颗碎裂的心。

## 第三章　香草作珍馐

屋外一声惊雷，雨幕泻空，似乎在洗刷难耐的窒息和忧伤。

"砰砰砰！"急促的敲门声打断了她纷乱的思绪，只听到外边金正的惊呼："石掌柜，这深更半夜的，你这是……"

"陶姑娘在不在？"这是福胜米店石掌柜的声音。

只听得门打开的声音，似乎几个人同时进来，陶媚儿连忙披衣奔了出去。

"姑娘，你快救救我家瑞香，她刚才在外屋睡着了，被爬进来的一条毒蛇咬了，现在连呼吸都要没了，你快看看……"石掌柜悲痛又慌张，站立不安。

陶媚儿低头一看，两个伙计已经把昏迷的石瑞香轻轻放置在堂中木榻上。石瑞香的脸色昏暗，双眸紧合，半边身子已经肿了起来。

"为什么不先去找徐大医看？对症下药才是正理。"

"陶姑娘，我知道现在你家逢不幸，心绪难平。可是，我也是没有办法呀！我那个倔强的女儿，坚持男女授受不亲，不肯让男人看到她的身体，所以……"石掌柜因为女儿的生命垂危而心神俱疲。

陶媚儿一声幽叹，知道多说一句，就要延误更多的时机，便唤了一声："金正，配药！百节藕、石菖蒲、南蛇藤、半边莲、金银花、路边羌、飞天蜈蚣……"

"小姐，石菖蒲、南蛇藤、半边莲都缺货……"金正怯怯地低语。

"啊？"陶媚儿开始沁出汗来，这等天气，容不得再费工夫去找寻这样的解毒药。

再看石瑞香美睫湿润，长发披散，浑身在雨水的浸透下冰冷异常。

"既然如此，就顾不了那许多了！"陶媚儿记得父亲说过，如果药物的效力暂时不能发挥，便只有放血一条路径，最重要的是阻止蛇毒蔓延到心脏。

几根银针在陶媚儿的手中露出些许森森的寒气，在徐陶两家医药的耳濡目染中，她已学成一套不输于男子的医术，只是女子公开行医，未有先例，因此总是在父亲和徐伯父身后辅助治疗。此刻，是千钧一发的时刻，她知道，即使是徐家父子亲自赶来，也未必来得及救下这个如花似玉的姑娘，破釜沉舟才是唯一的办法。

她摆摆手，让左右之人回避，轻轻地褪下瑞香的衣襟，一片冰肌玉肤随即映入眼帘。左臂上一个深深的印痕，一团黑气已经开始向胸部延伸。她定了定神，银针准确地扎入合谷、百会、风池，然后又几根扎入内关、神关、足三里……

石瑞香嘤咛一声，有了知觉。蒙眬中似乎觉察有人在脱自己的衣衫，她恼怒地伸出尖利的长甲，狠狠地抓了过去。

陶媚儿顿觉脸上一痛，急喊道："瑞香，是我，不要动……"

石瑞香听到陶媚儿的呼唤，不由得全身一阵松懈，不再挣扎，但随后痛苦地呻吟起来。

陶媚儿犹豫了片刻，便猛地低下头，在伤口上吸吮起来。只吸了三口，便觉一阵金花乱溅，情急之下，竟然忘记先服用陶家的祖传配方配置的百草玉露丸，手随即便去摸索身上的锦盒，然而，脑中猛地一阵眩晕，身子摇摇欲坠。

就在即将倾倒的瞬间，她觉得腰中一阵温暖，一只熟悉的手托住了自己。那熟悉的香味，是他……

"金正，去烧一大桶热水。快，越快越好！"耳畔传来一阵愤怒的低吼，把陶媚儿的神志渐渐唤醒。

她欲张口呵斥你在这里做什么，喉咙中忽然被塞入一个异物，他托住她的下颌，轻轻一拍，一股清凉的感觉滑入腹中，顿觉渐渐恢复了气力。

"林子风，如果你还有力气，就去隔壁请徐伯父过来！"

"闭嘴！"他近乎咆哮的声音打断了她全部的疑虑，让她顿时怔住。

眼前的白影，如春水清波，缥缈无痕。一阵醉人的芬芳飘来，他不知从哪里拿出一个白玉葫芦，倒出一颗药丸，迅速捻成碎末，对着石瑞香的鼻孔吹去。只见石瑞香轻哼一声，睁开了双眸。

但当她看到与自己视线相接的是一个活生生的陌生男子，不禁大呼一声："天，你是谁？"

"不要动！"林子风的厉声提醒让陶媚儿心惊胆战，再回首，看到石瑞香脸上一片红晕，如梦初醒，忽然大叫一声，又昏了过去。

"你……怎么进来的？"他的冒失闯入，打破了石瑞香的禁忌，那滑腻如玉的雪白肌肤赤裸裸地暴露于林子风面前。

"水烧开了。"门外传来金正的声音。

"把热水倒入木桶，放置内室。"林子风并不理会她，哧啦一声，扯断袍子一角，又撕成两根布条，将石瑞香的手臂和脚腕之处缚紧，然后脱下白袍，在白瑞香身体上一裹，然后轻轻把她置入木桶内。

"你要做什么？"陶媚儿颤声问道。这个林子风的神秘举止和他当初出现在自己面前一样，使人觉得他并非凡夫俗子，而是从海岛仙山来度化愚钝之人的。

林子风并没有理睬，只是低头哼了一声："医者父母心，只有男女之别，没有父母之心，怎么能做医者？"

"什么？"陶媚儿怔怔无语。

只见他又拿出一个瓶子，倒出一些白色粉末，放入木桶。

"你这是做什么？"

"去拿你的银针来，不要告诉我，要请徐家父子来。"

烛火在墙壁上形成了诡异的阴影。林子风身上的香气越来越浓，在闪烁不定的乱影中带着一种奇异的瑰丽。

一支长长的银针从石瑞香的百会穴穿入，但她闭气已久，仍然没有响动。

林子风在水中倒入一些灰色粉末，水汽腾旋中似乎看到他从来未出现的柔情。那香味，类似攀山越岩的香蕈，百步之内，馥郁无比，只是多了几分诡异。细细品味，却不得不为之心折。

民间把这香蕈做成珍馐，奉为上品，为待客之道。但是她仍然不可置信，这便是难得的珍贵草药。

石瑞香香汗淋漓，美睫微微地颤动，玉雕般地昏睡着。陶媚儿的四肢百骸舒畅无比，在散动着香气的内室之中渐感疲惫。

林子风，你到底是什么人？她想询问他，为何与盗匪为伍？静谧中的幻觉齐齐涌上，眼前没有黑夜，也没有白日，只有那漫天遍野的香蕈。

待她幽幽转醒，发现已经躺在自己的寝室。屋外，传来碾药的声音。起身下床，见兄长陶重山似乎难得地安静下来，正把一些草药添加到药碾中，用力地来回推着。

昨晚那一切，恍如梦境。

百草堂沐浴在暖风之中，仍然一如既往，金正正在擦拭案台上的灰尘。

她揉了揉仍然有些微痛的太阳穴，无力地呼唤了一声："金正，你……"

"小姐，你醒了？"金正迎了过来，"昨天也真是奇怪，那一桶水都变成了黑色的，而石家小姐已经安然无恙了，从来没有见过这样治病的。"

"那，他……"她四下搜索那一个白色的身影。他刚刚蒙受丧母之痛，与她本是天涯同命之人，但却亦正亦邪，扑朔迷离。

"姑爷去收草药去了。他说，老爷已经入土归葬，尘埃落定，要开业济世了。耽误自身事小，祸及苍生事大。"

"姑爷？"她这才醒悟，自己的终身已经许给此人了。可此人的行径却越来越匪夷所思，绝不像一个盗匪山贼所为。

"那徐伯母的病情如何？"她忽然想到，自己身逢父丧兄癫，已经好久没有看望徐伯母了。

"听说病势越来越重，有时呓语，有时癫狂，已经认不出自家人了，实在是可怜……"

看到兄长仍然在埋头碾药，她的心不由得沉了下去，这突如其来的劫难竟毁了两家人。也罢，既然是我陶家造下的孽债，便由我陶家人来偿还吧！

重新跨进那熟悉的小院，花艳如旧，只是再也听不到济世堂门外车水马龙的声音。

一声声撕心裂肺的凄厉呼喊，震碎了陶媚儿好不容易积聚的意念和决心。

"媚儿……"推开门，徐立康正捧着一碗汤药喂徐夫人，看到陶媚儿进来，顿时老泪纵横，再也没有了往日的从容，他颤声道，"媚儿来了。你伯母病情不愈，我无暇去顾及你父亲的丧事，正惭愧不已……"徐立康颤声道。

"伯父言重了，是陶家拖累了你们。媚儿再次向伯父请罪……"她看着徐夫人那近乎痴呆的眼神，内心一阵绞痛。

"唉……这是徐家的劫数，媚儿你不要自责了，尽人事而听天命……"徐立康话音未落，便听到徐夫人又一声惊呼，两眼直直地翻起，口吐白沫，直挺挺地向后倒去。

"夫人！"

"伯母！"陶媚儿大惊失色，没料到徐夫人病情居然如此严重，"怎会这样？伯父，伯母她……"

徐立康沉痛地点头，手中早有几根银针扎了上去。

"我不相信，伯父你就没有办法了吗？"

"媚儿，你也知道，病来如山倒，纵然是医家，也不能和天抗衡，免不了生老病死……"

陶媚儿惊颤地看到徐夫人一阵抖动之后，神色渐渐恢复如初，然后进入了梦乡，终于舒了一口气。

"我听说有一种药材可以医治徐伯母的病。"

"哦？"

"今晨听金正说，有一种珍贵的药材叫作犀牛角，并非我中土所有，而是由异邦进献给当今圣上，这种药材因此在民间极为罕见……可惜皇家禁苑，又怎是我一个平民百姓所能进入的？"

"那犀牛角确实难求，我是亲眼看到过的。"

陶媚儿喜从心来："什么？伯父在哪里看到过？"

徐立康顿时神色黯然下来："那已经是二十多年前的事情了……当年皇宫内

只有两块，一块赐给豫章王萧综，一块不翼而飞，为此还丢了两条人命。"

"啊？这些伯父又是从何而知？"

徐立康顿觉失言，随后轻咳一声："哦，媚儿，你在此多坐会儿，我去让人熬服药给你伯母吃。"

"不，那媚儿就告辞了。"

从徐家走出，陶媚儿忽然发现自己再也没有闻到过那满园的清香，似乎嗅觉出了问题。徐天琳不在家中，大概是出诊而去。

陶媚儿暗舒一口气，既然相见不如不见，那便随缘罢了。从来没有想过，从小对自己呵护备至的徐天琳，在遭逢人生的大起大落之时，竟让她产生难以割舍的情愫。

正低头沉思，忽然撞上一堵白墙，那堵白墙出乎意料移动起来。

林子风的鼻息中散发着阳刚之气，那味道是他与生俱来的霸气。他一脸恼怒，如山峦绵延般阻碍着她行进的道路。

"你到哪里去了？"

"去徐家看望徐伯母！"陶媚儿想推开他，却终于发现，女子的柔媚和温婉实在无法与男子的天生蛮力相抗衡。若一个女子能打败一个男子的骄傲，那男子必然对那女子倾心不已。她知道，自己只是他宣泄仇恨的牺牲品，是一个永远洗不清罪孽的人，仅此而已。

"真的？"他皱着眉，冷哼一声，"我看你别有居心吧？去见他了？"

陶媚儿失望地摇头："林子风，有话直说便是！就是指桑骂槐也难解你的心结，还不如痛痛快快地了断！"

"陶媚儿，你果然有处变不惊的过人胆气，让人刮目相看！"林子风一边说，一边朝她的面庞逼近，那股摄人心魄的香气又沁入她的鼻孔。

"是陶家得罪了你，不是徐家，为何还要找徐家麻烦？"

"你既然是我的未婚妻子，便要懂得分寸。从今天起，百草堂和济世堂老死不相往来，可记住了？"

"林子风，我陶媚儿虽然已经对你有了承诺，但你若要逼人太甚，我便再还你一条性命就是！在百草堂里，我依然是陶家的女儿！"她推开那堵白墙，想去翻看那筐甘草。

"陶媚儿，我是你未来的夫君，你便要俯首听命于我！"林子风的话仿佛有雷霆万钧之力，使得陶媚儿眼皮顿时一紧。

她心内五味杂陈，闻到他身上渐渐升腾起来的香气，禁不住好奇地发问："你身上是什么东西发出这样的香味？我似乎从来没有闻到过。"

"哦？"他抬头，凛冽的目光似乎要把她的一切看透，良久终于释然，挤出一丝笑容，"想知道那是什么香，就答应我提出的条件。"

陶媚儿克制住自己的好奇，轻飘飘地射过去一个坚韧的眼神，然后将那双美眸渐渐收拢，化为月光下最不起眼的星辰。

"金正，去把聚满楼老板要的草药送过去！"她转过身子，朝外间喊道。

"来了，是分成几小包，还是打成一大包？"金正问。

"这是让病人发汗的方子，要循序渐进为好，自然是要分包。天气已经热了，病人熬制的汤药不能久放，还是分次熬制较好。"

"是，小的先去了。"金正应声，随即出门而去。

陶媚儿再也不看林子风一眼，把自制的药丸包好，便转去了内室。

林子风目不转睛地看着一个香汗淋漓的草药美人在眼前消失，心里有些空洞。

陶媚儿有些失神，那个男子明明是有仇怨在身的山匪，却让人经常忘记他的身份。他，到底是什么人？身心俱疲，于是还不到以往休息的时辰，便不知不觉合上了双目。

一觉醒来，神清气爽，听到枝头黄莺的轻啼，掺杂着淡淡的寂寞。踏入正堂内，一阵熟悉的捣药声伴随着清晨散发着的榴花香，撞击着陶媚儿的心。

"金正，闻出那是什么香了吗？"林子风的声音显得越发清晰。

偷偷望过去，只见金正拿着一块黑乎乎的东西又闻又咬，又捏又折："姑爷，这个东西我可从来没有见过，这香味很特别，仿佛能一下子钻到你的骨头里去。不是兰草，不是麝香，也不是细辛。到底是什么呢？"

"这个香味是不是很深沉、高贵，渗入人的五脏六腑中，让人躁乱的心渐渐平静？"

"哦，"金正重重地点着头，"怎么看也不像大梁的东西？"

"那就对了，这种神奇的东西并非我大梁所有。"

"啊？是什么？"金正的嘴巴张得浑圆，疑惑地凑过头来，想听到下文。

"这种东西来自非常遥远的扶南国，要过了南海郡才能到。扶南国与我朝来往密切，这样的物产能够出现在建康城，总不是什么稀罕的事情。"

"说得天花乱坠，也不过是种香料……华而不实的东西，有何用处？"陶媚儿已经听出林子风明是对金正谈，实则是说给自己听的，于是故意轻描淡写，激他出言。

林子风的眉头果然皱起，狂傲之气渐渐升起："你怎知只是种香料？"

"小女子见识短浅，不知也不为怪。"

他的两道剑眉扬了扬，似乎想到什么，随即把声音遏制下去。

"兰草清幽淡泊，麝香馥郁香浓，细辛辛香麻痹，虽然各有千秋，却都不能和此香相提并论。此香酸甜带凉，燃烧之后，持久不散，天下无一香味能出其右。"

"哦？那麝香在《神农本草经》里被列为上品，却被你如此贬低。"陶媚儿不再多言，把去年冬天储存的白菊取出，那花瓣依然饱满，不枉自己一番苦心储藏。天气渐暖，若不及时拿出来晾晒，恐怕要生虫了。

林子风竟然有些发怔，与他那日到徐家挑衅的姿态判若两人。

"姑爷，您快说，它到底是一种什么样的东西？"金正按捺不住好奇心，急迫地问起来。

陶媚儿听到耳边传来一声轻叹，随即听到林子风对金正说道："它的名字叫作沉香，是古树因病变或经蚁虫蛀蚀倒塌埋入土中，经数十年乃至百年，吸收水土精华而成。因木质腐烂消失，只剩油脂，因此在水中下沉而得名。此香采集要穿山越岭，到古木丛生的密林深处，稍不留意，就会丧命，所得极为珍贵。"

"啊！那您又是从何而得？"金正大吃一惊。

"这……"林子风停顿了片刻，沉吟道："是一位故人相赠……"

"那您那位故人又是从何而得？"金正似乎还没有看到林子风已经皱紧了

眉头，还要打破砂锅问到底。

"这……"

"金正，既然人家不说，就不要强人所难了。不过是香料而已，有什么大惊小怪的。"陶媚儿发现，自己越是不去理睬，他便越是失去分寸。对待他，以静制动，是上佳之策。

果然，林子风有些被陶媚儿淡漠的神情激怒："这不是普通的香料，和其他本草搭配得当，就是祛病除忧的良方。这沉香本就有降气温中、暖肾纳气的功效。"

"既然不是中土之物，你却为何如数家珍，看来一定是很熟悉了。媚儿果然是孤陋寡闻，不知天外有天了，改日要多讨教了。"她暗自有些好笑，一个素来清高、不知天高地厚的狂傲之人，只凭一个女子的唇枪舌剑便被逼得节节败退，岂不让人快意？

"你……"他额头上青筋隐约突起，漆黑的双眸射出一道清冷的光。

陶媚儿躲避开他那凌厉的眼神，用手指夹起一朵朵素洁的白菊，整整齐齐地摆放在一平案上，待到巳时，才是晾晒的最好时机。

"陶姐姐！"石瑞香的声音轻飘飘地传了过来，"快，抬进来！"

只见两个伙计抬着两担米，轻轻放在堂中。

"瑞香，你这是做什么？"陶媚儿愕然看到，经过精心装饰的石瑞香额头花钿绽放，粉面含春，正痴痴地看着林子风。

"前日里若不是陶姐姐和这位兄长妙手回春，瑞香早就命丧九泉了。家父和瑞香感激不尽。家父特地让瑞香送米过来。家父说，百草堂的米从此就由福胜米店包了，陶姐姐只管济世救人，其他的事情就不要操劳了。"

"这原本没有什么。瑞香你太见外了……"陶媚儿摇头。

"还有，瑞香斗胆问一句，陶姐姐，请问这位兄长是……"

"他？"陶媚儿一顿，看到林子风似笑非笑，正等着她答复。

"他是我的……表哥，林子风。"陶媚儿深吸一口气，终于艰难地吐出一句话。他的身份扑朔迷离，虽然已经是自己未来的夫君，但是此时却不是大肆张扬的时机。

"那就对了！"石瑞香忽然一阵欢欣，纤腰摆动，向林子风挪去。

林子风措手不及之下，与她几乎相撞。她头上的一只金蝉闪动，险些掉落。只见她顺势扶住了头上的金蝉，宽袖一拂，遮掩住满脸红晕。

"家父果然猜得不错，林大哥一定是因陶家忽逢变故，特意前来帮忙的。"石瑞香忽然腼腆起来，"如此，瑞香就有交代了。请陶姐姐不要见怪……"

石瑞香掩饰不住内心的雀跃，越发显得千娇百媚，欲语还休。

陶媚儿的心暗暗地沉了下去，仿佛烟云凝结，压入万尺碧潭。

石瑞香从伙计手中接过一梨木箱，打开箱盖，轻轻取出一件白袍，径直往林子风身上披去。

那件白袍做工精致，隐隐约约闪着金光，竟然是用京城里最好的凤屏居特有的金线手工绣成，看得出极费功夫。

林子风窘迫之下，竟然有些失神。

"为救瑞香的性命，毁了林大哥的衣衫，瑞香深感不安。特此花了三天三夜的工夫赶制而成，请林大哥务必笑纳。"

"他不过是举手之劳，是医家职责所在，受了米粮，还要受衣衫，实在是惭愧。"陶媚儿按捺住心内的惶惑，淡淡地说道。

"陶姐姐，你一定让林大哥收下，否则瑞香会寝食难安。"

"那要看林大哥的意思了……"陶媚儿方才发现，手中的一朵白菊不知什么时候被捻成了碎末。

"哈哈哈！"林子风畅笑，"既然姑娘盛情，我若是再推托，倒显得惺惺作态了。"

石瑞香欣喜若狂，羞道："这是林大哥看得起瑞香。家父准备了酒宴，请林大哥明日到府上一叙，请林大哥务必赏光。"

"这……"林子风看着她殷切的目光，倒有些迟疑了。

"林大哥不要误会，是家父近日日夜操劳，心神不安，夜不成寐，所以想请林大哥去诊治。"

"朱砂、黄连各半两，当归二钱，生地黄三钱，甘草二钱，研成碎末，酒泡蒸饼如麻子大，朱砂为衣，每次服三十丸，卧时津液下，用此方即可，不用林大哥亲访了。"陶媚儿终于放下白菊，转身走向柜台。

众人一听皆惊，陶媚儿话中带着不满。

石瑞香顿时由喜转忧："陶姐姐，瑞香是担心家父他虚瞒病症，若不当面问诊，恐怕不甚清楚。"

"百善孝为先，瑞香姑娘这份心思让林某佩服。放心，既然看得起林某，那明日林某定当登门拜访！"

林子风不知为何，一反常态，让人不解。

石瑞香轻声应了一声，金蝉微颤，低语道："我与林大哥果然是有缘之人！"说完，转身招呼伙计便要回去。

"且慢！"陶媚儿正色道，"瑞香，你不是一直让我帮你找个养颜益寿的方子吗？"

"怎么？"石瑞香奇道。

"就是要用甘菊。你要记住，三月的前五天采它的苗，叫玉英；六月的前五天采它的叶，叫容成；九月的前五天采它的花，叫作金精；十二月的前五天采它的根茎，叫长生。将这四物一起阴干一百天后，各取等份，捣杵千次后成末，每次用酒送服一钱。或者将蜜炼熟后做成梧桐子大的蜜丸，用酒送服七丸，每日三次。服百日后会身轻面润；服一年令白发变黑；服两年，齿落更生；服五年，则八十岁的老人可返老还童。石妹妹，若真孝顺，就照此做，有益无害。"

石瑞香被陶媚儿一番长篇大论所震慑，竟真的停住了脚步："姐姐说这法子可真的有效？"

"这是《玉函方》所载，至于效果还得靠妹妹自己去体味。所谓心诚则灵，上天一定会看到你的孝心的！"陶媚儿杏眼微眯，别有一种风情。

石瑞香终于带着满意的神情离去。

陶媚儿发现自己今日言多，似乎感觉林子风和金正都用一种奇异的眼神望着她。她毫不退缩，直接迎上了林子风不屑的眼神。

林子风和金正连忙装作不知，躲避开去。只听得林子风诡笑道："想不想看到一个玉树临风的世外飞仙？"

金正看着那精致的白袍，恍然大悟，连忙说："好啊。我随你去……"

那两个人相视一笑，匆匆溜向后堂。

"你们……"陶媚儿莫名地有些气闷。阳光正在半空，晾晒白菊的时辰到了，可是自己身为女子，天性体弱，搬不动那巨大的台案。

正在烦恼之际，只见两人匆忙走后，那块沉香被搁置在一旁，非常不起眼。

陶媚儿已猜到那是他故意丢下的，也许，他早已经窥破她的心事。一个嗜药如命的女子又怎能不对那异邦的奇药产生好奇？她将沉香悄悄塞入怀中，掩饰住内心深处暗暗浮动的一点雀跃，悄悄回了寝室。

满园暗香浮动，林子风依然穿着那件白衣，途经陶媚儿寝室，里边飘荡着一股特别的香气，那香气持久芬芳、沉敛凝神，让心浮气躁的人顿时安宁下来。

## 第四章　车前乱五月

五月的京城，春晖绮梦，婉转多情。越往城外而去，就越觉得浮躁不安。

城里城外的马车依然穿梭不断，身旁草长莺飞，远处青山叠峦，却似阴雨来临。

陶媚儿趁林子风出门，让金正关上店门出城而去。只因清早听到一位药农说过，在栖霞山附近，有一个白衣仙人曾经用犀牛角救了一位上山砍柴的樵夫。

陶媚儿一身淡装，脚步飞快。那药农祖祖辈辈谨守诚信，既然能说出此话，便不是空穴来风，值得去寻。

"小姐，那栖霞山离京城有四十多里呢，我们这样走，不知道什么时候才能到。就是到了栖霞山，难道就能找到那世外高人？就是找到那世外高人，人家就肯把那珍贵的药材给我们？"金正背着药箱紧跟陶媚儿，跑得满头大汗。

"金正，是我们陶家欠了徐家的，只要我能做到，就一定尽力。宁可信其有，不可信其无，我一定要找到它！"

远远不见尽头的官路上尘土飞扬，一群乞丐接踵而来。

"怎么忽然来了这么多乞丐？"陶媚儿惊疑万分。

一老年乞丐边走边捧腹，面露痛苦之状。正当陶媚儿发愣之时，老年乞丐忽然匍匐在地。

"老伯。"陶媚儿下意识冲了过去,扒开聚拢的人群。

那老年乞丐面色蜡黄,已经昏迷不醒。

陶媚儿伸手探了探他的鼻息,尚有一丝热气,只是脸上由于痛苦的抽搐已经有些微微变形。

"一定是吃了什么生硬东西。"有人说道。

这时,旁边一年轻乞丐哭泣起来:"连日来忍饥挨饿,忽遇一富贵人家给了一盒柿子饼,老人家说他自幼最喜欢偷吃别人家柿子,一时兴奋,连吃了两个,然后就大汗淋淋,直呼疼痛……"

"老人家成天风餐露宿的,吃坏了肠胃恐怕……"金正喃喃自语。

"不,这是石博小肠(即今天的肠结石)。当初宋孝武帝路太后曾患此病,徐文伯以一水剂消石汤治愈。可惜今日我们出门匆忙,并没有多做准备。"

陶媚儿把自己绣有"百草堂"字样的手帕拿出,交到那年轻乞丐手中:"这是我的信物,拿着它,去城内的济世堂寻方,然后去隔壁的百草堂求药,按方吃药,一定会治好老人家的病。"

"这……"年轻乞丐顿时眼泪直流,"多谢姑娘,大恩大德,小的没齿难忘!只是我们没有银钱看病……"

"去吧,就说是陶姑娘的话,百草堂分文不收。"

"谢谢姑娘,真是观音菩萨啊!"

陶媚儿淡笑,摆手:"悬壶济世,本是医者之道,无须多说。"言毕,起身疾奔。

金正连忙跟了上来:"小姐,我们要是这样慈悲下去,要什么时候走到栖霞山?"

正说着,忽然见一群又一群慌乱的百姓呼喊着冲向城去。春野骚动不安,似乎有无数的马蹄在践踏着每一寸土地。

"发生了什么事?"金正拦住一人,只见那人气急败坏地嚷道:"怎么?你们还无动于衷?听说鲜卑人侯景叛乱,已经杀过长江天堑,直逼建康,还不快回去躲起来,晚了就没命了!那侯景可是蛮人,杀人不眨眼!"

"什么?"陶媚儿大惊失色,"我朝有几十万雄兵,难道全部缴械投降?那么多城池就轻易被瓦解了？"

那人看了看陶媚儿，摇了摇头，急忙向城门奔去。

"小姐，我们也尽快回城吧，不然，难道要落到叛军之手？"金正看到四处抱头狂奔的百姓越来越多，很快如蚂蚁一般，密密麻麻往城门而聚。

"不，我不相信，我大梁的千军万马抵抗不了几个贼寇。找不到犀牛角，我绝不回去！"

"小姐！"金正哭道，"宁肯信其有，不能信其无。刚才不是你说的吗？而今之际，只有先保住性命，才能顾及其他。小姐，你不要那么固执了。这么多逃难的百姓，难道都是瞎子吗？"

官道附近人迹已经越来越少，天边一抹浓云压来，暖阳被覆，唯留半边金丝，使人还依稀留恋那春日迟迟。只是，终于到了梅雨纷纷的时节。

忽然一阵惊天动地的巨响，一阵骤风扫了过来，滚滚风尘中几十匹快马呼啸而来。混乱之中的百姓急于入城，丢下几只散失的羊儿正躲在阴沟乱草中瑟缩着，似乎也在等待着被宰割的命运。

陶媚儿一头秀发，被疾风扫乱。那一队人马惊喝一声，停住了脚步。

"将军，我们已经到了建康城下。看来，皇帝还在打鼾呢！"

"哈哈哈！"那将军收住马蹄，一阵快意的笑，"很好，今天我们已经完成了行程，可以暂时休息了。等明日打探好地形，就迎接丞相！"

"是，将军！"

陶媚儿心暗暗沉了下去，没想到官军如此之快就和叛军相接。看来，前边的道路已经不能再继续走下去。

身旁的金正已经魂飞魄散，蜷缩成一团，往树下躲去。

"将军，那里居然有人。"一个叛军士兵很快就搜索到人迹。

"哦？还真有不怕死的？"那将军惊奇万分，随着那叛兵的刀刃流光望了过来。

只见十步开外，一个素衣女子飒飒而立。

"哇！将军，我们真是福缘不浅啊，辛劳了这许多日子，居然能看到这样的美人！"一个叛兵眼神如觊觎羔羊的野狼，淫亵而贪婪。

"看来丞相发兵京城果然是明智之举，不仅揽进天下之财，还能坐拥天下之美人。一方水土一方人，这江南美女果然名不虚传！"

"哼！若丞相也如你一般目光短浅，还能成得了什么大事？下去！"那将军居然长了一脸蓝髯，一眼望去，只觉得粗犷无序，谁料说话却威严庄重，摄人魂魄。

"是……"那叛兵不禁胆寒，畏首而退。

几个士兵在将军的示意之下，围住了陶媚儿和金正。

一阵疾风又起，路旁落花无数。几声响雷过后，细雨密密麻麻而下，几分寒气略带草泥之香，萧索而狂乱。江南的梅雨，柔腻缠绵，霏霏不歇，从来没有来得这般惊天动地，转眼间众人已经衣衫尽湿。

陶媚儿已经有些悔意，早该听了金正的话，先退后进。如今前方的路多凶险，已经看不到尽头。

"将军，先回营吧！把他们带回去审问即可！"

眼睛被蒙住，湿寒中带有凛凛锐气，耳边听到金正的痛泣："都怪我，没有保护好你！老爷在天之灵，会责怪我的呀！"

她想告诉金正："福祸相倚，既来之，则安之。"

可是口却被一软物牢牢塞住。

从黑暗中重新见到光亮，陶媚儿发现自己已经被带入一个营帐中。

那将军已经换过了衣衫，正喝着一碗热酒，身边只有两个亲兵跟随。

两个亲兵眼神闪烁不定，一边偷偷斜睨着蓝髯将军的神态，一边偷窥陶媚儿。

她全身已经湿透，身姿曼妙，曲线凸凹，发丝垂露，如幽池莲花，在翠帏绿幛中散发着淡淡的幽香。

蓝髯将军大口大口吞咽了几口热酒，眼眸如一道利箭，烧灼般地射了过来："你这女子，可是京城人氏？在这兵荒马乱之时，是吃了熊心豹子胆吗，敢往城外跑，不怕再也回不去了吗？"

陶媚儿怒瞪那两个亲兵一眼，把一丝蓬乱的秀发绾在脑后："我不过是一介弱质女流，大不了一条性命而已，有何可怕？"

"哦？"蓝髯将军吃了一惊，"看不出你这小女子倒有几分铮铮的骨气！怎么，你是姓王还是姓谢？"

"让将军失望了！小女子姓氏非王非谢，而是布衣之女，姓陶。"

陶氏？蓝髯将军眯着眼审度过去，只见陶媚儿脸上一丝涟漪都没有，其定力和勇气竟然胜过挑战千军万马的沙场老将。

"我只听到梁朝有个叫作陶弘景的，难道你是他的族人？"

陶媚儿轻哼一声，淡笑道："既然小女子已经落入叛军之手，多说无益，要杀要剐，悉听尊便！"

"你说我是叛军？谁告诉你的？你凭什么说我是叛军？"蓝髯将军有些不悦。

"那'叛军'二字分明写在众位的额头上，还怕别人不知吗？"

"哦？"

"既然来京，为何不进城？既然是光明正大来的，为什么要骚扰百姓？自古只有不义之师才会肆意鱼肉百姓，将军如此不分青红皂白，就劫持良家妇女，可算是正义？"

"哈哈哈！好一番伶牙俐齿，本将钦佩至极！只是你又怎知本将会如何对你？"

"司马昭之心，路人皆知。将军若要识大体，为何要投靠一个反复无常、不忠不孝的乱臣贼子？"

"砰！"那蓝髯将军拍案而起，怒道："丞相之师，乃是义师，是为清君侧、除奸臣而来，怎会是叛贼？"

"连市井小儿都知道，一个卖主求荣、屡屡叛国的小人，又怎么会对我朝忠心耿耿？看将军不是泛泛之辈，为什么要助纣为虐、为那小人肝脑涂地？"

"你！"蓝髯将军的胡须开始抖动，飘扬起来，"你说我助纣为虐？你……"

这时，他身边的一个亲兵连忙说道："将军息怒，何必和一个小女子一般见识？还是把她交给小的，让小的来收拾她！"

"哼！"蓝髯将军冷笑一声，"也罢，我堂堂一个身经百战的将军难道还怕你一个弱女子吗？拖下去！先关起来！"

"将军，可否把她赏给小的，小的还没有妻子呢。"那亲兵一脸谄媚，小心翼翼地问道。

"哦？"那蓝髯将军目光炯炯，如寒刀射向陶媚儿。

陶媚儿呼吸有些困难，忽然冷冷地笑了一声："将军的行径还不如杀富济贫的盗匪！与其受尽凌辱，还不如给一刀痛快！"

"看来姑娘也知道，这世间最痛苦的事情莫过于让人生不如死。"

"我是医家出身，见多了生死离别，又怎能不知？"

"哈哈哈！"那蓝髯将军由怒转而狂笑，"我以为姑娘你刀枪不入呢。"

陶媚儿强捺住发自五脏六腑的寒气，暗想今天怎样才能逃过一劫。忽听到一阵疾风长鸣，一支黑色冷箭从门隙飞入，直直地射向那蓝髯将军的喉咙。

"小心！"陶媚儿顿时一声惊叫，人命关天，又怎么能置之不理？

蓝髯将军脸色骤变，侧身闪了开去，但终因避不及时，眼睁睁地看那箭直接射入左臂。

那两个亲兵之一立即冲出营帐呼人警戒，另外一个也再无心情盯紧陶媚儿。

刀箭无眼，纵然是沙场老将，在这千钧一发的时刻，也会失去了分寸。那蓝髯将军顿时倒地，扶住左臂，轻呼一声："这箭有毒！"

营外已经一片喧哗，众多的脚步声越来越近，又一阵怪风卷入，顿时天昏地暗。

陶媚儿颤声呼道："快拉上帐帘，点灯，把我的药箱拿来！快！"

那亲兵迟疑地看了一眼陶媚儿，向蓝髯将军征询。

蓝髯将军脸色越发苍白，雄健的身躯顿时萎靡无力，虚弱地点了点头："听她吩咐吧。"

"是，将军！"那亲兵唤了一声，"来人，去把那小子和药箱提来！"

不一会儿，金正已经抱着药箱进入大帐。

"小姐，你没事吧？"

陶媚儿飞速打量一下金正，问："你可好？"

"小姐，我没事。你……"金正的目光已经转向旁边的蓝髯将军，只见那箭镞深深嵌入血肉之中，蓝髯将军嘴唇开始颤抖起来。

陶媚儿肃然说道："金正，把他的袖子割开，当务之急，是把箭镞拔除，否则毒气会随着箭镞的深入攻入心肺，再晚，恐怕无药可救了。"

金正点头，按照陶媚儿的吩咐割开了蓝髯将军的衣袖。

陶媚儿深深吁了一口气，定了定神，然后飞快打开药箱，取出一些细小丸粒纳入伤口。

"慢！"那亲兵立即警惕起来，"你给将军用的什么药？"

"这是解骨丸，由蛴螬、雄黄、象牙末各等份，炼制而成，专为拔箭镞而制……将军，可觉得臂上奇痒难耐？"

将军虚弱地动了一下身子，神色窘迫，似乎在做最大的努力忍耐。

"啊！"随着将军一阵痛呼，陶媚儿以迅雷不及掩耳之势，飞速地拔下箭镞。

眼看将军已经浑身颤抖，大汗淋漓，左臂上已经有些溃烂的皮肉内正涌出可怕的脓血来。陶媚儿又取出一个药瓶，对准蓝髯将军的左臂涂抹了过去。蓝髯将军终于忍耐不住，大声呻吟起来。

"唰！"但见蓝髯将军身后，不知何时出现一队军士，锃亮的刀箭在众多烛火的映衬之下，多了几分森寒的凉意。

"不，退下……"那蓝髯将军面色依然苍白，虚弱地摆了摆手，说道，"看来，本将军今天是遇到贵人了……陶姑娘，所谓明枪易躲，暗箭难防。本将军到如今才知道它的含义。暂且不论是谁想置我于死地，姑娘的济世医术本将军是心服口服了。"

"将军，面对如此疼痛能够镇定如常，堪比刮骨疗伤的关云长了，小女子佩服。"

"惭愧……"

"只是将军，不要忘了家国大义，失了英雄本色，明珠暗投了。"

"唉……"那将军竟然一声叹息，"明珠暗投？如今后退恐怕已经来不及了……本将军受了姑娘的恩惠，自然会知恩图报。姑娘不要再回城了，建康城即日免不了一场血战。先找个地方避起来，等事情过了，再图良策……"

"将军是说，这场劫难在所难免？"

帐外细密的雨声，如窸窸窣窣的爬虫一点一点攻入心脏，咬噬着，于是心头不由自主地泛起一阵痛楚。

蓝髯将军默不作声。

"叫人找一只羊，杀羊取血，内服外敷，过几日便好。所幸只是一般的箭毒，已经解了毒了。"

陶媚儿将蓝髯将军的伤口处理完毕，只觉心乱如麻、归心似箭，便向蓝髯将军辞行，和金正一起匆匆走出军营。

那雨仍然绵绵而下，天空中迷迷蒙蒙，水汽氤氲，分不清天地的界线。从军营出来的时候，陶媚儿身上多了一件披风。蓝髯将军为报答陶媚儿救命之恩定要相赠，陶媚儿推辞不过，只好收下。

她知道，是不能再去栖霞山了。在举国危难之际，绝不能丢掉百草堂，放弃父亲的叮咛。

刚刚进入城内，便听到身后咣当一声，城门紧紧闭拢。

"紧急军令，全城戒严！"紧急增调的大量军士，正从四面八方涌向城门。

"朱雀门、陵阳门、宣阳门、开阳门已经全部关闭禁行，广莫门、平昌门、玄武门、大夏门及东西各门都已经禁闭……"

陶媚儿软绵绵地走着，不时和奔跑的人群擦肩而过。一队队兵士疾驰而过，泥水飞溅，一片混乱。她隐隐预感，那些门关上，似乎再也无法打开；一旦打开，只会践踏着更多的鲜血。

雨似乎渐渐减弱，百草堂前，竟是人声鼎沸。人们似乎还没有意识到，一场史无前例的劫难就要来临。

"我用徐家的声誉来保证，此人已经毙命，用不着再费心思了！"徐天琳的声音在纷乱中直冲向高空。

"你是谁？就凭你能代表徐家的声誉？"林子风轻蔑地看着他，一边用手在那人鼻孔上轻探。

地上放置了一个野藤做的担架，一个人面色苍白，已无声息。

陶媚儿看两人针尖对麦芒，各执一词，不禁大吃一惊。

人群渐渐拥入，一群衣衫褴褛的乞丐正蜷缩在百草堂对面的影壁下。陶媚儿不动声色，悄悄隐匿在众人身后。金正已走到林子风跟前随时听候吩咐。

"林子风，我与你打赌，此人已经鼻息俱无，没有回转的可能了！"

"徐天琳，若你输了，就要永不踏入百草堂一步，你可做得到？"

徐天琳怨毒地看了林子风一眼："好，我答应你。林子风，若我赢了，从此你就要在建康城消失，与媚儿永不相见！"

"君子一言千金诺，自然不会反悔。"

林子风嘴角浮起一片淡笑，呼道："金正，这人可是自杀而死？"

"是的，这是一个常年在外做丝绸生意的商人，听说此次回京，忽逢家宅失火，亲人尽故，悲恸欲绝之际，被债主追债，因此服毒自尽。"

这时，旁边有一蓝衫商人恼道："老刘，你不能死！你要是死了，我的五百两银子找谁要去？这兵荒马乱的，我也不打算做生意了，回家种田去好了。"

徐天琳一甩长袍，躬下身来，翻看那病人的瞳孔和手指。

"是钩吻！"林子风和徐天琳竟然同出此言，然后彼此怒目而视。

陶媚儿心颤万分，这钩吻又叫野葛、胡蔓藤、独根、断肠草，为至毒之本草，若急水吞之立即就会死亡。

"此人将毒草吞得太急，任谁恐怕再也无回天之力了。"徐天琳摇头叹息。

"不然！"林子风呼道，"金正，去找一只白鹅，取血来，越快越好！"

"是，姑爷！"金正转身离去，唯恐看到徐天琳因为愤怒而有些狰狞的面孔。

林子风不知从何处找来一只打通的大竹筒，用头支撑起病人两肋及其脐中，灌冷水至竹筒中。

那蓝衫商人问道："您这是做什么？"

林子风含笑说道："中了钩吻毒的人，口不能张开，这样帮助他开口，以便用药物来解救他。"

果然，还未等他说完，那病人的口已经张开。

蓝衫商人大奇，目不转睛地盯着林子风。

林子风一袭白衣依然飘逸，不停穿梭于堂间，很快就弄来药汁，灌入病人口中。

"林大医，这是什么？"那蓝衫商人对林子风越发尊敬起来。

"这是甘豆汤，甘草能解百毒，与大豆同用，效果奇特……人生苦短，到头来，不过一堆白骨，没有什么不同，何必要穷追不舍？又何必要牺牲性命，放弃了一切？"

那蓝衫商人顿悟，惊道："果然能救活他，我便解除了他的债务，不再为难于他。"

此时金正已经把鹅血拿来，连忙灌入那病人口中。

一个时辰已经过去，那病人仍然没有动静。

"哼，人已去，何必还要折磨肉身？"徐天琳不屑一顾地说道，"难道你不到黄河不死心吗？"

"你又怎么知道这人不能死而复生？"

"滑天下之大稽！这天地乾坤岂是你说扭转就扭转的？"

在两个男子之间缓缓流动着剑拔弩张的紧迫，周围的人仿佛忘记了时间，城中的警钟声声不息，却没有人理会。

一队兵士纷纷前来，冲散了人群："国家有难，各家各户闭门停业，以定国法！"

那病人仍然纹丝不动，蓝衫商人终于痛泣："早知如此，我何必要咄咄逼人，使刘氏家破人亡？我罪孽深重，该下地狱……"

"林子风，事已至此，你还要逞能下去吗？快快离去，这百草堂本来不是你的立足之地！"徐天琳胜券在握，于是不再等待。

林子风神态自若，说道："还没有到紧要关头，你又怎知该走的不是你？"

"罢了！"陶媚儿心乱难安，终于站到前边，"你们不要再吵了。国难当头，唯有救死扶伤才是我们的本分，说得再多又有何益？"

"媚儿，你回来了！"徐天琳看到陶媚儿不由得欣喜若狂。

林子风斜睨了陶媚儿一眼，神情一松，眼神却离了开去，继续盯住那病人。

"媚儿，我接到你的讯息，便立即开了方子，如今那老者已经好转了。"徐天琳边说边拿出那手帕。

那手帕上百草堂的印记他是认得的。此时，面对熟悉的手帕，还散发着清新的兰草香，顿觉一阵悲怆，目光竟狠狠地对准林子风。

那作恶者便是他！如果不是他，他与心爱的媚儿自能够携手一生，不再有任何波折。

"林子风，大丈夫顶天立地。说得到要做得到！"

正说着，那病人的手脚忽然动了一动，蓝衫商人愕住："天啊！真的醒了！老刘，是我！"

那病人的眼皮轻微晃动，却无论如何也不睁开眼睛。

林子风见状，松了口气："他没事了！现在只是恐慌，暂时又昏迷，很快就能够恢复。"

徐天琳额头青筋突起，喉结不停地滑动，身体由于极度悲愤而颤抖起来："你……"

林子风并不看他，只是做了一个"请"的手势。见徐天琳神情萎靡，胸腔处涌动着即将喷泻的怒火。

陶媚儿迈了一步，只觉得身子僵硬，无法再提起气力。这林子风居然对医药如此熟悉，医术比徐天琳更胜一筹。只是，行事过于诡异，让人猜疑。

"这服了钩吻的人，发作时间和服用的方法极为相关。我只闻听这钩吻草的产地在两广，两广人常为躲债而服食此草，以骗过他人。如用根煎水或服新鲜嫩芽，则立即会不省人事；若服根者症状出现较慢，或需两个时辰方才发作。闻听这位刘姓商人经常四处经商，因此我断定他必然是通晓此中道理。况且，他虽昏迷，呼吸俱无，但脉搏却浅而有力，毒性还未来得及发作，因此只要及时解了毒，便可苏醒。"

林子风对众人一番论断，只听得一阵赞叹之声："林大医博古通今，是当今绝世良医，建康的百姓可有福气了。"

旁侧的徐天琳怒极道："林子风，你哗众取宠，非君子行径。"

"是不是君子，要用事实来证明。"林子风不慌不忙地淡淡笑了笑，"金正，把人抬进堂中休憩片刻即可。"

众人闻听，心服口服，七手八脚把人抬了进去。

"姑爷，我听说这钩吻草长在岭南的花为黄色，长在滇南的花为红色，是不折不扣的杀人草。"

"说得对！有人把毒蛇杀死，用钩吻覆盖，浇水出菌，做成毒药害人，你想不想试试？"

金正顿时魂飞魄散："我从来不害人，做那毒药做什么？"

"哈哈哈！毒药再厉害，也比不了人的心狠毒。"林子风白了徐天琳一眼，边说边转身，在众人的敬仰和簇拥下缓缓而去。

百草堂外，人群渐渐散去。雨霁之后，烟霭隔断重重楼台。再往南而去，几重宫阙，檐角突伸，似有无数飞絮覆盖。

# 第五章　桔梗亦有心

街面泥泞不堪。徐天琳任凭雨水浸沐，浑身沾满了飘落的碎叶和花瓣，孤独地面对着百草堂的大门，痴痴呆立良久，不甘心从此不见心中所爱。

陶媚儿两眼含泪，望着一脸颓废的徐天琳。

"媚儿，我不能相信，我不能再看到你。咫尺天涯，让我情何以堪？"在陶媚儿面前，徐天琳硬洒了几滴男儿泪，百炼钢化为绕指柔。

"天琳，此次出城，我已经知道，大梁面临史无前例的浩劫，我们已经没有时间再论儿女情长了。只是，对不住伯母，那犀牛角不知何时才能找到。"陶媚儿仰头，天空没有一丝颜色，"我知道你是为我而来，但是今非昔比，我与你已经不能再同行了。天琳，你死了这条心吧，忘记我……"

"不！媚儿，难道你忘记了我们的过去，也为那口是心非的小人心折吗？"徐天琳由哀转怒，额头上青筋涌动。

"天琳，住口！"陶媚儿心内的隐痛被徐天琳无情地翻出，不由得哀痛，"我已经对你说过，这是上天对我的惩罚，我只能受了。从今往后，我们再也不要相见了！"

说完，强自忍住哀痛，缓步退入百草堂。

"金正……"

"来了，小姐，有什么吩咐？"

"把通往徐家的侧门用木条封死。"陶媚儿每走一步，都感觉如刀刃划过足底。她已经决定，将与徐家相连的那道侧门永远都关闭。封住了门，就是封住了自己的心，让天琳断绝了相思的念头，断绝了两家多年的情谊。

"小姐？"金正对这突如其来的指令懵懂不安。

"快去，越快越好！"陶媚儿厉声喝道，再也没有任何犹豫。

"是……"金正怯怯应声，慌不择路地跑去。

无奈，无助，不得已而为之，唯有叹息。

比儿女之事更重要的是百草堂的声誉。重诺守信，敢做敢当，是陶家人穷其一生都要恪守的。

"媚儿，我不能原谅你！"徐天琳孤独地伫立在临街那曾经的繁华之地，声嘶力竭地狂呼。

天琳，我不能，不能！

转头望去，徐天琳茕茕孑立，陶媚儿几滴清泪震碎了桃花瓣，滚入泥土。

镂空格窗下，林子风正拼命遏制内心欲将那安然无恙回转的女子拥入怀中的冲动。从清晨就开始搜索她瘦弱的身影，她竟然不告而别。若不是在那病人生死攸关的迫切时分，他几乎要冲出城去，用一根粗绳索套住她。

在她忽然出现在自己眼帘的那一瞬间，他竟然有了热泪盈眶的感觉。

混乱的京城开始了警戒和卫护，官兵和百姓的脚步踏得百草堂前泥泞不堪，烟柳黯然失色，再也没有往日的精神。

但是见她对那徐家人的身影潸潸流泪，使他怒不可遏。

"陶媚儿，你若再背着我私自离开百草堂一步，我就……"他跳出那堆满药罐的地方，焦躁地拉住她的一只衣袖。

那素淡的衣袖上边居然有斑斑点点的血迹。最奇怪的是她全身湿痕未干，身上一件男人的披风让人匪夷所思。他大惊失色，急忙上上下下打量一番，发现陶媚儿除了眼眸含愁，一副哀绝神情之外，并无不妥，这才慢慢放下心来。

"你还担忧什么？现在建康城所有的城门都已经关闭，高墙之内，连只鸟雀也飞不过去了。倒是你，难道真的愿意放弃天高云淡的隐士生活，打算在市井中流连一生吗？"

听到陶媚儿娓娓一席话，他心内无数的荆棘在渐渐软化，失去了进攻的力量。

从石府回来，石掌柜丢给他一个难题。林子风已经看遍他女儿的全部，他女儿的今生务必要交给他。

林子风脸上不露声色，仍然虚与委蛇，心内却震撼不已，朦胧中似乎从细密的夹竹桃下看到石瑞香一张期待而羞赧的芙蓉面。

手中的青瓷杯不经意洒了几许，惶恐不安的他终于借故离开。

如今，面对陶媚儿，这个牵扯他灵魂最深处的女子、让他四肢百骸血液热涌的女子，却让他无奈，不知从何说起。

"我累了。"陶媚儿被这一天翻天覆地的巨变所震慑，忧心忡忡，分散的心神一时无法集聚。她使尽最后一点气力，推开他的手，步履轻飘地走进内室。

血迹从何而来？男子的披风又从何而来？他想抓住那任性的女子，大声询问，却最终被她那双复杂、隐忧、疲惫、坚忍的眼眸所震慑，不由自主地松开了她。她的心，终究不在这里，还在那被挫败的、愤恨独行的徐天琳的身上。

他又怎么能懂得，她最在意的是那闭锁的城门，隔断了她的希望。不知什么时候才能去栖霞山，找寻犀牛角，去偿还对徐家欠下的债。

天幕已歇，笙歌不在，城内难得的清静。似乎所有的尘埃和浮躁都被春雨洗净，也似乎正在享受屠戮之前的短暂宁静。


林子风不得不锁紧眉头，城外重兵拥集，一派喧嚣；城内百姓手足无措，一片惶恐。

多日来储存的草药，都被官府征缴。不能出城，草药告罄。巧妇难为无米之炊，百草堂已经快要歇业了。陶媚儿一反常态，少言寡语。

陶重山头上顶着一片荷叶，张开双臂做飞舞状，对林子风笑着喊："我是太上老君，赐你一粒仙丹，让你起死回生！快接啊，怎么不接？"

林子风脸上没有笑容，只是一脸深沉地看着他。

"哥哥，不要胡闹了，这是山药干，快拿去吃。"陶媚儿闻声而来，知道兄长又开始惹是生非了。

"好呀好呀！"陶重山胡乱地一把抓起山药干，往口里塞去。

"吃完了，去把那些黑豆和黄豆分出来，分不完，就不要出去，可记住了？"看着疯癫的兄长，陶媚儿一阵酸楚。

从前提起草药名字就头疼的兄长，自从疯癫以后，居然吃药成瘾。常常趁人不备，无论何种草药，都偷偷抓一把放入口中。

前几日，曾经误服巴豆，因此一连腹泻几天，人已经虚弱无力。稍稍好一些，便又要故态复萌。陶媚儿为防不测，才想出这个让他数豆子的方法，想以此羁绊住他。

"黑豆……黄豆……"陶重山一边嘻嘻笑着，一边念叨着，"我要吃炒豆子！"

"若你能分完，就可以吃到炒豆子了。"

"好……好……炒豆子……"陶重山这才心满意足地往后院走去。

陶媚儿偷偷瞥了一眼林子风，他正抬头看窗外，似乎在看那当垆卖酒的小二收拾残羹剩菜，又仿佛若有所思。

砰的一声，听到对面紧闭店门的声音。不远处的一家民舍，那日日高旋升起的袅袅炊烟已然不见。临窗几盆芍药，花期正旺，却不知什么时候被肆虐的风尘覆盖，失去了以往对路上行人含情脉脉的娇羞之态。

"听说侯景军队已经兵临城下，临贺王萧正德忘恩负义，出卖大梁。建康之围的罪魁祸首就是这狼子野心的萧正德。为了一己之私，竟然背弃家国，让国人不耻！"林子风终于开口说话，打破了百草堂的寂静。

陶媚儿摇头叹息，建康城里已经失去了原有的秩序，民心惶惶，士大夫们的高车花幔、美酒论玄的好日子也一去不返。

"现在正是需要我们一身傲骨的时候。只要有骨气，就有希望。"陶媚儿的话大有深意。

林子风不由得心动，视线缓缓移向他眷恋的女子。她的眼眸如宽阔的江面，在水天相接中澄澈清朗，不掺一丝杂垢。

若不是那日见她，也许他不会改变初衷，为了一个陌生的女子放弃仇恨。只因为她在危难之时，不躁不乱，以柔弱之躯和聪婉智谋力挽狂澜。神韵风骨，更胜男子，让人心生敬佩。

"林大医，快来救救我家孩子！"一声声幼儿的涕泣和母亲的焦虑声传来。

陶媚儿叹了口气，没料到这林子风声名鹊起，前来求医的人只增不减。人吃五谷杂粮，又怎能不生病？这百草堂想关门歇业，也是一件难事。

只见一年轻妇人怀抱三岁左右的孩童匆忙奔来。孩童少不更事，到了陌生地方更是啼哭不止。

那年轻妇人一边拿袖拭泪一边说道："这几日，他父亲在衙门昼夜忙碌，已经多日没有归家。我心绪不安，一时大意让孩子把铜钱吞到腹中。他父亲闻说，遣人来责备我。若是这孩子有什么事情，我怎么向他父亲交代？"

林子风轻轻摇头："他父亲在衙门当差？"

"正是。这几日官衙正动员民工装置沙袋，为护城而用。我担心他的安危，终日惴惴不安，才出了这么大的差错……都怪我太疏忽，这可如何是好？"

林子风不语，轻抚了几下孩童的小腹，用手指轻弹了几下，说道："不要急，家中可还有荸荠？"

"荸荠？"那妇人疑惑万分，连连点头，"这东西是我们江南到处都有的时令之品，虽说现在是危难之时，但是家中这类东西总是有的。"

林子风喜道："那就再好不过了。大嫂不用急。回家把荸荠蒸熟，搅碎喂给孩子，那铜钱自己会随粪便而出。"

"真的？"那年轻妇人又惊又喜，"早知如此，我便不这样慌乱了。这孩子并没有任何不适，只是被我斥责惊吓所致。"

林子风含笑点头："饮食中多添加蔬菜即可，并没有什么需要忧虑的。"

那年轻妇人千恩万谢地走了，陶媚儿倚在门栏，说道："林大医的高超医术，让人刮目相看，看来我是有眼不识泰山。"

林子风听到这话，却精神一振："怎么？陶姑娘可是有些妒忌吗？怕我抢了你的饭碗，心生担忧了吗？"

"什么？"陶媚儿虽佩服他的诡异医术，却不得不反唇相讥，"那些江湖三流手段，自然无法入得了本小姐的眼。那荸荠自古被称为地下雪梨，魏人则称为江南人参，你可知道？"

林子风笑着摇头道："我只是亲自尝过，觉得它清脆、甘甜、多汁，越是大而黑发亮者就越是上品，能下丹石，消风毒，消食解渴……"

"看来果然不是泛泛之辈！"陶媚儿顿了一顿，试探着说出自己想说的话，"请问你师承何处？"

她抬头，只见林子风用手指摸了摸鼻尖，讪笑道："说我无师自通，你可相信？"

陶媚儿看他漫不经心地眼角睨向别处，竟没来由地郁闷起来，一双杏眼狠狠瞪了他一眼，正欲说话，忽然一个年轻的书生欣喜若狂地冲进堂内："林大医，前几日家父目痛如刺，头疼欲裂，多亏了您的加味八正散，此刻已无恙。家父特遣我来多谢林大医妙手回春，救了家父。"

说着，从怀中掏出一丝绢展开。那绢上赫然写着"妙手神医"四个大字。

陶媚儿皱眉看着林子风："加味八正散？"

"甘草、栀子、灯芯草、桑白皮、车前、萹蓄、滑石、生地黄、淡竹叶、大黄、麦冬、木通各等份，俱为粗末，以水二盏，煎至一盏，食后，去渣温服……"

"对呀，我父亲服用后，不出一日，已经能够忍住疼痛。三日后，竟然痊愈如初了。"那书生说道。

陶媚儿深深看了林子风一眼，此刻他低头敛眉，竟是一脸谦逊。最为诧异的是，这方子的配伍竟有几分徐伯父的痕迹。

"前日，他父子前来，我见你不在堂中，便越俎代庖，尝试一下，没料到却歪打正着，医好了老人家。"林子风越是故作平淡，陶媚儿越是心疑。

看他正乐在其中，便不点破他，陶媚儿装作无意地问道："不知老人家当日是何症状？"

林子风踌躇了片刻，沉吟道："那老人家说他目痛如针刺，此乃心经毒火上攻，我便用火针刺其太阳穴，外散其邪，后服用加味八正散，内泻其热……"

未等他说完，陶媚儿的心已经暗暗沉了下去，心想：这手法乃是徐氏家传，这加味八正散更是独门秘方，他如何能够知晓？

林子风与她视线相接之时，竟避了开去。

那书生忽然愁苦万分，说道："我这次前来，还有一事求林大医。"

林子风不动声色，以医家胸襟待客，回道："请讲！"

"因我多年患有足跟疽，痛苦难耐，因此想请林大医施药。"

林子风挑了一下眉，低下头，说道："近前，让我看一看。"

那书生点头，凑近前去。

林子风，他到底是什么人？来徐陶两家到底为了什么？身后的陶媚儿静静看着他被众多的病患围绕其中，再也无法按捺失落的心情，兀自回到后堂。

后院香草碧树，未受尘世喧扰，依然清高淡泊，不染一丝风尘。

"陶姐姐。"一声呼唤柔肠百转，只见石瑞香羞窘娇媚，俏生生站立在一石凳旁边。

陶媚儿一惊，浑身颤抖了一下。

"对不住，姐姐，瑞香不请自来，贸然进入后堂，惊扰了姐姐，特此向姐姐赔罪了！"

"哦，妹妹客气了，今日前来，可有要事？"

"若说这天下最懂瑞香的，非陶姐姐莫属，瑞香确实有难言之隐。"

"妹妹可是身体不适？若说别的，姐姐怕是无能为力，唯独这医药之事尚可。如有隐忧，就对姐姐说好了。"

"姐姐，瑞香这病……实在是心病……"她说着，一团红云从面部蔓延至脖颈耳后。

"妹妹，你可知道，这良药可求，心病却难医，不知道姐姐是否有这个道行？"陶媚儿忽然感到心乱如麻，眼前这个女子让她不知所措。

"瑞香有一事请姐姐做主，此刻，只有姐姐才是我的解铃人。"

"什么？"陶媚儿看她草泥沾满裙边，看来已经来了很久。

"姐姐，自那一日瑞香中毒被救后，就对林大哥他……情根深种。瑞香周身对林大哥已无遮掩，自此之后，恐怕是再难嫁他人了……姐姐可愿意为我保媒？"

石瑞香的声音越来越低，直到她掩面拂袖，羞惭而笑。

"啊？"陶媚儿眼前立刻有无数的刀刃漫天遍野袭来，仿佛每一寸肌肤都在承受凌迟的痛楚，让自己无法忍耐。

石瑞香见陶媚儿无语发怔，顿时低下头去："姐姐，瑞香知道，这样说简直是不知廉耻。可是事到如今，瑞香也再不能顾及那么多了……"

"这？"陶媚儿只觉唇瓣麻痹，说话艰辛异常，"妹妹，现如今正值兵荒马乱，怎适宜谈婚论嫁？"

"姐姐只知其一，不知其二。我父亲说了，越是兵荒马乱之时，越要学会自保。有女儿的，只希望能托付个终身依靠。人生苦短，过一天算一天，且不看今天你我能在此地谈笑风生，谁又能知道，再过些日子，你我会不会也要经历生离——"

"不要再说了。"陶媚儿强自提神，打断她的话，"妹妹不要太悲观了。"

"姐姐不知，京城已全无王法了。听说当今圣上仍然在木鱼钟磬中参佛礼坐，百姓都在传说，大梁的天即将塌陷，都要早日自寻出路。"

"不是已经传了圣旨，去请援军了吗？"

"姐姐，你也相信那援军会到吗？"石瑞香起身，不再言笑，"市井上都在谣传，各路皇子皇孙都想坐上龙椅，这样一场动乱，岂不是给了他们可乘之机吗？"

"只是，那些皇子皇孙真的就此离心离德，置国家大义于不顾，宁肯落个不忠不孝的骂名？"

"成王败寇，为了天下，这点利益又算得了什么？姐姐太慈悲，忘记了人的本性——贪婪、得寸进尺了。"

"这……"

"瑞香是世俗女子，只管自家房前瓦，管不了什么家国天下，能嫁一个如意郎君才是正理。身为女子，哪怕和自己心爱的人只拥有一天幸福，即使死了，也是心甘。姐姐你说是吗？"

"妹妹可是已经下定决心？"陶媚儿咬牙，索性把心一横，"只要林大哥答应，姐姐一定为你做……主……"

"姐姐，我父亲还说，这建康城忽逢叛乱，并没有太多的储备，城中的粮食只够吃半年的，不知道援军什么时候能来。若撑不到那时，后果不堪设想！

一想到今天还活生生的人们，不知何时会被饿死，成为千里狼烟下的一堆白骨……"

陶媚儿镇定了一下心神，方又说道："妹妹，没有料到你平日柔弱，今日见识却如此高远。"

"姐姐，并不是我见识高远，是因为今天箭在弦上，不得不发了。城内已经有很多男女速速匹配成婚，只为应一时之乱，这也算是以不变应万变之策。姐姐说呢？"

陶媚儿这才懂得，石瑞香这一番咄咄逼人的话经过仔细斟酌，是有备而来。于是叹息一声，说道："妹妹说的是，待姐姐征询过他的意愿，便与你说。"

石瑞香一副尘埃落定的模样，与刚才那欲语还休的姿态判若两人："如此，就谢谢姐姐了，瑞香先告辞了。若有音信，请告之瑞香。"

说完，朝外堂那正在忙碌的白影深深地又望了一眼，方才离去。

陶媚儿终于不堪忍受身心俱疲的重压，软软地跌坐在石凳上。那一堆药锤、药碾横七竖八地放在一边，一堆没有分完的黄豆和黑豆撒了一地，内堂中则传来轻轻的鼾声，她不禁一阵苦笑。

她哀怨地窥望外堂，那素影依然飘若轻鸿。那男子盗匪的外衣之下，居然是济世救人的医者，在肆意妄为中却怀有仁术慈心。

邪恶和正义，融为一身，到底哪个才是真实的他？

桑叶落了一片，待她拾起它的时候，却发现视线已经模糊，那叶子的纹路化为一片虚无。

"你流泪了？"他的脸不知道什么时候凑过来。

"没。"陶媚儿躲避他的直视，"怎么会？不过是一粒风尘入眼而已。"

"我去配药给你。"

"不必了，我休息片刻就好。病人已经离去？"陶媚儿口是心非地说着，软软地站起，不知自己为何心痛。

林子风一言不发，默默地看着陶媚儿扯开挂在衣襟的花枝，摇摇欲坠，越发心痛。他早已远远望见石瑞香悄悄含笑退出，心里已知她为何而来，却装作不知。眼前的这个女子，又怎知他放弃一切，只是为她而来？

"事到如今，我要和你谈一谈。你究竟是何来历？"陶媚儿咬了咬唇发誓，若他再不说实话，便永不再搭理他。

他深深叹息一下，摇头说："难道你真的以为我是十恶不赦之人？"

"与盗匪为伍，私闯民宅，抢人妻子，害人不浅，徐陶两家的安宁都尽毁你手，难道你以为你还是好人吗？"若说她对眼前这男子没有恨意，那简直是天方夜谭。可是，心底总有一种莫名的抗拒，不愿意承认他的所作所为，甚至想帮他洗清一身的罪孽。

陶媚儿，你这是怎么了？为何在他面前，总是失了分寸？手中薄脆的桑叶，绿汁溢出，染了指缝。

"我已说过，只要有正道，无论你是什么身份，都不要紧。天地之间，唯一对得起便是自己的心。"

他心头不时泛起一阵虚无，若说他做得最自私的一件事情，就是夺了陶媚儿到自己身边。可是，他不得不如此。若再晚了，也许那一片流年长恨，就会和母亲一般伴随终生。他不要再走母亲的老路，既然爱她，便要与她生死相依，不离不弃。

"你对得起自己的心吗？"陶媚儿忽然迎上他，一双清澈的眼眸，眼光如冷箭，直射入他的灵魂深处。

那一瞬间，他似乎被撼动。

"若我告诉你我的身世，你会不再恨我吗？"他的眼眸如刚刚出炉的精钢，寒光凛冽。

陶媚儿一阵心慌意乱，声音里竟然有些颤抖："若你只做济世救人的好事，我便原谅你！"

他闭紧双目，转身面对远处的高空。南方的宫禁内苑，烟气袅袅，似乎带着焦煳的气味，半边天空一片混沌。

当初与父亲分道扬镳的母亲带着腹中的他，昏倒在杂草丛中，碰巧被栖霞山的一群盗匪所救。那盗匪首领因为忽然间哮喘发作，险些闭气，母亲救了他，因此与他结为兄妹，从此母子二人才和盗匪混迹于山林之中。

母亲在山上开辟了一片花圃，每到春夏之际，那片醉人的药香就灌满了整个山林。待到深秋，那一片枫红妖艳似火，染上的晨霜如雪，红白相映，最为炫目。

听他一番话娓娓道来，她心头的震动呼之欲出。没有想到，他竟然是这样的身世。与山贼相交，也是无奈。

"令堂她……"看到林子风身上的卓尔不群与神秘气质，她仍是有些疑惑。

"家母并非大梁人士，而是扶南国特使随行的医女，精通禁术，因为留恋大梁医药，滞留京城，再也没有回过故土。"

"禁术？"她深吸一口气，从来不知道在那遥远的扶南国也有这样的方术。

# 第六章　细辛壮肝胆

林子风的目光渐渐深邃起来，记忆中充满对母亲的依恋和自豪。

"所谓禁术，禁水而水不流，禁火而火不沾，禁枯树而树生蕈。我的母族就是因禁术在遥远的扶南国一次又一次避过了流行的瘟疫，拯救了无数的生灵……可是母亲说，我身体里流的是大梁人的血液，这禁术便从我身上断绝，因此只传给我医术。"

陶媚儿只觉眼眶一股热流，眼前的白衣男子渐渐化身为松岭崇山中的一片乱影："你……难道就是那樵夫口中的白衣仙人？"

林子风眉梢一扬："遇到有难的穷人，我只是略施援手，并没有做什么。"

踏破铁鞋无觅处，得来全不费工夫。她任泪雨纷飞，若不是今天鼓起勇气询问，她竟然不知道他才是那救苦救难的济世佛。

"金正的嘴果然严谨，若不是我昨天用武力威逼，他还不肯吐露。你到处奔波，就是为了它……"林子风说完，从怀中缓缓掏出一块黑色的角质物件。

犀牛角！她的身躯一震，几乎要跌了下去。

腰间一阵温暖，她已被一只手揽住。二人鼻尖相抵，彼此都能听到对方的呼吸。

"陶媚儿，你要用这犀牛角做什么？"他狠狠地盯住她，想挖掘她内心的一切，"只要不是为了徐家人，你要做什么，尽管拿去！"

他想起母亲临终前看到写着那个男人名字的处方，忽然回光返照，不肯服药，颤抖着盯住那三个字，直到没有呼吸……

那个名字，让母亲一生都遭受着情感的煎熬，直到孤独地离开这个世界。他无法原谅那个人，纵然他的身体里流着那个人的血液。

"是陶家欠你的，和徐家有何冤仇？林子风，你就这样固执吗？"心头刚刚生起的那簇温暖的火苗立刻又被冰寒封住，渐渐熄灭，她推开了他，冷冷地看了他一眼，"你立刻娶了石瑞香，给石家一个交代吧！"

"陶媚儿，你……"他眉头紧蹙，压着怒气道，"这是你的意愿？你真的就怨我伤害了你的家人？你以为我娶了她，就是给石家交代了吗？若一生行医，救了无数这样的女子，我都要对她们承担责任吗？"

她忍住被无数火焰燃烧即将化为灰烬的绝望，淡漠地说道："林子风，我没有资格对你说三道四，我们陶家犯错在先，一切由你。"

"你……"他愤怒地扳过她的身子，狂笑了一声，"你忘记我对你的承诺了吗？你以为我说的话全都不算数？"

挣扎中，那个玉莲蓬在她雪白的脖颈中若隐若现。两滴清泪在她面颊滚落，几缕哀怨，汇成无声的哽咽。

他怎能知道，她的心难以自已，每次与他视线相接，便唯恐泄露了自己的心事。她恨自己，内心深处竟不再恨他，取而代之的是一种莫名的依恋。她并非索求什么，只是不想让他增添更多的罪孽。哪怕是用自己的性命去救赎那失去的一切，她也愿意。

林子风竟看不出她的动摇，面色由惊而怒："你为谁而流泪？回答我！"

她的细长睫毛被一片雾气笼罩，眸中透出的冷静和凌厉让他感到恐惧，她身上仍旧散发出淡淡的药香，他忍住了意乱情迷的惶惑，强迫自己一步一步退了开来。

他的背影凝重而宽厚，她却不忍再看一眼。

风儿吹来，绿叶簌簌响动，又是梅子成熟的季节，可是却失去了采摘的心情。

深夜，竟是乱雨纷纷。陶媚儿被一个霹雳震醒，再也无法入眠。

朝廷又在征兵，一时间，街上空无一人。街头一株老槐，树上蝉儿的嘶鸣越发焦躁。

"小姐，大事不好了！乱军已经兵临城下，大梁已经危在旦夕了。朝廷在召民间医者为军士诊疗……"金正从一大清早就开始喋喋不休。

陶媚儿的心忽上忽下，只见林子风沉默不语。

辗转难眠的时刻，她曾经把那玉莲蓬摘下把玩。这件东西实在是奇怪，外表并不精巧，雕琢的痕迹都是迁就原石的天然形状而来。

微弱的烛光之下，她发现在莲蓬的细柄尽头有一个不起眼的机关。只能用一根细针捅入。当细针碰触开关时，那里竟然弹出了一个小洞，洞内洒出些许粉末。一阵风淡淡而过，她不由自主地吸入了那粉末。暗夜深沉，半梦半醒之间，她恍然明白，这是迷香。

家传的珍贵饰物竟然装有迷香，这究竟是为什么？

这一晚，直到天亮，她都睡得深沉，没有梦，没有失望，也没有希望。可是，次日再面对他，她却缄默无言。

和他共处三月有余了，仍然不敢相信，轻狂随性的他有着一身高超的医术。他多日来第一次离开百草堂，没有留下任何音信，让她不安。

直到三更，才看到他一脸疲惫地回来，白衣上血迹斑斑，被扯断的衣袖随风摇曳。他环顾空荡荡的百草堂，只剩下那个巨大的药瓶，在昏暗的烛光下反射着清淡的幽光。

她偷偷隐在树影下，看他一脸遗憾地瞥向自己的寝室，然后在堂中反复踱步，最终躺在那条青藤椅上入眠。

她不用再问，就知道他是去救助受伤的军士。

她的口鼻中散发着一股淡淡的酸气，这个男子居然冒着危险去抛头露面。他的另外一个身份毕竟还是人人不齿的盗匪。

微微叹息了一声，她轻轻走过去，找出父亲的灰袍披在他身上，喃喃自语道："身为医家，总要知道，保住性命，才是上策。"看他的白衣已经被玷污，又感慨道，"何苦？那出自凤屏居的新衣如何舍不得沾身？"

说完，吹灭那摇曳的烛火，在黑暗中意欲离去。

手腕一紧，她被人拉住，一个嘶哑的声音传来："关心则乱，陶媚儿的心可是为我而乱？"

她心一沉，仿佛秘密被窥破，想逃离他的禁锢。

"不要逃！你说过，要对得起自己的心。陶媚儿，现在我来问你，你可对得住自己的心？"

她心里暗呼一声，父亲孝期未满，她舍弃了青梅竹马之情，却和她最恨的男子纠缠不清，会不会遭到上天的惩罚？

"既然你说我是盗匪，我就是盗匪。在你面前，我只想要你的心。"

她还来不及思虑，便感觉腰身一紧，自己已被拥入一个温暖宽阔的胸膛。那健壮的身躯带着白日的尘埃和焦虑，迫不及待地把万千思念化为此时的拥抱。

她很想挣脱，逃到属于自己的地方。可是，一切在一个企图索心的盗匪面前，都是痴心妄想。

唇上的温热，有霸气的索求，有难言的忧郁，也有体贴的缱绻。她有些恼怒，想抗拒他，想伸出手来掴他一掌，然而却只是徒劳。

她已经身不由己，被他带入到一个鸟语花香的世外桃源。彩蝶炫舞，芳草垂露，漫山遍野的芍药、玉簪花、兰草、藿香……让她醉入其中，几点淡雨落入唇中，是珍馐玉露的醇香，使她渐渐沉醉其中，不愿意醒来。

几声更漏，隐隐的敲击声传来几分不安，似乎这暂时的安静，是腥风血雨的前奏。

"不！"她带着罪恶的忏悔，遏制住在周身刚刚蔓延的几丝暖意，玉齿狠狠地咬了下去。

他暗呼一声，随即放开了她。只觉她柔弱无骨的身躯如被摧毁了的城墙，骤然倒塌。

血腥的气味淡淡地飘过鼻孔，他依然能够感觉出她的惶惑与不安，在这风雨欲来之际，她犹如缠绕的水藻在水中漂浮自缚，不能挣脱那鱼水交融的致命诱惑。

"你恨我？"他不甘心。

暗夜中，只看到那星辰般的双眼，闪了又闪，然后渐渐熄灭。

他再次伸手过去，抓了个空。

抽刀断水水更流，她的逃避，正说明了她的情深。只是，这情为谁而伤？

谁又能知，她这每一步，都用尽了毕生的勇气和力量？

这一夜，却是如此漫长。


待悠悠醒转，却发现他带着一脸宿夜的尘埃，身上穿的是父亲的灰袍，焦虑不安地在百草堂正中负手而立。

她屏住了呼吸，抚了抚因为昨夜难以入眠的憔悴双目，轻描淡写地说道："醒了？"

"哦。"他抬头怔住，她的笑容竟如那含苞欲放的海棠，风和花香。

"我还有一事未明，特来征询……"

"怎么？"他不得不笑，"是想问我要去何处？"

"自作多情者，非君莫属。"她撇了撇嘴，灵俏动人。昨日的一切，仿佛一场春梦，风轻轻拂过，了然无痕。

"那日，你救瑞香之时，所用的药是什么？那味道香辛无比，闻起来醒脑通窍，开郁化痰，似乎还有行气活血、利水消肿之功效。只是，那香绝不是沉香。"

"哈哈哈！"林子风畅笑，"看来我真是低估了你陶媚儿。"

"如实道来，若有一句是假，这百草堂便再也没有你的立足之地。"她绷紧了脸，难道想知道那东西的来历，必然要向他低头吗？

"那香名为苏合香，味甘、性温，无毒，是苏合香树分泌出来的香脂。确如你所说，可医治猝然昏倒、痰壅气厥、惊痫、痉病、温疟、心腹猝痛、疥癣、疹痱、冻疮、气积血症、胸腹冷痛、气逆脘痛、水胀……"

陶媚儿万万没有想到他竟然毫不隐讳地开口说了出来。再向他望去，他的笑容含意颇深，似春江水东流，没有尽头。

"那香在哪里？"她试探着，想看看那到底是什么样的神秘药草。

林子风暗笑，心叹这小女子对草药竟然如此痴迷，为了尝试本草竟然放弃了自己的尊严，不再与他为敌。

正欲说话，忽然听到一声震耳欲聋的激烈战鼓响，墙壁上的赤仙子药瓶忽然掉落，陶媚儿正站在那药瓶之下……

"媚儿！"他一个箭步，已将她揽入怀中。药瓶掉落在旁边一筐菖蒲中。

林子风看到陶媚儿安然无恙，只是受了些惊吓，方才吁了一口气。四目相对，与昨夜不同，彼此都能看到对方的在意。

"叛贼又在攻城？"陶媚儿惊问。

"那不过是一群乌合之众，怎么能够抵挡大梁的千军万马？不过是虚张声势罢了。"林子风嘲笑道。

"哦？可是已经沦陷了那么多城池，"陶媚儿想到那蓝髯将军的精锐之气，不禁有些胆寒，"只怕……"

"怕什么？听说当今太子已经派羊侃将军集聚京城的精锐部队护城，京城附近的各个刺史藩王都亲率大兵驻守，正分派援军前往。仅仅靠这几次进攻就想占据龙盘虎踞的建康城，岂不是以卵击石？"

"羊侃将军是大梁的中流砥柱，善于智谋，领兵无数。如此看来，建康城暂时并无忧虑了。"陶媚儿的心暗暗平稳下来，但愿援军早日前来，把叛贼一举歼灭，让这都城早日重现车水马龙的繁华之景。

"照理应该如此。"林子风轻轻点头。

"陶姐姐！"一个愤怒的声音传来，让陶媚儿肝胆欲裂，"我终于知道了什么是知人知面不知心！"

"瑞香？"两人方才发现，由于过度关注于那紧迫的军情，始终保持相拥的暧昧姿势，于是陶媚儿迅速退出他的怀抱。

石瑞香泪水涟涟，怒气横生："原以为姐姐是个心胸坦荡之人，所以才把自家隐秘之事都说与姐姐，却没有料到，姐姐横刀夺爱，所以才迟迟不给瑞香个交代！"

"瑞香妹妹……"陶媚儿羞惭万分，不知如何作答。

"瑞香姑娘，落花有意，流水无情，你可懂得？我对你并无情意，若非要勉强，恐怕就委屈了姑娘。"林子风并未放开陶媚儿的手，只是重新端起了那份轻狂与傲气。

石瑞香怨毒地看了陶媚儿一眼，说道："我与姐姐情同姐妹，并无芥蒂，姐姐何苦为了这件事情难为瑞香？若不能与林大哥结成连理，瑞香也已经没有活路了，何必再等待城破的一天，被贼人所辱，不如现在就去了吧！"

说完，忽然向墙壁狠狠撞了过去。

说时迟，那时快，林子风轻盈地只一个转身便拦住了她。

石瑞香无法随心所欲，含泪看了林子风一眼，说道："林大哥是有情有义之人，如今自是有不得已的苦衷，可惜，瑞香已经无颜再见父老乡亲了。"

"这……"林子风皱眉叹息，轻推开她。

"陶姐姐，我知道你是近水楼台先得月，到了此时，瑞香已经无话可说。此时，已经生不如死……只是，姐姐，你舍弃了徐家哥哥，又夺人所爱，可是觉得心里痛快吗？"石瑞香说完，如衰花败叶，跌倒在地上。

"我……"发怔不语的陶媚儿听到此话，竟如晴天霹雳，五脏六腑的寒气重新袭来，"不，不，瑞香，姐姐并不想欺瞒你，只是……"

陶媚儿不知如何向她倾诉，许多天来的伤痛在此刻竟然被她无情地撕裂。瑞香又怎能知道，这些日子以来，她所遭受的是从来未有过的煎熬，负罪的煎熬似乎随时会把她挫骨扬灰。

"瑞香姑娘，我与陶媚儿本就是未婚夫妻，只等天下太平，便可成婚。"说完，林子风走近陶媚儿，趁其不备，从她脖颈中取出那玉莲蓬，"这是我林家代代相传的信物，若要做林家的媳妇，必须要拥有此物。"

陶媚儿本想挣脱他的羁绊，忽然闻听这玉莲蓬的来历，心头一震，原来这竟然真的是这桩婚事的信物，他那天所说的并不是戏言，而是一句永世的承诺。

"是吗？"石瑞香抬了头，呆呆地看了那玉莲蓬一眼，咬了咬苍白的唇，恨声道："既然这样，就不要怪我狠心，这一切都是为你们所逼！"

两人面面相觑，不知她所谓何来。

石瑞香微微捋了下凌乱的碎发，一改刚才的彷徨不定，缓缓地站起身来，在两人身上冷冷地扫了一眼："可是我却知道林大哥的真实来历，要不要我去衙门通报一声？"

"瑞香你……"陶媚儿看到石瑞香一张桃花面，因爱成恨，有些扭曲，心中备感悲苦。

林子风却一声狂笑，反身远去，端坐在藤椅上，说道："我自从来到百草堂，只是行医济世，并没有做什么违背良心之事。瑞香姑娘，如今国难当头，你觉得官府可还顾及这等捕风捉影的事端？若姑娘不信，就请自便！"

"这……"石瑞香面色窘迫，羞道，"林大哥，我并非针对你而来，只是那日听到来买米的富商说，你就是那日大闹济世堂之人。我也是一时气愤，才口不择言……都是因为陶媚儿喜新厌旧，忘记了徐家往日的恩情。"

听到她这样指责自己，陶媚儿双目迷离，自感罪孽深重。因自幼丧母，每次染了疾患，都是徐夫人在旁，视若己出，嘘寒问暖。自己如此绝情，怎能对得起徐家一番恩义？可是，谁又能知，要保护徐家的安全，她唯一能做的，就是远离徐家。

"瑞香妹妹，是我对不住你……"陶媚儿说着，已觉得脚步轻浮，软绵绵的险些栽倒。

"陶媚儿，你可还记得，你的性命是我的？"林子风瞪着她，似乎不想被一个女子的小小伎俩所钳制，只是想宣告一个事实：只有陶媚儿，才配当他的妻子。

果然，石瑞香的耐性已经到了极致，她的脸色晦暗，哀怨地看了林子风一眼："林大哥，你真的一点儿颜面也不给我留吗？"

说完，她又冰冷地看了一眼陶媚儿："陶姐姐，在这烽烟滚滚的红尘中，又何尝不是聚少离多？谁都不曾得知，我们能有多少时辰在乱臣贼子的铁骑之下苟延残喘。姐姐难道不忧虑吗？"

林子风不禁怒气渐渐上涌，喝道："瑞香姑娘，你究竟想怎样？"

"我……"瑞香低头沉思片刻，一个阴狠的眼神扫了过来，"逆天而行，必遭不幸！"

听到这恶毒的诅咒，陶媚儿如坠冰窖。

"有人在吗？"忽然听到一声呼唤，每个人恍然回神。

只见四个军士打扮的人抬来一人，那人浑身血污，不停地大声呻吟。为首一人四处打量，问道："哪位是陶家人？听说还有一位林大医又在何处？"

陶媚儿按捺住慌乱的心神，看到石瑞香又惊又喜，轻盈站起，迎向那军士："禀告将军，民女一事要说……"

"哎呀！"那躺在木板上的伤者忽然凄声哀号，那为首的军士不禁蹙眉，随手推开石瑞香，说道："打扰了，请快快帮他医治！他已经几度昏迷，险些要了性命。衙门伤者众多，已经不能容纳了，有人指引到百草堂，说有良医可医治这外伤。"

没等他说完，林子风已经大步行至伤者面前，查看他的伤势。只见那人身穿军衣，并不是普通百姓。撕开污浊的外衣，只听那人哀叫一声，又昏死过去。那人双腿裸露出来的肌肤已经溃烂流脓，惨不忍睹。

"这伤是人为所致，并不是意外。"林子风肃然。

听到这里，那军士神情一变，扶了扶腰间的刀，扫向身边的石瑞香，说道："事关军纪，闲杂人等速速回避！"

石瑞香的双眸闪过惊恐的光芒，缓缓退后，无言以对。

陶媚儿急中生智，说道："这是自家姐妹，不是外人，大人但说无妨。瑞香，还不去后堂唤金正拿药箱来？"

石瑞香彷徨了一会儿，怯怯地回言："我……这就去了……"说完，闪身往后堂奔去。

那军士点头，叹了一口气道："这本是我们自家兄弟，只因家中有老母娇妻，不愿意上阵拼杀，所以逃离军营，被发现后，受了军法处置。"

"这伤可是受刑具夹伤？而且是复受重刑而溃烂。"

"国难当头，为什么要做逃兵？"陶媚儿边叹息边清理伤口。

"一点儿不错。这兄弟他虽然违犯军纪，却是情有可原……只是怕这一次上沙场再也不能回来，所以才深夜偷偷出军营，想看一眼出生后从未谋面的一对双生子，谁料偏偏被前来巡查的官员发现，于是——"那军士边说边挥洒了几滴眼泪，"因我们平日兄弟交好，不忍心让他受苦，便趁战事缓解，把他偷偷抬到这里，只希望他复原后能将功赎罪，继续报效国家……"

这时，金正已将药箱拿来。

林子风默默地继续查看那军士的伤势。

"这兄弟就托付给二位，我们要回去继续为护城而战。"

"几位尽管放心，我们会悉心医治，直到他痊愈。"陶媚儿郑重承诺，没有半点犹豫。

待那几位军士走远，陶媚儿看到林子风已经汗水淋漓。

"这伤在周身，有些严重了，伤口已经破溃，医治较为烦琐。"林子风无奈一叹，拿起笔来，"外用琼液膏，内服代杖汤，继而要大补气血，还要多休养几日。"

金正在旁，不满地说道："为了这样一个叛逃的兵士，难道我们还要浪费现在仅剩的药物？"

陶媚儿摇头："在医家面前，没有身份的差别，只有救死扶伤的职责。他虽然有错在先，却终究是个有情有义的人。我相信，待他重回军营的时候，一定会一鼓作气，奋勇杀敌。"

林子风赞许地看了一眼陶媚儿，那灼热的目光似乎要把她融化。

陶媚儿不禁面红耳赤，连忙避了开去，对金正说："还不快去，按照林大医的方子把药配上……"

金正无奈地搔了下头，悻悻而去。

忽然听到一阵窸窣声，原来那兵士已经醒来："姑娘的仁德和信任，让我惭愧……将来若有机会重上战场杀敌，一定不会忘记姑娘的话。"

陶媚儿试图撕开这军士的衣襟，却发现那衣襟由于刑具的挤压已经深深地嵌入皮肉之中。军士忍着痛，豆大的汗珠滚滚而下。

"身为军士，最难的就是要有铁石心肠。大丈夫一身铁骨，要死要伤，都要在战场上，谁又能想到，只为这一已私念，忘记了国家大义，而遭来这场灾祸，可是值得？"

那军士忽然哽咽失声："姑娘有所不知，我入伍三年，从未有不良记录，一直随军北伐，在冰天雪地里，脚背生疮，流血流汗，都没后退一步。只是从今天开始在京城当班，本以为苦尽甘来，妻子托人捎来一双布鞋，我便再也控制不住……"

陶媚儿眼角噙泪，轻轻说道："哪个百姓不希望安居乐业？哪个妻子不希望夫君平安归家？又有哪个孩童不希望与自己的父亲团聚？只是，没有国，哪里有家？"

那军士一阵号啕大哭，那伤痛似乎更重了，他险些再次疼晕过去。

陶媚儿不忍，闭上了眼睛，对一旁的林子风说："开个麻药的方子，帮他解除些痛苦，可好？"

林子风似乎有所忌讳，犹豫了片刻说道："现在蟾酥、半夏、川乌都已告罄……如何再配制麻药？"

"不！"那军士似乎用尽了全部力气，发出一声，"我是军士。陶姑娘，你不要在意，就这样开始吧！"

"这……"陶媚儿看到那军士的神色忽然振奋，脸上现出坚韧的光芒，暗暗擦拭脸上的泪痕。

"就依了他吧。在军士眼中，一切伤痛都比不上尊严来得重要。"林子风不忍看她一脸泪痕。她似乎是水做的，时时刻刻挑动着自己心里最柔软的地方。

陶媚儿在林子风炙热的眼神之下，顿时忘记了自身的一切不快，低下头来，点燃了一盏灯。稍后，在金正拿过来的药箱中取出一把利剪，在火上烧灼片刻，轻轻剪开破烂的军衣。

对陶媚儿来说，军衣上的血迹浸透的仿佛不是鲜血，而是一条性命。身体发肤，受之父母。身为男子，怎能轻易洒其热血？

腐烂的肌肉随着汗水的浸湿越发狰狞恐怖，那军士咬牙不语，身躯在微微地颤抖。随着一块粘连的肌肉被撕裂，那军士的忍耐终于到了极致，他轻哼一声，剧烈地颤抖起来。

陶媚儿拿剪刀的手在微微抖动，刺目的鲜血如火焰熊熊燃烧起来，无情地吞噬了她的所有心力。

她一身汗湿，腰身却再度一暖，身后传来林子风的轻呼："媚儿，交给我，你在一旁助我一臂之力即可。"那声音如春雨，熄灭了她心头徐徐蔓延的火焰。

他深情地朝她一瞥，那目光照亮了她的整个身心。她忘记了仇恨，朝他投去信任的一瞥。

"刀拿来……"看到那片腐肉，任男子也无法不心生惧意，何况她一个女子？他张开掌心，一把尺寸适合的刀已经放入他手中。

他欣慰地一笑，那把刀的尺寸正是他要的，长一分嫌长，短一分嫌短。这世间，也唯独陶媚儿懂得他，也唯有陶媚儿才是和他最相配的女子。

灯下，他的面容刚毅严肃，没有一丝笑容。那把陶媚儿父亲用过的刀在他手中轻灵地转动，一切都是那般娴熟自然，没有一丝迟滞，似乎他就是为这百草堂而生。

一双素手，轻轻举起一块素洁的罗帕，拭去他额头的汗水。

他的身躯只是微微一动，并没有再看她一眼，却无法掩饰内心的撼动。天性仁慈的她，毕竟在意他了。

他嘴角微微一咧，表情已经尽落入她眼中。她红着脸分辩说："父亲说过，汗水落在病人的伤口上，会痛上加痛……"

他没有再笑，不敢再露出自己的欣喜，只是觉得那小女子口是心非、欲盖弥彰的窘态让他动容。他强迫自己不再分神，加快了手中的动作。

待他全部清理好军士的伤口，看到她已经为他准备了洗手的清水。

他身上灰袍又被玷污，略微露出少许疲惫，却仍然目光炯炯。

"让金正把烧好的代杖汤给他。"他轻轻地舒了一口气，看那军士的体质先天盈足，并没有因此而感染发热，心里颇为欣慰。

"乳香、没药、苏木各二钱，蒲黄、木通、枳壳（麸炒）、甘草（生）、当归尾、丹皮、木耳、穿山甲（炙，研）各一钱，土木鳖（焙）五个……酒水煎服……"金正生怕出错，端起熬好的药汤，对照药方，从头到尾又念了一遍。

在栖霞山的岁月里，母亲带着他，曾经无数次解救了为生计而上山采药摔断肢体的山民，甚至教那些山民如何种植本草。想到那些山民为了那一点点灵芝或者人参竟会丧失了性命，不禁又开始心痛。

"林大医啊，快来救命！"堂外又拥进一群人，一个年轻的美妇人声嘶力竭地哭诉，"天啊！这是什么世道啊！这天下不太平，搞得鸡犬不宁，连疯狗都出来祸害人！"

陶媚儿和林子风大惊失色，一波未平，一波又起。

# 第七章　凌霄蔓数尺

　　只见一群人围着一个被人搀扶、耷拉着头的男子，那男子满脸恐惧，腿上一片血迹。

　　"林大医，我夫君外出买米，遭逢米店停业，米粮没有买来，却被一条疯狗咬伤……天啊，这可如何是好？"

　　还有一位戴方巾的儒士摆头："多事时节，若不能做善事，还不如在家闭门自省，到处乱跑，招惹是非。"

　　"这位大哥，家有老母孩童，没有米粮，怎么能活命？真是饱汉子不知饿汉子饥。"那美妇一边垂泪，一边反唇相讥。

　　"你可知道，饿死也比被疯狗咬死强百倍。犬因五脏受毒而成疯犬，一旦被其咬过，则九死一生，且终生禁忌颇多。若犬毒入心，烦乱腹胀，口吐白沫，发狂叫唤。"

　　话音未落，被咬男子和美妇已撕心裂肺地哭起来："难道没有活路了吗？"

　　"天无绝人之路。不过，你们又怎知那是只疯狗？能通兽语吗？"林子风低头看那男子的伤口，以针刺其出血，并从怀中掏出一药瓶，往口中倒入液体，然后在那咬伤处吸吮。

　　"你做什么？"陶媚儿肝胆欲裂，身为医家，怎能不知这犬毒的厉害？眼睁睁看他以身犯险，不知为何心痛难耐。

林子风口含药液，说不出话来，只是深深地看了她一眼，鼓起双腮，挤出一个安抚的笑容。

眼看他一口药液，一口毒血，周围众人目瞪口呆，不知所措。

稍微过了一会儿，林子风又四处寻觅，找出两个砂制酒罐，各灌半壶烧酒，在外间煎药的炉火上烧得滚烫，然后倒掉里头的烧酒，将砂罐按在伤口上。如此两只砂罐交替而用，很快就见地上一片黑血，直到最后血变为鲜红色的。

待到最后，林子风擦了一把汗水，一副尘埃落定之态。

"回去找寻半个核桃壳。"林子风淡笑，在那男子耳旁窃窃私语一番，那男子面红耳赤，连连点头，然后便开始千恩万谢。

林子风不断摆手，众人终于渐渐散去。

陶媚儿闻到他身上的血腥气越来越浓重，皱眉看他，发现他在上上下下打量她。"看我做什么？"陶媚儿担心他是否中毒，却不敢言声，此时却被他瞧得发窘，不得不装恼怒。

"哈哈哈！陶媚儿果然关心我。"林子风的笑声安然笃定，丝毫没有乱世风雨的惆怅。似乎只有眼前的女子，才是他的唯一。

"那药瓶里是什么？"

"是我母亲配制的解毒药，能解百毒。"

"若能够解百毒，为何对那服用钩吻之人却不施用，而用甘豆汤？"

"医家讲求的是辨证施药，若是通用之物，必然有它的薄弱之处。况且这解毒药的配制非寻常本草，我也就只有这一瓶而已。甘豆汤是易得的廉价之物，又能物尽其用，为什么不用？"

易得的廉价之物？几点惊喜的浮光渐渐划过她平静的心湖，没想到这林子风竟然与她的念头一样。

抬首望去，他那双黑眸亦化作一池春水，只有一朵千娇百媚的花倒映其中，摇曳生姿。

"你和那人附耳说了什么？"为了躲开他的凝视，她不得不岔开话题，看到金正已经到后院煎煮那军士的汤药，心稍稍安定下来。

"你真的要知道？"

她重重点头，素来觉得他的医法奇怪，却总是有效，不知是什么灵丹妙药。他便在她面前低声说了几个字，然后闷笑，转身朝金正煎药处走去。她的脸顿时红霞满天。

"瑞香在哪里？"她装作没有听到，不想自己的语无伦次和慌乱被他所窥，四处搜寻已经半天不见的人。

石瑞香已不见人影。这一番忙碌、疲惫、心颤、惊悸之后，已忘记她所带来的困扰。只是，京城不过刚刚被困几天，米店就关了门吗？若援军不能赶到，缺少米粮，难道真如石瑞香所说，处处都有饿死骨吗？

这一日的繁忙，似乎拉近了与他的距离，这距离却又近得可怕。

庭院深深，那一墙的凌霄枝蔓缠绕，也有几枝探出墙外。

"人粪？"金正的大呼小叫灌满了庭院，"姑爷，亏你想得出来！"

她莞尔一笑，那高傲轻狂的男子，做事总是出其不意，让人匪夷所思。身为医者，他自然懂得，治病先安神，若那被疯犬咬伤的男子终日焦躁不安，任用多少药物也是无济于事，早晚必定会精神崩溃而绝。这世间最可怕的并非疾病，而是自己的心。


城困已经月余，城中米价飞涨，大街上乞丐和流民越来越多。百草堂一天都不曾安静下来。那个伤愈的军士已经归队，后面却又陆陆续续抬来许多伤兵。

乱臣贼子，人人得而诛之。城内年轻力壮的男子自愿告别妻子父母，披甲上阵，为家国而战。建康城多年的安稳并没有磨掉百姓的坚忍，百草堂也从来不曾清冷，日日躺满了大大小小的伤兵病员，甚至连隔壁的大娘也过来帮忙。

此时的林子风，治疗伤病的医术越发娴熟。他的衣袖上沾满了血迹和药渍，却从来没有半分嫌弃之言。他平日所穿的都是陶百年的衣物，陶媚儿不得不想，待解了建康之围，便给他做几套新衣裳。

昨晚细雨蒙蒙，下了一整夜，直到天明，也不曾停歇。庭院深处的一片繁红，经历了一夜狂风乱雨，成了枯枝。桑树下的石凳被雨水冲刷得异常干净，几朵白菇竟然从石凳下的土地里钻出，清嫩诱人。

她起身便看到一只黑匣搁置在自己房门口。那只犀牛角正静静地躺在黑色木匣中，它本来就凝重的色泽因岁月的沉积而增添了几分神奇的感觉。又有谁能知道，这只犀牛角的背后，到底掩藏着多少缠绵悱恻、曲折离奇的故事？

那一瞬间，她的泪也变成了雨。他终究愿意为了她，舍弃成见，成全她的感激。

远远望去，他的笑容依然那般深不可测，他的医术又是那般诡异神奇，让人捉摸不透。他的视线似乎也不时地朝她投过来，无意中与她的相撞，黑眸中流露出的眷恋与柔情昭然若揭，她的心中竟又是猛地一动，心跳仿佛漏了几拍。不知何时，自己的心已伴着他的身影随转随落。

脑海中又出现那日前去送药，与他初遇，震慑于他的轻狂之言，但如今细细咀嚼，那满腔的恨意竟了无痕迹。这个口口声声夺人妻子的盗匪，却日日操劳，成了闻名遐迩的良医。他非但没有挟持她远遁，反而为了天下苍生，滞留在危机四伏的京城。

她深深呼吸一口气，镇定了心神，手捧黑匣，静悄悄离开百草堂，向济世堂走去。

只见一个老汉面色苍白，从济世堂惊慌逃出，里边传来杂乱的喧闹声。

"老伯，出了什么事？"陶媚儿不解，徐伯父自从伯母生病以来，便无心诊疗，每日只靠徐天琳支撑，这般吵闹，让徐伯母如何养病安神？

"哎呀，陶姑娘，是你呀！唉，这济世堂是每况愈下，一天不如一天了。"

"老伯为什么这样说？徐家世代行医，非一般庸医可比，怎会……"

"姑娘你有所不知，现在只是小徐医支撑大局，要是安安稳稳行医也就罢了，可是这小徐大医不知因何事，日日酗酒，根本无心经营。看吧，又一条性命啊，人家都找上门来了……"

陶媚儿未等听完，已经心如刀绞，随即朝济世堂门口冲了过去。

堂内人声鼎沸，徐立康一脸阴沉，怒视着徐天琳。徐天琳双目迷离，浑身散发着宿醉的落魄，软泥一般瘫倒在地上。

正堂一口巨大的黑棺赫然入目。一个老妇扶棺痛泣，一个壮年男子手持巨斧，咆哮如雷，大有不甘罢休之势，似乎随时要把这济世堂劈为两半。

陶媚儿心惊胆战，泪水顿时夺眶而出。几个月前那可怕的一幕居然再现，只是这一次，不是徐伯父之过，而是他恨铁不成钢的独生子一手造成的。

"媚儿，你可记得，每年五月初五，我们出城采药斗草①，你我总是平分秋色。可是唯独有一次，我输给了你……你却不依不饶，让我背了你十里……你总是那么狠心……"徐天琳仿佛对眼前发生的一切混沌无知，只是醉态全露，沉浸在往日的回忆之中。

"天琳……"陶媚儿嘴唇颤抖，心里比蛇蝎咬噬还要痛苦十分。几日不见，徐天琳竟然辜负了徐家的希望，放任自己衰颓下去。

"媚儿，是你吗？"听到陶媚儿的呼唤，徐天琳似有所动，眯着眼睛朝她扫来。

"媚儿，你来得正好。这个不肖子，丢尽我徐家的颜面，我要狠狠教训他！"徐立康看到陶媚儿，悲从心中来。

那壮年男子看到陶媚儿，粗声喘了口气，终于放下斧头，说："陶姑娘，你来评评理，一命抵一命，我的要求可是过分？"

陶媚儿轻声安慰了几句徐立康，再看徐天琳已闭上双目，醉死过去，便对那壮年男子说道："这位兄长少安毋躁，媚儿知道你们失去亲人的痛苦……只是这人死不能复生，还是要慢慢商讨才好……"

"媚儿，不要再费唇舌了！我思虑良久，这等忤逆之子，白白浪费我二十多年养育，居然不识大体，不看如今正值国事危机，肆意妄为，算我白养了。就让他们把这逆子带走，随意处置吧！"徐立康说完，再也支撑不住，跌坐在堂中一梨木椅上。

陶媚儿闭了双目，暗暗叹息，这一切都是自己的罪孽，若没有自己的悔婚，天琳怎会如此？

"冤有头，债有主，我并不怪徐大医，只是必须给我一个交代。"那壮年男

---

① 南北朝的一种户外活动，每年五月初五，双方以各种花草互相对比，以认识和采种类多者为胜。实际是一种关于植物知识的比赛。这种游戏，和原始的中医药学有关。

子有些疲惫，声音小了下去。

"这事情有何缘故，请这位兄长讲来。"

"我父亲久咳不愈多年，一直是在济世堂求诊。前日忽然吐血不止，我深夜前来求医，就是这小徐医浑身冒着酒气开了一张方子。我回去给父亲喂下，谁料昨日一天上吐下泻，头晕恶心，最后竟昏迷过去……"那壮年男子边说边以袖擦拭眼角，"还没等我叫医生诊治，父亲他就已经一命呜呼了。"

"药方在哪里？"

"在这里。"那壮年男子从青石地上捡起一张揉成一团的纸笺。

徐立康依旧长吁短叹。

"黄药子？"陶媚儿读到这味草药时，犹如一株参天大树被骤然而起的响雷劈得焦煳。

徐天琳酒醉之后，误写了用量，是导致这场灾祸的原因。这黄药子虽能解毒消肿、化痰散结、凉血止血，但服用过量却能致人死命。

转头看到，徐天琳茫然不知，依然斜躺在冰凉的地上低声呻吟。

"这逆子枉我传他多年医术，他却玩忽懈怠，犯下这种不可饶恕的错误，让我无颜再见父老乡亲。"徐立康几乎是捶胸顿足，恨不得顷刻钻进地缝里。

陶媚儿忍住悲伤，鼓起勇气说道："这位兄长，这失去亲人的痛苦，我感同身受。如今我也是一个父母双亡的人了。若不是这许多年徐家的帮助，怎么可能会有陶媚儿的今天？我愧对济世堂的每一砖、每一瓦、每一棵草木……"

那壮年男子已然沉默，静心听着陶媚儿的话。

"……这种痛楚任多少银钱都无法弥补。死者已矣，再要一条无辜的性命又有何益？凡事总要有个了断，何况如今国难当头，正是用人之际，与其要了他的性命，还不如留着他的性命，让他多做些利国利民的大事。"说着，陶媚儿从左腕上褪下一物，"这是我母亲留给我的一只玉镯，还值一些银两……"

"媚儿，那是你母亲留下的唯一遗物。"徐立康伸手想拦下。

"不，伯父，这场灾祸本是因我而起。若不是我让天琳失望，他怎么会自暴自弃？"陶媚儿摇头，又对那壮年男子继续说道，"我陶媚儿承诺，只要百草堂在一天，兄长家人的医药我分文不取。"

"陶姑娘……"那刚才在黑棺前哭泣的老妇人对陶媚儿摆手，又示意那正凝神不语的壮年男子到自己身旁。

那壮年男子呼了一声"母亲"，随即走过去，搀扶着她向陶媚儿走来。

老妇人深深看了一眼徐天琳，长长叹了口气，对陶媚儿说道："姑娘，有你这句话就足够了，我思虑良久，决定不再追究。"

"什么？"那男子听了，先是目瞪口呆，然后扑通一声跪倒在老妇人面前说，"母亲，您是不是糊涂了？我父亲的仇不报了？"

那老妇人肿胀的双目渐渐迷离起来，缓缓说道："徐家在京城的口碑也不是一年两年了，我本是信得过的……我们这一把老骨头了，赶上这几十年难遇的浩劫，即使不是病死，谁又能料到是不是会被饿死、烧死，或者被兵刃砍死？"

壮年男子听后，伏在老妇人脚下失声痛哭。

"他父亲本是不治之症，早晚都会离我们而去，这样一来，就不会受那无穷无尽的痛苦了……况且小徐医他本是无心之过，得饶人处且饶人吧……阿弥陀佛，菩萨保佑，好人有好报……"

说完，老妇人把那玉镯重新戴回陶媚儿的腕上。

"大娘，谢谢您……"陶媚儿喜极而泣。

徐立康听到这里，已经再也坐不住了，起身朝那老妇人深施一礼。

"孩子，我们走。"那老妇人拉起自己的儿子，长舒了一口气，步履蹒跚，径直朝外走去。

壮年男子不敢忤逆母亲，擦了一把眼泪，跟在后边，指挥众人抬起黑棺渐渐退了出去。

"媚儿，多亏你了。徐家都因为这逆子，恐怕今后再也无法抬头做人了！"徐立康越说越怒，对着徐天琳就要挥手打下去。

"伯父，"陶媚儿情急之下大呼，"看，这是什么？"

说着缓缓打开木匣，那只犀牛角顿时映入徐立康眼帘。

和以往不同，徐立康的面色由愤怒转为惊恐，那黑眸子中划过一道异样的光亮，神色竟与林子风的肖似。只见他迅速放下手臂，抢过犀牛角，仔细揣摩起来："媚儿，这东西从何而来？"

"伯父只管拿去用，这……是一位朋友所赠，请恕我不能说出他的名字。"她不能说出他的名字，此时并不是揭开谜底的时候。

"真的……不能说？"徐立康焦急之态毕露，"这犀牛角的成色非一般普通百姓所能拥有，只有皇宫的太医院才有。"

"伯父，我已经答应朋友，不能泄露他的行踪，请伯父谅解。"

徐立康失望之余，再也没有力气去斥责儿子。

陶媚儿扶起徐天琳，被他一身浓重的酒气熏得头晕目眩，只能连连叹气。走到厨房查看，只见一锅米汤还在冒着热气。顺手拿起一个瓷碗，盛满米汤，撬开徐天琳的口，轻轻灌了进去。

"伯父放心，他喝了这米汤，过不了多久，就会醒来。待他醒来，伯父再教训他不迟。只是，这酒虽是天之美禄，但凡过量，后患无穷。"

"媚儿，我只有这一个儿子，本想让他继承徐家的医术，可是他却这样不堪。我……"

"伯父，时间久了，他自然会明白伯父的苦心。只是徐伯母她……"

徐立康叹道："但凡这中风之人，或者肢体麻木，或者癫狂，或者焦躁，你伯母她也是时而清醒，时而糊涂，她甚至会糊涂到不认识我，但天琳她始终是认得的。"

"母子天性，人伦之本。伯父保重，媚儿有病人在等候，要先行告辞了。"她不忍心去看徐伯母，每当看到她老人家蓬头垢面，大声嘶喊时，总似有无数钢钉插在身上。

说完，她迈开步履，想离开这里。忽然感到羁绊，定神一看，徐天琳一只右手死死攥紧她的裙子。

"媚儿……"他深情地呼唤了一声，又昏睡过去。

"天琳，忘记我……"她艰难地吐出几个字，狠了狠心，掰开徐天琳有些僵硬的手指，掩面从济世堂逃出，逃出那个痴情男子的真情牵挂。

天琳，有缘才能相聚。若无缘，纵是咫尺天涯，也如千山万水，何必强求？

百草堂里依然一片狼藉，血染的绷带横七竖八地散了一地，庭院深处药香依旧。

"你又流泪了？是徐家人让你流泪的？"林子风不知从什么地方跳出来，不满地说，"难道你真的想让我对你禁足吗？"

"连城都被困了这许多天，还需要禁足吗？"陶媚儿心中的悲楚升起来，两滴热泪掉落在案上。

林子风心一动，收敛了戏弄的神色："怎么？发生了什么事？"

陶媚儿把那老妇人的话说给他听，他也不禁惊讶万分。

"慈悲为怀，能放下仇恨，有这般高远见识，实在是难得。"

说完这句，再看林子风已经背转过身，高大魁梧的身躯在阳光下轻颤。

她似乎察觉了什么："你怎么了？"

林子风过了片刻，方才转身过来，神色异常："我是在感慨，这正堂的草药已经所剩无几，数量最多的就是你的那堆菊花了……"

陶媚儿放眼望去，只见药屉全部拉开，只零零星星地剩了几味草药，最显眼的就是那堆八分满的菊花。

"物以稀为贵，林大医不懂得？没有了其他本草，这菊花就要一枝独秀了。这菊花为祛风药物，可以治目痛、外翳、头疼、眩晕、疔疮，和地黄、黄柏、杞子、白蒺藜、五味子、山萸肉、当归、羚羊角、羊肝同用，治肝肾俱虚目痛；与黄连、玄参、生地、川芎①——"

没等她说完，一只厚重的、散发着药香的手掌覆住了她的口唇。

"媚儿，在我眼中，即使没有了一切，也不能没有了你……"只见对面的他，卸掉了所有的伪装，一身灰黑的短袍，双袖轻轻挽起，脸部的线条刚毅坚忍，一双黑色的瞳孔深不见底，勾勒出一个仁善的医者形象。

第一次听到他发自肺腑的话，比起他难得的笑容，这句话更让她感动。她退了一步，想拉开与他的距离。离他越近，越觉得呼吸困难。他的深情无一不泄露着他的薄弱之处，就是那薄弱的感觉，对她来说，也是一种致命的诱惑。

他看着她窘迫的神态，粲然轻笑："我要想办法出城，去采购些药草。"

---

① 参考《中医各家学说·各论·缪希雍》。

"林子风，你不要命了吗？"她强忍住腹腔中升起的无名之火，"城外烽火连天，你想化为灰烬吗？"

"在城内是坐以待毙，出城是放手一搏，大丈夫怎么能为了苟且偷安，放弃一切？"

"城内已经乱了章法，那些贼人就等着建康人迹灭绝，占据京城，实现吞并天下的野心。难道你也想助他们一臂之力吗？"

"媚儿，城中伤病者日益增多，身为医者，因为缺少草药，面对众多伤痛，只能长吁短叹，束手无策，我心急如焚，寝食不安。昨日已经在空中放了信号，栖霞山的兄弟们想必已经准备好了草药，就等我去取。现在是迫在眉睫的时刻，让我怎么能不心焦？"

"可是，城外是强敌贼寇，城内门禁森严，你怎么出得了城门？"

"我已经想了多日，从侧门破洞而出。"

"不！"想到他要以身犯险，她心如刀割，"我不要你出事！"

"媚儿，你毕竟在乎我！"他的温情随着暖风，款款而来。

"我是说，伤病之人不能缺少你。与其出城，前路迷茫，不如就在此，审时度势，量力而行。"陶媚儿屏住呼吸，避开他灼人的注视，思索了片刻，似乎下定决心做一件大事，"父亲曾经说过，我们陶家本是为救死扶伤而生，现在是该我们背水一搏的时刻。我这样做，算不得是违背祖训，相信父亲在天之灵，会保佑女儿和百草堂安然渡过这场灾难。"

林子风不知她自言自语在说什么。只见她低眉敛色，撩起宽大的衣裙，紧紧地挽了一个结，露出了内层的裤脚，看看四下无人，关紧了堂门，笑道："你随我来！"

"什么？"林子风一头雾水，不知道她想做什么。

穿过那道侧门，走进绿意深翠的庭院，停在那唯一的石凳前，拨开下边杂乱的草丛，她用手摸了又摸，终于发出了微笑。

"在这里！"说完，见她用力一扣，那石凳旁边的草丛居然渐渐塌陷，露出一个漆黑的洞穴。

"林子风，去拿一盏灯，与我一同下去。"

"这是做什么？"

"不要问，去了便知。"

林子风点燃一盏灯，随她一起下行。那居然是一级一级的石阶，越往下走，就越觉得有一股清凉之气迎面袭来。

昏暗的光线中，两个人不知不觉相依相携，林子风手中握着那柔软的玉手，豪气渐渐冲上胸口。

"这是陶家祖辈储藏本草的地穴。百草堂经历了近百年的风雨，能够支撑到今天，全靠了这个地穴。我的祖辈无意中发现这个地穴，无论春夏秋冬，始终能够保持储藏本草的最佳温度，因此就在这里建起了百草堂。"

"只是有一年，御史大人的岳父要征此地兴建酒楼，我祖父为了保护这百草堂，坚持不肯迁移，才被官府抓入监狱，受了重刑，一条腿被打断，从此成为残疾。官府见我祖父誓死不肯让出，后来又有上千名百姓联名上书，只得作罢，我陶家才逃过一劫。因此，祖父他临死前让我父亲发誓，若非到万不得已、千钧一发的时刻，绝不能开这地穴。"

"可是，这本草的采集、储存都有时限，这样长久的弃之不用，岂不是暴殄天物吗？"

"正是。所以我父亲一边遵守自己的誓言，一边在每年九月初九，在众人都去登山的时候，独自打开地穴，取出陈腐的草药，再把新鲜的放进去。有一年的重阳节，因为我兄长偷偷去赌博，输了银钱，我父亲大发雷霆，对我兄长用了蛮力，那个重阳节，我们便留在家里看父亲偷偷流泪。"

听到这里，林子风的手紧了紧，恨不得把自己的热量都传递给她。

她唏嘘着，继续说道："父亲那天因为对兄长失望，便悄悄把秘密告诉了我，说万一他有不测，我可以代理陶家的一切事宜，包括进入到这地穴。"

两个人边说边走，终于到了底层。借着微弱的光线望了过去，两个人不约而同发出了一声惊呼："天啊！"

地穴深处传来的是熟悉的药香，里边摆满了方方正正的格子，俨然又一个药香扑鼻的百草堂。打开格子，里边是各种各样的本草。

"干地黄，味干，无毒。主治元气受伤、逐气血虚弱、逐血痹、填骨髓、长肌肉、除寒热积聚及风湿麻木……"

"防风，味辛、甘，性微温，无毒。主大风头眩痛、恶风、风邪、目盲无所见、风行周身、骨节疼痹、烦满。久服轻身。"

再往里有菖蒲、天门冬、五味子、蛇床子……还有木类本草松脂、枸杞、柏实、五加皮、杜仲……最里层的盒中居然是麝香、牛黄、白胶、龟甲……此外居然还有一些米粮、枣干、葡萄干、南瓜子……

打开最里的格子，几颗珍珠在黑暗中熠熠夺目。格子内层，则是一支罕见的百年老参。

林子风拿起一些干果，笑道："同一物品，若空腹食用，便是食物；若患者服用，就是药品。看来伯父的远见卓识，果然非同一般。"

"我的祖辈都知道，无论花草木石，虫鱼鸟兽，皆能为我所用。如用食物能够去其病，就绝不用药理。从神农尝遍百草之时，这食与药本出于一源。"

林子风佩服至极，又说道："我终于明白，百草堂如何度过百年沧桑了。若不是有备无患，在这割据战乱的年代，无法支撑到今日。"

陶媚儿点头："我也是今天才明白祖辈们的苦心。若我们早知道有这样的药藏，就会不懂得珍惜，不懂得尽心经营了。祖辈的这条遗训，就是让后代学会居安思危。"

"媚儿，"林子风将陶媚儿柔弱无骨的双手握住，"有了这些草药，我们照样能够继续行医济世了。"

陶媚儿正要回答，一阵凉风扫过，那灯竟然熄了。

漆黑的地穴中，刹那间寂静起来，他们能听得到彼此的呼吸。打开的木匣中，浑圆润泽的珍珠还散发着朦胧的荧辉。

男人特有的雄壮气息一点一点渗透到陶媚儿的五脏六腑中。陶媚儿没有逃避，也不想逃避。她倚靠在这个男人身上，再多的恨意和彷徨都在瞬间消失，即便是寒窗冷星，此时都变成了似锦繁花。

陶媚儿知道，纵是柔情万千，却只是遭逢乱世，一切皆是镜花水月。这短暂的安宁，对众多的人来说，也是一份奢侈。但唯独那份真情，却让人生死难忘！

## 第八章　兰草缠玉簪

大梁太平四十七年，武器库中的枪械和铠甲都已覆上厚厚的灰尘。听前来接受救治的伤兵说，朝廷已经没有可用的老将了，年轻有为的军官都在外征战防守，朝中只有老将羊侃指挥大军。

城外是侯景的黑色战旗，城内是羊侃的智勇无敌。当今圣上仍旧佞佛，不理朝政，平乱的大任全都交给太子萧纲。

整个建康城已经在狼子野心的乱贼的包围之下，叛兵火烧大司马门、东华门、西华门。

然而这一切，都被大梁的"钢铁长城"羊侃所挡。羊侃将军发下告示，声称得到一封射进营帐的书信，上写"邵陵王萧纶和西昌侯萧鸾的援兵已经抵达附近"，军民之心因此稍稍稳定下来。

百草堂内，难得一见的阳光挤入窗内。堂内的僻静之处还堆放着为过端午存放的一簇簇菖蒲、艾草和大蒜，惶恐不安的人们早就顾不得这许多了，只是把它们当作除毒辟邪的必备之物。

陶媚儿给兄长陶重山喂了汤药，看到他小睡了一会儿，便起身走到桑树下，和往常一样拿起药杵，把量好的草药放入一个瓷药罐内，用力捣了起来。

无论如何，兄长的病情总算是有所改善了，陶媚儿颇感欣慰。

林子风正在为一个受伤的军士缝合伤口。他让金正熬了一碗汤药，让那伤兵喝下，那伤兵不过一会儿就昏睡过去。

只见林子风用干净的白布蘸了些许药液，捂在伤口片刻，然后拿起一根丝线，细心地把那伤口缝合起来。那丝线不是普通的丝线，似乎很有韧性。

陶媚儿觉得奇怪，便问道："这是什么线？"

"这是我母亲给樵夫们治伤用的桑白皮，缝合之后，再上伤药，很快就能痊愈。"

"桑白皮？可是桑枝的韧皮？"陶媚儿第一次看到有人用这样的线缝合伤口，"伯母她，对医术的钻研非比寻常。"

林子风停顿了一会儿，说道："我母亲是外族，在大梁滞留了二十余载，熟读大梁的医药著作，并有自己的心得，很多医技都是她自己创新。"

"那麻药也是伯母的偏方？"

"是。我母亲一直可惜麻沸散的药方无从考证，几经实验，配制了这有山茄花和火麻子花的麻药，施用很有效。"

看他额头上都是汗，身上的衣衫又染满了血迹，她摇头叹息，取来一件干净衣衫给他。

"哦，越来越像妻子了……"林子风嬉笑着接过了那衣衫。

陶媚儿轻嗔了一声，不再理他。

倏然间，看到他转头去抬那伤兵的身体，右耳上有一颗明显的红痣，不禁奇道："你耳后的红痣居然和徐伯父的一模一样。"

只见他的背影顿时僵住，手中的动作迟滞起来。陶媚儿恍然悟到是自己失言，徐家任何一桩事情都是他的禁忌，他对徐家的仇恨并没有因为自己的舍身而放弃一丝一毫。

"哦，"她岔开了话题，笑道，"这伤兵真是豪气，顾不得自己身受重伤，冲到城门洞去，结果被对方的槊所伤，刚才还口口声声要得到太子悬赏的那银马鞍。"

"想得到那银马鞍，不过是一个军人想要建功立业的迫切之心，无可厚非。身为男子汉大丈夫，谁不想有个清白或可告慰祖宗的好声名？"林子风像在自言自语，又像在说服自己。

陶媚儿看他一脸沉重，便沉默不语。

"小姐，小姐，不好了！"金正在门口一个趔趄，几乎要扑倒在地。

"发生了什么事情？"陶媚儿大惊，若不是有十万火急的事情，金正绝不可能这般惊慌失措。

"徐夫人她因小徐医离家出走，再次中风，已经不省人事，危在旦夕……"

"什么？"陶媚儿心痛欲裂，刚拿起的药碗重重地摔在地上。

林子风神情凝重，之后便是阴云密布。

"金正，快随我去！"陶媚儿迅速飞奔向济世堂。

"小姐，等等我……"金正在后边边喊边跑。

前来求医的百姓闻讯而去，偌大的百草堂只剩下林子风和那个还未苏醒的伤兵。

"让一让！"陶媚儿奋力挤进拥挤的人群，看到徐夫人一动不动，横卧在床上，而徐立康似乎已经泪绝，哀凄地看着徐夫人的面容。

"伯母她……"陶媚儿勉强镇定了下心神，翻看徐夫人的瞳孔。只见那瞳孔已经散开，人已经鼻息俱无。

陶媚儿泪眼凄迷，颤声问道："天琳他？"

徐立康这才微有所动，无力地递过一物。

陶媚儿展开一看，原来是徐天琳离家出走时留下的。

"这城已经被困，天琳他——"

还没等说完，就听到回过神的徐立康怒声道："这么大的京城，他若想隐匿起来，谁还能找得到？这不孝子，就当我没生过他！"

说完，他伏在徐大人的遗体上哭诉："你怪我吧，都是我平时只重医术，忘记了教他做人的道理，如今才让他做出这种不忠不孝的事来……"

"徐伯父，发生了什么事？"陶媚儿有些不敢相信，只不过一夜之间，就发生了这样天翻地覆的事情，徐天琳居然弃家而去。

"那日他酒醉，我没有理他，等次日黎明，我叫他来谈，说了他几句，他就和我争辩，丝毫不理会那日徐家所面临的困境。我一气之下，就掴了他两记耳光。他愤恨地质问我，为什么只对自己的儿子凶恶，为什么眼睁睁看别人夺了他的妻子，我却无动于衷？"徐立康说着，由于愤怒已经又有些气喘，"谁料到昨晚他忽然留书而去……我真是恨啊，恨我为什么生了这样一个忤逆不孝的儿子！"

听到这里，陶媚儿已经哽咽失声，跪倒在徐立康前面哭道："伯父，媚儿愧对徐家。若不是媚儿悔婚，怎么会造成徐家今天的离散？伯父，你若生气，就冲着媚儿来。"

"媚儿，这不怪你……"徐立康已经无力扶起陶媚儿，只是和她一起抱头痛哭。

"善有善报，恶有恶报，真是分毫不爽。你也尝到生离死别的滋味了吗？"随着话音飘落，林子风已经站立在两人身旁。他的神情与徐立康一般无二，眉宇之间的戾气隐隐欲现，双瞳中闪烁的晦暗诠释着的正是那剪不断、理还乱的生死之怨。

陶媚儿眼前一阵飘忽。都是他！都是这个男子扰乱了一池春水，让恩恩怨怨泛起波澜，再也没有停息之日。

徐立康仔细看着林子风，忽然间身体一阵抖动。这个年轻男子左颊的淡淡酒窝，竟然和她——那个叫作木恩的异族女子有几分神似。

迷离的视线中，那个叫木恩的女子长发高高绾起，长裙曳地，如谪仙下凡，向他款款走来。记忆的迷雾在渐渐消散，他一双苍老的浊目看到那年轻男子向他来复仇！

"你、你……"你到底是谁？他想问他，求证一个梦想了多年的事实，手指向他，却再也说不出口。

"林子风，恨也罢，爱也罢，走的走，死的死，你该如意了！何苦还要来搅这浑水？"陶媚儿气怒交加，恨他不请自来。

"我来只是来带走我的未婚妻子，有何不对？我要你离开这个假仁假义的徐大医！"

陶媚儿见他的恨意无休无止，不明白是什么样的切肤之痛，让他愤恨不已。胸口一股热血涌上喉咙，眼前出现无数金星，她挣扎着说了最后一句："若你还要我做你的妻子，就要学会宽宥。"

"哈哈哈！"他大笑几声后，脸上沉下无限忧伤，"若不做了亏心事，怎么会遭到报应？你让我学会宽宥，还是先看看别人的心到底是不是肉长的！"

此言一出，徐立康顿时脸色煞白，神情呆滞，仿佛一切都凝固在遥远的追忆之中。

"林子风，你究竟想怎么样？"看到徐伯父神情迥异，仿佛正在遭受着人间最痛苦的折磨，而眼前这个男子却咄咄逼人，不肯让步，陶媚儿心头燃起了一团火焰。

林子风冷哼一声，只轻轻一抱，便把她裹在怀中。她心头一急，耳畔一阵轰隆作响，竟瞬间坠入一团黑暗。

待她醒来，天色已是昏黑，闻到百草堂那熟悉的药香，依稀还能听得到远处传来的厮杀声。抬眼望去，见他萧索的身影无声地站立在窗前，似乎在思索什么。

无论如何，为了她，他居然破了与济世堂老死不相往来的誓言，亲自来找寻她。说是无情，却到底还是有情。可是，他却为了心中的执念，无法放弃那段宿怨。

听到她起身的声音，他终于回过心神，借着微弱的烛光，端来一碗热气腾腾的汤药。

"醒了？"他的声音从来未有过的温和，和在济世堂的蛮横无理判若两人。

陶媚儿轻轻推开那汤药，冷冷地说道："这样危急的时候，你还不懂得珍惜？浪费这些千金难得的药草做什么？还不留着最危难的时刻用？"

"哦，"他顿了顿，说道，"我看你多日来操劳无度，寝食不安，身体虚弱，需要调补，便擅作主张配了汤药给你。"

"我得的是心病，一碗汤药怎么能医得好？"陶媚儿抑制不住内心的酸楚，想起徐伯母的仁爱慈心，忍不住又泪痕满襟。

"媚儿，你怪我吗？"他忍住内心的彷徨无措，看她如此心神俱疲，已在后悔自己踏入那去往济世堂的青砖路上。

"陶媚儿只是一个卑微的小女子，怎么有资格来怪罪有'济世神医'之称的林大医？"

"媚儿……"他叫了一声她的名字，便再也无语。

他又何尝不想放弃那段仇恨，血浓于水，那份椎心刺骨的痛楚，如千万把钢刀将他抽筋剥皮，撕裂他的骨缝。

可是母亲那二十多年的眼泪因为对他的思念已枯绝，直到油尽灯枯的那一刻，仍然情难自禁。因为他，母亲放弃了母族的家传方略，钻研了二十多年的大梁医术，可是他却不知道一个在异国漂泊的女子如何度过那艰难的岁月。

直到那一天，他在济世堂亲眼看到徐立康的容貌，他几乎要忘记了自己来的目的。看到徐立康为了他的夫人心慌意乱，他不禁又重新让自己的心变得僵硬。若不是被陶媚儿所吸引，他还不知道自己在狂怒之下，会做出什么让自己后悔莫及的举动。

她故意避开他的关心，起身找出几味补气的草药，开始称量起来。他知道，这个体贴入微的女子，知道徐立康因为这场打击而心力交瘁，需要调理，所以再也无法安心静养。

他看到她一副怏怏不悦的神态，略略有些瘦削的脸颊在烛光下仍然闪现着一种坚如磐石的光彩，心中不由得后悔万分。

"药凉了就无法喝了……"他不知道她是否听到，只见她仍然专注地分好那小撮香附子。

"拿去给那隔壁的张大娘，心病不除，我喝了也无益。"

他不由得又窘又急："陶媚儿，你是故意惹怒我吗？这汤药方剂是因人而异，怎么能说送人就送人？"

"要想让我喝下去，你要告诉我，为什么这样恨徐家？我们陶家一死一疯，还有一个下半生要为你做牛做马赎罪的陶媚儿，难道还不能偿还你的一条人命？"

陶媚儿已经感觉，林子风还有很多事情瞒着她，他与徐家的宿怨并非三言两语可解，所以一心想逼他吐露真言。

说完这句，她感到他的方寸已乱，那药碗在他手中晃动，倾洒了几滴药液。稍后，他似乎强自撑住那如山峦之躯，缓缓把药碗放置案上，然后转身，一步一步艰难地走了出去。

陶媚儿配好剂量，用清水浸泡住那一大包草药。再抬头一看，他的身影已渐渐消失在浓浓的夜幕之中……

听惊恐的伤兵说，叛军在城外制造了一种能够攀登城墙的战车，高达十多丈，企图用它居高临下向城里射箭。城中的百姓和军士都乱成一团。若射的是火箭，那么建康城很快就会陷入一团火海之中。倘若叛贼真的得逞，那么，等不到城破的那天，所有的一切都会成为灰烬。

更为惊恐的是，叛贼房获了羊将军的儿子，以此威胁他投降，没料到羊将军亲自站立在城上拉弓朝自己的骨肉射去，骂道："你怎么还没有死？我羊家几代忠义，怎会为了你一人而舍弃了君臣之道？"

众多军士看到主帅如此坚贞，不禁军心大振，全力攻守。

若众军士皆有羊将军的气度，何愁大梁不胜？林子风，你是否有些过于心胸狭窄了？

庭院中煎药的灶台上一簇微弱的火苗依稀跳跃着。陶媚儿含泪喝下那碗即将放凉的汤药，苦涩的味道堪比黄连。

终于煎好徐伯父的汤药，倒入一个带盖的瓷碗，用厚布包裹，缓缓出了百草堂的大门，直接向徐家而去。

济世堂幽光浅淡，一枝落花的杏树雕镂在纱窗，摇曳的烛火穿过狭长的小路，噙着哀伤的泪水透露出几分寂寞。

那是邻舍帮徐家搭建的简陋灵堂。国难当头，已经容不得百姓的喜怒哀乐了，一切婚丧嫁娶停止。

一排白烛恍恍惚惚地晃动，似乎有无数的怨气还没有散尽。

"伯父，保重……"陶媚儿端过汤药，小心翼翼地奉上，但当徐立康转身过来，仍然免不了心惊。这场打击，竟让徐伯父发须皆白，横生的皱纹如百年老树干枯的外皮，染着尘世间最凄凉的沧桑和无奈。

"媚儿……"徐立康擦了一把浊泪，说道，"伯父教你们这么多年医道，现在才知道仍然无法看破一切，多少灵丹妙药都是枉然。我竟然救不了自己的亲人和老友，也不能管教自己的儿子，我惭愧难当……"

"伯父！"陶媚儿放下药碗，双膝跪地，朝徐立康郑重地叩了三个响头。

"媚儿，你这是做什么？"徐立康不解。

"媚儿在此先谢过徐伯父。当年徐伯父除了备用些简单的药草以外，大都是支持了百草堂的经营。两家达成默契，徐家主医，陶家主药，多年互相扶持才走到了今日。从今天开始，伯父就是陶媚儿的父亲，请允许媚儿略尽孝道。"说完，把那碗热气腾腾的汤药奉上，"这是陶媚儿为父亲滋补身体的，请父亲尝用。"

"媚儿，"徐立康再也忍不住老泪纵横，"我知道你是个天性慈善的好孩子，可惜徐家没有福气娶你做媳妇，天琳他太不争气……"

"父亲，如今我是您的女儿，可比那媳妇更为亲近？"陶媚儿抹去了脸上的泪，勉强笑了。

"我知道你为我多虑，可是我已经垂垂老矣，怎能再拖累你？"

看到徐立康迟疑不决，陶媚儿冰雪聪明，立即说道："伯父，可是怕那林子风……"

徐立康长叹一口气，说道："事已至此，我便和你说了实话，我第一次看到林子风就觉得他似曾相识，他的面貌很像我的一位故人……"

"难道他真的和徐家有仇怨？媚儿今天前来，也是为了他。他虽然看似无情，但是行医救人却总是不遗余力，媚儿一直想解开他的心结，却不知从何下手。"

"也许，真的是我徐家欠了他的……"

"自从那日他把这玉莲蓬套上我脖颈，我就觉得奇怪，好像冥冥之中，与这玉莲蓬无法割舍一般。有好几次，想归还他，却始终没有。他说这是家传之物，不知从这里能看出什么……"陶媚儿边说边从颈上摘下那玉莲蓬。

"玉莲蓬？"徐立康听到这里，浑身一震，竟站了起来。

那玉莲蓬晶莹剔透，在烛光中温润无瑕。只见徐立康夺过那玉莲蓬，目瞪口呆，良久不语。

"伯父，伯父……"陶媚儿看徐立康的眼眸越来越深，仿佛与那玉莲蓬难解生死之缘。

"天啊，上天一定是在惩罚我，这都是报应啊……我知道这一天迟早要来的……"徐立康趔趔趄趄退了几步，虚弱地歪倒在堂中的蒲席上，"木恩，木恩，你告诉我，你在哪里？你为什么不出来见我，却让他来惩罚我？"

木恩？听到这个名字，陶媚儿惊讶不已，这似乎不是大梁女子的名字。

徐立康泪已决堤，直哭到深夜，才逐渐缓过神来。

"媚儿，如果我猜得不差，这林子风，他、他就是我的亲生儿子，是我徐家的长子……"

"啊？"陶媚儿觉得自己几乎要窒息，万万没有想到，徐伯父竟然说出这样令人震惊的话来，"伯父说的可是真的？"

徐立康沉重地点头："这都是二十多年前我造的孽，如今他来追讨，我是罪有应得，是我遗弃了他们母子……"

"林子风说过，他的母亲是异族女子，伯父却又如何与她相识？"陶媚儿一心想揭开那个谜底，所以便不顾一切，穷追不舍。

徐立康兀自后悔不停，那日因牵挂徐夫人的病情，并没有仔细看陶媚儿颈上所戴玉莲蓬，否则，怎么会在今天才知道林子风的真实身份，他们兄弟又怎么会反目成仇？

从庭院向东南方望去，火光冲天，焚烧的枯草气息似乎穿越了层层楼阁，远处隐隐约约传来杂乱的呐喊声。

"叛贼又在焚烧城门了……"

徐立康的神情渐渐凝重起来："媚儿，伯父要给你讲讲那段二十多年前的往事。"

徐立康起身踱步，望着被火光映红的天空，心绪难平，往事如烟，徐徐飘过记忆之门——

徐家的祖辈本是朝廷的御用太医。那时候，徐立康不过刚刚二十岁，只是一个小小的药丞，跟随祖父和父亲在宫里行医。

只记得那一日，天高云淡，御花园里金橘满枝。台城之外，槐荫依然浓密。扶南国的特使千里迢迢携带地方物产，到建康来朝贡。

透过一丛巨型珊瑚的缝隙，徐立康偷偷窥到一个高绾发髻的女子与特使随行。他不禁啐笑："什么特使，出门还不忘记携带妻妾。如此姿色的女子，和我江南美女相比，一个是乌鸦，一个是凤凰，有何资本炫耀？"

那女子手里托着一只五色鹦鹉，曼妙的身躯紧紧裹着一条彩雀花筒裙，正随着队伍的行进左顾右盼。

这一日，后宫之主丁贵嫔率妃嫔和皇子、公主都来御花园观看扶南国带来的奇珍异宝。御花园里到处花团锦簇，粉蝶飞舞。那鹦鹉确实是稀有品种，能通人语，送进后宫，惹得夫人妃嫔们兴奋无比。

徐立康正准备把为特使做药膳的材料送去，却看到那女子正好奇地看那园中的花草树木，并不时摘下几朵花瓣嗅闻。

那里是专门为丁贵嫔种植的药圃，怎么能容一个异邦女子随意采摘？

忽然看到那女子又肆无忌惮地拔下一株龙胆草，放进口中咀嚼片刻，然后呸的一声吐了出去。

他心想果然是蛮夷之邦，不通礼教，于是愤怒地朝那女子呼喊："客随主便听过吗？既是来做客的，不经主人允许就随意毁坏东西，恐怕不是为客之道吧？"

那女子奇怪地看着他，并没有理睬他，只是皱眉。

他愣了片刻，方才想到定是言语不通，于是摇头叹气："原来是对牛弹琴，和一个蛮夷之女何必多费唇舌？"于是转头想走。

"慢，请问你是谁？说谁是蛮夷之女？我们扶南国人杰地灵，我是大国医的女儿，到梁朝来是为了学习医术，有什么不对？"

他赫然一惊，原来这女子大梁国语竟说得如此之好，她的身份并不是特使的妻妾，却是女医。

他看她的十指被揉碎的龙胆草汁染得暗黄，不禁哑然失笑："我们大梁地大物博，有的是你没见过的草药，你何必非要折腾那几株费尽功夫培植的普通本草呢？"

"哦？你说的那些东西在哪里？我要看一看！"那女医蛮横地看着他，根本不把他放在眼里。

他不屑地笑道："就这里的草药，就够你斟酌到回去的时候了，你还是在这里吧！"

说完，斜视了她一眼，看她一脸疑惑，颇有幸灾乐祸之感，笑了笑，转身又想离去。

"啊！"忽然听到一阵惊呼，不远处正在观赏奇物的妃嫔夫人们乱成一团，纷纷向远处避了开去。

他飞速跑过去一看，原来吴淑媛站立在一株巨桑的枝干之下，一条大蜈蚣已经爬到她的手臂。

"请夫人千万不要动，慢慢蹲下……"徐立康小声呼着，小心翼翼端详那蜈蚣。

吴淑媛已经吓得脸色苍白，按照徐立康的嘱咐慢慢蹲了下来。

徐立康仔细看那蜈蚣，正移动着两排复足，轻轻向吴淑媛的发髻爬去。看那蜈蚣硕大无比，心知定是剧毒无比。若被它咬住，恐怕不仅不易去其毒，甚至还会殃及人命。

"好端端的，怎么会发生这种事情？"丁贵嫔直念阿弥陀佛，"快快宣太医！"

只是，这御花园里从来没有出现过这样的巨型蜈蚣，真是奇怪。

徐立康急中生智，让人从土丛中挖掘两条蚯蚓，放置一根短杆上，想通过食物来引诱蜈蚣。蚯蚓的味道似乎刺激了蜈蚣，蜈蚣果然转头，朝木杆爬来。

徐立康屏息凝视，眼看即将把那蜈蚣诱到，就在这千钧一发的时刻，忽然传来一声："母亲，你怎么样了？"

原来是豫章王萧综闻讯赶来看望生母吴淑媛。

那蜈蚣受了惊吓，不分青红皂白，在吴淑媛的手臂上狠狠地咬了一口。

吴淑媛惊呼一声，随即昏了过去。

萧综一看大急，两脚踢倒身边的宫监："都是些没用的废物！用得着你们的时候，人都到哪里去了？要是我母亲稍有不测，我就先要了你们的命！"

说完，他自己挺身就要上前，却被徐立康拦住："殿下小心，不要上前，这蜈蚣正发狂，若再惊扰了它，后果不堪设想！"

萧综听了，终究是有几分忌惮，恼怒地跺了几下脚，退了下去。

只见那蜈蚣咬人后，依然纹丝不动，趴在吴淑媛脖颈之处。

吴淑媛的手臂却渐渐肿了起来，人仍然在昏迷。

正在这时，只听一阵清啸，那扶南国女医飘然而至，那蜈蚣似乎受了控制，似乎放松了警惕，慢慢朝女医爬来。那女医面露喜色，取出一只竹篓，那蜈蚣随即顺从地爬进了竹篓。

萧综等人连忙上前，扶起吴淑媛，只见吴淑媛手臂瘀肿青黑，毒气仍然在渐渐蔓延。

"那些太医都一把老骨头，吃着朝廷俸禄，遇到事情却来得如此之慢，不如回家养老罢了！"此时仍然看不到太医院来人，萧综忍不住破口大骂起来。

丁贵嫔也心急如焚，焦虑地走来走去。

徐立康瞪了那女医一眼，那女医浑然不觉，只顾看那条大蜈蚣。

"禀贵嫔，现在救急之法是用盐水洗净，然后用鸡涎涂抹……"

"慢！"那女医摇头说，"这条蜈蚣是难得一见的金头蜈蚣，号称'毒王'，被这样的蜈蚣咬伤，用普通的方法怕是不行。"

"你？"徐立康一把抓住那女医裸露在外边的手臂，怒道，"贼喊捉贼，你安的什么心？"

"你说什么？"那女医方才听出他话有所指，"你是说我吗？这蜈蚣不是我的！"

"不是你的，你却为何这般熟悉它？是欲盖弥彰吧？这御花园里曲径通幽，清宁透彻，怎么会有这样的毒物？不是你还能是谁？"

"都说这泱泱大国都是能人贤士，怎会有你这样蛮横无理之人？"女医白了他一眼，说道，"你若再阻拦，等毒气蔓延，那条手臂可就保不住了！"

"什么？"萧综听了这话，开始暴跳如雷，幸而被左右拦住。

"阿弥陀佛，女医可有什么法子？"丁贵嫔天性仁慈，不忍看到这惨不忍睹的情形。

那女医笑了笑，从徐立康手里挣脱手臂，然后从袖中又拿出一个木盒，那木盒打开，只见眼前一物飞跃而去，直接跳上吴淑媛的脓肿之处。

众人惊呼一声随即跳开，那居然是一只比蜈蚣更毒的大花蜘蛛。

"你！简直是……"徐立康被那女医气得浑身发抖，那豫章王虽然被宫人私下议论并非当今圣上亲生之子，而是东昏侯的余孽，但并未因此而受到半点冷落，因为吴淑媛颇受圣上宠爱，若吴淑媛真有不测，想必在场之人都要遭殃。

正在思虑之间，看到那花蜘蛛已经张口吸吮伤处。很快，那花蜘蛛的身体就开始膨胀起来，和原来的大小相差悬殊。待那伤口流出鲜血来，那花蜘蛛像完成了重大使命一般，心满意足地向女医爬来。

徐立康知道，那毒被吸入到花蜘蛛腹中，最危急的时候已经过去。这以毒攻毒的办法只是耳闻，却还是首次见到，实在是匪夷所思。

那女医嬉笑着，伸出一只玉藕般的素手，捧起那花蜘蛛："小花，你真能干！"

正在这时，徐立康之父徐佑才和几个太医手忙脚乱地奔了过来，朝丁贵嫔跪下："微臣来迟，请贵嫔恕罪！"

"好了，不要再说，快去救治吴淑媛！"丁贵嫔惊魂未定，朝依然在昏迷的吴淑媛指去。

"贵嫔放心，吴淑媛并不是被毒晕，而是惊吓所致。这蜈蚣真是厉害，若被其所咬，会让人肢体麻痹，头晕呕吐，或者讪语、抽搐、昏迷……幸亏是及时解了毒。现在已经没有什么大碍，请贵嫔和豫章王放心。回头待微臣开个方剂镇静安神即可。"徐佑才观察了吴淑媛之后，说道。

"好，好！你们快随吴淑媛回宫悉心救治……"

"贵嫔身体可有恙？"看丁贵嫔一脸苍白，还未安神，徐佑才唯恐还有什么纰漏，小心翼翼地问道。

谁料丁贵嫔一挥手，说道："你们全下去吧，本宫无事，只要徐药丞在身边就好。"

徐佑才意味深长地看了一眼还在沉思的儿子，用宽袖拭了拭头上的凉汗，低语道："犬子不过是一个小小的药丞，万一……"

谁料丁贵嫔却说道："好了，你这儿子逢乱不惊，又有见地，无愧于徐家的美誉。他不像你们，动不动就给本宫喝那一堆苦药汤。上次本宫背后长了一个脓疽，他只用点芙蓉花，本宫三五日就痊愈了。还有啊，上次给本宫推荐的清暑益气汤，不仅味道清凉可口，而且极为有效。"

"这……"徐佑才仍在沉吟。

"还婆婆妈妈的做什么？"一旁的豫章王萧综终于无法忍耐，大呼起来，"再有怠慢，出了什么意外，我一定不会对你们善罢甘休！"

"是！"徐佑才无奈，只好随豫章王而去。

"微臣拜见贵嫔。"这时，负责接待扶南特使的官员来接女医。

"不好，你们都安然无恙了，可是我的小花还需要喝水呢！"那女医不满地说道。

众人面面相觑，不知这毒虫为何也要和人一样饮水。

丁贵嫔点头，宫人随即端来一盆清水。

只见女医把花蜘蛛放进水里，蜘蛛慢慢吐纳，一团黑气很快蔓延开来。

徐立康方才明白那女医的心思，这毒吐出来，才能保住花蜘蛛的性命，以备他日之用。

他暗暗扯了那官员的衣袖，悄悄问道："这是什么异端邪术？那些毒虫为何都听命于她？"

"徐药丞不知这就是扶南国最为擅长的禁术吗？"那官员不解地问道，"这算什么？这女医的家族世代精通禁术，在扶南国的几十次瘟疫流行中都能安然无恙，而且救了无数条性命！"

"禁术？"徐立康知道父亲极端鄙视这些方术，所以从不让他染指一丝一毫。

"就是在火里烧不死，在油锅里不会被滚油烫死，所有的蛇虫蚁兽都对她奈何不得！"

"哦？那岂不是刀枪不入，水火不侵，不是凡人？"

正说到这里，那女医似乎察觉了他的讥讽，不屑地瞥了他一眼。

徐立康万万没有料到，这一次的风波，给他的仕途锦上添花。他不再只是一个小小的药丞，而是跟随父亲成为真正能开方治病的太医。

那被蜈蚣咬伤的吴淑媛更是因祸得福，扶南国进贡的两块珍贵药材犀牛角之一便赐给了豫章王萧综作为慰藉之用，而另一块就保存在太医院。

更为惊讶的是，那女医要学大梁医学，得到了圣上的允许。

要学医，先要尝遍百草才成。这是徐家的家训，徐立康竟被派遣为为她讲述本草的医官。

那女医初次到御药房之时，身穿的是丁贵嫔赐予的大梁服饰。只见她眉心翠钿金缕、窄袖纤腰、罗裙随风而动，惹起一片轻尘。头上一只珠翠玛瑙步摇，如风裹菡萏，花叶相间，簌簌而动。

徐立康眼睁睁地看到她在房中穿梭，不时拿起草药尝试，或是低头看那药典和本草，并不理睬他，便有些恼怒。

"喂，那是大黄，咀嚼时有沙砾感，粘牙，味苦而微涩……"他发现，这世间最让人难耐的并不是吵闹，而是有人当自己不存在。

"我叫木恩，不是你所说的那个什么喂。"她的笑容耀眼迷人，使他差点忘记了自己的使命。

"我……"他本想问她把那蜈蚣如何处置了，却被她打断了。

"不用说了，我知道你叫徐立康，是大梁的医药世家子弟。哦，那药盒里的是什么草药？"木恩的视线全部在草药上，两只手各捏起一味草药，用鼻子使劲嗅了嗅，并没有抬头看他一眼。

他顿时无语，与这异族女子沟通何其艰难，但却无可奈何："石斛味淡而黏滑，有渣；秦皮味苦而入喉。至于熊胆，就要用舌尖去尝，可有先苦而回甜的味道……"

他本以为这大梁医药让那女子学起来，一定是难于上青天，但木恩却听得津津有味，不时点头，似乎收获颇丰。

"你把那蜈蚣如何了？"他终于忍不住，问起她来。

她也终于眯着眼睛端详起他来，却并不回答他的问题："我母亲说我这次来，一定会有桃花劫，难道你就是我的桃花劫？"

说完，她坐上桌案上，肆无忌惮地大笑起来。

徐立康窘迫得红透了脖颈，没料到这异邦之女如此豁达豪放。

"怎么？你以为我弄死了它？我怎么舍得？那虽然是毒物，但是若用得好，就能成为治病救人的良方。"

他一惊，没有料到她居然如此通晓药理。

窗外，几片黄叶飘落，她的双唇饱满丰润，微微地噘起。

他没有料到，这个女子的笑容已经在他心里扎根生芽，那萌动着的情感火焰，欲破土而出。

那日听负责招待扶南特使的官员说，木恩的大梁国语说得如此流畅，是因为和去扶南国游历讲经的高僧悉心学习了整整两年之久。

过了午时，徐立康去丁贵嫔所居的显阳殿送药膳。绕过柳荫翠蔓，流水潺潺，只听到殿外的长亭里欢声笑语不断。

"黄芪蜜炙、茯苓、茯神、当归酒洗、川芎、半夏曲各一两、甘草炙一钱、柏子仁去油、酸枣仁炒、远志去心炒，五味子、人参、肉桂各两钱半，每服五钱。这个方子叫作养心汤①，治心虚血少、神气不宁、怔忡惊悸，正适合贵嫔您的症状。"木恩的声音很特别，听起来如黄雀儿之音，尖脆又有几分磁性。

徐立康暗笑，这不知天高地厚的小女子，不知从哪里抄了几个方子，便开始卖弄起来。

"贵嫔可是觉得可以一试？"

"禀贵嫔，若贵嫔身体有恙，可宣太医随诊，万万不可随意用药……"他皱着眉，扫了一眼那个犹自得意的木恩。

"哈哈哈！"丁贵嫔起身大笑，"本宫这般年纪，也没有什么可避讳的，只要简单实用就可。"

"这……贵嫔福泽深厚，万万不可大意……"徐立康再次躬身。

"也罢，她既然有志于大梁医学，这也是件好事，就依了她罢，让她随你去看太医如何操刀去病。"

木恩听了此话，眉开眼笑地朝丁贵嫔一合双掌，低头而退。

徐立康立刻觉得周身奇痒，一股神秘的力量让自己浑身不适起来。她所谓的桃花劫，最终都是自己的劫难，而且这劫难非一时可解。

---

① 摘自《医方集解》。

# 第九章　茜草染芳菲

太医院东南角的一间净房里，躺着的是已经被麻醉的湘东王萧绎。

湘东王萧绎自幼患有目疾，这一次另外一目也忽然疼痛难耐。徐佑才发现，在萧绎眼睑下长了一个不大不小的肉瘤，必须割去方可。

湘东王萧绎非常忌讳自身之疾，因此这次开刀极为隐秘，本只打算由两父子来完成，没想到木恩借贵嫔之宠也参与其中。

徐佑才正等着徐立康拿来去毒的草药，看到木恩跟随而来，不禁皱眉。徐立康只好在父亲耳边低语，说明缘由。徐佑才听后，只有摇头，却也是无奈，只能听之任之。

此时午时刚过，虽说是白天，房中却点燃了无数的蜡烛。

徐立康脸上一丝笑容都没有，他知道这场需要细心和毅力的手术不容小觑。湘东王萧绎虽然是残疾之身，却才华横溢，是当今圣上最宠爱的儿子。如果出了什么意外，何止是在场之人的性命堪忧，只怕会殃及徐家满门和大梁与扶南国的交好。这个木恩却寻死觅活非要见识大梁医术，于是他不得不与这稀奇古怪的女子并肩而战。

徐佑才仔细看了看已经受麻醉而昏迷的湘东王，深吸了一口气，定神凝视。

徐立康高高举着一盏特制的半封闭的多层铜灯，看到父亲拿一把极精细的小刀轻轻划了一刀，赫然出现一道血痕，很快凝固成一粒血珠。

徐佑才急促地喘了一口气，喊道："刀！"

手举铜灯的徐立康有些心急，自己现在的姿势无法移动，要拿到刀，必须倾斜身子，只是，铜灯的位置却不能动摇。

然而很快，徐佑才手中已经放上一把五分刀，那正是他需要的。

徐立康见木恩正在对面朝他微笑。看似粗犷的木恩居然能心领神会父亲的心意，并且似乎对刀并不陌生。

徐佑才缓缓地切除掉那块小瘤，然后看到木恩不知从何处取来一素洁的帕子，轻拭徐佑才额头的汗水。

她的善解人意让两父子心惊，只是由于紧张，无暇深想。

不远处几株石榴树上果实累累，鲜艳丰满，惹人遐思。

徐佑才正自紧张，找出一根细细的丝线，缝合那割开的伤口。只是那线细柔轻飘，几乎看不清楚，略一用力，竟然绷断。

徐氏父子看到依然在昏迷中的湘东王，顿时大汗淋漓。关键时刻断了缝线，自然会延误时间，麻醉的药力很快就会过去。

"用这个。"木恩从腰间抽出一根线递给徐佑才。

徐佑才接过仔细打量，发现这线细而柔韧，是非常适宜的缝合伤口的线。

"这是桑枝的韧皮，我前几日出去游玩发现的，我管它叫桑白皮。我用它给一只小兔缝合腿部伤口，它的伤口现在已经基本痊愈了。"木恩挤了挤眼睛。

徐佑才来不及多想，略一点头，把桑白皮在药液中浸泡片刻，便飞快地动起手来。

这一场有惊无险的手术，最终顺利完成。

在伤口敷完药末，轻轻撬开湘东王之口，灌入已经熬好的药液，待看湘东王气血顺畅，并无异样，便唤侍从上前把湘东王抬回宫中休憩，徐氏父子方才感到松了一口气。若湘东王仅存的一目再有什么不测，想必大梁的天空也要被咆哮声灌满。

徐佑才注意到身边的木恩正在闻他亲自配制的消毒药液。

"这里边都有什么草药？"木恩纯真无邪的双目，正探索般地来回看着徐氏父子。

徐佑才没有料到自己一个经验丰富的太医，居然要靠一个异族女子施手救援方能度过危机。想到此，觉得惭愧，拿起那剩余的桑白皮，摇了摇头，退了出去。

"那是徐家的不传之秘，怎么可能让你知道？"徐立康看她灵媚的模样，心里不禁荡起了一波春水。

"既然是要治病救人，为何还要有秘密？"那木恩似乎不懂得大梁的风土人情，只是一味地按照自己的想法说话行事。

"这……一言难尽，有空你去回春阁研读《神农本草经》即可。"徐立康不敢再看那双摄魂夺魄的眼睛，低下头来收拾手术的器物。

回春阁是太医院存放医书的地方，也是医士们经常夜读的必去之处。

"哦。"那个叫木恩的女子嘴角含笑，偏偏要眼睛一眨不眨地盯住他。


晚风初收，夜色潋滟，月光下晚荷娇羞无比。难得的清宁之夜，徐立康却心急如焚，匆匆绕过那曲折的水榭，直奔僻静的回春阁。

圣上的一个龙孙"生而兔缺"，医治的方案明日呈上，可是因缺少必要的引据，一直没有完成。父亲让他先去回春阁查询，若再有缺失，就只能去东宫典藏之处求借了。

推开回春阁那扇虚掩的门，他手中的烛火忽闪了一下。

年代久远的古籍散发着书卷和药草掺杂的味道，闻久了不但不觉得怪异，反多了几分亲切。一排排书架在烛光的映射之下，投下颀长的阴影。

父亲听人说，这种病晋朝时的荆州曾经有过成功治愈的例子，不知道医书里是否有线索可寻。

正往里慢慢移去，脚下差点被一个物体绊倒。他大惊失色，扶住烛火，定神看去。只见那木恩脸色酡红，柔弱无骨地瘫倒在地上，因不满被忽然惊扰，厚而妖艳的唇呻吟出声。

徐立康呆了片刻，看她一身轻装，在冰冷的地上不省人事，顿生怜惜之情。凑近她散发着酒气的身体，徐立康身体忽然燥热起来。这是女贞子酒的味道，不知她从哪里弄来了这药酒，竟然贪杯不起。

抱起木恩，手中竟渗出了汗。她的身体发出一股奇异的香气，让他的心浮躁起来，难以平息。

一条玉臂忽然灵蛇一般勾住了他的脖颈，他几欲窒息。

"这大梁的好酒陈酿真是举不胜举，好喝……来……喝……"醉意浓重的她，又挥起另外一条玉臂啪地打掉了那烛火，房中顿时一团漆黑。

她身上散发着的香气陡然变成一种妖异的诱惑，他心下不由得升起一股寒意，周身涌动的热在清凉的秋意中渐渐退去。

理智在抗拒那软玉温香，他把她轻轻放置在一张平日医士挑灯夜读坐卧的竹簟上，想逃离那致命的诱惑。

宽袍骤然一紧，脚下竟又被缠住。

月色如纱，秋虫的低吟柔绵无力，窗口偶落几片红叶，似乎落进相思之人的心间。

细如蚊蝇的低语，在寂静的书海医林中清晰入耳："不要……走，我知道是你……"

他捂住胸口，心狂跳起来。脚步沉重，无法挪动。

那双手紧紧地拉住他，他似乎着了魔，在柔软的力道面前束手无策，心甘情愿被她驱使。

那片妖香渐渐包围了他，在漠漠轻寒中注入了无穷的力量，浑身的血液在日月交辉中渐渐沸腾。

半梦半醒之间，感觉有温热的唇朝他拂来，一江春水，流霞浅曳，不知归处。

木恩，你是个不折不扣的会妖术的女子，你为何会出现？他自知这般亵渎神灵，必将受到上天的惩罚，可是那女子的体香让他无法抗拒。

就是这一个情意朦胧的秋夜，让他与她忘记了天涯之隔，也忘记了身份的差别。


医案仍旧没有找到，气急败坏的徐佑才狠狠责骂了儿子一顿，然后匆匆赶往东宫，找到当时的太子萧统求救。太子仁德慈爱又学识渊博，手下有无数的文人志士，东宫里所藏典籍无数。

就在面圣的前一个时辰，终于在太子的援助之下找到医案，使徐氏有惊无险地渡过了一次危机。

而徐立康和木恩则在暗自眉目传情中度过了一天又一天，直到秋叶落尽，扶南特使要回去的日子。

那个阴冷的夜晚，浓厚的乌云掩盖了月色光华，依稀能够看到几点星辰耀动。

徐立康与木恩又一次相约在回春阁。过了今晚，木恩将起程，回到扶南国。他与她将相隔迢迢万里，再难相聚。

木恩在一片轻纱掩映之下，如仙女临凡，款款走来。她淡着胭脂，一头长发垂散，散发着木兰花般的香气，与他相拥。

"你舍得我走吗？"

"不舍得怎样？舍得又怎样？"徐立康自知与木恩的爱只会如朝露晨曦，瞬间的美好过后，只会让彼此感到被凌迟的痛楚。

"你爱我，就留住我！"木恩和大梁的女子不同，爱与恨泾渭分明，如同时常需要晾晒的草药一般，绝不会在阴暗处过冬。

"木恩……"他粗大的手掌加大了力道，紧紧拥住她的娇躯，心里有千言万语，却不知道如何说起。眼前这个有奇特魅力的女子哪里知道，若她离去，便会将他的魂魄也带去，留下的不过是一副躯壳而已。

他的口被木恩的手指堵住："好了，你不要说了，我知道……"

"不！木恩，我不要你走！"他心里的声音似乎随时要冲破藩篱，飞向云收雨霁的高空。

高空中一只雄鹰振翅朝他飞来，在正前方的一株百年老树驻足，朝他怒目而视。那鹰在渐渐幻化，最后竟变成了父亲的怒容。

窗外，几朵残菊容颜憔悴，艳羡着房内的一片旖旎。

他的手在木恩身后轻轻划动，惊颤了那寸缕无存的光滑脊背。凌乱的长发黑如瀑布，如万缕情丝缠绕着他的脖颈，让他在战栗中迷茫。

"我的心是你的，身体也是你的，永远……"在木恩的呢喃中，他渐渐沉沧。拥住此刻，仿佛拥住了一生……

未等她醒来，他便已经离去。他不忍看她的泪水，不忍看着那高车花幔带着毕生的遗憾在一片飞扬的尘土中渐渐消失。

他唯一留给她的就是一个玉莲蓬，那是他母亲临终前交给他的遗物，是徐家长媳的聘定之物。

　

和来时相同，建康城花团锦簇，大批的送使官员和随团高僧热热闹闹而行，街上观看的人如山如海。

他一个人躲在御药房，埋首在厚厚的典籍里，拼命地诵读着："气有大小，形有多少，治有缓急，方有大小……"

药有酸、咸、甘、苦、辛五味，又有寒、热、温、凉四气。身为医者，虽有济世救人之心，却有几人能自救？他的辛酸和悲凉只能掩盖在这重重宫阙中，外人又怎么知道，医家也有酸甜苦辣。

木恩，你为何会从扶南国而来？与其如此摧肝断肠，还不如从来不曾相见！

"立康……"

他揉了揉眼睛，看到木恩一身扶南国的装扮，臂上金环叠套，玉莲蓬在似雪肌肤下散发着温润的光泽，吹散了这房中越来越重的清寒之气。

伊人不在，幻境如真。

他摇头，泪洒竹簟，回忆昨夜她的体温。

可是，那份真实仍在。那十根纤指抓疼了他的头发。他攥住那手，仔细看，是真的！

"木恩……木恩……你又用禁术了？用个化身来安慰我？"

"傻瓜，是我！特使已经答应让我留在大梁学医，三年后归国。"木恩俏笑。

"什么？什么？你再说一遍！"他有些失控，不敢相信这突如其来的惊喜。

木恩点头，在他额头轻轻一吻。

他冷静了片刻，说："我不相信，特使就这样放过你？"

"我把家传的避毒丹送了三颗给他，这丹药在我国是千金难求的……"

徐立康自然知道那三颗避毒丹在瘟疫常年流行的扶南国不只意味着三颗药丸，而是三条活生生的性命。

他欣喜若狂，一下子拥紧了木恩："木恩，木恩，没有了你，我就没有了性命，你就是我的避毒丹……"

他吻住木恩，如飞舞的彩蝶簇拥在所依恋的花丛中，汲取着最新鲜的津液。

"砰！"那道虚掩着的门被重重地推开，惊醒了鸳鸯梦。

"逆子！"徐佑才脸上青筋暴露，喉结上下滑动，出现在门口，大声叱喝道，"我道你是认真钻研医书，才避门不出，却原来做这下流勾当！你可对得起我平日里对你的教诲？"

"父亲！"他匆忙放开怀中的木恩，却看到木恩的神色异常。

"你为何要骂他？他与我两情相悦，有什么错？"木恩不懂大梁的礼数，只想辩明自己的想法，却没想到更触怒了徐佑才。

"你……居然与这妖女纠缠不清？若你还认我这个父亲，就快快与这妖女一刀两断，洗心革面，钻研医术，为我徐氏一门增光！"

"父亲，木恩她用的只不过是家传的方术，也并没有害人，还救了无数——"

还没等他说完，脸上已经火辣辣一片，徐佑才的手臂已经落下又重新扬起："你这执迷不悟的逆子，我要打醒你！"

但是，这只手臂已经被木恩拦住。木恩心痛地看着他，幽幽转身，对徐佑才说道："我出生于禁医之家，无从选择自己的身世。你们徐氏一门是医药世家，德高望重，但并不能据此说我们用的就是妖术。若你们不喜欢，我可以只用你们的医术，同样可以救人……既然同是救人，你我又有什么不同？你为何要斥责他？"

"你？"徐佑才哑口无言，凌厉的眼神转而射向怔怔不语的徐立康，"你快与我离开这里！"

看徐立康纹丝未动，徐佑才更加恼怒。此时，一束光线透入，玉莲蓬的光泽依旧。只是它却挂在那个叫木恩的扶南女子身上，它的莹润光泽与她那身怪异服饰相映，显得如此不谐。

"逆、子！"徐佑才扬起右臂，却再也挥不下去，心脏一阵绞痛，眼前一黑，直挺挺地摔倒在地上。

"啊！"木恩惊叫一声，呆了。

"父亲！"徐立康顿时目瞪口呆，双膝一软，四肢并用，哽咽着向父亲爬去。

一波未平，一波又起。

皇孙的手术完成，却在当天夜里伤口忽然流脓血，整夜发热，没过两天，竟然夭折了。

照顾皇孙的两名姑姑因为恐惧而服毒自尽。对她们来说，自尽总要比被赐鸩酒要来得体面。

同时，御药房无缘无故地丢失了一只琥珀杯，那琥珀杯本是圣上的御用之物。自从圣上舍身以来，便素衣素食，不再用这奢靡之物，因此便让人交给御药房保管。

这琥珀能安五脏、定心神、止血生肌、促进外伤金疮愈合，是非常珍贵的疗伤圣物。但太医们见这琥珀杯精巧异常，不忍其破碎，便保藏至今，谁料忽然不翼而飞。昨天晚上是徐立康父子在场当值，自然难辞其咎。

圣上果然震怒，世世代代声名显赫的徐氏一门因此陷入危机。徐佑才苏醒过来，即刻勒令徐立康索回玉莲蓬，并与那妖女一刀两断。

徐立康忍不住淌下眼泪，一边是父亲，一边是心爱之人，又让他如何取舍？况且，徐氏一门还在惶恐不安中，不知道能否保住性命。

木恩约他在一个清晨见面，要他与她一同回扶南国。

"不，木恩，我不能做那不忠不孝的事情。"徐立康不敢想象，若叛离大梁，背弃父亲，自己又怎么可能安心行走人世？

"那你与我找一处山林，避开人世，过自由自在的神仙日子。"木恩的眼神迷离变幻，仍然紧紧牵动着他的五脏六腑。

"若因我一个使徐氏家族蒙羞，即使我们能长相厮守，我也生不如死。"

"你不肯和我走？"木恩哀怨地问道。

"木恩，给我时间，让我想个两全之策……"

"如果不能两全，你是要我，还是要你的家人？"木恩失望地流着眼泪，瘦弱的身躯和身后染了白霜的稀疏竹林相映衬，掩盖了昨日的芳菲与迷乱。

一群雁儿南飞，划破了晚秋的寂寞。天空高远，又要等何时才盼到你的归途？他良久沉默，不知道这樊笼何时才能冲破。

木恩的双眸落下两行珍珠泪，幽怨离去。

待他回到父亲身边去忏悔，却看到父亲勉强支撑起身体，脸色苍白，神情衰颓，像静静等待死亡的来临。

书案上摆放着两个如冰似玉的青瓷酒杯，但在父子两个人眼中，不过意味着愁肠百结，难以梳理。

"父亲！"他双膝跪地，伏身恸哭。

"起来吧！"徐佑才恢复了淡定从容的神色，轻叹了一口气。既然一切已经成为定局，再责怪儿子也于事无补。

"父亲，是我错了！"

"你不弃君弃父，便是徐家的好男儿！"徐佑才端起一个酒杯，递到他手中，自己又端起另一个，"喝了它！"

看着父亲混浊而复杂的眼神，他心内一动，忽然大骇："这是……鸩毒？"

徐佑才闭上眼睛，幽幽叹道："连那两个姑姑都懂得尊严和体面，难道你我堂堂男子汉大丈夫非要等天谴吗？"

酒水中忽然浮现木恩的娇俏面容，他不甘心："不，不，父亲……"

"孩子，人算不如天算，如果我们两条性命能够挽救徐氏的声名，也是值得了……"

"为皇孙施术那日的每一个细节，我都细细回想了一遍，却不知道是哪里出了问题。还有，御药房并不是我一人管理，还有方丞，他也有钥匙……为何不等我们申辩，也不进行问询，就要判我们死罪？"徐立康想不明白，为什么一夜之间，天就变了，素来刚正的徐氏就沦落为众人的笑柄？

"常在河边走，哪儿有不湿鞋？身为医家，何况是太医，一生见惯了生离死别，怎会不遇上些匪夷所思之事？在这宫廷玉苑，表面看锦衣玉食，实则杀机重重。稍有不慎，就会招致杀身之祸，这天下又何止你我这两条冤魂？"

"但是，若我们这般死法，难道就不会落个畏罪自尽之名？"

"这宫廷不比民间，人死则了，无人再去追究什么细枝末节。天命如此……再也没有我们的生路了……"

徐佑才说完，断然举起酒杯，准备喝下去。

"圣旨到——"

"啪！"徐佑才手里的杯子砰然落地，鸩酒洒了一地，溅了一地白沫。

只见一个宫监手执圣旨，朝徐佑才父子说道："圣上仁慈，赦免你们死罪了。"

徐佑才父子面面相觑，难道上天真的听到了我们的祈求？

后来闻听是扶南女医向丁贵嫔求情，所以圣上才法外开恩。死罪虽然可免，但是从此徐氏这一支就被贬离宫廷，流落民间。

不久，徐家祖孙三代搬到城郊，在陶家隔壁经营济世堂，与陶家惺惺相惜，成为莫逆之交。


那一日，由于下了一整夜的雪，门口被厚厚的大雪堵住。徐立康奋力清扫那一地碎琼乱玉。未经践踏的雪地，素洁无瑕，如澄澈的心。

一个小孩子忽然跑来，递给他一张纸笺，上写："城郊，梅花林。"

那一刻，他的呼吸几乎凝滞。那生涩的字是木恩的笔迹，是他亲手教过的。虽然写得并不熟练，却很用心。他知道她一直在学习大梁文化，为他而改变自己。

城郊，点点白雪点缀着延伸出的红萼茸蕊。

那天木恩穿着一件江南女子最喜欢的紫色混花浅纹襦，宽袖拂腰，坤带高束，从背影望去，已经和南朝女子别无二致。

待她转身过来，他却禁不住心痛。那双如花的美眸因为刻骨的相思，已经烙上了岁月的痕迹。

"这是我第一次看到这么美的雪，原来大梁的冬天是如此美丽。"她抬手碰触了枝头那枝红梅，雪花纷纷而下，落在她高绾的发髻上。

"凡花都是五瓣，只有雪花是六瓣。冬至后第三戊为腊，腊前的雪，宜于菜麦生长，又可以杀蝗虫。这腊雪水可解一切毒，可以治孩童热痫狂啼、大人丹石发动、酒后暴热；可以治眼病，煎茶煮粥，解热止渴……”他想起每次他讲药经的时候，木恩那一副沉醉的模样，总是怦然心动。

可是，如今已经时过境迁。

“如果我扶南国也有这一场腊雪，就再也没有蚊虫滋生、瘟疫横行了。”

然而，木恩知道，这不过是臆想罢了。一个在南，一个在北，永远都是奢望。

“木恩，你……”他低声呼唤着，不敢注视她的双眼。再过三天，就是他的吉日，是他迎娶白氏女的日子。

祖父年过古稀，已经不能再承受任何变故了。父亲自从那次心疾发作过以后，虽然自身颇为注意调养，但是仍然经常心慌气短，四肢无力，失去了以往的健壮。

正如父亲所说，医药方略不过是治病的方法，而生老病死，则要顺天应命，再自然不过，人力不能挽回。

“我来告诉你，那玉莲蓬我带走了，就当作我们相识的见证。”

“走？往哪里去？”他向前迈了一步，紧紧拥住了她，她身上那熟悉的香气更为浓郁，只是多了几分伤感的味道。

“往南而去，到我该去的地方……”木恩已经彻底绝望。在宫里听闻学说，已经茅塞顿开，这大梁虽然博大，虽然也到处是风花雪月的故事，但是仍然有它的固执，就好比庶族与士族，永远势不两立，永远不能走在一起。

他怆然无语，只是更紧地拥住她，只希望这一刻，她永远属于他！

她却异常紧张，推开了他：“不只是你的家传宝物，我还要带走你的另外一件东西！”

什么？他看到她的身体似乎与往日不同，小腹微微隆起，因为被长裙遮住，不仔细看，一切如常。可是，他太熟悉她的一切，包括她的身体，她的呼吸，甚至她的一颦一笑，都已经深深融入了他的血液。

“是的，我要带着你的骨肉离开。因为我知道，他们绝不会允许一个妖女所生之子冠上那高贵的姓氏……”

他呆呆地看着那个灵婉柔媚的女子，她的灵魂与那琼枝白雪深深契合。只怕父亲永远不会承认这个孩子。

又一片飘雪纷纷而落，瞬间的冰凉震碎了他的意志。他深一脚浅一脚地奔了过去，想重新拥住那一片暖玉。

然而，只见那株红梅傲然而立。几缕寒风轻飘，带着更多雪花，渐渐掩去那深深浅浅的足迹。

"木恩，你在哪里？"他仿佛听到自己的心在泣血的声音。

"不要再找我，我已经给宫里留下了信笺，以解除大梁和我扶南国将来的隐忧，让他们都不要再找我。"

"木恩，你等等我……"他忽然想起了什么，从怀中掏出一个布包，高高举起，"这是徐家家传的医术和心法，我都记在这里了，你一直朝我要的。"

除了簌簌的落雪声，只剩一个男子声嘶力竭的咆哮声。

漫天遍野的琼白，徒留下那只红色的包裹，露出了鲜艳的一角。


父亲为他聘定的白氏，是一个温良贤淑的大家闺秀。从嫁入徐家的第一天起，她便知道他的心事，只是从来都一如既往，相夫教子，让他不得不又敬又爱。

徐立康说到这里，已经泣不成声："我不知道，那一次竟成为我和木恩的永诀……是我对不住他们母子，我罪有应得……"

"父亲言重了，"陶媚儿含泪扶住颤抖的徐立康，"您也是不得已的。"

徐立康抬起手，再一次端详起那玉莲蓬："我若早知道她还在大梁，我一定会找她回来，用我的一生去弥补他们母子……"

陶媚儿万万没有想到林子风与徐家原本是一脉相连。所谓爱之深，则恨之切。在林子风心中，徐家必定是他最难以割舍的一切，否则也不会在隔壁的百草堂静候至此时。

"父亲，既然您和子风是父子，怎会有深仇大恨？"

"媚儿，你可听过，无冤不成夫妇，无仇不成父子？是我前世欠他太多，此生要我来还……"徐立康唏嘘不已，难以自禁。

陶媚儿忍住辛酸，说道："父亲放心，我自会去劝他。若他执迷不悟，我便与他解除婚约。"

"这……"徐立康正欣慰陶媚儿最终还是他徐家的媳妇，忽然听到她这般说，不由得一惊。

陶媚儿朝徐立康说道："父亲，我去把汤药再热一遍，您服下就休息吧。至于林子风，便交与我。"

徐立康信任地点了点头，说道："媚儿，我看得出子风他是真心喜欢你，希望你能助我一臂之力。在这个人人自危的时候，不知道我还能活几日，只想认了这个儿子……"

"父亲的心事媚儿懂得，您放心。"说完，陶媚儿便转身进去热汤药。

从徐家出来，陶媚儿只觉心中豁然开朗。原来冥冥之中，自己与徐家的缘分注定要牵绊一生：徐伯父居然有这样一段缠绵悱恻的往事，林子风之母木恩居然就是伯父朝思暮想的女子。

# 第十章　商陆难解怨

听说羊将军料事如神，预料出叛贼的战车高大，地上的壕沟土很虚，战车来了一定会倒下，让军士暂时静观其变。结果那战车一动，果然倒下，建康城暂时又挺过一关。

陶媚儿抬起头，看到东方的火光越来越红，燃烧了半片天空，黑暗中升起的白色浓烟在上空盘旋。

金正匆匆忙忙从远处奔来："小姐，不好了！看来京城是危在旦夕了！"

"发生了什么事？"从金正的慌乱来看，她知道一定是发生了大事。

"太子在台城传旨，让人火烧东宫的藏书，怕落入贼人之手。"

"焚书？"陶媚儿大吃一惊，知道若不是军情紧急，太子又怎会舍得毁掉花了无数人心血才建立的书馆。

陶媚儿急促喘息着，若再不抓紧，等贼人入侵，林子风怕再也没有机会认祖归宗了。

她三步并作两步，冲到庭院。只见天空那轮残月从乌云中渐渐露出一丝柔亮，林子风正负手伫立桑树下，静思不动。

"林子风，我要与你解除婚约！"她大声呼道。

果然，见到他身形一动，飞速地蹿了过来，对她问道："你说什么？解除婚约？"

树影婆娑中，她双眼泛起湿意，却强自镇定地从脖颈上一把拽下玉莲蓬，塞向他手中。

他魁梧的身躯顿时僵硬起来："为什么？"

陶媚儿退后几步，怒声说道："如果不是被逼得走投无路，东宫太子也不会痛烧书馆。在这迫在眉睫、生死攸关之时，我自然不想嫁一个连亲生父亲都不认的人！"

听到这里，他的身躯果然剧烈地晃动起来："怎么？你知道了？"

"一点儿不错，徐伯父已经原原本本告诉了我。林子风，纵然他有错在先，可他毕竟是你的生身之父，难道你想让自己在生死两茫茫之际，面对亲人而不顾吗？"

林子风心痛难忍，没料到陶媚儿以婚事作要挟："难道你让我对一个抛弃妻子忘恩负义的男子叫父亲？你可曾想到我的感受？"

"大丈夫拿得起，放得下。你这般心胸，怎配为医者？"

"他为了所谓的名声，居然抛弃了我们母子二十多年，难道仅凭轻飘飘的一句话就能了结？"林子风双眸含恨，泻出一湖寒光。

"林子风，你对一个十恶不赦的罪人都能施以援手，却为何对自己的生身之父耿耿于怀？若你再这样执迷不悟，那你与我的缘分便断了。"陶媚儿失望之余，转身欲离去。

玉腕一阵痛，他拉住了她："陶媚儿，你为了徐家，可要舍弃了我？"

"我不会和一个六亲不认的男子在同一屋檐下……"陶媚儿双目刺痛，拼命挣脱了去。

街上杂乱的脚步声和狂呼隐隐传来，火光似乎蔓延到百草堂附近。

金正慌慌张张地跑进来，紧闭房门。

"发生了什么事？"

"不好了，城中秩序大乱，官府也无能为力，到处有暴民打家劫舍！"金正关上房门，仍然觉得惶恐，随即将一把藤椅挡在门后。

"走呀，这日子没法过了，与其活活被饿死，还不如铤而走险……"

"米店凭什么不开门？走，我们去要个说法……"

断断续续的人声冲破了黑夜的禁锢。

陶媚儿转身，看到林子风的伟岸身躯似乎在渐渐萎靡，身后的桑树枝叶轻轻颤动，凌乱的树影覆盖在散发着芫花味道的青石砖上。

这一夜无眠。

凉风和着秦淮河的水汽氤氲，潮湿滞涩。又一阵风吹过，隐隐传来狂躁的犬吠。

双木为林，从出生就与山林为伍，所以那个叫木恩的扶南女医的儿子才能够冠上"林"的姓氏。木姓人的特征是皮肤苍色，头小，面长，两肩宽阔，背部挺直，因此也易多忧虑，肝胆最易染病……陶媚儿合上医书，看到林子风的房间彻夜明亮，心乱如麻。

他似乎并不是这等心胸狭窄之人，却为何偏偏在对亲人的爱恨中难以抉择？

剧烈的砸门声打断了陶媚儿的思虑，紧紧卡住的门闩在颤动。

"快来救命！陶姑娘，瑞香姑娘自尽了！"那战栗的声音划破了黎明前的黑暗，与雄鸡的长鸣掺杂在一起。

陶媚儿大吃一惊，连忙整衣开门。

只见福胜米店的两个伙计额头上还残留着鲜血，一脸恐惧，似乎刚刚经历了血的洗礼。

"发生了什么事？"陶媚儿看到石瑞香的身躯勉强被一男子长袍覆盖，裸露的玉腿瘀紫一片。最恐怖的是她面无血色，披头散发，两眼紧闭，似乎已经断了气息。

"陶姑娘，我们小姐她……"那年长的伙计痛哭失声，"真是造孽啊！上天啊，这场劫难究竟什么时候才能结束？再这样下去，京城恐怕要血流满地，没有人烟了！"

"老人家，你慢慢说……"不知什么时候，林子风已经悄然站立到她身后。他的脸上呈现着一层淡淡的黑气，明显宿夜未眠。

"这天杀的侯景！自从建康被围，城中米价飞涨，已经到了两万多钱一升。米店也所剩不多，仅够维持自家需要。谁料昨天夜里，竟然有十多个暴徒闯入店中，不仅抢光了米粮，还将前来阻挡的老板活活打死，小姐她……竟然被几个刚刚填饱口腹的暴徒……凌辱……"

那伙计说着，悲恸欲绝，浑身无力，竟然跌倒在地。

林子风和另外一个伙计搀扶他坐在木榻之上，那年长的伙计双手掩面，哽咽出声，再也说不下去。

"我们几个都在睡梦中被木棍打昏，待醒来的时候，却看到小姐她衣不蔽体，已经悬梁自尽……"另外一个伙计也是泣不成声，"石家遭此横祸，也断了我们的生计，今后不知如何糊口。"

陶媚儿早已经探了石瑞香的鼻息，发现还有一丝微热。看情形是黎明时分，方才醒来，无奈之下走了绝路。

"瑞香妹妹，身体发肤受之父母，怎能轻生？"陶媚儿知道瑞香最重名节，如今遭到这飞来横祸，定是觉得生不如死，因此才断然走上绝路。

想到此，已经看到林子风急揉石瑞香颈上瘀痕，又急揉喉管，吹气入耳内，但她仍然僵硬无所动。

陶媚儿看了一眼不远处正抱着家里唯一一只雄鸡玩耍的兄长，说道："用那雄鸡的鸡冠血滴入口中，鼻即气转。"

林子风却不看她，只是屈伸石瑞香的手足，用手抚摩揉按，然后找来一些皂角末搐鼻，很快便看见她手足微动，喉咙咕咕作响，有了声息。

"瑞香妹妹……"陶媚儿心痛地看着她，低声呼唤，企图减轻她的伤痛。

过了许久，方才看到石瑞香睁开双眸，那神色不再清高倨傲，而是企图离世的绝望："为……什……么……不让我死？"

"蝼蚁尚且偷生，妹妹何必要走上绝路？"陶媚儿不忍看她，只觉得手被她攥得更紧。

"瑞香愧对姐姐……"石瑞香轻咳了几声，嘶哑地说道，"那日亲眼看见姐姐与林大哥相扶相持，默契配合，治疗伤兵。在血肉模糊、脓肿肮脏的伤痛面前，淡然处之，瑞香方才懂得，原来为医之道，最要紧的就是仁心。"

"不要说了，一会儿喝了汤药，好好安歇。待睡过了一觉，便一切苦痛都不存在了。"

"不……不……"石瑞香挣扎了一下，长长地喘息了一口，艰难地说道，"瑞香原以为只要两情相悦就能白首偕老，谁料到作为医者不仅仅要牺牲自己的所有，还要容纳这世间的一切伤痛离恨……瑞香知道自己没有这份宽容，所以知难而退。姐姐不要怪罪妹妹了……"

陶媚儿想笑，却流了一脸的泪水。在险些结束生命的时刻，懂得了人间至理，拿得起也放得下，既得了解脱，又能脱胎换骨似的重新再来，何尝不是一件幸事？

"妹妹，不要再说了，姐姐怎么会怪你？"陶媚儿抬起头，看到一旁的林子风处理好两个伙计的伤口，正凝神倾听。

临街的脚步越来越纷乱，已经有无数百姓因为缺少粮食而四处奔波。人们由于不能满足腹中的饥饿，有些疯狂起来。

万万没有想到，素来重视名节的石瑞香竟最先遭到暴徒的残暴蹂躏，难道能说是上天的惩罚？

陶媚儿不知道如何去劝慰她，看到她悄然闭上了双目，两滴珍珠泪缓缓淌下。

百草堂忽然响起了声嘶力竭的哭泣声："我不想饿死……不想，也不甘心……当初不过图个温饱，才在米店做工……说什么天无绝人之路，都是自欺欺人……"那年轻的伙计悲从心来，发出了绝望的哀号。

林子风忧心忡忡，和陶媚儿视线相接。没有想到所谓的援军竟然到此刻都不出现，难道建康真的要沦陷在敌寇的暴虐与铁骑之下？

"不要哭……石家还有一个密室，储藏着不少米粟……"石瑞香断断续续地低语，却让人精神振奋。

那伙计的哭声戛然而止："什么？小姐……你说什么……"

陶媚儿喜泣道："上天给我们的不只是灾难，还有更多的是希望……"

林子风近前，深深地望了她一眼，眼波里流泻出一片爱怜。

百姓要安然度过眼前的灾难，就必须懂得有备无患的道理。并不只有陶家会如此，还有更多的人有这般的勇气和智慧。

"房前屋后有很多长寿菜，可以采来食用。看来我们真的要顺天而食。"陶媚儿说道，"这长寿菜性寒，味甘酸，入心、肝、脾、大肠经，且廉价易得，既可食用，又可做药用。此时正是春夏之交，国家动荡，饮食不节，湿热之邪抑郁大肠，食用它正是时候。"

"还有盐，这个时候它甚至比黄金还要珍贵。"林子风似乎看穿了她的心思，知道她要节衣缩食，以求渡过难关。

陶媚儿并没有看他一眼，只是吩咐把石瑞香抬至后堂静养。她已经决定亲自照料她，以防她心结难解，再度寻死。

那年轻的伙计说："我回去找找看，如果能找到米粮，那么小姐和大家就暂时无忧了。"

陶媚儿点头，吩咐那些伙计们先行离去。

"五味之中，只有盐不可缺。它不仅能治肠胃结热、喘逆，杀鬼蛊毒气，治疮，还能凉血润燥、定痛止痒……"

"人伦之本，最难以逾越的就是父子之情……既然林大医通晓这断不可缺的药理，却为何想不透这层道理？"陶媚儿手拿一把薄刃，已经开始割那簇簇丛生的长寿菜。

林子风追随的脚步果然停顿下来，苦笑道："陶媚儿说话总是滴水不漏，像利刃插满胸腹。"

"若我一言不发，你可觉得舒适？"她看得出他已经在她的旁敲侧击下，渐渐软化了那颗僵冷的心。

墙角的石缝中居然长出一株紫堇，它看似赤芍，花艳娇鲜，在万绿丛中点红夺目。江淮一带的百姓常常采它的苗叶做蔬菜吃，虽然有些微毒，但在困境中却可以充饥。

陶媚儿耳边没有听到他的回答，知道他定然在深思，随即起身朝紫堇而去。手臂仍然被扯住，她和那株紫堇只有十步之遥，却觉得有千里之远。

"媚儿，可以给我时间，让我考虑……"

远处忽然传来一声巨响，水泻般的呐喊声不绝于耳。她与他身体顿时一僵，似乎听到城门崩裂的轰鸣。

"林子风，你若再犹豫下去，等待你的不是死亡就是遗恨，你要想好！"

说完，她愤然挣脱开他的钳制。

杂乱的脚步声越来越近，陶媚儿呼吸骤紧，手中的长寿菜根茎被齐齐切断，鲜嫩的汁水流落在手指，黏黏的生涩。

器械的碰撞和凄凉的呐喊犹在耳边："这是什么世道？奸人当道，国运危急……"

是徐立康的声音，正从相隔不远的徐家庭院隐隐传了过来。

可听在陶媚儿与林子风的耳中，犹如晴天霹雳，随即匆匆赶往济世堂。

一群青色战袍的兵士把济世堂团团围住。大梁的士兵均是红色战袍，唯独叛军才是青袍。看来外城已破，台城危在旦夕。

"丞相有令，凡是医者皆不杀！"尖锐的呼叫声中掺杂着刀刃的摄魂寒气。

"痴心妄想，我徐立康只为大梁子民不遗余力！至于狼心狗肺的叛逆之臣，休想让我为他卖命！"

"你不想活了？"话音未落，便看见一把寒气森森的刀刃横上徐立康的颈间，顿时出现一道血痕。

"不！"陶媚儿正欲呼叫，却听到这个声音竟然来自林子风，他已经跃身到徐立康面前，伸手抓住了刀刃，只见一缕殷红的鲜血从他指间溢出。

陶媚儿倒吸一口凉气，面前已经被人拦住。

"子风，你不要管我，保护好媚儿……"徐立康心事重重，似乎有无数的话要说。

那拿刀的领军终于醒悟，疑惑地问道："他是谁？"

徐立康摇了摇头，淡然说道："他们只不过是邻舍的子女，和我没有什么关系，让他们走吧！"

那领军一副似信非信的模样，手中的刀刃不仅没有松弛，反而攥得更紧，一任鲜血流淌。他凝神盯住徐立康，缓缓说道："我真的和你没有关系吗？"

林子风，在这生死攸关的时刻，难道你还要揪住前尘往事不放吗？陶媚儿心急如焚，只希望徐立康父子能够看清时局，以大义为重，暂时放下个人恩怨。

"是我对不住你们母子……也罢，既然此生此世无法救赎我的罪孽，就让我受到惩罚吧。"徐立康面色苍白，仰头对天空长笑几声，"徐家祖辈有遗训：

123

宁为玉碎，不为瓦全，绝不为了苟且偷生而弃国弃家！"

说完，忽然头向前一探，那锋利的刀刃噗的一声插入徐立康的脖颈，顿时血流如注。

"父亲！"陶媚儿泪流满面，撕心裂肺的疼痛渐渐蔓延到四肢百骸。

林子风高大的身躯顿时僵住，呆呆地愣在那里。

"领军，这可怎么办？好不容易找到一位有名气的良医，就这样让他死了，怎么向丞相交代？"

领军莫名其妙地看着手中淌血的刀刃："真是晦气，本想抢个头功，却没想到沾了一身血腥！"

那领军斜睨了陶媚儿和林子风一眼，思忖起来。

徐立康双目紧合，僵硬地倒在血泊之中。

"走吧，我们赶快去别处找寻，否则交不了差，连性命都难保了。"

"杀死几个人还不如捏死几只蝼蚁一般，何必劳将军大费周折？等歇息够了，再动手不迟。"

那领军听了兵士的话，冷哼一声，骑上一匹红鬃马，朝石头城的方向看去："也罢，既然找不到医者，我们就去找些军粮，才能得到嘉奖。"

"将军圣明，听说那石头城里有的是米粮。"

那将军听了果然赞同，一拍马臀，红鬃马立刻踢倒了几个人，朝东方驰去。

眼前一片青光晃动，无数尘土飞扬。待尘埃落尽，只剩下哽咽哭泣的陶媚儿和面如死灰的林子风。

"不！"一声惨痛的长啸之后，只见林子风疯狂地冲向前去，摇撼着徐立康的躯体，"你不许死，不许！"

"林子风，你失去的岂止是自己的亲生父亲，还有一位仁慈爱民的好医者……你现在才悔悟，是不是有些晚了？"

陶媚儿紧掐着徐立康的人中穴及合谷穴，希望能够有奇迹出现。

林子风听到陶媚儿的斥责，仿佛被雷击了一般，随即在徐立康的胸口按压不止："父亲，父亲，你快醒来，是我错了……若你醒来，要我做什么都可以……"

陶媚儿再也忍不住泪流满襟，她懂他，懂他痛彻心扉的痛苦，纵是千言万语也难以倾诉。恨了这许多年，竟然发现对方才是自己绝计割舍不了的至亲。跋涉穷山恶水，走遍无数沼泽，一步一步踏过泥泞和沟壑，方才醒悟，自己终究无法跨越亲情。

也许是徐立康终于在濒临死亡的瞬间听到那声"父亲"的呼唤，也许是陶媚儿和林子风的医术再一次生效，徐立康的嘴角轻咧，满足地微笑着，手指微微颤抖，轻轻抬起右腕，伸向怀中……然而，未等抵达，右腕便忽然垂落下来，他已溘然长逝。

林子风的胸口停止了起伏，竟呆呆地不知所措，不相信自己唯一的亲人就这般离去。

陶媚儿痛哭良久，终于起身，在徐立康的怀中掏出几卷纸札。这是徐家的家传心法和行医札记，是千金难求的，也是世上多少医家欲得之的珍贵医籍。

陶媚儿把纸札打开，发现最后一页还残留着清新的墨香，显然是刚刚写就的。徐立康想把这书札亲自拿给儿子，没料到刚一出门便遇见了蜂拥而入到处找寻医者疗伤的叛军。让陶媚儿更加震惊的竟然是，他竟在这书札里留下了遗嘱，让陶媚儿与林子风不要再拖延下去，立即完婚。

事急从权，乱世烽烟，何必苦守那一纸教条？被家族的樊笼封锁，苦恋一生仍然没有结局的徐立康，希望子女从此不再重蹈覆辙。

陶媚儿深深凝视被忽然的打击震得几乎粉身碎骨的林子风，把纸札轻轻塞到他手中。

"这是父亲的心愿，你要把徐家的医学承继下去……"

林子风仍然纹丝不动。

"你一生都与他老人家背道而驰，难道现在还要让他在九泉之下都不能瞑目？"她心神俱伤，发现林子风仍然呆呆地看着父亲的遗体，仿佛灵魂已经出窍，"你不要再瞒我，我知道伯母她并没有患风寒，那个药方不过是你故意找的一个借口。"

这句话果然震慑了他，他的眼眸愁波流转，在她澄澈的两鸿碧潭中陷落。

"你……果然知道了？"他有些恐惧地看着眼前的陶媚儿正一点一点揭穿

他掩藏多日的秘密。正是由于自己的莽撞，才使徐陶两家家破人亡。

如今他已是孑然一身，这人世间，他所拥有的，便只有陶媚儿一人！若陶媚儿再怨他缺少医德仁心，他便会终生被自己的一时恶念挫骨扬灰。

"一点儿不错，那日你在树下自言自语，被我听到……碰巧我刚听完父亲讲述他的故事，知道以伯母那般兰心蕙质的女子，一生痴迷大梁医学，又怎么会对普通的风寒束手无策？因此我断定，这风寒之患必定是你杜撰而来。"

"不，"他嘶哑的声音透露出几分苍凉和无奈，"那风寒之患确实一点儿不假。那是我母亲淋了一夜山雨，才走回木屋对我说，她的寿数到了。我自知母亲家族确实如此，在身体最衰竭的时刻，一头乌发一夜之间必定会全白……所患之病，无药可医……"

"结果一切果然如此。"陶媚儿冷冷地看着他。

林子风黯然点头："那是我的兄弟自作主张，派人去山下讨了药方。谁料我母亲看到，身躯竟一下子僵直，从榻上挣扎坐起，指着那药方上的名字对我说，这个人……便是我的父亲……说完，含笑而去……"

"于是你压抑多时的恨意终于到了极点，不再掩饰，你恨他始乱终弃，恨他多年对你们不闻不问……但是，你可知道，父亲他并不知道他一生难以忘记的那个叫木恩的女子，就隐居在离他不远的山林。"

自从与陶家结邻，徐立康便不再亲自上山采药。也许，就因为成就了陶家，他才与一生所爱失之交臂。

陶媚儿自小就常看到徐立康遥对南方的天空凝神不语，到今天才懂得他所望的遥远南方，有一位扶南女子，那才是他最深沉的凝望。

陶媚儿顿了顿，继续说道："在这举国罹难之时，只因你的一念之差，让多少能为大梁出力的医者离我们而去。"

林子风的神情又是一震，那双眸之中浸染着深深的隐忧："媚儿，你真的恨我？"

"我身边的亲人一个个因你或死或癫，曾经辉煌一时的济世堂和百草堂一去不再……你说得不错，我确实恨你入骨……"

此时，林子风眼眸划过一丝轻微的绝望，一步一步僵硬地向后退去，如正在休憩的鸥鹭被压入水面的木船惊扰，顿时翅翼撞击，乱羽纷扬。

一个来自遥远异域的女子，为了一个大梁国医子弟，放弃了一切，却等来了满头青丝尽白，断肠人在天涯！一个有着世代清誉的男子，为了家学医道，放弃了千年等一回的承诺，含恨九泉！难道这便是所谓的孽缘？但谁料这世间万事都难以两全，藕虽断，丝还连，这割舍不了的血脉亲情便是昭昭佐证。

陶媚儿轻抹了一下脸颊的两行清泪，说道："我想恨你，却恨不起来……因为，我……无法忘记你……"

一只黄雀从院落深处跌跌撞撞，翠羽似乎伤折，却不甘心坠落人间，想腾空而起。几多挣扎，在空地旋转了一圈，终于重新投入高空。

"媚儿……"林子风似乎听到自己心里的呜咽。

"你有所不知，父亲与白芷母亲之间的情感，是患难与共的夫妻之敬，你可愿意听我说……"

林子风怔了一下，看到陶媚儿的神色空泛，似乎难以从那刻骨铭心的爱恋中转回。


那是春愁南陌、杏如堆雪的日子。

白芷坐在马车上，从车窗上看着一个穿白衣的男子，匆匆忙忙提着一个药箱朝那昏倒在街边的祖孙两个而去。

那一袭白衣，亮晃晃地扎入她的眼底。那炫目的白色，在他身上仿佛如人间谪仙，不染凡尘。

老婆婆破旧的衣衫上补丁片片，她口吐鲜血，脸色苍白，已昏迷不醒，只留下瘦弱的小孙子正无助地啼哭。

"老婆婆哪里不舒服？"他那两道粗黑的眉毛一皱，英挺的鼻梁托起了整个面貌轮廓的峰峦。

"她平时总是领着小孙子靠上山采些草药为生，真可怜啊。方才走到这里，忽然浑身颤抖，吐了几口鲜血，就倒在这里了……"旁边卖豆腐的小哥目睹了这一惨状，甚为同情，却无力救助。

白衣男子早就掐住了老婆婆的脉搏，翻看了几下她的眼皮，然后陷入了深深的思索。

"婆婆她，已经腹痛了好多天了……"鼻涕一把眼泪一把的小孙子啜泣着，指着老婆婆的上腹部，说道，"就是这里，婆婆老是用手捂着这里……"

白衣男子抬起头，焦虑地朝四周看看，旁边的街道上只有一间简陋的豆腐坊："小哥，能否借用你这里用一下？"

那小哥连连点头："我这简陋寒舍有什么不舍得的，徐大医需要我做什么尽管说，只要能救人一命，功德无量。"

他果断地咬了咬牙，朝围观的众人说道："请大家帮帮忙，将婆婆抬到坊中桌案之上。"

他的话如磁石一般，紧紧吸引着无数人涌上前，只听得众人急乱的脚步和吆喝声，很快就将老婆婆抬到豆腐坊中。

他打开药箱，急切地向那小哥说："快去点灯！"

大白天点灯？那小哥虽然疑惑，却也没有分辩，连忙按照他的吩咐点了几盏油灯在周围，此时阴暗的豆腐坊骤然增加了几度光明。

"怎么办？"他依然焦躁地踱了几步，搓了搓手说道，"还缺少几味解毒止血的药材，从这里到济世堂往返最快也要两个时辰，恐怕就来不及了！"

卖豆腐的小哥搔了一下头皮，额头上渗出了汗："这老婆婆的儿子媳妇前年相继生病死了，只有这个小孙子相依为命，若她也死了，这孩子……唉……"

他听着，额头上不知什么时候多了几道深深的沟壑。

"要什么样的草药，我这里有……"白芷早已经沉不住气了，今天早上父亲让自己带着几个仆人，将自家山庄中种植的各类药草送往城中的药店，路途中看到杏花开得耀眼，随即令人停车休憩赏花，却无意中遇上了这一幕。

"姑娘你……"他眼前一晃，出现了一个身穿鹅黄色衣裙的女子，秀发如云，双眸如水，娴静舒柔，低声回应着自己。

"我是暗香山庄的白芷，我正送药材去城中，需要什么草药尽管说！"

他长长舒了一口气，感谢上天有贵人相助。来不及细思量，飞快地从药箱中拿出纸笔，飞快地写下了方子："姑娘，就照这个方子的用量，快快准备……将账记到城中济世堂名下，其中黄芩的用量一定要足够才成。"

济世堂？白芷忍住内心的窃喜，父亲再三叮嘱过了，车中大部分药材是要送到故友徐佑才的济世堂中去的。那车上装了满满两箱黄芩，都是徐世伯点名要的。

父亲曾经说过，徐氏是德高望重的七世太医世家，只不过因在宫中出了些意外，才隐没在民间行医的。眼前的他，到底是谁呢？素来矜持的白芷感觉自己被莫名的力量牵制着，不由自主地朝眼前的男子靠近。

"你是……"白芷窃生生地问道，想知道他真实的身份。

他没有回答，只是转过头，专注地将刀具在灯火上不停地烧灼。随后，将药箱中的一个瓷瓶中倒出一些粉末，撒在手中，用布帕覆住老婆婆的嘴，然后又到处找寻着什么。

白芷没有再说，吩咐手下的一个仆人找来一个瓷罐，用小火慢慢熬制那汤药。

他手中的刀刃锃亮，慢慢拿着那刀欲朝腹部切下去。

"啊？"白芷发出了一声轻呼。

他霍地抬起头来，疑惑地看着她。

"你要做什么？"她不敢相信，本该悬壶济世的医者为何也做这匪夷所思之事，为的是什么？

"她的脾脏已腐坏，若不切除，恐怕活不过明日。"

白芷不敢相信自己的耳朵，颤抖着指着那昏迷的老婆婆说道："你是说，你要开膛破肚，帮她切除那腐坏的脾脏……"

"不错！必须切除，愈快愈好。"他斩钉截铁地说，没有一丝一毫迟疑。

她不可思议地盯着他，不知怎么竟信任地朝他点头。

他转身重新看了看手中的刀，终于下定了决心，朝婆婆的脾脏位置切了下去。刀刃毫无声息地划过，一缕鲜血迸出，如一朵朵大大小小的梅花，错落有致，染红了他雪白的衣衫。

他正准备抬手，再拿刀具，她已经在他手中放置了一把刀刃。他看着她，片刻间失了神，但很快就回转身子继续手中的动作。

最奇怪的是，他手中拿了一条细细的线，不知道那是什么制成。那细线似乎极其有韧性，正适合缝合伤口所用。后来，她才知道那是桑白皮。她只知道自己当时竟然莫名对着一个男子的茕茕背影失控了，和他一起做着这惊心动魄的事情。

白芷，你是怎么了？暗香山庄的仆人们看着素来矜持的小姐居然和一个陌生男子同进退，为一个垂死的老妪不辞辛苦，不禁目瞪口呆。

他用的那些粉末，就是徐氏自己专门配制的麻药。

白芷的心怦怦乱跳着，看他一步一步做完所有的步骤，将伤口清理干净。她端起药碗，亲手一口一口给那老婆婆喂进汤药。

"谢谢你，姑娘。"他朝她微笑，收拾好药箱，又恢复了严谨的神态。

"举手之劳，算不得什么……"她小声地回道，不知为何脸发烫。

只见他招呼众乡亲将那老婆婆抬起，要送到济世堂休养。

"用我的马车吧……"她朝他露出了一个羞涩的笑容。

他点点头，感激地一笑，吩咐众人将那老婆婆抬上马车。

那一段路，他与她同时驾驭着车马，朝济世堂缓缓而行。一路暖风拂面，草长莺飞，杏花的颜色和他的白衣一般炫目，心中长出了一株温情的嫩芽，正欲破土而出。

到了济世堂，徐佑才闻听他所做的一切，看着在堂中依然昏睡的老婆婆和涕泣的小孙子，胡须已被气得高高地飘扬起来。

"逆子！跪下！你胆大包天，竟然未经我的同意就轻率动刀……"徐佑才面色苍白，一副恨铁不成钢之态。

"父亲，我是在救她，否则……"他跪在那里，依旧不肯低下高傲的头。

他虽然没有多说，但是她懂得，当他想到那可怜的小孙子将会孤独地在人世生存，才是最惨无人道之事。与其坐以待毙，倒不如铤而走险。

"你可知道，人若死了，你可要抵命！"

"父亲，身为医家，孩儿自然知道自己在做什么。事急从权，也顾不得那许多了……"

"你可有那胆量敢……"徐佑才颤抖着看着他，叹了口气，再也说不下去。

"父亲，华佗医师在世已经做过这些，书上也有成功的医案……何况我曾

130

经在家兔身上试过多次了……"他艰难地说着，想起和木恩一起帮家兔疗伤的情景，心头忽然涌上一阵波涛，嘴唇变得僵冷起来。

"你……竟敢和华佗祖师相提并论，简直是狂妄！"徐佑才浑身颤抖着，举起一只右手，就要朝儿子揥下去。

"徐伯父！不要！"情急之下，白芷不知道哪里来的勇气，冲上前去，拦住了徐佑才。

"你是？"徐佑才看到仿佛从天而降的一个美丽少女拦住了自己，惊讶地打量她。

"徐伯父，我是白芷，家住暗香山庄……"

徐佑才的双目渐渐清晰，额头的皱纹渐渐舒展开来："是白芷？你终于来了！"

"父亲嘱托我将药材送到这里，还有那两箱黄芩是父亲专门叮嘱的，有足足一百斤……"白芷羞涩地笑了笑，发觉地上跪着的男子正惊愕地抬头朝她瞥了一眼。她早已经猜到了，他就是徐伯父的独子徐立康。

徐佑才听说那两箱黄芩到了，忽然心情愉悦起来，收了手，朝徐立康狠狠地瞪了一眼，不再理睬他。

当年他和故友有约，若将来有一天，他打发女儿带上两箱黄芩，就是将女儿送给徐家做媳妇的时候到了。

"徐伯父，我一直在旁亲眼看了那一场风险，老婆婆确实危在旦夕……您看，她如今虽然还未醒来，却呼吸均匀，脉搏有力，已经度过了最危险的时刻了。伯父可以验看，若过了今天晚上，还未好转，再处置……他，也不晚……"

徐佑才仔细查看了那老婆婆良久，方才点头，朝徐立康瞪了几眼："万一有什么风吹草动，我一定亲自将你押送到官衙……"

徐立康低头不语。

徐佑才看到亭亭玉立的白芷，欣慰之余说道："既然来了，就多住几日，让立康带你看看京城的风景再走……"

白芷悄悄瞥了他一眼，那个刚才治病救人痛快麻利的年轻男子，此刻似乎没有听到父亲的话，只是茫然地看着窗外露出的一枝雪梨花。

"谢谢伯父了，白芷就此先行别过，家中还有要事，就不耽搁了……"

徐佑才看着眼前的白芷落落大方，不骄不躁，又知书达理，心中甚为满意。自己并非责怪儿子开刀救人，只是觉得还不到他亲自主刀的时候，如今竟然不可逆转地早早走出了这一步，说不清是欣慰还是担忧。若不是因为徐家的医术精湛，树大招风，又何以遭受今天的灾祸？越早动刀，就越早承担了风险。年轻气盛的儿子，又怎能理解行医的艰辛？

他擦了一下眼角的浊泪，连忙说道："待我修书一封给你父亲……"

白芷点头微笑，又看到徐立康似乎用手指在地上画了一张图。待他走后，她悄悄过去看了，那竟然是一个莲蓬模样的东西，只是轮廓有些模糊，不能确定到底是什么。

但庆幸的是，那老婆婆后来竟然奇迹般痊愈了，随后带着济世堂赠送的草药，和小孙子一起千恩万谢之后方才离去。

而她，也迎来了做徐家媳妇的婚期。父亲将母亲留下的传家宝玉灵芝，郑重地传给了自己的女儿。殊不知，竟让兄长为此和自己增添了嫌隙，直到老死不相往来。

# 第十一章 芝草天地生

新婚的当夜，夫君竟然酩酊大醉，斜躺在书房的木榻上呼呼大睡。她屏退了众人，白芷拦住了意欲发作的公公，耐心地坐在旁边照顾他，度过了冷清的一夜。

最让人吃惊的是，梦呓中的他竟喊出"木恩"的声音。她呆愣无语，那是一个女子的名字吗？好奇怪的名字。

以后的日子里，白芷总是悄悄地站在那扇薄窗外，任凭一股咸涩的液体顺颊而流。书房里，一盏昏黄的灯，成堆的古旧典籍，散落的学医札记，掩盖着她与他成婚的疏离。他的脸明显地憔悴了，眉头深锁，忧郁的神情似乎藏匿着许多刻骨铭心的往事。

不知道嫁给他是不是嫁错了？他并没有仔细看过自己，唯靠自己在人前强装笑脸，做出旷世的甜蜜和幸福模样才能打发那面面相对的煎熬与尴尬。

每到深夜，她看着夫君一言不发，匆匆穿过晒着草药的外堂，将自己埋在那堆散发着霉味的医学典籍里。他伏案凝思，似乎背负着沉重的山峦，等终于疲倦了，和衣倒头便睡。他宁肯躲在这清冷的书房，也不肯回到流光溢彩的铺着百子戏衾被和鸳鸯戏水的新婚床帏之上。

清晨醒来，他依旧提起他的药箱，踏着草丛中的露水，匆匆到十里以外的地方出诊。而她，早已经醒来，看他渐渐消失在远处，躲避着和自己相处的

133

时刻。

她在窗外精心培育的玉簪花开了，一簇簇似雪似玉，素心淡抹，不计较周围的一切绮丽和繁华。可是他每次从旁边匆匆而过，似乎从来没有注意到它的冰姿雪魄。

这"江南第一花"依然吸引不了他专注的目光，她黯然神伤，只能时时刻刻靠回忆来弥补自己内心深处的失落。等他睡了，便默默将一碗莲子粥放在他的案头。她知道，当他醒来看到这一碗她用心熬的莲子粥还在温热着，便会知道她的情意。

她除了做好主妇的分内之事，闲暇之余，便在后庭搓起了灯盏花的汁液。徐家的仆人都知道，新进门的少奶奶最喜欢灯盏花，它的花、叶既可用做药，也可研碎成汁将一双玉指，染成朝霞。

本以为日子就这般平淡如水，谁料天有不测风云，人有旦夕祸福。忽然有一天，官衙差人来提徐佑才，说济世堂以假充好，延误了治病，致人死命，将徐佑才关在官衙牢狱。

徐氏清清白白做人几辈子，若不是飞来横祸，被逐出宫廷，仍然享受着帝王和臣民的敬意。可是今非昔比，一个小小的狰狞的衙差，不容分说就用铁链将人带走。

孝顺的徐立康年轻气盛，不甘就此蒙冤，恼怒地冲向官衙，却被以骚扰公堂、延误办案论罪强行打了二十板。

白芷闻讯赶来之时，看到夫君已被打得血肉模糊，躺在大堂内，一动不动，因过度的悲愤和痛苦昏迷不醒。

她伸出纤纤玉指，悄悄抚摩他刚毅的面容，泪如断珠，暗暗对他说：你可知道，我不能没有你。即使不能将那个在你心头的女子彻底驱除，但只要你将我放进心头狭小的一隅，便已足够。

之后她飞速地站起身，平静地朝城尹大人说："大人，为何要将我的公公抓来？"

"你们济世堂乱用药材，以次充好，以假代真，延误病情，致使金福酒楼吴老板的岳父不治身亡。如今证据确凿，你还有何话说？"

"大人，可验证过那方药？"

城尹大人点头："那方子已找医士看过，暂无问题。现已查明是药材中掺假……"

白芷强装镇定，淡笑了声："大人有何证据证明是我济世堂的药材？"

"来人，传吴有良和跑堂方诚上堂！"

只见大腹便便、悲愤难填的吴有良带着金福酒楼的跑堂方诚一起上来，齐声道："拜见大人！"

"方诚，我来问你，那药材可是你在济世堂购买？"

"回禀大人，我家老爷素来只在济世堂买药，从来别无选择。"方诚老老实实地回答。

吴有良听到这里，浑身颤抖着，指着徐立康和白芷恨声说道："枉我对你们济世堂信任有加，没料到你们竟然做出这种昧良心之事。身为医者，不顾病患所需，利欲熏心，也不怕天谴吗？"

白芷叹了口气，慢声道："吴老爷，在事情还未清楚之前，莫要动怒。"

"证据确凿、人赃并获，还有什么可说！"

白芷看那堂上整整齐齐地摆着几包草药："大人，请允许民女当堂验看药材……"

城尹大人点头："既然人证物证都在此，自然要弄个清楚明白。"

白芷点头，接过衙差交到手中的药包一看，不禁大惊失色。那包药的草纸上赫然醒目地印着一个"徐"字："这……"

城尹大人冷笑道："怎么？看来徐少夫人是不到黄河心不死。"

白芷心痛地看了一眼无法起身的徐立康，说道："徐氏七世为医，自然有过人之处，并非区区几包药就能落人——"

"徐少夫人，难道你想抵赖吗？堂堂官衙，人证物证皆在，岂容得你抵赖不认？"吴有良怒气冲冲地打断，不依不饶。

白芷的脸色没有丝毫变化，只是将药包打开，轻轻嗅了嗅，将那药材举到吴有良面前："请问吴老板，你方子上开的可有木香？"

"药方在这里，白纸黑字，你还想抵赖？"吴有良说着，将处方扔给她。

白芷打开那处方看了看，笑道："吴老板，这方子上明明写的是川木香，并非木香。你可知道，一字之差，天壤之别，同样是木香，产地不同，功效也不同。"

那吴有良顿时惊愕了："你是说药材抓的并不是方子上所写的？"

白芷淡笑了笑："不错，木香质坚实、体重，不易折断；断面略平，为黄白色至棕黄色，气强烈芳香，味苦辛。而那川木香为黄褐色或暗褐色，体较轻，质脆易折断；断面黄白色或黄色；气微香，味苦，嚼之粘牙。虽然都有木香之称，但却大不相同。这片药材略小，气味微弱，味苦，嚼之粘牙，因此并不是木香，而是川木香。而我济世堂因从来不曾有过川木香，你们所抓之药材总归是你们从别家找寻，所以这责任并不在我济世堂。"

众人听到此，均发出一声轻呼："啊？"

"还有黄芪，"白芷取出一块，用一排珍珠般的白玉齿轻咬了一下，说道，"这黄芪确实是假的……"

吴有良似乎提了一口气，蹦跳起来，说道："大人，徐家终于承认是他们的过错，请大人明鉴！"

城尹大人沉吟了一声，拉下脸来，问道："怎么？你还有何话说？"

正在这时，徐立康呻吟了一声，苍白的脸上呈现出复杂的神情，一双眼睛挂着深深的忧虑和奇异，正一眨不眨地盯着白芷。

白芷深深看了他一眼，说道："立康，你不要动，一切有我！"

徐立康干涩的嘴唇已失去了血色，疑惑地看着她，不知道她要做什么。

"大人，民女只是说那黄芪是假的，并非要认罪！"

"什么？"一旁的吴有良恼羞成怒，大呼，"这还有天理吗？证据确凿，还要狡辩抵赖！"

白芷笑了笑，挥手让人抬进一木箱，说道："这都是今天早上济世堂刚刚包裹好的药品，请大人验看！"

只见城尹大人点头，挥手让医士前来验看。

医士打开那药包，仔细捧着观察良久方说："济世堂刚送来的黄芪为淡棕色、圆锥形，上短粗下渐细，表面有横向纹路延至皮孔，质坚韧，木质部黄色

136

有纹理。味微甜，嚼有豆腥味，是货真价实的上等黄芪……"

再看那堂上原来呈堂验证的黄芪色近似棕色，纵纹及皮孔大多不全，有的根部有分叉、质脆，断面呈刺状，味苦伴豆腥味浓裂，内行人一看便知是假货。

"如果民女猜得不差，这假黄芪是紫花苜蓿和白香草樨凑数而成的。车前子是用那荆芥子冒充的，还有这茯苓，用水一试便知……我济世堂的药材绝对不会以假充好，蒙骗百姓，违背医德，丧尽天良！"

堂下一片喧哗之声。

"是呀，我们一直用济世堂的药材，从来都是分量足，货真价实的……"

"两位大小徐医德高尚，经常看病不要银两，总是救济我们穷人……"

那医士又仔细看了片刻，渐渐舒展了眉头，然后与城尹大人嘀咕良久。

只见城尹大人说道："徐少夫人，就算你说得不差，那么这只能证明堂上的药材是真的，又如何证明之前那假药材不是你济世堂的？"

白芷紧紧握了一下徐立康的手，似在安慰，又似胸有成竹。她将散乱的发丝轻轻绾在后边，说道："大人有所不知，我济世堂绝对保证药材的草纸是独成一家、与众不同的……"

临街的几株杏花落尽，却仍见一双彩蝶悄悄翩飞，越过高墙。

一缕暖阳照在白芷的秀丽姿容上，粉腮绿鬓，看得徐立康怔怔无语。眼前的女子熟悉而又陌生，此刻，竟有一丝微微的刺痛不知何时挤入他的心房。

"大人请看，"白芷将济世堂带来的草纸展开，透过阳光看到，草纸在阳光的映射下深一块、浅一块，如深深浅浅的水墨渍，又如云天暮霭，万里烟波，"这是民女平日用灯盏花的花汁倾洒的，别无分号……"

她同时将原来那堂上的药包打开，那药包却和普通草纸无恙。

徐立康险些呼喊出声，一直以为她和普通女子一般，喜爱那灯盏花妖娆的花汁，只为染红纤纤手指，取悦于人。却没料到，那花汁也能这般印染成为徐氏的专属印记。

整个官衙大堂已经人声鼎沸，目睹了这神奇的一幕。

吴有良面红耳赤，指着旁边早已瑟瑟发抖的方诚骂道："你给我老实说，这药材到底是哪里来的？"

方诚早已魂飞魄散，扑通一声跪在地上："老爷饶命啊！都是小的贪图钱财才惹的祸啊……"

城尹大人早已将惊堂木重重拍下："快快招来！你欺上瞒下，该当何罪？"

方诚紧紧抱住主人的腿，痛哭流涕："老爷，小的对不起你呀！那日你让小的去买药，小的路过城西的德仁堂，被那德仁堂的老板喊住，让小的帮他一个忙，并许以重金相谢，小的是鬼迷心窍、一时糊涂……老爷就饶了我吧！"

吴有良听到这里，早已怒不可遏，狠狠地踢了方诚一脚："你这狼心狗肺的东西！那假药害人，我早已经和你说了多少遍了！可是你偏偏昧着良心坑人……现在丢了我岳父性命，这可是一条活生生的人命啊！"

"来人，将他拿下！速速传那德仁堂老板前来问审！"

徐立康一言不发，静静地看着一切。当初还乌云惨雾，遭受着皮开肉绽之痛，不到一个时辰，便乾坤扭转，万里晴天了。

眼前这个叫白芷的女子，自己名义上的妻子，她虽然平日少言寡语，却在危急时分，从容不迫，有胆有识，出其不意地逼出了幕后的始作俑者，拯救了徐氏再一次濒临绝望的危机。

这等胸襟和智慧又有几个女子比得上？不知何时，徐立康脸颊上滚落了一滴滚烫的男儿泪。而那忽然被他重视的女子显然有些拘谨，低着头继续收拾残局，指挥着众人将他抬回济世堂。

原来那德仁堂的老板觊觎良久，曾多次鬼鬼祟祟地从济世堂门口而过。他早就嫉妒济世堂日日门庭若市的兴隆场景，因此便想方设法诋毁济世堂的名誉，妄图从中得利。没想到，精心安排的计谋就这般轻而易举被白芷识破。

虽然保住了清白，但城尹大人却舍不下面子，只说是留徐佑才在府中为夫人看病，不愿意将他放出。

徐立康心急如焚，直到后背的伤渐渐愈合，仍然看不到父亲的身影。每日只看过白芷在眼前匆匆忙忙穿梭不停，忽然一天，她咬着嘴唇说道："父亲他，年事已高……不能再让他受苦了……"说完，翩然而去。

"你？"他惊愕地看着她红了的眼圈，暗自下着决心，割舍了一件生命中很重要的东西。他看着她在眼前消失，嘴唇动了动，想说不要走，却没抓住她那抹孤独和消瘦的身影。

直到父亲安然无恙地回家，他才知道，原来为了父亲，她将娘家留给她唯一的传家之宝——玉灵芝送给了城尹大人，这才换得了父亲的平安归来。再后来，也才知道，她的兄长因为这件玉灵芝，竟然拒绝和她往来，彻底断绝了兄妹之情。一年后，岳父也因此积郁成疾，撒手人寰。

他转头环顾四周，忽然发现少了她的身影，济世堂像被人忽然抽空了全部的色彩。

又一夜斜风，带来了靡靡细雨。泥泞的道路割断了烈马的嘶鸣，满庭的落花无数，化为尘泥，裹入茫茫天地。

"少夫人呢？"药堂不见她的身影，后院也看不到她捻花碎叶的身影。伊人不在，原来是那般难以忍受的寂寞。

仆从一指，那是他的书房。他冒着雨狂奔过去，不知什么时候，长廊下竟然是一排排葱绿的植物，上端顶着一簇簇素洁如玉簪一般的花朵。

这就是白玉簪吗？他从来没有注意过，人世间原来还有这样清雅、不染凡尘的花朵。

她卧在他平日休憩的木榻上，手握一本医札，脸色如酡，泪痕犹未干，如喝醉了一般。

他又怎么能知道，她因为早上接到了兄长的绝情信而肝肠寸断。那本该由长子继承的传家宝玉灵芝，因为父亲的偏爱成为女儿的陪嫁，却割断了父子和兄妹情。当兄长想在父亲寿诞之日，展示玉灵芝的神韵，谁料那玉灵芝已经被白芷拿到了官衙。

她痛恨兄长无情地决定从此要断绝供给济世堂的药材。那是一块由天然古玉雕凿而成的五叶灵芝，晶莹剔透，温润无瑕，是福瑞的象征，是家世兴旺的寄托。可是谁又知道她那份椎心的无奈？她不愿意让心爱的夫君痛不欲生，不愿意让济世堂从此蒙上阴霾。

本想帮他收拾一夜的残局，她却忽然感到头晕沉沉的，四肢绵软无力，失去了清晰的辨别和感觉。

他心慌意乱地抱起她，她浑身滚烫，贴在他的身上，似乎周身都焚烧起来。他气急败坏地冲到前堂，拉开满架的药屉。连翘、甘草、紫金牛、五味子……全部倒出来，他要配最好的方子给她。

"少爷，因为最近几日梅雨不停，山路倾滑，山农没有送药材来，所以缺少野生的山草药……因此药效自然打了折扣了……"

他沉默着，几乎又要流泪。那玉灵芝是她一生最珍贵的东西，她却毫不吝啬拿出来解救徐氏的危难。身为医家，若不能医好自己的妻子，还有什么面目见父老乡亲？还谈什么悬壶济世？何况，那温顺的女子为徐家付出的已太多……

"少爷，杜衡也没有了……"

看着那一张张颓丧的脸，他摇头，披上一件蓑衣，戴上竹笠，冲进了雨中。

"少爷，不要去！危险……"

朦朦胧胧中，白芷似乎听到众人的呼唤声："少爷！"

他怎么了？她扶了下沉重的身子，苦笑一声，自己竟这样弱不禁风吗？他又在哪里？

他从来没有走过这样的路，泥水和着雨水打透了全身。林木被风雨撼动着，天地一片混沌，满脸的雨水，根本看不到前方的路。

他咬着牙自嘲，他的妻为徐氏做了那么多，他只为她做这一件，难道还有什么委屈？滴水之恩，涌泉相报。不过是为了报答她的宽容和隐忍，这一趟苦行，算是报答，算是感激，也算是惩罚自己！

"立康！你在哪里？我要你回来……"断断续续的声音不时传入耳内。

他摇摇头，一个生病的女子根本没有力气到这里来，不会是她！

幸运的是，没走多远，就看见那叫作杜衡的小草清新地在他眼前摇曳。他伸手拉住一棵小树，企图借助它的力量，攀上更高的地方。

"立康！"她的声音真真切切地随着风雨灌入他耳内。

傻瓜！他暗暗喊了一声，真的是她！原来天下的傻女子不止一人，他嗟叹不已。

忍不住心痛和那股发自五脏六腑被诱惑的感觉，他扭头一看，一个瘦弱的身影，只戴着一只竹笠，在风雨中摇摇欲坠，却仍然义无反顾，向前艰难地爬行。

一只粗枝横隔在她前边，她企图攀越，却没有抓住，脚下一滑，扑倒在山腰。

他心中莫名一窒，不要！浑身忽然凝聚起无穷的力量，向她移去。手中的小树登时被连根拔起，他眼前一黑，伴随着脸部被划破的痛楚，他翻滚着，朝下而去。

"立康！"声音竟然越来越近。

他忍着身上剧烈的疼痛，撑起身子，向下看去。

真的是她！她浑身泥泞，被雨水浸透的纤弱身躯微微颤抖，绝望地看着上方。

"白芷！"他嘶哑的声音淹没在山林的翻涌和瑟动中。

她竟然听到了，浑身一僵，惊喜地呼唤着："立康，我不要你死！你死了，我也决不会独活！"

这是什么声音？徐立康再也不能强忍着内心的悸动，眼前的她说的竟然是生生死死的缠绵誓言！是对他说的吗？那么，木恩，你让我如何？可木恩的笑容再也找不到了，整个山林中只有一个浑身泥泞的傻女子，在焦急等待着他的回应。

她终于看到他了。她不知道是从哪里来的气力，扯断缠绕在枝丫上的衣裙，拼命挣脱眼前的羁绊，朝他艰难地移过来。

又一阵黑暗的涌动，天色似乎更加昏黑了。雨仍旧密集地刷在他与她的身上，穿透肌肤，疼在心头。

就在那一瞬间，她的手带着一丝暖意，与他的手碰触在一起。

"感谢上苍，你还活着！"看不到她脸上的是雨水还是泪水，只听到她喜悦的声音，"我的病没有什么，你不必为我犯险，也不必因为我为徐家做了什么而感激！我想过了，我本来就是一个整日弄药的山庄女子，若不能让你倾心，我愿意从此退隐，离开你，让你自由……快乐地——"

话未说完，她的双唇已经被一双冰冷的唇覆住。春恨难解，满腹的相思在这瞬间转为怜爱。与其空怀虚幻，不如珍惜眼前的解语花。

好傻的女子！若不是对她动了情，素来沉敛、喜怒不形于色的他，又怎么癫狂若此？他为她失去了理智，失去了往日的惆怅，到底是对还是错？纵然是错，就错这一回，水远山长，又有谁不期待雨后的万里晴空？

这是一场生死之爱，是两个人将彼此的全部交付给对方。白芷要感谢的便是那场风雨，虽摧枝折花，落萍满地，却救赎了她的真心。


夏过了秋凉，菱花掩翠，心事空相忆。白芷闲坐庭院，看他的身影依旧繁忙地穿梭在堂中，施仁术、布医道，不禁微笑着将手中的灯盏花种子放置在木盒中，这是一年中最快乐的收获。

忽然腹中一阵翻涌，她掩住了口，将那难以忍受的呕吐感压了下去。

她依旧默默地躲在后庭，用满足的眼神搜寻他的一切。她不在乎他心里到底有没有将那个叫木恩的女子忘却，等明年腹中的孩子一出生，他与她将是永远不可分割的一体。

隔壁百草堂的陶百年和夫君已成为莫逆之交。从此，只要济世堂缺少的药材，便由百草堂来分忧。徐家主医，陶家主药，这是上天的绝配和眷顾，让一切都功德圆满。

又一个果实爆裂了，里边是满囊的灯盏花的种子。失去的玉灵芝化为千万株花花草草，让更多的人拥有了它们。

"这小小的花朵竟然能够治疗跌伤肿痛、骨刺卡喉，真是自然造化！"

白芷暗暗笑了，纵使你徐立康神通广大，能救死扶伤，但你或许有一点不知道，在这灯盏花生长的地方，一定没有蛇出没。


叛军所到之处，生灵涂炭，百草皆折。街上竟然到处是垂死的人群。徐氏夫妇的尸身就埋在济世堂的庭院中，豆蔻花期已过，满庭芳草已被践踏得一片狼藉。

林子风看着窗外，胸中的怨气随着陶媚儿的倾诉渐渐消逝。此生能得到陶媚儿的垂爱，对自己又何尝不是福报？

叛军到处征集百姓去石头城运米粮，街上隐隐传来一片哀号声和鞭打的声音。夜晚的风清凉潮湿，似是银河的叹息。不远处凤屏居的火光辉映，想掩盖人间的不平之气。

百草堂里，陶媚儿找出父母成亲时穿的喜服，遵徐佑才遗嘱与徐氏长子子风缔结百年之好。

堂案上两截红烛，正无声地燃烧。见证人只有金正和兄长陶重山。陶重山竟出现从未有过的清醒，静静微笑着端坐堂中，接受一对亲人的敬拜。

林子风攥紧陶媚儿的素手，虎目含泪，羞愧难当："若不是我当初无理取闹，怎会害得兄长如此？"

"瑞香说得一点儿不错，身为医者，若没有仁心，怎么能拯救伤患？若我与你睚眦必报，一生一世纠缠不休，不过是让亲者痛、仇者快，让自己内心难得平安。即使报仇雪恨，又有何用？"

"媚儿，我到现在才知道，宽容才是一个医家的美德……"林子风黯然道。

陶媚儿欣慰地点头，外边的嘈杂声徐徐灌入耳内，她却充耳不闻。石瑞香还说过，只要两个人能在一起，即使马上就要面临死亡，哪怕只有一瞬间，也是幸福。

那枚温润的玉莲蓬重新套到她的项上，她只觉得心头一阵甘甜。她与他已经成为夫妻，是生死相依的伴侣，无论如何，任谁也无法分离彼此。

红烛摇曳，她面红心跳，盖头被揭下，迎上一双卸掉盔甲后的深情目光。他向她徐徐靠近，唇瓣滚烫地贴了过来。

子风，子风，从今天开始，我们之间再无隔阂，徐陶两家的情分因我们生疏，又因我们而紧密。从此，你是我的唯一。

砰的一声，房门被踹开，几个青袍军士拿着刀刃冲了进来。

已经听到外间金正和兄长的怒骂声："狼心狗肺的东西，吃里爬外，祸国殃民，人神共愤！"

随后听到一声闷哼，再无声息。

"命都保不住了，还有闲情谈婚论嫁？"那熟悉的声音是白日里那个领军，"没想到吧？本将军又回来了。"

"尊驾到底想做什么？"林子风抢前一步护住陶媚儿。

"做什么？"那领军前后转了几步，忽然将剑尖指向林子风的鼻尖。

"不要！"陶媚儿大叫一声，担忧那撕心裂肺的一幕重演。

他怎么可能知道，为了他，她已经放下所有的恩怨，与他共进退。绝不能让他失去性命，没有了他，她也如一潭死水，了无生机。

那领军看了陶媚儿一眼："看来伉俪情深，若是要你们劳燕分飞，必然会有惊天动地的血祭。不过，放心，本将不会害你们性命，是来请你们的。"

陶媚儿与林子风对视一眼，说道："这是何意？"

那领军哈哈大笑："若不是有人告诉本将，本将险些错过了真正的良医，看来真是有眼不识泰山。只要你们肯进奉医药，辅助丞相的大业，将来必定有你们飞黄腾达之时。"

林子风冷冷一笑："多谢将军抬爱，只是，我与吾妻素来喜欢清静，恐怕不能担此大任。"

"哦？"那领军不耐烦地望了他一眼，继续说道，"有人说你们这里是百年药堂，藏了不少珍贵草药。如果你们愿意效劳丞相，还怕将来没有飞黄腾达之日？"

"将军，小女子和拙夫乃粗鄙之人，只要有一口粗茶淡饭充饥即可，不敢劳将军费力费神提携了。"

"粗茶淡饭？"那领军狂笑，"难道你没有看到建康城都到了噬皮剥髓的地步？你以为还有粗茶淡饭可吃吗？"

陶媚儿的心狂跳了一下，心知再继续这样下去，建康城早晚会成为一片死寂。

"那也都是拜你们这些忘恩负义的小人所赐！"林子风不顾自身的危险，对那领军冷嘲热讽。

"你……"那领军果然发怒，正欲发作，却被身旁的亲兵拉了一下，顿时醒悟，"好吧，我就给你们一天时间考虑。若再心存不轨，定然身首异处！没有了性命，一切不过是虚幻。"

说完，悻悻然又瞪了林子风一眼，带领军士离去。

在这无休无止的搏杀战场，又怎能没有伤痛？每每此时，最缺少的就是医药。他们杀了无数的能工巧匠，焚烧了一切绮丽繁华，却不敢再杀医者，因为没有医者的军队，就失去了征战的力量。

陶媚儿心中豁然开朗，知道此时并没有性命之忧，便放下心来。

"哈哈哈……呜呜呜……"石瑞香的狂乱自那日起并没有中断，她时刻被惨痛的过去所慑，与往日的她判若两人。

陶媚儿与林子风对视一下，不约而同地向石瑞香的屋中走去。

石瑞香此时已经安静下来，冷漠的脸部线条越发清晰，整个人如一尊石雕，僵硬而生冷。金正无奈地端着一碗汤药，正不知如何让她喝下去。

"这是为什么？瑞香妹妹不是已经答应了姐姐，要好好活下去？"陶媚儿不解地看着石瑞香。

"小姐，刚才我看她呕吐不止，就帮她诊了诊脉，却发现似乎是……喜脉……"金正一脸苦笑，手中的药碗有些颤抖，"就是你常说的往来流利，如盘走珠，应指圆滑，有回旋前进之感……"

"什么？"陶媚儿慌忙拿起石瑞香的手臂。

但见石瑞香面色苍白，一动不动。

金正的医术果然有了进展，这一次确实诊断无误。石瑞香果真有了身孕。

哀莫大于心死。一个女子最大的悲哀莫过于失去了贞操，何况还有了一个不想要的累赘。

陶媚儿忧心忡忡地看着石瑞香，怕她会想不开，再寻死路。因此暗下决心，从今天开始，亲自守护她，以防不测。

"我不能再陪伴你了。"她抬头，看到林子风的视线正紧紧盯住她，不由得内心一动，"从今天开始，你不再是林子风，你是徐家的长子徐子风，我便是徐家的长媳……"

过了良久，才见徐子风深情颔首。此时的他，心结完全打开，将仇恨化为痴心的爱恋，将轻狂敛住，专心做一个博爱宽厚的医者。

这是一个刀光剑影的新婚之夜，刚刚逃离了性命之忧，又迎来了椎心之痛。方才得到百年好合的祝福，却不得不分离。永远珍视病患的性命，将病患放在前面，这便是他与她难以推卸的责任，也是他与她携手济世的默契。

一根残烛痛泣着，淌下伤感的泪水。

"瑞香妹妹，切勿失去勇气。难道你忘记了？姐姐是医者，自然会帮你除忧解难。"陶媚儿想到，虽然靠着地穴里的草药支撑了这许多天，但是仍然入不敷出，已经难以医治眼下越来越多的伤患。用于堕胎的本草本来就奇缺，如今该如何过了这一关？

"姐姐……"瑞香沙哑的声音打破了这令人窒息的空闷，"瑞香想要这个孩子……请姐姐助我一臂之力……"

什么？陶媚儿、徐子风和金正几乎同时抬首，盯住她，想窥探她心中的隐秘。

"瑞香失去的已经太多，不能再失去至亲骨肉了。我既然想苟活人世，就要保留住现有的一切。这孩子，虽然来得非人所愿，但终究是我在这世上唯一的亲人，我不能放弃他！"

"佛家所说，但凡性命本是为缘而来。既然来了，便是我的宿命，是我的所有……瑞香已经打算永不婚嫁，青灯古佛，终老一生。"

"妹妹，难道你要出家？"陶媚儿急道。

石瑞香起身，穿着一件陶媚儿的素色短襦，藕色坤带裙，十分合体。

她打量了一下四周的墙壁，淡笑中似乎看透了一切："姐姐可是在说笑话？这到处都是乱兵贼子的城中，还不知自己能够活到何时，瑞香要到哪里出家？若真看淡了人世的烟云，在家中一样可以清心寡欲，埋首理佛。但只要活着，就要坚持。瑞香已经决定，不再拖累姐姐，回到自家，安心养胎，直到平乱之后，建康重新焕发生机的那一天。"

"妹妹果真这样想？只是，这外边到处都是乱兵，只怕……"陶媚儿百感交集，这大梁开国以来史无前例的浩劫竟然让许多人真正看破红尘。

"姐姐放心，瑞香自己会照顾自己，不会再去求死！姐姐还是留着气力救助濒临危难的人。"石瑞香此时的微笑如水中之莲，月下凝辉，只剩下从容淡泊的清韵。

陶媚儿惊喜之余，瞥到徐子风始终如一，凝神不语。

"刚才那声狂呼，想必吓到姐姐和姐夫了。从现在开始，瑞香便已经不是过去的瑞香了。"她说完，朝众人深深鞠了一躬，便朝外走去。

"石小姐……"金正手中还端着汤药，似乎想说什么。

"罢了，金正，随她去吧，也许这才是最好的解脱。"徐子风的手已经揽在陶媚儿的纤腰之上，附耳低语，"不要忘了，今天是我们的洞房花烛夜……"

陶媚儿面上红云飞起，娇羞不已，眼神朝别处投去，忽然看到金正端起那碗汤药，一饮而尽，不禁大惊失色："这是保胎药？"

金正不满地看了一眼陶媚儿，道："什么？这是补气活血的药，小姐和姑爷不开药方，小的怎么敢自作主张？小的只是怕浪费了，这药材是越来越少了，现在很多主药已经短缺了，若再这样下去，怕撑不了一个月。"

陶媚儿本欲轻舒一口气，听到这里，又开始烦闷起来。

徐子风却沉吟不语，似乎没有听到他们的言语。

"就是有金山银山，这样坐吃山空，又怎么可能用之不尽？何况这草药是应时而生，不同的季节采摘的效用不同，如柴胡、知母是春季采用之药，现如今已经过了时辰了，即使采来，效用也大打折扣……"金正抱怨着，朝前堂而去，"都怪那该死的侯景，还有那个不知人间岁月的菩萨皇帝引狼入室！"

药为医本。然而，百草堂的草药确实将要告罄，所谓"百草"真的只是徒有虚名了。那般无奈，不得不让人心焦。

## 第十二章　当归不归时

市井百姓纷纷流传，当今的"菩萨皇帝"只为了多获得侯景奉献的河南那块土地，不但不对这个反复小人加以防范，反而一而再、再而三满足了他众多的无理要求。建康城陷入这水深火热之中，又何尝不是那虚伪的"菩萨皇帝"引发的恶果。

然而，可怜的却是无辜的百姓，因为一个屡屡叛主的胡人而家破人亡。

听说临贺王萧正德倒戈投降叛军，里应外合，帮助侯景军畅通无阻地渡过长江天堑。当今圣上曾经将萧正德过继为子，但自从有了昭明太子，便又将他还给兄长。他耿耿于怀，素来以"废太子"自称，至今仍不死心，只为了觊觎那至尊的皇位。

仅仅就为了一己之私，置众人于九死一生之中，这样心术不正的小人，怎会有好下场？

徐子风冒着生命危险，去街上救助那些受伤或生病的百姓，直到夜深人静，仍没有回到百草堂。

他会不会遭遇乱民的劫持，或者难以从叛贼的暴虐中抽身而退？想到这里，陶媚儿呼吸骤紧，忐忑不安起来。

忽然，她听到徐子风那熟悉的脚步声越来越近，便长长地舒了口气，欣喜地看到他带着夜风的潮湿和草木的清香走来。

和济世堂那道相通的门，在埋葬了徐立康夫妇之后，便被徐子风亲自用斧头劈开。也许是为了弥补内心的亏欠，他经常过去悼念父亲。

"媚儿，你看，这是什么？"一日黄昏时分，徐子风手执一枝玉簪花，那花儿雅致动人，冰姿雪魄，在这混浊的乱火烽烟中，流露出江南独特的仙风遗韵来。

"在哪里得到的？"陶媚儿眼前渐渐模糊起来，为了埋葬无处存放的尸骨，只有忍痛割爱，铲除了那片芬芳的药圃。但这是徐伯母最喜欢的花，因此徐家的庭院中即使没有别的草木，却少不了它。

"在墙边的僻静之处，我闻到了它的香气，才发现它偷生在墙角，清傲诱人，就和你一般……"他的眼神如月辉，笼住一池幽莲。

玉簪花的香气越发浓烈，他把它插在陶媚儿的发髻之上。

她的心如小兔般惴惴不安，在他浓情交织的眼眸中渐渐沉沦。她投身在他怀中，化作垂死挣扎的鱼儿，与春水融为一体，挨过呼吸困难的时光，等待着即将来临的狂风骤雨。

徐伯母说过，这玉簪花的花、根、叶皆能入药，但最让徐伯母钟情的是，每天采下带露的花瓣搅成汁，敷在洗净的脸上，可以治雀斑。因此徐伯母生前虽然年近五旬，面色却洁白如玉，没有一丝瑕疵。

知夫莫若妻。子风，你毕竟是小看了你的妻子。在你听到"知母"那味药的时候，你必然会想起你的母亲，也必然会回到徐家的故宅中找寻那失去的亲情。

除了面对萧瑟夜空凭吊故亲，你还有一个最大的心愿未了，那就是出城寻药。在金正说出感慨之言时，你就已经下定了决心，要冒险出城，背水一战。从徐家庭院中直入云霄的那缕白烟，便是你与山上兄弟相约的信号。

只是，最让你难舍的是你的新婚妻子。这一去，前路迢迢，风烟滚滚，不知道何时才能相见。

"媚儿，你可知道柴胡的来历和故事？"

她依然闭着眼睛，贪恋地享受着转瞬即逝的暖意，轻哼："快讲！"

"有两个为富贵人家服役的穷苦庶民，一个姓柴，一个姓胡。有一天姓胡的病了，发热后又发冷。主人把姓胡的赶出家，姓柴的一气之下也出走了。他扶了姓胡的走到了一座山中，姓胡的躺在地上走不动了。姓柴的去找吃的。姓胡的肚子饿了，无意中拔了身边的一种叶似竹叶的草的根入口咀嚼，不久感到身体轻松些了。待姓柴的回来，姓胡的便以实告。姓柴的认为此草肯定有治病效能，于是再拔一些让姓胡的食之，姓胡的居然好了。他们便用此草为人治病，并以此草起名'柴胡'……"

远处隐约传来嘶喊的声音，叛军在企图攻陷台城。台城里还有十多万军民，正拼死抵抗。闻听援军已经驻扎在建康周围，却不见任何风吹草动。

等待中的救援，真的只是一种奢望吗？为了心中的一点私念，竟将无数条性命抛之脑后，即使真的坐上了皇帝的宝座，又怎能够得到民心？失去了民心的君主，可坐得稳天下？

"这柴胡能和解表里、疏肝、升阳，治愈了无数病患……"

听到陶媚儿发出均匀的呼吸声，徐子风抑制住心头的狂躁："媚儿，我该走了。这一走，不知何时能够相见……但是我决不能坐视不理！大丈夫死则死矣，但是绝不能苟且偷生，向乱臣贼子卑躬屈膝。"

陶媚儿听到他的话语，似乎觉得自己已被车裂，五脏六腑随着流失的血液渐渐失去了疼痛，脑海中一片空白……

她背对着他，两行清泪已经顺颊而淌。她知道他必定已经选好了出城的地方，在防守最懈怠的西明门，在城墙下破洞而出。

即使出去，等待他的，未必是一帆风顺。但她已经为他收拾好行李和干粮，等他出门的时刻，一定能体会到她的苦心。

她不能拦住他的脚步，即使留在城中，沦为被铁骑践踏下的奴隶，亦是朝不保夕。无论是进是退，都不能预料到吉凶，这便是国破家亡的悲哀！

"媚儿，这是我母亲留给我的一些奇药，留下给你，希望能助你一臂之力。"他身形晃动，在桌案上留下几个药瓶。

对不起，我不能随你而去，我要守住百草堂，守住徐陶两家唯一留存的医道！陶媚儿心中默念，似乎听到杜鹃泣血的哀鸣。

他的脚步声渐行渐远，在偶尔寂静的夜空中燃起希望。

我等你回来！

她狠狠抽泣了几下，坐起身来，看到烛火下有几个奇形怪状的小药瓶，从中拿出一个黄色的扁瓶，轻晃，里面装的竟是液体。

这是什么？倒出一点药液抹在手背，发现肌肤竟然变成枯黄色，肌肉似乎也萎缩凹陷下去。

她苦笑，这药液确实对她有效。在风烟滚滚的乱世中，保住清白和性命的唯一办法便是隐藏自己的容貌。

玉簪花有些衰败，却依然残留着醉人的香气。她把它舒展开来，压在一本厚厚的药典之中。

这是保留住他的气息的唯一的途径。待将来看到那干花的几分样貌，仍然会想起他拿刀诊病的样子，想起他在月下沉吟的身影……


自从徐子风走后，台城的局势更是每况愈下。老谋深算的侯景，派人水淹台城。

饥饿的百姓也开始骚动起来，到处烧杀抢掠。街上没有草木，没有人迹，却不断有饿死的乞丐。

转眼间已经七个月过去了，徐子风依然杳无音信。一日，陶媚儿为石瑞香诊脉，发现她的脉象有异，似乎是双胎。但是缺医少粮的日子，将会使得石瑞香的生产难上加难。陶媚儿把地穴中所剩不多的药材，给石瑞香配了几服滋补的药剂。虽然处方简单，却仍然有良效。

安顿好石瑞香，她戴着一顶竹笠，回到百草堂。

百草堂空无一人，金正和兄长也不知在何处。

纳罕之余，她匆匆向后堂而去。谁料还未等进入后堂，却迎面和一个穿青袍的兵士相撞。

那人身上带着一股熟悉的酒气，用一双色眯眯的眼睛对她上下打量。她看见石案旁边的泥土被翻动过。

"你……"陶媚儿恨得咬牙切齿，这是父亲唯一剩下的一壶竹黄酒，对治疗咳嗽痰多、胃气痛有良效。本打算午时过后，让金正给被病痛折磨得深夜无法入睡的张老伯送去，没想到却被这没有仁德道义的贼兵给糟蹋了。

四处寻觅，仍然不见金正的身影。

"呀，这里怎么还有这么标致的女子？看来大爷我今天福气到了……"那兵士一双猩红的醉眼半睁半闭，表情透露着淫亵和不堪。

"你想做什么？"未等陶媚儿说完，那贼兵已经伸过一只粗糙的大手。

"啪！"一声脆响，那贼兵已经捂着脸颊退后。

"青天白日，调戏良家女子，可还有王法吗？"陶媚儿并不避让，只是无畏地迎向那卑劣的眼神。

"你敢打我？"那贼兵不甘心地瞪起了眼睛，"你不看看现在是谁的天下？王法？我们丞相说的做的才是王法，还指望那个昏聩的老糊涂皇帝能拯救苍生？真是笑话！"

"哼！"陶媚儿轻蔑地看了他一眼，"多行不义必自毙，难道没有听说过吗？"

"怎么？你敢教训我？"那贼兵被掴了一掌，神志似乎有些清醒了，忽然急声呼唤起来，"兄弟，快出来，这里有个女子值得品玩！"

陶媚儿惊恐万分，没料到他还有同伙。单凭自己孤身一人，能否度过今天的劫难还未可知。

果然从内堂歪歪斜斜走出一个粗壮兵士，那胡须几乎覆盖了半张面孔，满脸横肉不停地抽动，甚为狰狞可怕。

"咱们兄弟今天既有口福，又有艳福，真是吉星高照，哈哈哈！"那粗犷贼兵一步一步向陶媚儿逼来。

"兄弟，这女子浑身是刺，你可要小心！"另外一个贼兵叮嘱道。

"有刺大爷我就给她慢慢拔了，反正她已经是笼子里的鸟儿，插翅难逃。真是没出息，连个女子都怕！"

陶媚儿向后退去，却发现再无路可退。还没来得及喘息，就被一双巨手狠狠钳住了喉咙，瞬间眼前金星四溅，天地一片昏黑。

一股夹带着酒味的恶臭之气迎面袭来，那贼兵的满脸胡须如丛丛荆棘，刺痛了她吹弹可破的肌肤，漫天的星辰点点砸落，侵袭着四肢百骸。

宁为玉碎，不为瓦全，这是徐氏的家规。身为徐家的长媳，一定不会辱没徐氏的门风。

玉齿抵上舌尖，血腥的味道似乎越来越近。

忽然，那粗髯贼兵头一歪，身躯竟然重重地倒在地上，不省人事了。

陶媚儿惊诧地看到，这贼兵的嘴角慢慢渗出几缕血丝，眼眶发黑，明显是中毒的症状。

"好呀！你这恶毒的女子，用了什么毒药害了我的兄弟？"另外一个贼兵被这突如其来的事端震慑，眯着的双目顿时睁了开来，"我要为我的兄弟报仇！"

说着，以迅雷不及掩耳之势，号叫着冲上前来。

陶媚儿尽力挣扎着，却发现一个女子终究无法和强壮的贼兵抗衡，很快就难以呼吸，那飘浮的感觉重新袭来。

"敢欺负我妹妹，我打死你！"

砰的一声，贼兵的头部被重物狠狠地击了一下，两眼翻了翻，倒了下去。

陶媚儿听到这是兄长陶重山的声音，他气冲冲地站在那里，手中拿着一个巨大的药杵。

"兄长……是你？"

陶媚儿不可置信地看着似乎从混沌中清醒过来的兄长，百感交集。

"妹妹，我是你的长兄，是陶家的长子，自然要保护你！"陶重山笃定地说道。

"什么？你真的已经恢复神志了？"陶媚儿指着最先倒下的粗髯贼兵问道，"那毒药是你让他吃的？"

"他们打伤了金正，我当然不能饶了他们！他吃了一块我自制的蛇毒饼。"陶重山说完，眼神又开始迷离起来，忽然跳起来，拿起大药杵，对着几个空空如也的药罐捣了起来。

陶媚儿知道，兄长不过一时清醒过来，方才救了自己。他自小就喜欢玩蛇，虽然疯癫，但提取些许蛇毒，对他而言并不是难事。

任何一种毒药，用得适量，便是良药。用得不当，就会致人死命。蛇毒过量，会让人四肢麻痹，头脑混乱，最后呼吸衰竭而亡。

"呜呜呜……"她循声到了柴房，发现金正嘴被破布塞满，鼻青脸肿，被绳索紧紧绑在一根木柱上。

解救下金正，就听到金正的痛斥声："这群狼心狗肺的叛贼，除了烧杀抢掠，还能做得了什么大事？"

"唉，现在我们要做的，是如何处理这两条性命。"陶媚儿指着外边的两具尸体，没有想到兄长的力气惊人，竟敲碎了那两贼兵的颅骨，"我们行医济世，从来只是救人，却从来没有害过人……"

金正终于明白这两个人的死居然和陶重山有关，竟目瞪口呆。

"自作孽，不可活！都是他们逼的……若他们不死，我们就要死。小姐不要自责，这也是迫不得已……"

本该天高云淡的大梁，却到处充斥着腐臭的味道。这个时候，能够生存下去，也是一种奢望。

陶媚儿幽幽叹了口气，吩咐金正找个僻静的地方将两具尸体掩埋。

"家里珍藏的两袋米粮，趁天黑无人，送去石家，瑞香以后就要靠它来养活子女。"

"可是，这是我们仅剩的粮食，以后我们要如何生活？"

"以往石家周济我们米粮，如今石家人落难，我们自是不能坐视不理。"

陶媚儿正想继续说下去，却看到陶重山惶恐地冲过来，浑身颤抖："我没有杀人，没有……不是我，不是我……"说着，瑟缩着躲进树影下，蹲下来。

她忍住椎心的痛楚，慢慢走过去，扶起兄长。

"我们没有杀人，我们是济世救人的医者……"泪水缓缓滴落在被骄阳烤得干燥的土地上。虽然此时是草木滋养的旺季，却鲜有苍青绿意。

安抚好兄长，她已经做出了决定，去寻找失踪的夫君。她的生命，已经紧紧与他相连，再也不能没有他！

大街上的榆叶和桑叶，已经被饥饿的人群采撷殆尽。幸而百草堂的地窖中还有些几近发霉的米谷和药材，可以勉强度日。

她终于理解他的苦衷，与其坐以待毙，还不如铤而走险。

漫漫长夜，又何时能盼来援军解除这建康之围？

收拾好行囊，和金正交代了百草堂的诸多事宜，陶媚儿便在清晨出了大门。

如今唯一放心不下的就是瑞香，她临产在即，又是双胎，要在这乱世风云中生存，何其艰难？

过了前边的小桥，便是街市最空旷的场地，平素商贩云集的闹市如今一片空寂。福胜米店的牌匾已经摘落一边，经雨水的长久浸透后又被骄阳烤焦，褪尽了鲜亮的颜色。

但很快，这片难得的寂静就被一阵纷乱的马蹄声打断。街市上的尘土弥漫在空气中，呛得人难以呼吸。

陶媚儿感觉自己被无数双眼睛扫射着，但他们很快就收敛了视线。此时的她，躲在一株粗大的柳树旁边，眼角下垂，皮肤黝黑，一头秀发绾在粗布包头之内，素淡而平凡，已经完全变成了另外一个人。徐子风留下的神奇药物，居然能将一个美人改变成一个不引人注意的中年女子。

那些军士纷纷下马，让出一条路来，中间渐渐走过来一个身穿将袍的狰狞男子。

"梁朝的人呢？都死光了？"那双恐怖的鹰目胡乱向四周扫射，狂傲而阴暗。

"禀丞相，我们的大军无往不利，马上就要攻入台城了，梁朝的人自然都做了缩头乌龟。"

丞相？陶媚儿的嘴唇渐渐发冷，难道这就是传说中的羯族小人侯景？

"哈哈哈！"那男子负手龇牙，仰天长笑，"真没想到，天地乾坤这么快就被我掌握！"

果然是他！与那刺耳的笑声一起灌入耳内的是渐渐传来的冲杀嘶鸣，似乎有沉重的东西攒进了雷霆万钧之力，铿锵声中铜环脆响，即将冲破一道防守了许久的阻碍。

"丞相英明！大业可成！"手下恭谨逢迎，说到了侯景的心坎里，惹得他又是一阵狂笑。

"王伟，进了城，找机会把那个吃里爬外的东西处理掉，他已经没有用

155

了！"这句话说得阴狠毒辣，却低沉下来。

"是，丞相，小人明白！"那个叫王伟的手下连连点头，"这种人能背国弃家，说不定哪天也会背叛丞相，留着终究是个祸害。"

"嗯，"侯景满意地点头，满脸横肉缓缓游动起来，"可惜，这附近的人都没了，连个过瘾的机会都没有，真是可惜……"

"丞相莫急，马上就进了台城，宫里的华服美食、淑女娇娥应有尽有，您都可尽情享用。"

"哈哈哈！"侯景的笑声如夜枭鸣叫，划破了清晨残存的生机，让一切都成为绝望。

"唉！"撕心裂肺的疼痛覆盖了陶媚儿，却没想到这样正暴露了自己的藏身地点。

一排锃亮的兵刃之光，在眼前晃动。一块断裂的树皮被衣襟拽了下来。

"禀丞相，这里有一民妇！"

"哦？"侯景诧异万分，渐渐收敛了笑容，意味深长地盯向她，"居然还真有活的？"

陶媚儿被捆绑了双手，按倒在地上，却始终抬头望向远方的天空。

"你是谁？"侯景阴森可怕的目光似乎要穿透她的心脏，揭开她没有愈合的伤痛。

"我是一普通民妇，出来为家人找寻食物，区区一条贱命，要杀要剐随你！"

"哦？"侯景并没有答话，却围绕着她上下打量许久，"说出你到底是谁，我可能会饶你不死！"

"民妇若惧怕生死，自然不会在这里遭人羞辱。与其活活饿死，还不如一刀毙命痛快，免得活着日日为谷粮烦忧！"

"你这样说，我更不相信你是普通民妇！就凭你刚才的气度，绝不是普通女子能够撑得下的！若非见惯了生生死死，将性命看得平淡如此的人，断然不会这般超然……难道你没听说过，好死不如赖活？"

陶媚儿听了这话，心暗暗低沉下来。这叛贼果然还有几分智谋，若不小心应付，泄露了医家的身份，必然会出师未捷身先死，还没有找到夫君，就要被羁绊于此了。但此时，唯有全身而退，保住性命，才能期盼日后与夫君相聚。

"杀了你如灭只蝼蚁一般容易，但我却偏偏想知道你的真实身份。"那侯景嗅了嗅空气中的味道，又朝陶媚儿脖颈处探寻过来。

"你做什么？"陶媚儿偏过头去，怒目而视。

侯景绷紧了面容，看不出任何悲喜之色，只是慢慢踱了几步，向台城的方向望去："以我多年征战沙场的经验看来，破台城用不了一个时辰了……这女子，你可愿意和我一赌？"

"赌什么？"想到大梁近五十年的基业就这样沦丧在眼前这个祸国殃民的乱贼之手，陶媚儿心中的愤恨化为一道汹涌的江流，剧烈地冲击着岸边坚硬的岩石。

"在这一个时辰里，我自然可以得知你的真实身份。若我猜得出来，你就要和你们大梁的皇城一起沦陷，哈哈哈！"侯景紧紧地盯住她，犀利的眼神似乎在一寸一寸剐着她的肌肤，仿佛在等待着鲜血流尽那一刻的惬意和满足。

陶媚儿闭上双眸，颤抖的心如撞入烈焰的飞蛾，腾旋中翻扬着被吞噬的羽翼，刻骨铭心地感受生命在一点一点消逝。

子风，也许在来世我们会永远在一起！即使在这国破家亡、山河破碎的时刻，我的心仍然追随着你！你可知道，我很早就爱上了你！在你和那群山匪冲入济世堂的时候，我就已经身不由己；在你济世救人的时候，我的心已然随着你手中的针刃牵肠挂肚。你可知道，听到你深夜归来的脚步声，我才能安然入梦；在没有你的日子里，从来没有梦……

听到了远处战鼓的紧密敲击声，声嘶力竭的喊杀声，甚至流失在天空如密雨刷过的细碎痕声。

咯吱一声，旁边福胜米店的大门忽然敞开，大腹便便的石瑞香显然被前方兵马戒备森严的情景所震慑。

陶媚儿睁开双眸，正看到惊慌失措的瑞香被两个叛兵架上前来。

瑞香，你出现的不是时候。此时此刻，我们面临的是最可怕的灭绝，你不该出来……陶媚儿的低沉叹息在嘈杂的脚步声中显得微不可闻。

瑞香是出来晾晒衣物的，那湿漉漉的衣衫已经被叛兵无情地踩碎，七零八落摊了一地。

"丞相，这里还有一个孕妇！"

侯景的眼睛忽然更加闪亮，他再一次狰狞地狂笑。

"媚儿？"瑞香的美睫微微翘动，眼眸深处写满了恐惧。她已经意识到，她们已经成为乱臣贼子的掌中之物。

果然，那叫王伟的手下居然凑上前扶住侯景，阴笑着说道："丞相，你看……"

侯景停止了狂笑，用手摸着光秃的头顶，眼睛眯成一条细细的缝儿。

"王伟，你说，这孕妇腹中的是男还是女？"

"禀丞相，臣看前腹凸起，是女的。"

"哦？"侯景连连摇头，"我看像男的。"

"丞相……可惜还没有到日子，不然……"王伟的声音越来越低，却越来越阴森恶毒。

陶媚儿看到侯景紧紧盯住石瑞香的腹部，不祥和悲凉之感顿时涌上。

"想知道结果很简单，用刀剖开看一看就知道了。"

"不要！"此言一出，就听到瑞香绝望地狂呼，"你这个杀人不眨眼的恶魔！强盗！我做鬼也不会饶了你！"

那侯景无动于衷，只是轻轻摆了摆手。只见两个兵士上前，用一块破布塞住了瑞香的口，将她紧紧钳住。

这是一个阴天，冰冷的刀刃寒光凛洌，发出摄魂夺魄的光芒。萧条的枝叶横七竖八地悬在头顶，瑞香手捧腹部，无声地流下绝望的泪水。

"且慢！"陶媚儿的嘴唇疼痛，恨意灌满了胸腔，"放开她，民女有话要说！"

侯景与众叛贼闻声愣住。

"杀死一个手无缚鸡之力的女子，可是大丈夫行径？若民女看得不差，应为龙凤胎。今日是丞相功成名就、大功告成的大好日子，倘若见血，不是坏了丞相的好兴致吗？如果信得过民妇，可让丞相看得活生生的一对小儿女，讨个大吉大利的好彩头。"

侯景听了此言，深深点了点头，问道："王伟，你怎么说？"

那王伟果然会察言观色，仔细看了看陶媚儿，说道："难道你有更好的办法？"

陶媚儿看着面色惨白的石瑞香，强忍住气，答道："民女虽不是绝世神医，但因家族医学渊源，略懂几分医术，可以一试。"

"哦？"侯景的双目果然又眯了起来，"我果然猜得不差，你身上传来的药草味早就泄露了你的身份。说！你到底是什么来历？"

"快说！"几把锋利的刀刃裹着森寒之气，排列在她面前。

"民女，叫林惠，世代生长在栖霞山，靠医药济世为生。民女愿为这女子使用催生大法，一尝丞相夙愿……"

侯景皮笑肉不笑地说道："你真有办法？那我倒真想看一出好戏。"

"民女如果猜得不错，丞相的左足生有肉瘤，因此行走不便。若不早医治，恐怕诸事不妙！"她的声音低沉而迟缓，但一字一句都清晰无比。从侯景晃动的身影猜出他有隐疾，试图以此换回瑞香母子的平安。

侯景听了这话，脸色渐渐阴暗起来，忽然转身负手，说道："你若有把握治了我这隐疾，我便放了她母子……但是，你要怎么样才能让我确信你的医术？"

陶媚儿低头注视着瑞香惨白的面色，凝神深呼吸了一口气："如果我能施用催产大法，也请丞相保她母子平安。"

"丞相……"王伟殷勤地看着侯景。

侯景沉默无语，忽然一扬手臂，喝道："随她去！"

众将士听完，松开了瑞香。陶媚儿含泪，早已经飞奔上去，扯下瑞香口中的污物。

"姐姐！"

"瑞香，少安毋躁，你要相信我！"陶媚儿心中发紧，对她低语道，"这催生大法，本来要以车前、滑石或麻油以流通涩滞，以桃仁、赤芍、厚朴、大黄等物驱逐闭塞，以乳香、麝香、白芷等开窍逐血，或以香附、枳壳、陈皮、乌药、青皮为顺气之剂。可是如今国难当头，恐怕只有以我手中的银针了……"

"姐姐如能救了我母子,我愿意以余生来报答大恩大德!"瑞香满眼噙泪,笃定地说。

陶媚儿摸了摸行囊中的银针盒,那方方正正的东西在包裹中没有移动分毫。

她扶住了瑞香,越过几个手持器械的叛兵,走进福胜米店的内堂。

远方仍然传来千军万马的厮杀与轰鸣声,撞击声似乎击碎了大梁的胸膛与脊梁。

瑞香满头是汗,口中紧紧咬住一块白布,没有发出一声。

银针晃动着,载满对生命的渴望。

陶媚儿脑海中浮现出徐立康施针的情形,用泻法针孕妇太阴经的穴位,用补法针手阳明经的穴位。纤长的手指因悸动而有些微微的颤抖,她再次深呼吸一口气。

父亲曾经说过,身为医家,但凡有一线希望,都不要放弃。在面临危机的时刻,医者就是水,能够载舟,也能够覆舟。只要你尽心,上天会为我们拓出一条生路来。

天空在晃动,呈现出血光的战栗,也似乎倾诉着濒临沦陷的悲哀。分娩的阵痛在延续。

轰的一声,耳畔似乎听到洞开的流水声奔腾呼啸,紧接着听到绵绵不绝于耳的喊杀声穿透城墙,那道誓死顽抗的城门终于被攻陷。

"丞相,我义师先以水攻,后用火攻,现在已经攻破台城!"有人向侯景禀报战事。

"好!哈哈哈!"一阵阵刺耳的狂笑绵延不绝。

细长的针凝聚着血和泪,陶媚儿克制住内心的悲愤,镇定地施下最后一针。

在悲恸的瞬间,一声婴儿有力的哭声灌满整间房屋。没过多久,又一声啼哭再次响彻室内。瑞香发出最后一声呻吟,昏了过去。

陶媚儿喜极而泣,苍天有眼,大梁的天空因为新的生命而充满希望!

"禀丞相,那女子果然生了一对龙凤胎!"

陶媚儿安置好瑞香母子,擦拭了几下额头的汗水。慢慢走出内堂,一步不回头地走向侯景。

侯景出乎意料地异常安静，似乎并没有被攻破皇城的喜悦冲昏头脑。

"民女幸不辱命，也请丞相遵守诺言。"陶媚儿知道，虽然瑞香母子以后的路仍然艰辛，但是保住性命，留得青山在，才是上上之策。

侯景转身哼了一声，挥一挥手，立即有人牵过一匹马。

"走吧，女医！"王伟的淫笑声刺耳难闻。

天空似乎变了颜色，乌云渐渐涌了上来。被束缚的陶媚儿，望着无边的天空，似乎听到了绝望的哽咽。

子风，不知何时才能与你重逢？陶媚儿迈着软绵绵的脚步，感觉前方的路是那般漫长。


侯景因陶媚儿的医家身份，并没有为难她，反而允许她随意在宫中走动。这是皇宫最偏僻的一隅，只有几株稀落的紫槐。

厚重的宫墙似乎将人间的惨烈隔绝，疲惫的建康城也在惊天动地的颤抖之后安静了下来。

当今圣上已经被乱臣贼子所掳，被软禁在净居殿。皇子皇孙也已经失去了高车华服，失去了往日的高贵和尊严，终日仰天长泣。

陶媚儿借口自己的夫君是治疗侯景顽症的良医，若要痊愈，必须先找到自己的夫君，因此便得将时日拖延了下来。

"林女医！"一声低沉的呼唤，一个着灰衫的侍从手提一盏纱葛灯近前，飘忽的身影在墙壁上晃动。

"哦？你是？"陶媚儿疑惑道。

那灰衫侍从笑了笑，说："女医就叫我安生好了，是丞相派我来带女医去为内眷诊治。"

"好，那请在前边带路。"陶媚儿点了点头，跟了上去。

"那女眷是丞相现时最宠爱的女子，长得闭月羞花，却不能生育，因此丞相他急火攻心。"

"原来如此。"陶媚儿闻听侯景因叛逃魏朝，在北方的子女已被魏人杀光殆尽，因此便强娶良家妇女，看来果然不假。

"女医的神态好像百草堂的陶姑娘，若不是年龄面容迥异，我还真以为是她呢！"安生忽然低笑道。

"啊？"陶媚儿身形一颤，心中暗呼一声，敷衍道，"那陶姑娘是什么人？"

"女医有所不知，陶家在京城里开了家百年药店，那陶姑娘是宅心仁厚的活菩萨，我和父亲都受过陶家的恩惠，因此看到女医便觉得亲和。"

陶媚儿应声，轻轻舒了一口气，岔开了话题："内眷夫人平日性情如何？"

说到这里，安生不禁摇头叹息："夫人名叫晏紫苏，倚仗丞相的一点点恩宠，便不知道天高地厚，终日吵闹不休。她又怎知以色事他人，如何能长久的道理？"

"哦。"

安生忽然紧张了起来，急急道："请女医恕小的口不择言，只因看女医的面容，就知道女医也是慈悲心肠，所以就大胆妄言。"

"但说无妨。我只会记在心里，不会与他人诉说半句……"话未说完，却听见前方一偏殿传来砰的一声茶盏撞击破碎之声。

"出去，都给我出去！我要的是上好的燕窝，谁要这种货色！去给我找来！"

"是……"只听见唯唯诺诺之声，然后一个身穿浅碧宫装的女子正蹑着小步后退，不小心失足，眼看即将跌撞在门墙上。

陶媚儿几步上前，用身体托住了那宫女。

只见宫女站稳脚步，面红耳赤地朝陶媚儿深施一礼，低声称谢后便逃了出去。

"是谁在多管闲事？"那声音倨傲、无理，从高空中冷冷地射了过来。

陶媚儿偷偷望去，晏紫苏果然名不虚传，如楚王惊梦之神女，绮罗纤丽，裸露香肩，斜靠在一张横纹菡萏雕花方榻之上。

只是让人觉得不解的是，她的面上浮动着一层轻纱，轻纱下边的双眸如深壑碧潭，横波愁落，玉容上一片掩饰不住的惆怅。这双眼眸流露出来的孤单与她的傲慢无理仿佛不是一人。

"禀夫人，这就是小的给夫人推荐的女医……"安生近前回道。

"哦，女医来了？"晏紫苏的声音渐渐温和，眼眸中终于露出些许柔光，起身而立。

"见过夫人。"

"女医不要拘谨，我请女医来，只是想问问，可有法子去了我这面疾？"晏紫苏喝退左右，方才撩开面纱。

安生也退了出去。

陶媚儿仔细望去，只见她面部残留着几片鲜红，色深至紫，犹如美玉蒙瑕，失去了原有的灵气与妩媚。

"唉，"晏紫苏幽幽叹息了一声，说道，"自从我有了这面疾，丞相他早已经忘记了往日的恩爱，我便成了一把被搁置东阁的凉扇，再无用处了……"

"夫人，可是最初如痦，渐渐成细疮，并不时有痛痒？"

"啊，正是如此！"晏紫苏听到这里，欣慰至极。

"不要紧，这不过是春日里女子常发的桃花癣。由肺、胃风热，随阳气上升而成，宜服疏风清热饮，外敷消风玉容散，自可去除。"

晏紫苏欣喜若狂，大呼："踏破铁鞋无觅处，原来女医才是我的贵人啊！"

"不敢当，夫人。桃花癣又叫风癣，所谓治风先治血，血行风自灭。用了这疏风清热饮和消风玉容散，包您药到病除。"

"疏风清热饮和消风玉容散？"

陶媚儿深深点头，轻轻走近书案，拿笔写下：苦参（酒浸，蒸晒九次，炒黄）二钱，全蝎（土炒）、皂刺、猪牙皂角、防风、荆芥穗、金银花、蝉蜕（炒）各一钱。酒水各一盅，加葱白三寸，煎一盅，去渣；热服，忌发物。

"消风玉容散就是用绿豆面三两，白菊花、白附子、白芷各一两，熬白食盐五钱，共研细末，加冰片五分，再研匀收出，每日洗面。"

"多谢女医，我这才知道天外有天，人外有人。那些皇宫里的太医全是庸才，给我弄了一堆草药，洗的洗，敷的敷，到如今也不曾有半点痊愈，没料到女医只几句就道中根由。"晏紫苏皱眉。

"夫人，这原本是民间女子常患之疾，算不了什么，正好我有家传的方药而已。"陶媚儿心中疑惑，这本是极好医治的普通疾病，为何皇宫内苑的太医却没有定论？其中必定有隐情。

"唉！"晏紫苏忽然叹了一口气，幽幽道："即使去了这桃花癣，又有何办法去了我这皱纹？我虽未到年老珠黄之际，眼看着将军他权势渐盛，早晚有一天，会撇我而去。唯今之际，只有一条路可走，就是得过且过，及时行乐。即便有朝一日，化为荒野白骨，也算是值了……"

"夫人您是多虑了。"陶媚儿坦然一笑，"我以为所谓疾病，都由心生。若七情太过，难免气血失调、脏腑经络紊乱，必然早衰……"

"哦？"晏紫苏垂眉低首，若有所思。

"所谓富贵，不过浮云。所谓病患，不过都是庸人自扰罢了。夫人，当逢乱世，还是以静制动，少安毋躁。"

晏紫苏抬袖轻扬，软绵绵地重新坐在榻上，叹息说："也许女医说得有理，可是以我这蒲柳之姿、淡泊之心，在这世上还有什么牵挂？"

陶媚儿淡笑道："夫人言过了，首先是您的名讳起得清雅可人。"

"什么？名讳？我本是一个出身于庶族的孤苦女子，却受尽凌辱……只不过无意中抓了一棵救命稻草，勉强在浮世中飘摇罢了。"

"夫人有所不知，这紫苏性味辛温，具有发表、散寒、理气、和营的功效，韧性极强，于山川、田野随处可生，于旺盛中略带紫色，正所谓紫气东来，是福气啊！"

"女医说得一点儿不错，当初我父亲给母亲不知道从哪里弄到了一只河蟹，我母亲吃后，呕吐不止，就是吃了房前的紫苏才缓过气来，后来生下了我，便以此为名……听你这样说，我果然是有福之人吗？"

陶媚儿心中疑惑，这女子身上似乎载着无数的谜团，丝毫不像一个飞扬跋扈的宠姬，而似乎是一个沦落风尘的失意女子。

正思忖着，听到安生在外间禀道："夫人，徐太医要见女医，请夫人行个方便。"

晏紫苏轻蔑地朝檐上高梁瞪了一眼，忽然手捧头部，大声呻吟起来："告诉丞相，本夫人抱恙在身，离不了女医的诊治。"

"夫人，请恕小的直言，丞相决定了的事情，任何人都不能违背。"

晏紫苏的面孔由红转白，瞬间恢复如常，冷冷地说道："那徐太医就那般要紧吗？"

"夫人，请不要为难小的……"安生也似有无数苦衷。

而晏紫苏异常的神态让陶媚儿难解，她的双瞳射出奇异的光芒，虽然惋惜，却不得不服从侯景那老贼的旨意。侯景已经威逼当今圣上下旨，行过九锡之礼，毫不掩饰篡国的野心。如今正气焰冲天，不可一世。

陶媚儿别了晏紫苏，随着安生细碎的脚步，穿过清冷的御花园石径，向后殿而行。

听说那徐太医是侯景专门找来为自己炼制长寿丹药的，现今正缺少医药良工辅助，因此要考验所选医者的医术。

## 第十三章　杜衡望江南

穿越一条狭长的走廊，一排阔大的红瓦随着摇曳的绿桐，若隐若现。

这是皇城里一片隐秘的偏殿，殿中的玉玲珑完好无损，小巧的雕花香炉中散发着一种熟悉的味道。那香味是徐伯母最喜欢的，是徐家自制的熏香，有去臭提神的功效。

陶媚儿捂住颤抖的心脏，慢慢迈入这殿内。

"啊！"一声凄厉的惊呼之后，一个奄奄一息的宫女被两名内监拖出来，那宫女的手臂上一片殷红。

一阵轻狂的笑声在整个殿堂内弥漫开来，随后走出一个衣袂飘飘、披头散发的灰衣人。那身形轮廓清晰地映入眼帘，使陶媚儿心胆欲裂。

是他！即使化成灰也能够认出的徐天琳。为什么他会出现在这里？他身上沾满了斑斑血迹，显然来自刚才那个拖出去的宫女！

徐天琳斜睨向陶媚儿："你就是他们所说的那个用银针救了一大两小性命的民间女医？"

陶媚儿轻轻咬住冰冷的唇瓣，低头行礼。

徐天琳甩落垂散的长发，哼道："你既然有此娴熟针法，想必家学渊源不浅。"

陶媚儿极力按捺住呼之欲出的惊异，没想到失踪已久的徐天琳居然栖身在乱臣贼子麾下，做着与正义背道而驰的无德之事！

终生不得炼制丹药是徐家的祖训。徐伯父曾经说过，那丹药的毒会一点点蚕食常人的经络，最终使其癫狂。没想到天琳他居然背弃了宗业！

"女医，这位是宫中太医世家徐氏的后人，医术高明，已经被当今圣上加封为太医丞，成为太医院的首医。"安生的话似乎在提点陶媚儿。

"民女名林惠，所知医药是家父所传，平素在山里靠采药为生……"陶媚儿强忍悲痛，低声答道。

"你姓林？"徐天琳脸上的肌肉猛地抽动起来。

陶媚儿一双剪水秋瞳冰冷地迎向他："民女乃粗鄙山民之后，终日生活在林木中，没见过大世面，请太医丞见谅。"

徐天琳轻哼一声，释然一笑："既然女医家族世代行医，必然不是等闲之辈，不用谦恭了吧？"

"民女对医道不过是浅知一二，怎能和世家大族相提并论？"

"你可知道，以针刺催产，并不是普通乡鄙村医可以驾驭得了的，即便是当今太医院，能够有此功力的也是寥寥无几！"徐天琳疑惑的双目紧紧相逼。

陶媚儿退了一步，收敛了有些悲愤的眼神，说道："民女不过倚仗家传的几分医学而已，至今想起来仍然心有余悸。那天不过是凭天之力，凭己之运罢了。"

"哈哈哈，很好！既然是生长于山川林沼，可曾也遍尝百草之滋味，一日而七十毒？"徐天琳咄咄逼人，似乎在探询什么。

"不敢，民女只是偶有所得而已，不过是为了谋生。"

"神农本草药分三品，计三百六十五种，以应周天之数，你又做何解？"

"陶弘景复增汉、魏以下名医所用药三百六十五种，谓之名医别录。首叙药性之源，论病名之诊，次分玉石一品，草木一品，虫、兽一品，果、菜一品，米实一品，有名未用三品，并将此书进奉当今圣上。"

"山野之人倒也粗通文墨？"徐天琳似笑非笑。

"我祖父曾经说过，为医者书不可不读书，何况那陶弘景是我朝医圣，谁人不知，哪个不晓？"

167

"所谓顺时气而养天和又做何解？"

"有医书所谓，升降浮沉则顺之，寒热温凉则逆之。因此春月应加辛温之药，如薄荷、荆芥之类，以顺春生之气；夏月宜加辛热之药，如香、生姜之类，以顺夏浮之气；秋月应加酸温之药，芍药、乌梅之类，以顺秋降之气；冬月宜加苦寒之药，如黄芩、知母之类，以顺冬沉之气。"

说到这里，陶媚儿看徐天琳一副思索之态，意识到自己因恨他不义而险些暴露了自己，于是连忙说："民女不过略知一二，让太医丞见笑了。"

谁料徐天琳反而坦然一笑："家父曾经说过，医不三世，不服其药。看来医药百家，不论是世代太医还是山村野医，家传方药，也是各有千秋。"

天琳，你可知道，你在助纣为虐，残害生灵！你可知道，父亲因你一时之气离家出走，耿耿于怀，至死都不能瞑目！陶媚儿看到自鸣得意、不知天高地厚的徐天琳，心中暗暗淌下几行血泪。

"这四时用药之法，不过是学医的入门之法，并没有什么。"

"不要再说了！"陶媚儿话没说完，便被徐天琳打断，"我正需要女医取女子之血祭丹，你来得正好。"

陶媚儿心中狂跳不安，随即应道："恐怕要让太医丞失望了，民女自幼见不得血迹，见血即会昏厥，故不能相助……"

忽然间喉咙一阵酸痛，徐天琳已皱眉逼了过来，一只手狠狠掐住了她。

"你以为本太医丞是无知小儿吗？"他的目光隐隐现出几分狰狞，如同陌生人，"行医之人，如何见不得血？你又是如何为那妇人施针催生的？"

陶媚儿失望地闭上双目，哀道："民女施针后险些晕厥，不过是因天地相撞的霹雳声被震醒，当日四肢俱无力，无法再施针……太医，若不信，可亲自去问丞相……"

徐天琳冷冷地盯着她，似乎要挖掘出奇珍异宝。陶媚儿迎上他的双眸，惋惜、失望、悲愤。

喉咙的痛楚居然在双方的僵持中渐渐减轻，徐天琳莫名其妙地松开了她，朝后跌去。

"禀太医丞，晏夫人忽然患了急症，请女医速去诊治。"门外传来安生的声音。

徐天琳顿时恢复了常态，低沉而有力地斥道："夫人不是有太医诊治吗？为何要用一民间粗鄙女医？"

"晏夫人声称有隐疾在身，非女医不得诉之，请太医丞成全。"安生的恭敬中不乏刚硬。

徐天琳听后，怒视窗外。

"如此，民女就告退了。"陶媚儿行礼，趁机退了下去，方才长长地舒了一口气。

见到晏紫苏，她面色红润，不见一丝一毫病态。

"林女医，紫苏怕你受到伤害，借故召你回来，请不要见怪。"晏紫苏一片关切之情，令陶媚儿鼻腔泛起一阵淡淡的酸楚。

"谢谢夫人。"

"我与林女医一见如故，担心你被奸人所害……"

奸人？她说的可是天琳？这些日子，他究竟遭遇了什么？为什么会变成这样残酷冷血？

陶媚儿听得心如刀割，勉强问道："那徐太医可是十恶不赦之徒？"

"一点儿不错！他枉为太医世家子弟，毫无仁心，居然以活人试药，来宫里不到半年，便有好几条活生生的性命因他而亡！"

"啊?!"陶媚儿心如刀绞，没料到天琳已经变成让人深恶痛绝的恶医！

"他虽然名义上是圣上钦点的太医丞，但实际上他只为侯景一人所用！"

天琳，你怎么能将徐家的济世之德摒弃？父亲他老人家在九泉之下，岂能瞑目？

不知不觉，两行热泪潸然而下。

"林姐姐，你怎么了？"晏紫苏发觉陶媚儿的异常，口气越发亲近起来，询问道。

"哦，"陶媚儿轻拭了拭两行珍珠泪，回避道，"不过是触景生情。想起夫君他如今和我离散已久，不知身在何处。"

"林姐姐的夫君？"

"他与我平日一起行医，只因为进城送药，从此便未曾谋面。"陶媚儿的心酸软不已，竟怀念起平日里徐子风专横无理的样子。

"要怪就怪那肆意无耻的叛臣，践踏了大梁的太平盛世！"

"你？"陶媚儿看晏紫苏咬牙切齿地痛诉侯景之乱，有些不解。

"姐姐有所不知，昨日见姐姐并不揭穿我用麝香之事，我便知道姐姐是这世上难得的佛心仁医，所以我的诸多事情不再隐瞒姐姐。"晏紫苏轻叹，缓缓踱步走向床帏。

大红流缨深垂，耀目而艳俗，却掩饰不住自内而外淡飘的香气。她手中拿了一个丝绣锦囊，里边隐隐传来麝香的味道。

"我这寝室是除姐姐之外无一人能进的，即使丞相见我，也是要去他处，这也是他给我的唯一殊宠。可是有谁知道，我恨不得有一天寝其皮，食其肉，让他也尝尝抽筋剥皮的滋味！"

陶媚儿看到眼前的晏紫苏已经卸掉一身的芒刺，流露出孤苦无助的凄凉，深知她必定经历过一场生离死别。

昨日入这寝室，以她之机敏过人，早已闻到麝香的味道。虽说为这晏紫苏不孕而来，但她却明知故犯，用麝香使自己绝嗣，做着与侯景老贼的初衷迥然相反之事，故曾有疑惑，但一直未曾得解。

"我的亲生父母早已经被老贼的铁骑践踏于足下，他以为我不知，可是他又怎知，若要人不知，除非己莫为！我不想为他开枝散叶，若不是想亲手为父母报仇，我绝不会忍辱偷生到今天！"

"可是仅凭夫人一人之力，又怎么能手刃仇人？"

"姐姐说得一点不错，看来身逢乱世，不得再拘泥于陈规，要用非常手段权谋。"

"无论如何，夫人要记得明哲保身，才是上上之策。"

晏紫苏淡漠一笑，随即转了话题："姐姐的夫君到底姓甚名谁？何等样貌？或许我可以帮姐姐打探一下。"

想起徐子风，陶媚儿不禁泪眼迷离，柔情万千："说起来，他也是世家子弟，名叫徐子风……擅长外伤疗治。那日他一走，便杳无音信了，我冒险前来探听他的消息，却不料节外生枝，身陷宫苑。"

"什么？你说他叫徐子风？"晏紫苏大惊失色。

"怎么？"

"当今太子萧纲手下有一太医名叫徐子风，却不知为何，与徐天琳似乎有深仇大恨，两人终日剑拔弩张。"

踏破铁鞋无觅处，得来全不费工夫。陶媚儿听到此话，顿时欣喜若狂："他在哪里？他可好吗？"

晏紫苏忽然皱起了眉，低声不语。

陶媚儿迫不及待地扯住晏紫苏的衣襟："请夫人明示……"

晏紫苏凄然望向她，窗外一阵风儿扫过，吹落了几片榴花。

"姐姐，他如今已经是残缺之人了。听人说，他的右腿已断……"

陶媚儿眼前忽然闪现了无数的星光，失落的记忆再一次滑落，似乎又听到无数的厮杀声，星光渐渐交会在一起，骤然化成冲天的血光……朦胧中，听到亲切的呼唤声……

陶媚儿的心随着桑树上凄迷振翅的孤雀轻颤，那一点点断翅的哀绝怎敌得过心碎的痛楚？

晏紫苏差人探听到消息，徐子风所在的牢狱是关押重犯的，只有拿到侯景的令牌才能够进入。他已经被指控为湘东王的奸细，被关押了六个月之久。

而引狼入室的临贺王萧正德在侯景的支持下，已经废了当今皇帝，自立为帝。

天下大势，因这突如其来的谋变而风云涌动。各路郡王都在建康城外作壁上观，等待着千古难逢的机会。谁若一箭中的，谁就是拥有天下的君王！

陶媚儿知道，以徐子风之德行，绝不会投靠不义之师。那都是欲加之罪，何患无辞？

晏紫苏买通了宫监，和陶媚儿一起装扮成宫人，在夜色的掩映下，悄悄前往净居殿。隔着朦胧的宫幔，依稀看到几个晃动的身影。

那可是当今圣上？一位身着僧衣的老人，慈眉善目，似乎看透了人世间一切的恩恩怨怨。旁边的素衣男子难掩高贵之气，就是太子萧纲。

"陛下，臣此次前来有一事相求。"那老贼的声调在夜色中阴森恐怖，明为请求，其实却在要挟。

"说！"圣上依然闭着双目，从唇中挤出了一个字，却铿锵有力、气度不凡。

"臣听说太子手下有良医，臣想借来一用，去了这多年的隐疾。"

"你不早已经废了朕吗？此刻又何必对朕俯首称臣？"圣上鼻子轻哼一声，低头诵起佛经来。

"陛下这话折煞臣了。那萧正德何德何能，怎配帝王之尊？"侯景的声音越来越虚了。

一旁站立良久的太子萧纲再也按捺不住，恨恨说道："这天地乾坤，都是你一人说了算，还有什么事情不可以？"

侯景闻言，顿时跪在地上，做痛哭状："陛下，臣这样也是为了大梁的江山社稷，并无半点僭越之心。都是被那萧正德所蒙蔽，差点误了大事，请陛下和殿下宽宥！"

太子萧纲冷哼一声，拂袖转身而去。

"阿弥陀佛……"圣上叹息，"你把他怎么样了？"

"陛下，此等忘恩负义的无德子孙，无须在这世上为圣上所扰，臣已经替陛下清理。"

"你！"圣上的声音转怒，随后又渐渐低沉了下去，"你走吧……朕不想见人，想清净一下……"

"陛下，臣还有一事相求。"

萧纲没有再答话，只听见断断续续的诵经声。

"臣看陛下日理万机，圣体违和，想借玉玺一用。"

随着一声"阿弥陀佛"，似乎听到佛珠线断，四散掉落的声音。

隔着宫幔，晏紫苏的薄扇轻摇，嘴唇几乎咬破了。

"姐姐，那老贼作孽太多，逆天而行，必遭不幸！"

逆天而行，必遭不幸！

陶媚儿想起石瑞香当初恨她夺走了徐子风的心，下了最恶毒的诅咒。如今这诅咒似乎真的应验了。

与徐子风相遇之后，自己竟然毁了与天琳多年的婚约，义无反顾地与他携手。难道，如今的离散苦痛都是为了报复自己当初的逆天而行吗？

一阵剧烈的咳嗽声传来，传来侯景的故作殷勤："陛下圣体不适，臣这就叫人请太医前来。"

只见圣上边大口地喘息着，边摆手道："与其求医问药，还不如修身养性。"

晏紫苏扯了扯陶媚儿的衣袖，说："姐姐，我们走吧，你我要想个两全之策才不会打草惊蛇。"

陶媚儿点头，跟随着她悄悄走出。几点凉风，吹散了大殿的燥热。刚刚寻回来的几分暖意无形中为即将濒临灭绝的建康城带来了希望。

御花园依然留存着皇家的尊严和气派，奇花异草，满亭香浓。

"姐姐有所不知，自从叛军破城，城中的百姓官员都作鸟兽散，太医院仅剩下一个老方丞，不得已，太子殿下私自派人去民间寻找良医，那徐子风便是一个。只是那徐子风见了徐天琳，居然大叫'兄弟'，实在是让人匪夷所思。"晏紫苏终于吐出几句话。

"是吗？"陶媚儿心头猛震，难道他们兄弟真的不计前嫌相认了吗？若果真如此，徐父在天之灵也算是得到些许慰藉。

"可是，徐天琳竟然狂怒，矢口否认，并处处与徐子风作对。"晏紫苏犹豫了片刻，终于说出了一句石破天惊的话，"因为徐子风颇受当今圣上和太子器重，并将被御封为太医令，从而使那徐天琳恼羞成怒，硬说徐子风是湘东王派来的奸细，徐子风被打入天牢，被施重刑而致残。"

"你是说……"陶媚儿忍着伤口被撕裂的痛楚，颤声问道，"徐子风之伤都是拜那徐天琳所赐？"

晏紫苏轻轻叹息："我观姐姐面上所露关切之色，知道姐姐定与这徐子风情深意笃，故不忍告知于你。但纸终究包不住火，还是对你说了较好。"

陶媚儿人已经完全僵住，人世间莫大的悲哀便是这手足相残。也许，自己才是罪魁祸首。子风，是我将你卷入这万劫不复之地……

耳边依稀传来晏紫苏惊诧的呼唤声，眼前的万紫千红却忽然仿佛被抽空了色彩，天地之间，白茫茫一片……

陶媚儿与晏紫苏相处多日，发现她的桃花癣虽然已经痊愈，但是愁绪却紧紧锁住了她如花容颜。她时常露出痛不欲生的神态，陶媚儿心知她必然经历过一场肝肠寸断的生离死别。只有经历了死亡和绝望的人，双眸中才会呈现出那般惨淡的光辉。

深夜的内苑覆盖着一层清冷的寒气，月色一泻如注，幢幢树影，惊慌地垂向影壁，无限惆怅。

骤然间，一片火光冲天，无数的宫灯和着杂乱的脚步声在前方闪现。急重的敲门声响起来，外边传来安生的呼唤："林女医，烦劳出来，有急事发生！"

陶媚儿连忙披衣下床，打开房门："出了什么事情？"

"听说宫里进了魏人的奸细，侍卫到处搜寻相关人等盘查。林女医，你也在盘查之列，所以要先委屈一下。"

陶媚儿跟随安生来到大殿，侍卫已经押解着一行数十人在等候。

"丞相有令，为护圣驾宁肯错杀一千，也不能放走一人！"

陶媚儿叹息，侯景那老贼征战沙场多年，计谋果然非比寻常。不过是借着清君侧铲除异己罢了。

殿内瑟缩恐惧的是一群太医和膳师，而最惊奇的是正中端坐一位须发皆白的禅师，此刻，手中正捻动着乌木佛珠，静定而坐。

"那是同泰寺和圣上终日念经理佛的至善大师，不仅精通经史，而且擅长医术，是圣上宠信之人。"

"你说，今天晚上圣上的御膳以何为主？"侯景手下的得力大将王伟正质问一位四目乱转的膳师。

"禀将军，圣上今天晚上口味略嫌清淡，只用了一道天目笋，另有两块软香糕和一小碗菊花粥……"

王伟斜睨双目，不屑一顾："堂堂当今天子，岂能如此不讲排场？"

那膳师磕头如捣蒜："将军，小的所言属实啊，请将军明察……"

"去你的！"王伟有些不耐烦，一脚踢开了膳师，然后瞪视着身旁一个瑟瑟发抖的宫监，那宫监正在翻阅皇帝起居录。

看到那宫监面色惨白，连连点头，王伟知道那膳师所言非虚，便转向另外一个瘦削的矮个子膳师："你呢？"

"禀将军，圣上今天还用了一杯三藤酒。"

王伟大怒："胡说！谁都知道当今圣上戒酒色，通禅事，何来饮酒之说？"

那矮个子膳师顿时面如土色，趴倒在地："将军大人有所不知，这酒虽然是酒，但确实也是药。"

"怎么说？"

"这三藤酒是由络石藤、海风藤、鸡血藤外加桑寄生、五加皮、木瓜几味药材所制，此酒有祛湿、通络、舒筋的功效，每到梅雨时节，宫中气候潮湿，圣上时常有关节疼痛之感，故用此酒疗治。"

王伟凌厉的眸子狠狠地扫了宫监一眼，知道这膳师所言属实，不禁若有所思："此酒果真如此有奇效？"

"络石藤性味苦寒，善于祛风通络、凉血消肿；海风藤性微温，味苦辛，长于祛风除湿、温通经络；鸡血藤性温，味苦而微温，专于行血补血、舒筋活络。桑寄生与五加皮均能祛风湿、补肝肾、强筋骨；而木瓜正是通络活血、化湿和胃的佳品。"

王伟竟然神往，挥袖朝一旁战栗的太医们狂笑道："本将军脾胃不调，想让你们配制一服药酒，你们可愿意？"

其中一个太医偷偷抬起眼皮，看了那将军一眼，答道："将军吩咐，下官定当尽力！"

"可是，若本将军喝了不能痊愈，那你就要用命来抵。"

"啊？"那太医吓得瑟瑟发抖，看王伟皮笑肉不笑之态，顿时魂飞魄散。

王伟忍不住忘形畅笑。

可恶！陶媚儿看到这里，胸腔涌起怒火。堂堂皇家内苑竟然被一群宵小弄得乌烟瘴气，人人自危，如履薄冰。大梁威严扫地。

"阿弥陀佛……"一声深沉的佛号打断了喧嚣。

"各位施主少安毋躁。节俭可以医治贫困，弹琴可以医治急躁，独睡可

175

以医治睡眠，一切顺其自然可以排忧解难。将军，人心一念之邪，鬼神可见……"

王伟停止了狂躁，不可思议地看着至善大师，脸色由红转白。

"心存善念，寡欲故静，才可百病全消。将军，贫僧观你面相，七情太过，恐已伤肝脾，若不及早医治，恐有性命之忧……"

"什么？你……莫非在欺诈本将军？"王伟的眉头拧起。

"将军近日是否感到右下腹不时疼痛？"

王伟听了这话，忽然脸色大变，右手顿时捂住下腹，跌坐了下来："大师，请救我！"

"唉……"至善大师一声轻叹，"一切皆由己……"

王伟额头沁出了汗水，慌乱地说道："大师，本将也是身不由己、例行公事，并非心存歹念，想害人性命。"

"阿弥陀佛……"至善大师闭目再也不语，继续捻动着手中的乌木佛珠。

"大师……"方才凶神恶煞般的王伟此刻竟然一副可怜的哀戚状。

"将军今日回去若收摄神志，静以养之，待喝过大师的养心汤，自然会有一番新境地。"

王伟狐疑万分，不甘心地又望了至善大师一眼，对陶媚儿说道："你说的可是真的？可是今天若找不出魏人的奸细来，让本将军如何交差？"

"将军可否确认那贼人确实在此？"

"宫中侍卫亲眼所见，一条黑影从太医院高檐处飘掠，然后遁入御膳房消失了。"

"如此说来，那贼人还在此处？"

"台城内外已被重兵把守，任是蚊蝇都无法飞过，何况是一活人！城外侍卫并未发现有人潜出，那贼人势必还在此中。"

陶媚儿四下环顾，看周围那一个个惊恐不安、唯恐祸及自身的太医和膳师，心中不忍。倘若不施以援手，谁又能知，待侯景怒极，枉送了这一群人的性命！

"请将军禀告丞相，民女在三日之内，必将让那贼人无所遁形。"

"你？"王伟狐疑地看着陶媚儿。

"若民女找不到那贼人，请丞相随意处置！"

王伟点点头，说："好，本将军今晚就放他们一条生路。"

"将军先去休息，其余之事就交给民女了。"

"哎哟，"王伟似乎忽然想起了什么，连忙又捂住下腹，"大师，请救我……"

"阿弥陀佛……"至善大师终于睁开双目，"老衲这就拟方，稍后派人送去。"

"大师，"王伟迟疑了一下，"难道不用诊脉？"

陶媚儿看他窘迫之态，心中渐渐弥漫着快意："将军之病已从五官之态尽显，无须再诊，最重要的是把握良机，按时服药。"

至善大师看了陶媚儿一眼，又念了一句："阿弥陀佛。"

王伟顿时如释重负，招手吩咐侍卫匆匆将他抬了回去。

"林女医，"安生揩了一把头上的冷汗，"小的不明白，你何苦要蹚这一池浑水？"

"阿弥陀佛，"至善大师嘴角淡笑，"林女医宅心仁厚，正是医者之道！"

"民女还要多谢大师，若不是大师急中生智，救众人脱险，恐怕民女也无能为力。"一波虽平，但那贼人究竟身藏何处，却没有线索。看着纷纷散去的众人，陶媚儿陷入深深的思索。

"林女医既是医药世家，想必见惯了人间悲欢离合，也听说过置之死地而后生。"至善大师说道。

"大师……"

"虫蚁爬过了留痕，鸿雁飞过了留声。天下万物，相生相克，难免有蛛丝马迹可寻，女施主只需以静制动，伺机而动即可。"

"民女多谢大师教诲。"苑内飘落的几片残叶，似被虫蛀过，但脉络依稀可见。

"天网恢恢，疏而不漏，多行不义必自毙！"

"这病来如山倒，那王伟竟因为自身之疾收敛了暴行，真是匪夷所思。"安生边摇头边叹气，"这深更半夜的，真是唯恐天下不乱。"

陶媚儿嘴角浮起一丝坦然微笑，所谓"病由心生"，说的人多了，病患自会找上身来。

次日午后，陶媚儿再度被晏紫苏差人唤到寝室。晏紫苏房内一片狼藉，破碎的瓷器哀伤而惨淡。镜台上的胭脂水粉凌乱不堪，桌案上一只精致的兰花瓷歪倒一边，散发出一股淡淡的腥气。

"夫人……"

晏紫苏挥手让众侍女退下，眼中含泪，凄哀不已。

"姐姐，我曾经发誓要忍到那老贼伏诛那日，再一死以报众多冤魂……"

"夫人这是说哪里话来？"陶媚儿看她仪态尽失，知道定是发生了大事。

"亏我对那老贼一忍再忍，曲意承欢，却换不来他一丝一毫情义。这么快，我就真要变成弃之东阁的一把凉扇了……"

陶媚儿看到那倾撒的满桌菜肴，似乎是工艺极为细致的膳丝羹。难得她能忍辱负重，委曲求全，想抓住那老贼篡国的把柄。

"那老贼竟然看上了太子的溧阳郡主，她不过方才十四岁，正是豆蔻之龄，却要落入那老贼的魔掌……"晏紫苏扶桌痛泣，双肩剧烈地抖动。

陶媚儿心头一酸，扶起绵软无力的晏紫苏说："此时，你我纵是舍了自身性命，也未必能扭转乾坤。"

"姐姐，我不过是一残花败柳，若死了，也便罢了。可姐姐你要找寻的亲人还不曾相见，难道姐姐要把这未偿的夙愿带到九泉之下？"

陶媚儿幽幽一叹："不，夫人可听过置之死地而后生？"

晏紫苏渐渐停止了啜泣，凝神望向她："姐姐说的何意？"

"以我们两个弱女子之身，也许不能解救国家于水深火热之中。但倘若轻生，又怎能对得住苍天和父母？"

"姐姐有何办法能救下溧阳郡主？听说溧阳郡主绝食相抗，太子愁眉不展，而圣上他急怒攻心，圣体不适。"

"那太医院如何救治？"

"姐姐有所不知，太医院如今已是一副空壳子了，医术好的太医有的不愿意与老贼同流合污，有的怕项上人头不保，在城破之前就纷纷逃散。太医院许久没有正式的太医令掌管，群龙无首，人心涣散，人人担心朝不保夕，哪里还有心思诊治？即便是去了，也是敷衍了事。再者，四周都是老贼的耳目，又有几个人愿意冒险？"

"岂有此理！"陶媚儿没有想到堂堂天子被禁锢后，不仅没有自由，甚至缺医少药、衣食不保。

"大家都期盼湘东王大军早日前来，一解建康之围，重振皇家声威！"

陶媚儿的心越来越沉，倘若湘东王大军能够前来，建康城又怎会遭受这般重创？

"我听说姐姐承诺找出那魏人的奸细，那老贼反复无常，若翻脸不认人，姐姐恐怕性命堪忧。"晏紫苏说完，忽然从锦红被衾中拿出一个包裹，"姐姐今晚就逃出宫，先保住性命要紧。待时机一到，再找寻亲人。我会为姐姐留心的。"

"不……"陶媚儿摇摇头，口中尝到一丝咸味，那是情不自禁的泪珠。千辛万苦才找到他，还未曾相见，就又要远离。

这世上最难挨的就是明知道思念之人近在咫尺，却无法相见。我不能走，若我离去，不仅仅是弃了你一人，还有众多的医者良工。即使苟且偷生一隅，又如何心安？

"姐姐还等什么？留得青山在，还怕没柴烧？在这烽烟滚滚的乱世中，保住性命才是上策。"晏紫苏迫不及待地把包裹塞到她手中。

陶媚儿含笑不语，任那冰冷的泪水滑落脸颊。抛下疯癫的兄长，抛下祖辈苦心经营的百草堂，九死一生才寻觅到他的踪迹，怎会轻言放弃？紫苏，若你真正地爱过，方可懂得我此刻的心境。

"姐姐……"晏紫苏忍不住摇撼她的身躯，她的肌肤发热，流淌着温热的血液。

"请助我一臂之力，我想觐见当今太子殿下。"

# 第十四章　蒲草韧如丝

晚秋的风柔软无力，月色浓浓，铺满蜿蜒的窄径。

陶媚儿身穿一件宽大的宫监袍子，手端一份红色食盒，里面是晏紫苏亲自做的珍珠团。轻轻推开大殿虚掩的漆门，空旷和冷寂的感觉迎面而来。

这突如其来的劫难，使原本人声鼎沸的永福省变得空旷寂寥，满目尘埃。昔日珠光宝气的帐幔碎絮翻飞，殿内的高梁慢慢垂下几条细丝，一只红蛛正在结网。

太子萧纲富艳之风尽褪，正负手吟诗："长丝表良节，金缕应嘉辰。结芦同楚客，采艾异诗人。折花竞鲜彩，拭露染芳津。含娇起斜盼，敛笑动微颦。献珰依洛浦，怀珮似江滨……"

陶媚儿听了这诗，鼻腔中立刻涌起一股淡淡的酸意。

这是王筠大人的一首《五日望采拾诗》，曾经听徐父为自己和天琳吟诵。良辰佳节，斗草折花，人间美景。如今萧条时节，人去楼空，家国有难之际，唯余满目凄凉，只可缅怀追忆而已。

"殿下，请用膳。"陶媚儿柔声说道。

"拿下去吧……"太子挥了挥袍袖，并未转身，"不要再浪费米粮了。回去告诉你们丞相，我谢过他的盛情美意。"

"蝼蚁尚且偷生，如今国贼未除，殿下怎能轻言放弃？"

太子的身躯顿时僵住，霍地转过身来。

陶媚儿仔细望去，太子萧纲果然与传说中相似。他年龄约有四旬，方形的脸腮难见喜怒之色，饱满的下颌，美髯黑发，俊秀非凡。如今被禁足在永福省日久，灰暗的面庞上多了几分浊气。

"你是谁？"太子心中疑惑万分，看眼前的女子虽然宫监装扮，皮肤暗黄，双眸中却露出常人没有的神采来。

"民女是谁并不重要。"陶媚儿看周围的叛军侍卫神情有些涣散已经放松了警惕，便松了口气，"殿下是储君，系拯救天下苍生和社稷之人，何故萎靡？"

"呵呵，"太子苦笑，"我如今已经是阶下囚，还谈什么拯救天下苍生？"

"殿下若轻言放弃，岂不正失了储君的身份？又何谈什么救社稷江山于水火之中？"

太子听了，并没有惊怒之色，只是敛神不语。

陶媚儿看着殿内那只汉玉麒麟，因蒙尘而失去了往日的光华，却始终昂首看着旭日东升的方向。

殿外两个侍卫已经了无声息，似乎已酣睡。太子犹豫地看着陶媚儿，欲语还休，似是有所顾忌。

"殿下，"陶媚儿心一横，跪在地上，"民女陶媚儿，世代居于京城百草堂，民女夫家，就是七世医徐氏。"

太子大惊，慌张朝外望去："你说的可是徐佑才徐太医之后人？"

"正是！"

"那徐子风是你何人？"太子问道。

"正是民女之夫。民女到宫中，就是为了找寻离散已久的夫君，不意被侯景带入宫中，才知夫君也在宫中。"陶媚儿低声说道，抑制住心里的泪流。

"原来如此，"太子摇晃着高大的身躯，嗟叹不已，"我还提防你是那老贼所派……"

"民女此来，一是为了找寻夫君，二是为殿下排忧解难。"

"徐子风曾言，他妻子有父皇御赐的玉莲蓬为证。"

"民女为避乱不得已以药易容，请殿下恕罪。"陶媚儿知是因为自己粗鄙之貌让太子心有余悸，匆忙从脖颈中摘下玉莲蓬。

太子看见那玉莲蓬竟双目含泪，哭泣不已："我还记得，这是父皇为母嫔庆生所造，也是母嫔最珍爱的饰物。母嫔一生以简朴为重，唯有这玉莲蓬一直佩戴在身上。而那年有一扶南僧人来朝，算出昭明太子将早夭，母嫔思虑过甚，在诵经时忽然昏厥不醒，数位太医均无良方。而徐佑才徐太医并未施药，而是请我到母嫔面前，对母嫔说：'天佑大梁，有贤王在此，何愁朝纲不兴？何愁终身无靠？'谁料母嫔听了，竟悠悠醒转……"

太子边说边垂泪，陷入往事的回忆。

陶媚儿还是第一次听到这玉莲蓬的来历，不由得心境豁然开朗。徐家对这玉莲蓬的珍视，正表明心怀旧事，时时感赐天恩。

"父皇龙心大悦，看到这玉莲蓬，便请母嫔将这玉莲蓬赏赐忠义之家，母嫔欣然应允。"

陶媚儿百感交集，这才懂得为何徐佑才看到徐立康与扶南女医的私情难解愤怒。一个满怀忠义之心的太医如何舍得把御赐的珍贵之物给予异邦之女？一个扶南女医和一个太医世家子弟的情爱绝恋就这般掩埋在大梁的青山绿水之中，一生一世分离，最后只能将所有的相思都寄托在了这玉莲蓬里。子风，我们不能再走父母的老路，我一定会救你出来。

"父皇未登帝位之前，母嫔终日劳作，辛苦异常。而我兄长昭明太子因与父皇隔阂未解，郁闷成疾，神思恍惚间跌入荷花池。父皇考虑再三，决意立我为太子，也许是饱含了对母嫔的感激之情。"

听到这里，陶媚儿方才知道原来皇家也有难解之结。当年徐佑才就是用"医人先医心"之理让贵嫔轻而易举去了心病而痊愈。而昭明太子与当今圣上正是因为心结难解，方才阴阳两隔。

"只可惜，父皇因为立我为太子，打乱了立国之本，引起众兄弟子侄的不满。这场祸乱，本是由我而起。"

"殿下，这根本是侯景那老贼居心叵测，忘恩负义，怎和殿下有关？"

"自古皇家立嫡不立长，若纲理伦常一旦打破，势必会引起众人觊觎皇权，引起国家动荡不安。昭明太子之后，众兄弟均不满于我被立为太子，因此怀恨在心，看我与父皇身陷樊笼而不施加援手。作为血肉至亲，若不是我贪图富贵和权力，怎么会遭受那老贼之辱？我大梁堂堂几十万雄兵面对叛贼，竟卸甲弃兵，溃败远遁！眼看着骨肉相残，竟束手无策……我如此失败，情何以堪？"太子说着，掩面哭泣起来。

眼前的太子失去了往日风花雪月的风流倜傥，只是为兄弟骨肉至亲的离弃而痛心疾首。天琳和子风又何尝不是？为了父辈的恩恩怨怨和儿女情长，如今各为其主，分道扬镳。陶媚儿此刻更深刻感受到骨肉相残的痛楚，暗暗伤感。

"殿下，民女此来，就是为了溧阳郡主之事。"

萧纲听了此话，不由得精神一振："女医可有良策？要知溧阳是父皇最钟爱之孙，我每日要去净居殿请安，父皇几次提出要见溧阳……可她如今因老贼逼婚之事以绝食相抗，卧病在榻，无法觐见父皇。恐父皇气喘再犯，我尚不敢将此事告之父皇。"

"殿下莫急，那老贼如今羽翼未丰，尚有所忌惮，自然不敢对圣上和殿下有所不轨。如今唯有用拖字诀，等待救援，能拖一时是一时，也许很快局势就会缓解。"

"唉！"萧纲愁眉紧锁，"我又何尝不知？几次派去的信差都被老贼所擒，如今亦被软禁，哪里还有力气折腾？"

陶媚儿望了望门口，没有一丝动静，便压低了声音："殿下忘了，民女的夫君是扶南女医和大梁徐氏之后，自然有良策应付……"

萧纲听了，忽然又提高了些许精神："我糊涂了，忘记那位失踪多年的扶南女医，医术诡异莫测，她和徐太医的后代，医术定然不同凡响。"

陶媚儿点头说道："殿下，民女已经想好了让郡主避过此劫的办法。"

正在这时，虚掩的门忽然被打开，正是前日那矮个子膳师，手端一汤煲，缓缓走了进来。

"禀殿下，丞相说殿下贵体虚弱，特命小的将滋补汤送来。"

萧纲奇道："老贼如何忽然菩萨心肠了？我不一直是他的阶下囚吗？"

那矮个子膳师讪笑道："丞相一番美意，不过是为忠君报国才出此下策。待此劫一过，丞相自然功成身退。"

萧纲轻哼了一声，怒道："自欺欺人！难道以为苍天真的无眼吗？"

"殿下息怒，小的只是代丞相前来传话，丞相今晚请殿下去观赏歌舞。"

"哼，怕这不是真正意图吧！"

"丞相还说，这是上好的人参，请殿下务必用膳，稍后会有人伺候殿下沐浴更衣。"

"不必了！"萧纲掸了掸袍袖，朝陶媚儿呼道，"拿来，我用些素食就罢了。"

"嘿嘿，殿下请体恤小的。丞相交代了，要是殿下不肯用，就要用一宫中美人的骨头做汤。"

"你！欺主的奴才！"萧纲紧紧握拳，浑身颤抖。

陶媚儿大急，朝萧纲点头示意，亲手接过了汤煲，打开，一股轻微的药草香味顿时淡淡飘过。

"殿下请放心服用。"陶媚儿袖口一扬，朝太子跪了下去，"殿下不要辜负了丞相的美意。"

萧纲惨然一笑："也罢，身为大丈夫，上不能救社稷，下不能救老父爱女，还有何颜面见天下苍生！"说完，狂笑数声，接过汤煲，一饮而尽。

那矮个子膳师似是松了一口气："谢殿下，小的这就回去复命。"说完，诡异地笑了笑，转身离去。

萧纲绝望地退后两步，跌坐在一张雕花椅上，额头上冷汗淋淋，叹息道："真没料到，那老贼如此心狠手辣，痛下杀手，只可惜我壮志未酬……"

陶媚儿看那膳师的身影渐渐消失，心有所动："殿下莫急，这汤里并没有毒。"

"什么？"萧纲惊愕地看着她，苍白的脸色渐渐转红，"你说这汤里无毒？怎么可能？那老贼早已经嫌我父子挡住了他称帝的道路，又怎会放过我父子？"

"殿下，民女以为，这天下刺史藩王都是萧梁皇室，如今正聚于京城附近，他必然有所忌惮，此时并不是他篡夺帝位的良机。这参确实是好参，只不过放了些泻药，民女已经放了解药，殿下可有不适之感？"陶媚儿忽然想起了兄长误服巴豆的慌乱之态，心内感慨万千。

萧纲定了定神，摸了摸腹部，紧绷的人身体渐渐松弛下来："那又为何只放泻药？"

陶媚儿淡笑了笑，捋了一下垂落的发丝："恐怕那老贼只想给殿下一点小小的示威吧！他也许是另有所图。"

萧纲已经起身，怒气上涌："想必女医已经听说了，溧阳是我的掌上明珠，是她众兄弟手足中的娇月香花，怎舍得她落入贼手？若女医能够让溧阳避开此劫，我必然答应你一切所求！"

陶媚儿想起徐子风难挨的日日夜夜，早感觉如断肠般的痛苦。子风，我就要看到你了，但你是否还认得我？

淡风飘过，竟飘来一阵香。原本空寂的画屏在明月的滋养中仿佛进入云气仙灵。难得的好月，虽然没有花好月圆的欢语，却带着些许伤痛的希望，泻了一池银辉。

"都是我的错，"萧纲摇头不已，"我派人出城找寻良医，一是为了父皇的病患，二是为了保存我大梁的精湛医术和岐黄之道。那老贼到处派人找寻良医，若屈从了他的淫威，便为他所驱；若不甘雌伏者，一律杀无赦。"

"殿下用心良苦，百姓自当拥护。"

"徐子风向我诉说了他的故事，包括两代人的恩恩怨怨，我才知道他原来是侠骨柔情，他始终最思念的就是自己的妻子。为了大梁的百姓，他以身犯险，冒死出城寻药，却因出城的通道被毁无法达成心愿，险些丧了性命。只是机缘巧合，被我召入宫中。那日范良娣身患疔疮，皮肤黝黑溃烂，正是他辨证施药，妙手回春，范良娣很快就痊愈。我请父皇封他为太医令，无奈他坚决不受，一心只想出宫寻妻。谁料忽遭变异，他竟被指为奸细，打入天牢。"

耳畔倾听太子的讲述，徐子风的境遇竟然如此坎坷，陶媚儿早已泪流满面。

紫云殿内，几束暖光，难得的敦煌乐，几个身披蝉翼般透明轻纱的女子飘飘落过，异香轻轻地渗入鼻间。飞天的高髻恍惚掠过，横笛琵琶，翠钗蝶舞，人间的不平和苦痛似乎在珠光宝气中消失殆尽。

皇宫的盛宴，难得的珍馐佳肴，众多的皇子皇孙却愁眉不展。太子萧纲和溧阳郡主生母范良娣唉声叹气，食不下咽。

侯景开怀大笑，举盏对太子萧纲说："如此良辰美景，殿下为何愁眉不展？"

范良娣垂泪不语，只见太子萧纲幽幽长叹："内忧外患，让我何以解忧？"

"殿下还担忧什么？只要朝中有老臣辅佐，何愁外贼不破？等你们那群觊觎皇权的兄弟子侄都心灰意懒，缩头退军之时，便是我们重整河山之际。"

"他们毕竟是大梁的子孙，若父皇下旨收拢人心，想必他们会有所忌惮。"

"哈哈哈。"侯景大笑，夹起一只湖蟹，朝萧纲递了过去，"您看有这么多珍馐佳肴，何苦如此忧心忡忡？"

萧纲无奈地看了一眼那湖蟹，说道："百姓流离失所，遍地饿殍，让我如何吃得下？"

侯景故作不知，撕下一只蟹腿，大嚼起来，很快桌案上狼藉一片。

"您有所不知，这湖蟹是湘东王的特使特意送来孝敬本丞相的，说是请本相手下留情，不要伤了圣上和他的骨肉至亲。真难以相信，他居然这般厚颜无耻，明明是有所图谋，偏偏还想要个孝子贤王的美名，难道这虚伪果真是你们皇家的家传？"

萧纲已然动怒，冷哼了一声，起身欲发作，却被一旁的范良娣轻轻拉住。

吃完湖蟹，侯景将袖口向上撸了几下，举箸继续朝那美味鲈鱼戳去。谁料玉箸刚刚触到鱼身，却缩了回来。

一旁站立的王伟急忙凑近过来："丞相，可是不合脾胃？我这就去让御膳房重新做来。"

侯景硬生生地将玉箸摔了过去，吓得王伟朝后缩了几步。歌舞瞬间停止，大殿变得鸦雀无声。

"本相刚刚想起，这魏人的奸细还未找出，本相岂不是时时提心吊胆，怎还有心情吃得下？"

萧纲在旁轻哼了一声，暗道：这老贼也有吃不下的时候！

只见王伟眼球飞速地转动，忽然走上高阶，在侯景耳畔轻轻耳语几句。

"她真是这般说的？"侯景不可置信地问道。

王伟狠狠地点头。

"哦？本丞相倒要看看纵横沙场、身经百战的将士都找不到的奸细，如何被一个女子识破。快宣她上来！"

"是！"王伟应声而去。

此时，陶媚儿正伫立在一株粗大的古槐树下苦思冥想。近几日偷偷在御膳房窥望，众膳师刀工精细，烹调过程井然有序，实在看不出有何异常。

安生告诉过她，这株古槐人称"双生树"，其实它的主干已经死亡，那茂盛的枝丫是从古槐中生长的一株新槐。也许是古槐眷恋这片一生一世生长的土地，用自己的生命换取的新生。

一死一生，浓浓深情尽在此中。一株槐树都不会轻言放弃，何况是血肉之躯？

想到此，她挺起脊梁，对古槐低语："子风，若你能够听得到我说话，就要记得，我一定会救你出去。就让这古槐作为见证，即使有一天我死了，你也要好好活下去，因为还有更多的伤痛等着你用精湛的医术救治。"

"阿弥陀佛，女医定会心想事成！"

陶媚儿转身，看到至善大师正双手合掌，露出慈悲的笑容。一阵清风拂过，几片桑叶轻轻飞旋，最后落在大师的肩头，大师仍然一脸淡然。

"大师安好？"陶媚儿因为自己的隐秘被大师窥破，心里不安。

至善大师点头笑道："双树双生，参商互离。看来女医已悟出这佛偈的真谛了。"

陶媚儿羞惭的面庞深深低垂："让大师见笑了，我只顾儿女情长，忘记举国罹难的苦痛，惭愧……"

"阿弥陀佛，依老衲看来，这世上鲜有女子有这般医术和胆识，也难得有这颗牺牲自我、成就他人的豁达之心。"

"大师言重了，民女身为医家，不过是略尽绵薄之力罢了。"

"彼岸花，开一千年，落一千年，花叶永不相见。情不为因果，缘注定生死……"至善大师双手合掌，吟诵道。

陶媚儿心中豁然开朗：若要让我放弃救死扶伤的己任，我宁愿如双生树一般，生生世世饱受相思之苦。

"林女医，殿下和丞相宣你速速前往紫云殿！"

陶媚儿心中一凛，知道自己即将濒临那生死存亡的时刻，于是坦然一笑，朝至善大师深深一礼："谢谢大师教诲。"

在至善大师的佛号声中，陶媚儿迈着细碎的步子，踩在蜿蜒的青石路上，心中却再无半点惊恐。

无论生死，皆有定数。父亲曾说过，欲疗病先要查病源，等候病变机转，千万不可先失了分寸。若心神不定，就先输了一筹。

于是渐渐平复了心境，缓缓进入殿堂。偌大的殿堂之上，听不到丝竹笙乐，美女娇娥也早已经失去了踪迹。只有侯景一干人，以及紧张肃穆的太子和范良娣。

"林女医，三日之期已到，你有何解？"王伟阴险地朝她笑道。

陶媚儿稳住心神，朝众人施礼后，说道："请众膳师上殿，民女已经想过，既然那内奸深悉宫中规矩，想必在宫中时日不短，若说能够轻而易举地找到蛛丝马迹，那才是怪谈。"

"那你有何办法，尽管说来。"

"民女想过，既然是出自御膳房，民女就以药食同源之理来辨出那内奸为谁。"

"若仅凭女医几句妄言，就能让那奸细遁形，岂不羞煞我堂堂男子？"侯景的目光深邃，看不出真实意图。

"丞相，就让她试试何妨？"一旁的萧纲再也按捺不住，说道。

侯景"哦"了一声，顿时狂笑起来："看来殿下忧国忧民日久，也等不及看一场好戏了，哈哈哈！"

萧纲沉闷地"哼"了一声，拂袖转身，背过脸去。范良娣连忙跟随过去，软语相慰。

侯景摆手，不一会儿御膳房的几位膳师已经全部站立于大殿之中。

陶媚儿看眼前的膳师一般无二的服饰，虽然高矮胖瘦，不尽相同，但却都生得一副江南的样貌，如何能分辨出谁为魏人？

踌躇间，看到太子和范良娣殷切的目光，再看老贼眼神闪烁不定、幸灾乐

188

祸之态，陶媚儿不由得深深吸了口气。

陶媚儿，不要忘记了，你是见惯了生离死别的医者，为何要因即将失去的性命而瑟缩？若为了大义，纵使赴汤蹈火，也要背水一战。

"这位膳师，请问你擅长何种食物的烹调？"陶媚儿面对一脸惶惑的首席膳师问道。

"小的最擅长的是做金粉玉肉。"

陶媚儿顿时哭笑不得，这首席膳师模样生得强悍无比，粗壮的手臂如圆柱，满脸横纹七上八下，声如豺狼，却做得一手好鲈鱼。

"很好，鲈鱼能补益五脏、益筋骨、调和脾胃。"

接着走向另一位膳师，问道："你可会什么拿手菜？"

那膳师瑟瑟缩缩，显然已被这气势所慑，几乎要昏厥。

陶媚儿轻轻扶了他一把，轻声低语道："不要怕，为人不做亏心事，又何必怕？"

那膳师感激地看了她一眼，脸上的恐惧之色渐渐淡化："小的最为拿手的一道菜是桂花香鸭。"

"那膳师如何选鸭？"

"取白鸭的肉最好，那黑鸭的肉毒，易损伤中焦，致中焦虚寒。"

"不错，闻听这桂花鸭是京城最负盛名的特产，皮白肉厚、肥而不腻。每当中秋，制成的鸭飘香百里，犹如闻到桂花的淡香，让人神往。若能再配上上等的胡麻，是再好不过了。胡麻本生于大宛，居五谷之首，有益气增智、强筋健骨之效。"

"女医果然聪颖，小的正是配上这可治百病的胡麻。"那膳师欣喜地搓了搓手。

侯景等众人听到此，目露艳羡之色。

"女医不要和那粗鄙之人谈御食，他入宫不足一年，岂能有造就？"

陶媚儿凝神望去，说话之人正是前日为太子送汤那矮个子膳师。这膳师泰然自若，没有丝毫慌乱之态。

"膳师看来对这药食同源之说深有所得。"

189

"不敢在女医面前班门弄斧，只是侍奉皇室多年，偶有所得罢了。"

"请教膳师最擅长的是什么？"

"小的最擅长蒸饼和食粥。方才说那胡麻，再配上果肉、饴糖、蜂蜜，正是制蒸饼的上佳材料。"

"那蒸饼以醪糟发酵而成，能消积食、调养脾胃、温中化滞，膳师果然手艺非凡！"

"人说空腹食之为食物，患者食之为药物。这食疗之法主要是健脾补肾二法，因此扶正固本、调和气血是抗衰保养之根本。先天之肾与后天之脾畅达，精髓足以强中，水谷充以御外，自然益寿延年。"

陶媚儿轻轻击掌，坦然笑道："看来是民女孤陋寡闻了，这宫中卧虎藏龙，区区一膳师都非等闲之辈，民女实在是汗颜了。"

"不敢，小的只知一二，让女医见笑了。这蒸饼再好，也比不得那髓饼的味道。"

"髓饼？"

"那髓饼以牛、羊之骨髓脂加米和面，厚四五分，宽七八寸，放入胡饼炉中，勿要翻覆，那味道肥美经久，让人难忘。"那膳师愈说愈忘形。

"哈哈哈！原来南人也喜爱北方之食。"侯景听到此时，竟有些惆怅，"可惜，本丞相许久没有尝到那滋味了，快去为本相做来品尝！"

那膳师一怔，似乎意识到什么，顿时收敛了几分。

"慢！"陶媚儿挥手摇摆，"请问膳师，您受伤的右手可曾康复？"

那膳师脸色一变，顿时抬头看了侯景一眼。侯景正眯缝着双目，疑惑地问道："受伤了吗？"

"这……禀丞相，小的昨日烹调时不小心砍伤了右手……"

"哦？"侯景有些不悦，又掰下一只蟹腿，塞进口中。

"既然伤的是右手，那就是说膳师是左撇子？"陶媚儿紧紧盯住那矮膳师，心中犹如闪过一道闪电，顿时感觉心中的黑暗渐渐消失，即将迎来光明。

"这……"矮膳师忽然嗫嚅起来。

陶媚儿轻轻绕过他，看他有些躲避的神色，笑道："那个奸细就是你！"

矮膳师大惊，面色顿时惨白："你如何说我是奸细？可有什么证据？"

"前日你到殿下那里送药膳，我已发现你的右手有伤，因此递汤煲之时倾洒了少许。"

"女医说得不差，我平日做膳的确是左手拿刀，这才不小心伤了右手。"

"欲盖弥彰，反而泄露了你的真实意图。"陶媚儿不温不火，深深瞥了一眼窗外的风景。

矮膳师忽然将自己的左手藏在身后，面色俱灰。

"前日我在太子寝殿之外，发现那奸细逃脱的痕迹。而那株百年杨柳正为那奸细逃脱提供了方便，树干上的血迹恰恰在左上方，因此民女断定那贼人定是个左撇子，由于逃得匆忙，那奸细被树皮划伤了手，那定是你的左手。"

矮膳师听到这里，不得不将自己包扎着粗布的左手伸出来："这左手是我前日在御花园中采蜂蜜被蜇伤的，并不严重，因此不妨碍用刀刃。"

陶媚儿淡淡微笑盯住他闪烁的双目："不错，确实不影响你用刀刃，所以你才可以将右手也弄伤。"

"女医这是何意？难道有人居心叵测，故意弄伤自己？"侯景与众人均听得糊涂。

"小的——"那矮膳师不甘心就这般被审视，却不得不将受伤的右手也裸露出来。

"我也是无意间所见，待听我说完再作申辩不迟，"陶媚儿转向那首席膳师问道，"御膳房有几人使用左手烹调？"

那首席膳师惊恐地看了一眼那矮膳师，小声说道："只有他一人。"

矮膳师面色顿时惨白，跌跌撞撞向后退去，嘴硬道："难道你是千里眼、顺风耳吗？"

陶媚儿笑道："民女并非什么千里眼、顺风耳，不过是医家的望闻问切，养成了对一切观察细微的习性。而你，也正是败在了不易改变的习性上。"

矮膳师听到这里，软绵绵地跌坐在地上："难道我费尽心思、韬光养晦取得的一切都成了泡影？"

"正所谓百密一疏。表面看来，你的面孔虽然与江南人士没有不同，但是若仔细揣摩，你的生活习性却不是那般容易改变。"陶媚儿摇头，"本来民女也没有把握找到指正你的证据，方才若不是听你说起髓饼之事，恐怕也难以让你现形。"

矮膳师再无得意忘形之态，整个人已颓靡不堪。

"膳师虽然在宫中藏身良久，但是你却忘记了陛下信佛，早已经禁止在宫中食用牛羊之骨髓。纵然是那人间上等美味，但是这内宫之中却无人敢再提此事，何况是亲自食用？即便是皇子皇孙，也不敢这般放肆谈论。"

众人听到这里，顿时一片唏嘘之声。只听得太子说道："即便是我，因母孝在身，也不敢妄谈。还是女医心思缜密，我连日被琐事所扰，神思恍惚，对此事也疏忽了。"

"你那右手确实是你自己所伤，但却不是烹调时伤的，而是你自己故意砍的。"

"啊？不！"矮膳师忽然狂呼一声，捂住双耳，喊了起来，"我不相信就连此事也瞒不了你。"

"昨日三更，民女因思无所绪，便信步出来走走，不料发现一人偷偷趴在园中僻静之处。原以为他身体不适，本欲上前询问，却忽然看他身姿轻盈，飞速爬起身来，从怀中掏出一把刀刃朝手腕割去，然后听任鲜血流淌。那人想必就是你。"

周遭已是一片低语声，不知道那矮膳师为何自残。

"我只知道魏人遇病无针药，只知以艾灸或烧石疗敷用，或在病痛之处，以刀决脉任自出血，再或者便只有祈祷天地山川之神。"陶媚儿看着矮膳师，叹息道，"我猜想你长期在江南，虽得天地之气滋养，却难改蛮人习性，因不服水土，肠胃失调，痛楚难耐。此时偌大的皇宫内苑也缺医少药，你不得不用宗地之法自救。"

那矮膳师捶胸顿足，狂摇着头，狠狠地将头撞向地面，哽咽道："没想到，我就这样败在一个女子手中……"

侯景听到此，顿时瞪起血红的双目，借着酒意破口大骂："你给本丞相交代，你是怎么混进来的？这皇宫大内，岂是你想蒙混就蒙混的？"

矮膳师不再言语，空洞地凝视着侯景，忽然似乎再也无法承受，倒地昏厥过去，很快便被军士拖了下去。

陶媚儿摇头叹息："故土难离，本性难移，原来是这般惆怅。"

"哈哈哈！"侯景刺耳的声音此刻听起来多了几分欣慰，"真没料到，最后是女医帮本丞相得那魏人的奸细，为本丞相解除后顾之忧。好，好！你要什么奖赏，尽管说来！"

想起众多百姓因为眼前这个叛家背国的小人而流离失所，陶媚儿强忍内心的愤怒，说道："民女有一事相求……"

"讲！"

"民女听说城内焚烧尸体，有众多尚未断气之人也被扔入火中。身为医者，民女心痛难忍，请丞相开恩，广施仁爱之心。"

短短一句话，已说得陶媚儿口唇冰冷，四肢僵硬。眼看着众多的百姓遭殃，她不得不暂时放弃解救夫君的计划。面对无数活生生的性命，她并没有忘记身为医者的责任，即使是这千载难逢的机会，也没有半点迟疑。

"哦？果有此事？"那侯景故作不知，皱眉应道。

"禀丞相，都说得民心者得天下，失去了百姓的拥护，定会事与愿违。"攻人不如攻心，冒险说出这几句话，陶媚儿已大汗淋淋。

"女医说得有道理，与其冒险失了人心，不如韬光养晦，丞相！"

陶媚儿身子一震，心中如惊涛拍岸，这是徐天琳的声音。

方抬首，正与他的视线撞上。那漆黑的双眸中如铺天的黑暗，掩盖了无数繁星点点的光芒。

侯景沉思片刻，随即说道："既然太医丞也这般说法，那本丞相就破例一回，学学菩萨心。"

"下官也是爱才之人，身边也缺少懂医药的助手，因此请丞相恩准！"

"本丞相也看这女医心机、胆识、医术都不同凡响，确实不容小觑，如能和太医丞一般为我所用，那便是再好不过了。殿下，您说呢？"说到这里，侯景故意挑衅地看着太子萧纲。

萧纲掩饰住内心的愤怒，并不抬眼看他，只是低头将杯中酒一饮而尽。

"很好，那女医你可愿意助太医丞一臂之力？若丹药早日炼成，徐太医丞就是我朝堂堂太医令，女医也可享尽荣华富贵。"

陶媚儿咬住唇，感觉对面两簇火焰似乎燃烧起来，欲将自己全部吞噬。

"丞相，你可是强人所难了！"砰的一声，萧纲将酒杯重重地掷于案上，任琼浆玉露倾洒了一片。

"殿下，老臣我还有一事相求。"侯景恶毒的笑容让人不寒而栗。

范良娣已经知道老贼意图染指自己最心爱的女儿溧阳郡主，情急之下拉住太子的衣袖，哀切地求道："殿下……"

太子萧纲面色苍白，扶住额头，说道："丞相，我身体不适，先行回殿休息，有事以后再奏！"

侯景却不理会，步步紧逼过去："老臣说的这事可是喜事一件，殿下还是听听无妨！"

"不，你可怜可怜妾身，妾身只有一女，请丞相开恩……"范良娣放开太子，扑倒在侯景脚边，声泪俱下。

"嗯？"侯景面色愠怒，一把拨开涕泣不休的范良娣，说道，"怎么？是在考验老臣的耐心吗？你等这般有恃无恐，难道倚仗有援军支撑吗？一个小小的女医也敢不听本丞相的调遣，难不成是受了你们的挑拨？"

范良娣的哭泣声戛然而止，知道自己无意中铸成大错，被老贼捏住把柄，恐怕又要起一场风波了。

太子萧纲面色如纸，浑身颤抖，早已气得说不出话来。

"禀丞相，民女并非不愿意效力，只是觉得民女区区一点雕虫小技，恐怕难以承担大任，怕辜负了丞相的一番美意。"陶媚儿怨怒地瞪了徐天琳一眼，知道危急时刻，若自己再不妥协，不知道又会害几条性命，于是声音便委婉了下来。

谁料徐天琳并不避讳她，凌厉的眼神飞速地迎了过来，说道："女医的胆识和医术有目共睹，太谦虚未免就过分了。"

侯景在旁连连点头。

"承蒙丞相和太医丞大人看得起民女，那民女就恭敬不如从命了。"陶媚儿朝太子深深一瞥，这不过是缓兵之计，自己绝不会与这国贼同流合污。

太子焦急而无奈地叹了口气。

"哈哈哈！"侯景闻言笑道，"太医丞，你遂了心愿，要好好炼丹，莫要忘记了本丞相的话。"

陶媚儿看徐天琳一副志在必得之态，心越来越冷。与他虽然近在咫尺，却越发看不清他的笑貌了。他已经不是以前的徐天琳了，而是一个利欲熏心的不良医者。

一个满怀名利之心的医者，如何能够敞开心扉、悬壶济世呢？

## 第十五章　龙葵换龙珠

陶媚儿双目被一束黑布蒙住，似穿越一道道宫门，直接往北而去。车轮吱呀吱呀响着，在空远中诠释着静谧。她与徐天琳同坐一辆车，却都一言不发，形同陌路，前往炼丹之地。

待黑布被取下，眼前豁然开朗。这是御苑中难得的清净之地，到处是一片瓦瓦罐罐。几排紫竹清雅怡人，一缕缕轻薄之气恍如烟尘，在晨露中缓缓溢出。满地的硝石、药渣掺杂在一起，散发出一种似香非香、似焦非焦的气味。

浓荫下，一盘巨大的石磨横在丹房之前，也挡住了满目的芳菲。最为奇怪的是，这里并没有众多丹房内杂工忙碌的景象。

"太医丞请吩咐。"陶媚儿知道，该面对的始终无法逃脱，不如安然处之。

许久没有作声的徐天琳转过了身子，朝她笑了笑，说道："林女医最终还是做了我的助手，不是吗？"

"人在屋檐下，如何能不低头？"

"女医的意思是，是我强人所难？"

"不敢。民女为粗鄙山民之后，才疏学浅，在太医丞面前卖弄，不过螳臂当车，太不量力了。"

"哈哈哈！女医的医术不在我之下，女医这般隐藏，难道有什么苦衷？"徐天琳逼视着她。

"这……" 陶媚儿避开他的注视，朝那药罐走去。那里并非只有丹石之类的药物，还有更多的植物本草。她拿起一块茯苓，轻轻掰了一下，柔软而有弹性，果然是上好的茯苓。

"敢问太医丞，这丹药炼制之法可是不传之秘？"

"对别人而言是不传之秘，但对女医来说则不然。"

"什么？" 不知他此话何指，陶媚儿听得心怦怦直跳。

"哦？" 徐天琳仿佛意识到什么，说道，"女医既然助我炼丹，这一切自然就没有秘密了。"

原来如此，陶媚儿暗暗舒了口气，看来自己并未泄露真实身份。

"都说这丹药所需为硫黄、丹砂，却又为何还需这本草？"

徐天琳诡异地笑了笑，仰头望向天空："世人为何炼丹药不成，就是不懂得这刚柔相济的道理。丹石过于刚硬，草药又过于柔韧，最难的就是以柔克刚、以刚炼柔之法。"

"所以太医丞必要找个女子与你一起炼丹？"

徐天琳先是愣了一下，目光忽然柔和了下来，语调也低沉了许多："你果然比我想象的还要聪慧。"

看到眼前的徐天琳卸掉了那一身俗鄙之气，忽然间返璞归真，陶媚儿鼻腔中升起一股淡淡的酸意。

徐天琳走向那块磨盘，用力推动了一下，继续说道："能炼成这丹药，要归功于我心爱的女子。"

陶媚儿心又一紧，强把泪意收了回去。

"她是世上最善良聪慧的女子，要不是她，我怎么会有今天？那年我方才十岁，她只有八岁，我与她在她家的草堂中找出一张黄色的纸笺，当时因那纸笺古旧、墨迹不清，我便把它收藏在我的医书里。直到后来，我才发现那原来是陶家先祖炼丹的秘方，却不知为何被陶氏先祖丢弃。"

徐天琳的目光深邃了起来，似乎有星光闪烁。回忆竟如灵丹妙药，令他收敛了狂暴之气。

"既是陶氏的家传秘方，你如何能占为己有？"

"它虽是陶氏的秘方，但是却是被陶氏丢弃之物，我只不过是使它重新为人所用，又有何不可？"他自信的笑容，在那瞬间，被挤入竹林的光线幻化成一片虚无。

"也许陶家人并不允许子孙后代炼丹呢？"

"女医为何会洞悉陶氏的规矩？"徐天琳说到此，双眸又化成了两道凌厉的光线，直射过来。

"我不过是猜测而已，并不知道。"陶媚儿低头，将一块块茯苓都纳入罐中。

"我爱的女子便是陶家的女子，她已出现……"他这一句话灌入陶媚儿耳中，陶媚儿心狂跳不止，身子几乎倾倒。

那双手带着熟悉的力道早已经将她稳住，他神态端庄，似乎心中的无数怨愤已在往事的回忆中淡化。

"最近她时常出现在我的梦中，因此我神情恍惚，总以为她随时都会出现在我身边……"

听到这里，陶媚儿如释重负，心随着飘旋的残叶悠悠而落。

只是，眼前这个男子，容颜依旧，却带了一股陌生的戾气，在如此空灵的幽静之中显得如此不谐。若不是亲眼看到他置身于宫闱，做着与正义背道而驰的事情，真不敢相信这就是与她青梅竹马的邻家男子。

然而，他所说的一切都是隐秘之事，却毫不避讳地与她分享，难道他已发现了端倪？

抬眼却见他的双眸却如一道枷锁紧紧扣住了她，不给她喘息的余地。

"女医为何脸红了？"对面的他似笑非笑，似乎在期待着天边红日破云而出的辉煌。

"太医丞多心了，民女只不过觉得，这都是太医丞自家事情，不需和民女解释。"

徐天琳一怔，随即畅笑："我既然请女医前来，自然是用人不疑，疑人不用。女医须了解我的一切，方能与我心意相通，炼制出这世上独一无二的丹药来。"

陶媚儿迟疑了片刻，方才说道："民女只闻听那竹林七贤齐聚论道清谈之时，也曾服食丹药，但那丹药在体内自然生起一种燥热之气，使得名士们不得不身着单衣、饮酒无度，未免有些放浪形骸了。其实那不过是丹毒的效用。若不能控制丹毒，这丹药岂不是适得其反了？"

徐天琳听了此话，笑容骤敛："这正是我所担忧之处。若能将这丹毒驱除，我便早已大功告成了。"

"太医丞可曾知道汉武帝为求长生不老，也曾服用丹药，可能够一偿心愿？这世上有多少帝王将相为求不老，弄得毒发身亡。要养生，不如养心，何苦要迷恋丹药？"陶媚儿横了横心，将这一番推心置腹的话说出，只想唤醒对面男子的执迷不悟。

徐天琳果然不悦，说道："昔日陶弘景也曾为当今圣上进药，当今圣上吃后，身轻体健，龙心大悦。这都说明，若使用得法，这毒药也便是仙丹。"

"可是太医丞炼制这丹药难道仅为一己之私而忘记了国仇家恨吗？"

"你说什么？"徐天琳愣道。

陶媚儿自觉因情绪难解而失言，却又无法释怀，便将话锋避了开来："民女不过是有些担忧而已，并非要指责大人。"

徐天琳良久无语，忽然狂呼了一声，飞奔到那石磨前，转起圈来。

那石磨似乎带着陈年的遗恨，在刚硬的碾压中疯狂地发泄自己的狂躁，渐渐地，那刺耳的声音在清雅的竹韵中化为哽咽声。

陶媚儿不相信在殿堂上春风得意的他，在侯景的百般宠信下，还会如孩童一般肆意，还会有如此颓靡的一面。

她的心里徐徐生起一股难以言明的柔情。好男儿志在四方，这曾经是他的誓言。天下有几个热血男儿不想建功立业，扬名立万？难道于他是太苛责了？只是，他明珠暗投了。

该如何让他重归正途，又该不该对他敞开心扉，据实相告？竹叶簌簌背风而动，微弱地呻吟着，挣扎着，将清心傲骨再一次现于人前。

"禀太医丞，丞相忽然腹痛不止，宣二位速速返回！"来人惊讶地看着正在发狂的徐天琳。

199

石磨终于停止了转动，周围又重新恢复了宁静。徐天琳脸上的神色早已和平常一般无二，冰凉的目光将那竹韵寒气都比了下去。

此时，侯景在寝宫里狂嚎如狼，让人不寒而栗。宫人瑟缩着，跪了一片，几名太医颤抖着身躯，不停地叩头，早已叩出了血。

晏紫苏的啜泣声更衬托了几分恐怖和风雨欲来的沉闷。

"丞相啊，你要忍住，林女医马上就来了！紫苏愿意替你受过……"

陶媚儿迈进寝室，只见晏紫苏头发散乱，跪在床榻前。

侯景匍匐在榻上，手捂腹部，痛楚地翻滚着，忽然一把抓住晏紫苏的秀发，用力扯着。

"丞相少安毋躁！"不忍心看晏紫苏那咬破唇的惨状，陶媚儿壮着胆子大喝了一声。

侯景的额头上汗水淋漓，被这呼声一震，手不由得松了下来。晏紫苏猝不及防，顺势跌了出去："啊——"

陶媚儿连忙扶起晏紫苏，关切地问："夫人如何了？"

晏紫苏摇头，目光中难掩对老贼的怨恨。

徐天琳早已经掐了侯景的脉搏，在腹部按压了数次，方才皱眉问道："丞相他今天晚上吃了什么？"

立刻有宫人答道："今晚在紫云殿与太子欢饮，只是多食用了些湖蟹。"

侯景似乎听到此话，破骂起来："好个大逆不道的湘东王，竟敢给亲生父亲下毒，害了本丞相……"

话音未落，仿佛又一波疼痛袭来，侯景再次发出一阵可怕的呻吟声。

"丞相，臣这就拟方，为丞相解毒。"徐天琳很快就开好解毒的方子，递给早已在一旁等候的药丞。

谁料那药丞看了方子，竟然跪下大声哭泣起来。

"本丞相还没死呢，你号丧什么？"侯景怒气冲冲，狠狠地骂了一句。

"禀丞相，俗话说，巧妇难为无米之炊。这御药房的草药已经为数不多，太医丞所开的方子，十之六七都是贵重本草，难以找寻，请丞相治罪啊！"

徐天琳听了此话，脸色大变，不由得呆住。

陶媚儿叹了口气，若在太平盛世，天琳确实是医术精湛的好医者。但此时奸臣误国，缺医少药，他的医术便无法正常发挥。

"在民女看来，丞相中的并非他人所下之毒，而是蟹毒。这蟹性冷，因饮食不节、荤膻掺杂，必定腹痛而引发塞痢。为今之计，只有找些易得廉价之物方能救得。"

晏紫苏忽然破涕为笑："女医曾经说过，紫苏就能解那蟹毒，快去找些来！"

"夫人，现在别说城内，就是城外的阴沟，紫苏也早已经被饥饿的百姓挖之殆尽，又到哪里去找？"药丞小心翼翼地看着侯景，偷偷低语道。

晏紫苏冷冷地瞥了侯景一眼，苍白的腮部鼓了鼓，不再言语。

陶媚儿知道晏紫苏心中所想，定是那"自作自受"四个字，苦笑摇头："容我再想想，看还有什么草药可以解毒。"

眼睛用余光瞥向徐天琳，发现他的眼神复杂而痴迷，不由得慌乱起来。

"女医，若医好了本丞相……你要什么，本丞相都可以答应你……"情急之下，侯景竟对陶媚儿许下了重诺。

窗外一潭碧水，稀疏地漂浮着几朵金莲，远远望去，犹如仙人的莲座，在水中央灼灼闪光，肃穆地召唤着众人。

"药丞大人，请去荷池取些新鲜的藕节，搅碎，用热酒调服数次。"

那药丞一呆，忽然喜道："对啊，我怎么没有想到呢？这莲藕味甘性平，可止怒止泻，消食解酒毒。我这就去！"

晏紫苏苦笑道："还是女医医术高明，总是能出其不意，化繁为简。"

陶媚儿知道晏紫苏恨不得立刻置老贼于死地，但此时还不是对付他的良机。父亲曾经说过，一个真正的医者，面对病患时并无好人与歹人之分。

"夫人也累了，我去帮夫人诊疗一番，去了忧惧之心，可好？"

晏紫苏无奈地点头，说道："我这就随女医而去。"

徐天琳意味深长地看了一眼陶媚儿，说道："女医可是自小对本草耳濡目染？"

"山野之中，到处都是能入药的本草，我又如何能不知？"她仍旧淡然一笑，那笑容璀璨生辉，庸俗的面庞也因此而生动起来。

"难得的是女医能取大自然为己所用，实在是让我佩服！"

"民女生于贫且安于贫，自然要以患者所需为本。若只存在功利之心，不就枉费救死扶伤的医者之称吗？"这番话含沙射影，直攻徐天琳之心。

徐天琳的表情果然凝重起来，沉默无语。

侯景服用了藕汁，果然很快就痊愈了，于是愉悦万分，竟破例邀请徐天琳、陶媚儿、太子等众人在御花园赏月。

城内到处是废墟，无数的焦痕覆盖了车马的辙印。唯独天上的一轮秋影再转金波，让人不得不想起广寒宫里的孤独与相思。荷花池内盛满了圆月的金辉，硕大的荷叶随风横曳荡漾，不时划碎了团圆的美梦。

太子和范良娣依旧兴趣索然，心不在焉。晏紫苏的海棠面忧郁依旧。

"桂月危悬，风泉虚韵……"太子满怀心事，吟咏着一首庾信的诗。

"臣听太子吟诗，似乎对臣不满？"侯景话中有话，针对太子而来。

"我只是触景生情，怎敢对丞相不满？"

"哈哈哈，那就好！"侯景搂着晏紫苏，举起酒樽，一饮而尽。

陶媚儿踌躇万分，不知道怎样开口才能救出自己的夫君。

晏紫苏朝她使了个眼色，随即故作娇嗔，朝侯景口中灌酒："丞相，您说的话可是一言九鼎？"

侯景心满意足地抚摩了一下晏紫苏头顶，点头道："那是当然！"

"林女医治好了丞相的病，丞相答应了要重赏的。"

"好，本丞相就赏她个金杵臼，如何？从医之人若能得到御赐的金杵臼，无不欣喜若狂、引以为傲。"侯景虽无名分，却根本不把太子放到眼里，俨然已成为一朝之君。

"女医要那金杵臼何用？吃不能吃，穿也不能穿，若拿去卖钱，还会落个大不敬之罪，何苦？"晏紫苏飞了一个白眼，不屑一顾。

"也是……"侯景眯缝着眼，看一旁默默不语的徐天琳，迟疑道，"难道让本丞相封她为太医令？她不过是个女子，这史无前例……"

"那又有何不可？汉代义妁可是皇帝亲封的女国医，无人能及。"

这番话并没有引起徐天琳的反应，他有些失神，盯住前方的一株秋海棠凝思不语。

"那请女医自己说到底想要什么。"侯景满脸堆笑，似乎有天大的喜事即将来临。

陶媚儿近前行礼说道："殿下、丞相，民女只有一个请求，请看在天下苍生不易，积德行善，请当今圣上再下一道谕旨，大赦天下。"

一直呆立不响的徐天琳忽然抬首，眼中射出两道精锐的光芒，似乎要看穿陶媚儿内心的隐秘。陶媚儿被他目光逼得无所遁形，索性迎了上去。那两道光芒似被点燃，竟迸射出无数的火焰来。

那侯景沉思片刻，忽然对太子和范良娣笑道："能否大赦天下，就要看殿下的了。"

太子萧纲似乎意识到再也躲不过这一场灾祸，索性也大度起来："丞相说的是什么？"

"太子真乃性情中人，老臣心中真是畅快！臣愿意与太子结秦晋之好，若能一偿凤愿，老臣愿鼎力保殿下的江山社稷。皇家喜事，又正好为大赦天下一个理由，殿下看可好？"

太子萧纲喉结早已在不停地滑动，双目的火焰剧烈地燃烧着。范良娣身姿僵直，竟呈现出一副兵来将挡、水来土掩的模样，再也不见以前的涕泣之态。

晏紫苏冷哼一声，故作不适，将一个金瓜掷于地上，找个理由退了下去。

"怎么？太子嫌弃老臣吗？"侯景收敛了笑容，目不转睛地等待太子的首肯。

箭在弦上，已不得不发。太子深深地闭上了双目，待睁开时，仿佛已做了天大的决定。

看到这反复无常的小人，果真在做天怒人怨的卑劣之事。一朵含苞欲放的鲜花，即将毁损在这无耻小人的手上。

陶媚儿咬着唇，闻到从自己喉咙中上涌的血腥之气。那摧肝裂肠般的难舍之痛，自己又何尝没有尝试过？

"丞相，前日溧阳郡主偶感风寒，脾虚胃寒，不思饮食，恐怕此时无法承恩。"

众人均一惊，循声望去，只见徐天琳背负药箱，朝太子和侯景施为臣之礼。

太子和范良娣仿佛看到了救星，欣喜起来。

看到说话之人是自己平日深为信任的徐天琳，侯景"哦"了一声，方才说道："此事本丞相稍后再与殿下深谈，本丞相要亲自去探望溧阳郡主。"

"禀丞相，这内外有别，请三思。"

侯景沉吟了片刻，对陶媚儿唤道："林女医也随本丞相前去。"说完，扔下酒樽，在众人的簇拥下，大摇大摆朝内苑而去。

溧阳郡主就暂住在含章殿内。

殿内没有诱人的暗香，几层轻浅的鹅黄色垂幔封挡了众人的视线。一幅水墨画上悠然的耕牛慢行在开满碎花的田间小径，一朵朵悠闲的云彩轻轻点染了碧空。

透过朦胧的垂幔，依稀看到里边穿梭不息的身影。

一个身材瘦削的宫人跪倒在地："青黛见过殿下、良娣，见过丞相……"

"溧阳她……还是滴水未进吗？"范良娣早已按捺不住，问道。

"郡主她只饮用了几口蜜汁，只是，"那叫青黛的宫人忐忑不安地小声奏道，"今晨发现郡主她浑身滚烫，脸上身上起了很多红斑……"

"什么？"众人一听大急，纷纷往里闯。

"慢！"徐天琳拦住众人说道，"为防万一，还请殿下与丞相在此等候，臣与范良娣、林女医进去诊治即可。"

侯景无奈，双掌在腹部摸了几圈，转身坐在外殿的雕花黄梨椅上。太子也焦虑不安地背负双手，不停地踱起步来。

帏帐内，溧阳郡主双目紧闭，长长的美睫微翘，已昏睡不醒。她果然天生丽质，一副恹恹的病容难掩那出自骨内的妩媚，锦缎上绝伦无比的百花刺绣难敌她七分美丽姿容。

只是，那冰肌玉骨上星星点点的红斑却触目惊心。

徐天琳诊视之余，面色窘迫起来，飞速地拿出几支银针扎在要穴之上。

范良娣再也无法矜持下去，扑上去抱住女儿哭泣起来："溧阳，你快醒来，用母亲的命去换取你的吧……"

"来人，"徐天琳挥手大喝，"快拉范良娣出去！"

范良娣不知出了什么变故，大惊失色。方才还一脸和气的徐太医丞转眼间又成凶神恶煞，狠狠地阻断了自己与骨肉的相见相亲。

奈何宫人已全部是侯景派遣，对徐天琳也是唯命是从。

任范良娣再次发出撕心裂肺的哭泣，徐天琳亦不为所动，一阵阵嘶哑的哭声很快就消失在寝室内。

陶媚儿举起溧阳郡主的左臂，那红斑的面积越来越大，内心一阵火光闪现。

"是疫症！"

"是疫症！"

转身与徐天琳四目相对，瞬间的视线交接在一起，双方微微一怔，居然是如此的默契！

原本与太子商议，想趁诊病之机，让郡主用那神奇的易容药，以自损容貌换取一时之安。谁料忽逢变故，未曾施药，却患上了令天下多少良医都束手无策的疫症。

陶媚儿知道他的窘迫也是因为无药可施。他那日离家走得匆忙，并未带走徐家的家传医札。平素也只在研究奇珍异草，对那廉价易得之物不屑一顾，如今才会陷入僵局。

只见他忧心忡忡地看着郡主，不停地搓手踱步，陷入深深的思索。

一直哭泣的范良娣闻言大惊："溧阳她足不出户，如何会染上疫症？"

"这宫里可还是那清净之地？一干宵小出入繁杂，这后宫又怎能不受连累？"太子在身后怒道。

陶媚儿暗暗瞪了侯景一眼，黯然道："如今城内城外已是狼藉一片，不时有饿死之人。但凡疫症，都要有其境。宫禁出入鱼龙混杂，又怎能保郡主她平安？况且郡主她不思饮食，体力不济，自然给了那邪气可乘之机。"

侯景似有些恼怒，拿起一个精美的茶盖重重叩着桌案："快快想办法救郡主！只要能救郡主，献医献药者都重重有赏！有罪之人也可得到赦免！"

"丞相，大梁近五十载太平盛世，五谷丰登，地肥水美，又何来疫症之说？民女也缺乏经验。民女听说一直和我朝交好的扶南国常年瘟疫流行，想必有克制的方法。也许这是唯一速救之法，再晚恐怕郡主她……"陶媚儿趁机说道。

"在驿馆内听扶南特使说过，在扶南国气候炎热，蚊虫滋生，这疫症常年流行，要得到扶南国医的特制药丸才能保住性命。"旁边一老宦官低声对太子说道。

太子萧纲眼中一亮，连连附和："不错，快宣扶南特使前来！"

扶南特使匆匆忙忙赶到，他一身异国服饰，汉话却说得极为流利。待行使节之礼，才怯生生问道："斗胆问殿下宣本使臣何事？"

"听说你有国医之药能治疫症，快快献来！"

"这……"扶南特使沉吟不语。

"怎么？"侯景的眼球凸起，正欲发作，却听那扶南特使说道："当年家父来贵朝，确实得扶南女医惠赐三颗药丸。只是，最后一颗已经在十二年前进了本使腹中。当年若不是那颗药丸，本使能否来天朝觐见，还未可知……"

"岂有此理！"侯景手中瓷杯盖在空中飞旋而去，啪的一声坠落在地，已成碎片，"我堂堂天朝，居然无人能医这疫症？"

周围的宦官、宫女闻听，已经瑟缩成一团。

扶南特使脸色惨白："我扶南国医之女自来天朝，多年不见芳踪，家父已告诫本使，此次前来，要寻找女医，如今尚未有结果……"

侯景鼻中发出一阵恐怖的声音，如亿万只虫蚁钻入血液中，难耐无比。

"谁说扶南女医无觅处——"此言一出，殿堂内竟然鸦雀无声。

扶南特使又惊又喜："若真能找到女医，不仅疫症可除，本使也就可回国复命了！"

陶媚儿心中无限酸楚，这樊笼般的宫墙，已经变成人间地狱。此中人莫不想早日脱离，保住性命，又何况是被困的异邦特使？

"各位，扶南女医或许难寻，但是若有女医的后代在此，是否也可救众人于水火之中？"太子正襟危坐，神色肃穆，会心地朝陶媚儿看了一眼。

"啊？"一声声惊呼，顿时在剑拔弩张的气氛中渐渐弥散开来。陶媚儿欣喜异常，这千载难逢的机会终于来了。此时，腹中即便有千言万语诉说，也只能拼命忍住。

一切似乎凝固了，冰冷的殿堂内唯有几股轻烟正从雕花银炉中袅袅散出。侯景的脖颈已僵，目瞪口呆，说不出话来。

只见太子萧纲走下高阶，长长叹息："不错，那扶南女医的后人就被禁锢在这宫苑之中。他的身份不仅仅如此，他还是堂堂七世医徐氏之后，是名副其实的太医世家之后，也是徐氏一脉的嫡子！"

"什么？"众人再一次惊呼出声。

"不可能！"最先发出这声嘶喊的是一直在阴暗之处伫立的徐天琳，他因这突如其来的消息而震惊。

"丞相，他就是被关在狱中长达半年之久的徐子风。"太子萧纲不卑不亢，坦然对侯景说道。

侯景低头沉吟："就是那湘东王派来的奸细？"

"是不是奸细还未可知，但单凭一株小草就指徐子风为奸细，岂不是滑天下之大稽吗？"太子萧纲冷冷说道。

"又有何证据证明他不是奸细？"徐天琳冷冷地问道，"这多事之秋，宁可枉杀一千，也不能放过一人。否则，谁又能保证殿下的江山社稷安在？"

侯景冰冷的目光扫射了徐天琳一眼，道："那徐子风果真能妙手回春？"

"丞相！"徐天琳又呼了一声，仍然想阻止什么。

"徐太医丞，如果我猜得不错，你与那徐子风乃是一脉同胞骨肉兄弟，却又为何自相残杀？"太子萧纲语出惊人，震慑了每一个人的魂灵。

"不！"这一句话似乎击中了徐天琳的软肋，他顿时失去了原有的冷静和沉着，面孔有些扭曲起来，"不可能！我不相信……"

"殿下、丞相，以民女的经验看来，如不早早医治，恐怕郡主她是挨不过今晚……"陶媚儿不失时机，又添了一把薪柴。

侯景犹豫了片刻，挥手对一旁站立的将军王伟说道："罢了，释放徐子风，让他戴罪立功！"

王伟点头随即退了出去，但不久即回身："禀丞相，那徐子风声称若不拿下脚镣，还他清白，他决不走出天牢一步。"

"放肆！"侯景的喉结开始不停地滑动，正欲发作。

陶媚儿暗暗舒了一口气，说道："丞相莫怒，让民女去劝他……"

"你？"侯景满腹狐疑，紧紧盯了她许久，方才说道，"你有何把握能说服他？"

陶媚儿镇定心神，说道："民女因进城送药与徐子风之妻相识，她委我传话给她夫君。民女相信，只要晓之以理，动之以情，定能说服于他。"

侯景思索片刻，终于点头。

陶媚儿心内欣喜若狂，表面却不露声色。

萧纲意味深长地看了一眼陶媚儿，说道："女医快去劝那徐子风，耽误了时辰，我定不能饶！"

陶媚儿点点头，悄悄抹去了眼角的泪。子风，我终于要与你相见。虽然夫妻相逢在乱世宫闱之中，但只要有你，就胜过拥有一切。

回头再看，徐天琳的身影不知何时已消失。天琳，你最大的错误就是无法懂得情到深处无怨尤的道理，爱一个人，就要学会放下。


一条狭长的宫巷，越走越暗。一个宫人手执宫灯，在前边引路。

陶媚儿无心理会御苑中乱花繁枝的牵挂，也无法报答高空明月的指路之恩，一颗慌乱的心呼之欲出，与心中那个身影已经越来越近。

她的心早已穿透了厚重的宫墙，直奔那朝思暮想的地方而去。双腿绵软，却不能停止前进的脚步，方才体会出离爱人越近、情越怯的感觉。

天牢不时散发出一股股恶臭的味道。她顾不得一切，在铁栏外焦急地搜寻那个熟悉的身影。一个个衣衫褴褛的人，或半躺，或蜷缩着趴在潮湿的地面，断断续续的呻吟声如重锤一般敲击着她的心。

子风，你在哪里？在哪里？

最里边的一间牢房里，一个头发散乱的人，背对着她。她捂住了口，一任泪水无声地狂泻。

那僵直的背影虽然近在咫尺，却如苍茫的远山，中间隔了千山万水，寥寥寂寞。

沉重的铁链箍住的似乎不是徐子风的双足，而是陶媚儿绞痛的心脏。那散乱的头发遮住了往日白衣飘飘、神态倨傲的林中仙，粗大的铁栅拦住了曾经柔情款款、曾经蛮横无理却冒险出城寻药的侠医……

牢门被打开了，陶媚儿唏嘘着，扶住了铁栅。千言万语化为寒露孤蝉，夜冷长天。玉叶如剪，卷落了一地琼花泪。

"你们走吧，既然无法解释，便由你们宰割！只是我不想承担这奸细之名！"

"子风，是你吗？"陶媚儿吞咽着苦涩的泪水，喃喃地呼唤。这声呼唤穿透了冰冷的铁栏，裹住了苍凉。

眼前的人转身凝视，蓬乱的头发下边射出惊喜的光芒，但转瞬即逝。

"你是谁？"他复又转回身去，"我不认识你！"

在他转身的刹那，陶媚儿再也控制不住自己的喜悦，叫道："子风，我是媚儿，你的妻子，来看你了……"

"你认错人了！"那背影在微弱的光芒中越发显得萧索凄凉。

不可能！你可知道，你的一切都已经融入我的血液，任月落星坠、曲断弦崩，依然无法撼动你在我内心的位置。

"快走吧！道不同，不相为谋。不要再浪费口舌了！"他的声音沉重，如受伤的雄鹰拼尽最后一丝余力发出的叫唤。

她又急又气，千辛万苦才得相见，他又为何拒人于千里之外？

"你忘记你救死扶伤的初衷了吗？你忘记你当初对我的承诺了吗？一个经历世间爱恨离散的医者，难道就如此容易将前尘往事一一忘却？徐子风，你还没有完成徐家救死扶伤的遗愿，就此颓靡不振，再不回头了吗？"

那身影依然未动，却暴露了双肩的起伏，正如绵亘的远山，等待着晨曦的召唤。

"大梁的百姓死伤无数，秦淮河的水已经恶臭难闻，难道你忍心坐视不理吗？"

沉默，令人窒息的沉默。

陶媚儿一步一步迈进牢房，伸开双臂，紧紧抱住了思念已久的人。

山峦的轻颤，带着铮铮铁骨的遗憾，尽情舒释。

熟悉的雄壮脊梁，破烂的衣衫夹杂着淡淡的腥气，几点血渍已然发黑。凌乱的头发扎在陶媚儿脸上，硬硬地疼痛。

那是心里的疼痛，痛得难以呼吸。不知道这过去的日日夜夜，他饱受着怎样的屈辱，遭受着怎样的折磨。她知道，身体的疼痛已经不重要，最难以忍受的是那相思的苦楚。

一只胳膊的力量狠狠地箍住了她，夹带着微微的疼痛，她的身体被甩了出去，重重地摔在地上。

"你是谁？我不认识你，快离开这里！"那沙哑的声音带着陌生的刚硬，如一座难以逾越的山峰，将他与她的距离再次隔断。

"你……"泪水再一次决堤。

他不满地转头，一瘸一拐地艰难地走向一隅，仍背对着她缓缓坐在草席上，任乱发再次遮住了面容。

为什么？为什么？陶媚儿浑身随着吹入牢房的凉风微微颤抖。

仍然是无休止的沉默。

"你这女子，我不是你要找的人，再留下来，我就要不客气了！"他挥了挥衣袖，下了逐客令。

"林女医，时间到了，丞相还等着小的复命呢！"牢房外的催促声让她不寒而栗。

"滚开，厚颜无耻的女子，为何赖在这里不走？"他恶毒地驱赶着自己最珍爱的女子，内心痛如刀绞。

陶媚儿摇摇头，哽咽着奔了出去。千难万险方才见到的夫君，却将自己拒之门外。谁能告诉她，究竟发生了怎样的变故？

一阵凉风裹着几许清凉灌入脖颈，一缕缕与这天牢极协调的桂花香断断续续传来。他曾经说过，在桂花盛开之季，要专为她亲手配制桂花水。

他还是原来的他，故意用一副冰冷的面孔将真心掩藏，几重不羁的情怀在那无拘无束的挥手之间流淌，其实却恰恰泄露了他的心事。他疲惫的眼神里不是拒绝，不是厌恶，也不是憎恨，而是心痛，是相思，是欲语还休，是剪不断、理还乱的情愁。

陶媚儿再次镇定了心神，重新回转，贪恋地看着他萧索的身躯。

牢狱中的他，正望向那高高的天窗，慨然长叹。

"你可还记得？你离家的时候，用庭院中最后的几株紫草，采摘了以百沸汤泡好，治愈了前街李老伯的外孙身上的痘疹，只用几片苍耳茎叶就止住了金正的鼻血……还有，你最喜欢的玉簪花我已经夹在书中，那里会永远留住它最初的样子……"

一字一句，裹着若有若无的桂花香侵入他的四肢百骸，侵入他的血液。

她摘下脖颈中的玉莲蓬，那晶莹的碧玉一尘不染。

"我如今才知道，这玉莲蓬不仅仅是父母定情的信物，也不只是徐家的家传之宝，它还是当今圣上和贵嫔亲赐之物。正是它见证了徐氏一门的忠贞和道义，难道你忍心让徐氏几辈人努力而得的清名化为乌有？"

他终于缓缓起身，有些失衡地走了几步，凝视着玉莲蓬，久久不语。

"你可知道，你此生最大的错误就是先弃我而去，复又一错再错，再次拒绝我的靠近。你曾经告诉我，你看到水边一只徘徊的孤雁，凄凉地看着爱侣的死亡，终于绝食殉情……我就是那只孤雁，正是由于你的杳无音信，正是由于你的远离，才使我的生命不再鲜活……"

一双大手揽过了她纤细的腰身，滚烫的热浪扑面而来。嘴唇一热，全身已经被那忽然热情的男子紧紧拥住，那迸发的力量使她如被千万条蛇禁锢，让她几乎难以呼吸。

"媚儿，我想你，想得心痛……"那饱受折磨的男子，将集聚了万年的地老天荒的思念，一并卷入那缱绻的吻中。

"是我，是我……"颗颗泪如粉碎的桃花雨，浸湿了即将干涸的土地。

"真的是你？你用了……我母亲的易容药？"十指掐痛了她，在她听来，那沧桑的声音却犹如天籁之音，铿锵悦耳。

"子风，如今我已经容颜尽损，再也不是以前的陶媚儿，你可嫌弃我？"滚烫的泪水从一泓潭水，顺流而下。

拨开他面前的乱发，露出了那双精锐的眸子。憔悴的面庞写满了不可置信的惊喜。

"不管你变成什么样，你永远都是我的媚儿！"卸掉了全身的伪装，他一身铮铮侠骨柔情再一次沦陷。

雨渍花零，谁又能说得清那魂牵梦萦的情感？牢窗长檐依旧无悔地滴落残留的雨水，浇灌着梧桐下的荫荫绿意。

难以掩饰的伤痛和惆怅，在他与她的心头盘桓。两人肩靠肩相偎，她轻轻抚摩着他断骨的右腿。他的右腿因为骨折日久，无法再续，每逢阴雨天气，便疼痛难忍。

# 第十六章　贯众同根生

他果然没有背弃家国，只是出城寻药回来，恰逢叛军将欲攻破台城。这时，忽然出现一队侍卫，将他偷偷领进宫内，原来是太子派人寻医药为圣上诊疗。

希望残害自己夫君的不是天琳，这世上任何人都可以伤害子风，唯独天琳不可以，他们毕竟是同父异母的亲兄弟。

陶媚儿意图为他施针，徐子风摇头，拒绝了她。

"身为医者，如今确实体会出父亲的话，所谓医者不自医，医病容易，可是医心却难上加难……"徐子风有感而发。

陶媚儿紧紧握住他的手掌，多日来的辛苦流离使它越来越粗糙，厚重的茧子是他终日采药、磨药、配药所致。

"媚儿，可还记得地钱草？"

"嗯，那草又名积雪草，叶圆形呈铜钱状，茎细而刚劲，生长在荆楚、江淮一带，主治热毒痈肿、暑热溃烂，听说有人用它来做茶喝，叫它作新罗薄荷。"

徐子风苦笑："我这条伤腿就坏在这地钱草上。"

他还记得，他与徐天琳在宫中的第一次相遇。

那日，徐子风应召为太子良娣诊治，走到御花园僻静之处，无意中发现树

213

下有几簇陌生的小草，便采摘备用。

到良娣寝宫外，却与一人险些相撞。

"你？"徐天琳满脸震惊地正站在对面。

"你？"徐子风看到徐天琳，先惊后喜，找寻亲兄弟一直是自己的心愿，唯有如此，才能完成九泉之下父亲的遗愿。

踏破铁鞋无觅处，得来全不费工夫。没想到，徐天琳并没有离开京城一步，而是在这九重宫阙深处，继续医家的责任。如此说来，也可告慰父亲在天之灵。

"真没有想到，救死扶伤的圣医也不能安守清贫，要到宫中谋取富贵吗？"徐天琳看到他，依然带着憎恶的神色。

"天琳弟，我有话对你说……"听着徐天琳的冷嘲热讽，徐子风越发愧疚。看了看徐天琳身后的随行人员，有所忌惮。在这多事之秋，多一事不如少一事，凡事谨言慎行，方可避免随时会来的杀身之祸。

"谁是你的弟弟？"徐天琳有些恼怒，恨恨地望着眼前这个有着夺妻之仇的男子。

"我确实是你的兄长。"徐子风迫切地追了过去，"也许，我需要时间向你解释，但是请你相信我！"

徐天琳不屑地转头："不要猫哭耗子假慈悲了。若不是你，我怎么会背离父母，落个不孝的骂名！"

徐子风黯然道："确实缘我而起，我愿意偿还……"

"偿还？"徐天琳脸色惨白，怒道，"你如何偿还？你把媚儿还给我？风尘滚滚、千军万马之下，让她如何藏身？你说！"

"这……"徐天琳的怒骂掀起了徐子风的椎心之痛，他垂手忏悔道，"伯母和父亲他已经双双故去，媚儿已和我离散，如今我……外面兵荒马乱的，我也不知道她是否还在百草园。都是我的错，要杀要剐随你！"

徐天琳听了这句，怔怔不语，随后忽然冲了过去，紧紧揪住他的衣袖，狂呼："你说什么？我母亲她……谁又是你父亲？"

"你我本是同胞兄弟，自从你走后，徐夫人她病情加重，猝然离世，而父亲他被乱兵所害——"

正说着，徐子风胸口一痛，徐天琳一记重拳打了过来："你是个恶魔！都是你，让我家破人亡！你还我母亲命来！"

紧接着又是几拳，徐子风耳畔一阵轰鸣。

"住手！"太子萧纲一袭缁袍，带着几个侍从出现。

徐天琳的面孔由白转红，立即行礼："拜见太子殿下！"

"免了。出了什么事？这位是我请来的新任太医徐子风，恐怕你们还未曾谋面。"萧纲面带愁郁，却词严色厉。

徐天琳的面部肌肉不经意地抽动了一下，很快就恢复如常："殿下，臣不过是看到陌生人在花圃鬼祟不堪，为殿下安危忧虑。"

"罢了，这里没事了，就不烦劳太医丞了，我还有事情和新来的太医商讨。"

"是……"徐天琳暗暗瞪了一眼徐子风，朝他手中的小草瞥了一眼，嘴角竟浮现出一抹不易察觉的笑容之后，竟没有再为难徐子风，便匆匆离去。

看到徐天琳渐渐消失在几株木芙蓉之后，徐子风朝太子行礼，本欲将两人之恩怨向殿下禀明，谁料太子萧纲竟仰天长叹："我为徐氏悲哀，徐太医丞虽是世家子弟，却没有一点大家之风。"

听了此话，徐子风即将到口边的话顿时咽了下去，不知道离家出走后的天琳在这混沌乱世中的短短时日内，竟将徐家的清誉毁于一旦。

"殿下，此话是何意？"

"哼！当初他进宫并非为我萧梁皇室而来，他投靠那侯景老贼做了专属医官。他虽名为太医丞，实则却是老贼派来监视我父子的眼线。他在太医院不过数月，就将几位良医逼得或病退或离去，而唯其一人为尊。此人觊觎太医令之位，一心想做我大梁的首席国医，但这等没有忠义廉耻之心的人如何能成为我大梁万人敬仰的大国医？我借口父皇龙体违和，将此事拖了下来。但躲得了初一，却躲不了十五，若那老贼一再威逼……"

看着太子嗟叹不已的神态，徐子风的心渐渐悬了起来。当初若不是自己意气用事，让他心神不宁，惑乱情志，从而离家出走，也许，他就不会有今天卖国求荣的行为。

他掀起白袍衣摆，一阵轻飘飘的尘土飘了起来，随即双膝跪地，朝太子深深叩首。太子萧纲大惊失色，欲搀扶他起来，谁料他却纹丝未动。

"请殿下法外开恩，微臣愿劝其改邪归正。都是微臣失职，所有的错由臣一人来承担！"

这一番告白，听得太子心惊肉跳："出了什么事？与你何干？"

"他，原本是微臣同父异母的亲兄弟。"

太子萧纲愣住了，听他一番娓娓道来，方才明白两人之间的恩怨情仇。

"原来你就是那扶南女医之后。谢天谢地！那扶南女医当年留书出走，只说带走了一只进贡的犀牛角。母嫔终日深感不安，怕因此事毁了我堂堂天朝威名，乃至忧虑成疾。"太子唏嘘不已，仿佛揭开了重重天幕，心头一片敞亮，"如今扶南女医有后人在此，终于可以解了两国之结，母嫔她在天之灵终于可以瞑目了。"

兄弟二人，却走了不同的道路。太子似乎感同身受，想起自己被亲生手足丢弃在台城，陷入叛贼的魔掌中，孤立无援，不由得长长地叹了一口气。

当天深夜，徐子风被一阵躁乱的敲门声震醒。

火光之下，几排刀刃锃亮，一队叛军森然伫立。

"怎么回事？"疑惑不解的徐子风还没站稳，颈上随即感到一阵冰凉的箍痛，自己已被一条粗大的铁链套住。

"有探子来报，湘东王意图谋反，派奸细混入皇宫。为保皇室安宁，丞相命我等前来搜捕！"

"我是太子请来的太医，如何是奸细？"徐子风试图挣脱对方的束缚，却发现对方早有准备，一把锋利的刀刃已横在背后。

"有什么冤屈，到丞相面前！"

来人不由分说，就将他往外拖去。

"我要见太子殿下！"子风愤愤不已，企图让自己的声音惊动内苑。然而，来不及喊出声，口中就被塞满一物，双眼被蒙蔽，之后忽然被一记重击，就浑然不知了。

听到这里，陶媚儿紧紧握住他的手："后来呢？"

徐子风凛然一笑："还记得年少轻狂，自以为是，没料到终日与盗匪为伍的我，居然也尝到了阶下囚的滋味！"

"你虽担了盗匪之名，却何曾有盗匪之心？"陶媚儿的心软软地陷入那深壑中。

"在这人世间，我终于也感受了切肤之痛。"他目光空洞起来，有些惆怅，"我醒来，看到的却是天琳……"

"他？"陶媚儿听到这个名字，心再次抽紧。

他点点头，接着述说，几分苍凉湮没了忧伤。


一条皮鞭，在天琳手中轻轻把玩，看子风醒来，便阴险地笑了起来："怎么？想当初不可一世的强人盗匪也会尝到被人宰割的滋味，真是天大的笑话，不是吗？"

"天琳，你听我说……"

"住口！"啪的一声，皮鞭抽到了木椅上，飞扬的尘土蒙住了视线，"本官的名讳是你叫的吗？你以为你还是那个主宰徐陶两家命运的世外高人吗？"

"你想要我怎样？"徐子风失望地看着他，无法将前因后果一一讲述。

徐天琳与他四目相接，眼眸深处盛满了仇恨和厌恶："现在并不是我要审讯你，是奉了丞相之命来使奸细现形的。"

"你说谁是奸细？"徐子风知道自己被束缚在此地，定是另有原因。

"就是——你——"徐天琳一脸凝重地看着他，"事到如今，你还不承认吗？"

"此话从何说起？"

"哼！"徐天琳恨恨地瞥了他一眼，"若要人不知，除非己莫为。你以为别人都不知道你的真实身份吗？"

"天琳，"徐子风知道自己和他之间已经横亘了无法翻越的高峰，永远达不到和解，"若你知道我和你有怎样的渊源，你便不会如此。"

徐子风已经下定决心，将父母的恩怨和他讲清楚，然而他却一丝一毫都不肯听进去。

"不要再信口雌黄了，你以为我还会相信你？"徐天琳轻扬手臂，又一声清脆的响声之后，皮鞭已经抽在徐子风之身。

皮肉的烧灼感似乎已经麻痹，最难以忍受的是骨肉兄弟的离心离德。徐子风闭上了双目，不忍再看徐天琳因仇恨而扭曲的脸。

"到如今，我才知道，原来你就是湘东王派来的奸细！你先混迹山林，再装作大隐于市，以一点粗鄙浅薄的医术骗取了父亲和媚儿的心，难道你以为我也会被蒙蔽吗？"徐天琳冷笑了一声，继续说道，"恐怕这世上再也没有你这般蛇蝎心肠的歹毒之人。你害我家破人亡，痛失所爱，今天我要让你尝尝被鞭笞的滋味！"他边说边狂笑着，再一次举起了皮鞭。

徐子风忽然睁开一双怒目，呼道："且慢，说我是奸细，有何证据？"

徐天琳微微一怔，随即释然大笑："哈哈哈，没想到还有人不到黄河心不死。也罢，我就要让你死个明白。"他说完，上前一步，嘶啦一声扯裂徐子风的衣襟，从中拿出一束干枯的草叶，"这是什么？"

"这是荆楚一带的地钱草，有何不妥？"

"世人都知道湘东王拥兵自重，想坐收渔翁之利。要知己知彼，就少不了眼线。前日已有一湘东王派来的密探被丞相所捕，他已如实供出，与湘东王互通消息就要以这地钱草为凭，取一束地钱草挂在腰间，自然会有人上来联络。"

"什么？"徐子风暗暗叫苦，自己毕竟从来没有去过荆楚一带，对于这株草，只闻其名，不见其形。那天忽然见到此草，不由得好奇，便采摘了把玩，不料却成了通敌的证据。

"丞相已经有所安排，但凡身上藏了这地钱草的人，不论男女，宁肯错杀一万，绝不放过一个！"

徐子风听了，仰天长叹一口气，不再解释，自己欠他太多，又何尝是一点皮肉之伤所能弥补？

耳边听到徐天琳一声凄厉的狂呼，皮鞭如暴风骤雨般落下，切肤的疼痛流灌全身。

"哈哈哈，没想到曾经不可一世的徐子风也成为我的掌中之物！"他再次狂笑起来，一直到没有气力为止。

殷红的血痕如一条条吐芯狰狞的长蛇，在血与火的洗礼中慢慢挣扎。

徐天琳打到眼泪尽流，方才住手，随即把皮鞭扔给一个狱卒："继续给我打，狠狠地打！"

那狱卒应了一声，朝徐子风走了过来。

四肢百骸的辛辣疼痛在徐子风身上流淌，他忍着疼痛，朝那狱卒看去。狱卒眼神闪烁，举起了皮鞭，却下不了手。

"滚出去！"徐天琳怒不可遏，狠狠朝那狱卒踢了过去，"没用的东西！"

狱卒忍着疼痛，飞快地退了出去。随即又有几个狱卒奔了进来，讪笑着说："太医丞，有什么吩咐，尽管说！"

徐天琳冷冷地扫了一眼徐子风："让他招供，越快越好。若负隅顽抗，就上刑具！"


听到这里，陶媚儿眼前浮现出一幕幕惨绝人寰的情景：徐天琳背对着自己的兄长，对撕心裂肺的声音充耳不闻。而徐子风却咬着牙，任由撕裂般的疼痛蔓延全身，却不肯向同父异母的亲兄弟求饶。

陶媚儿胸中如翻江倒海，全身肌肤似被一片片凌迟，痛不欲生："天琳他何时变成如此蛇蝎心肠之人？"

愤怒中感觉自己的手被他紧紧握住，面对着徐子风，陶媚儿却发现他笃定的目光里没有仇恨和悲哀，稳重中流露出几分淡然。

"媚儿，经历了这许多，我方才明白，原本是我欠了他的，上天必定要用我身体的一部分来偿还。只要我还有你，一切都不重要……"

成串的泪珠断了，碎裂着迸落入潮湿的土地中，消失不见。

"若不是我腿断困于牢中，我早已经飞奔去找你。百草堂的一切才是我生命中最珍视的一切……"

子风，你可知道，没有你，我也将灰飞烟灭，消失在滚滚红尘中。陶媚儿知道经历过生离死别的夫君，心中的沉疴此刻已完全除去，伤痛中忽然多了几分欣慰。

"只是，还有一事我始终觉得奇怪，我的腿……"徐子风似有几分犹豫，欲言又止。

正在这时，忽然听到一阵低闷的啜泣声，眼前一个瘦弱的狱卒偷窥了几下四周，打开牢门，迈了进来。

陶媚儿与徐子风均是一怔，不知这狱卒忽然闯入有何用意。

谁料那狱卒竟庄重地朝两人跪了下来，并连连叩头："小的无意中听到两位恩人的谈话，方才知道原来陶女医也来到了宫中，见两位恩人遭受苦难，心中实在不忍，特出来相见……"

"你是谁？"陶媚儿一惊，没想到自己的身份已经暴露了。

"恩人莫急，小的曾经受过两位的大恩，断不会将两位的秘密泄露出去！"那狱卒似乎已看破红尘，脸上没有一丝涟漪。

"你？"徐子风仔仔细细打量着他，似乎想起了什么，"你就是……给我施药的人？"

那人点头，忽然背过身去，将上衣脱去。原来他的背后尽是深深浅浅的伤疤，似有被施刀救治的痕迹。

陶媚儿与徐子风的记忆如流水，顿时回到从前。原来他就是那日因逃奔被杖刑前来百草堂求医的兵士。

"那日你对我不忍施鞭，是因为早就认出了我？"徐子风恍然醒悟，不由得感慨万千。

那狱卒重新穿好了上衣，转身站起，对两人说："小的早知道太医丞是存心要陷害你，所以趁人不备，早就准备了金疮药和干净的夹板，晚上偷偷送了进来。陶女医虽然改了容貌，但是声音却一如从前，小的偷听了两位恩人的话才敢确认……"

"媚儿，若不是他及时送药，在这三伏天，我这条腿恐怕早已经溃烂掉了。"

"多谢！大恩大德请容我来日再报！"陶媚儿朝狱卒深深施了一礼。

"不敢当，不敢当……"那狱卒向后退去，坚持不肯受，"应该是小的谢谢二位才对。二位医术医德高超，不仅医好了我的伤痛，还医好了我的心。我这才真正明白，在这人世间有最重要的两样东西：一是忠义，二是性命。有了忠义之心，才能活出青山绿水的润颜；有了性命，才能感受到万物的峥嵘，才能有做人的勇气。"

陶媚儿眼前依旧朦胧，依稀能看到狱卒脸上的坚毅和果敢。

"那次我虽然医好了伤，却被罚去看守死刑犯。但从那天开始，我时刻记住两位的话，两位的音容笑貌已经镌刻在我的脑海里。我虽然在牢狱，却仍然牢记为国尽忠，绝不会为虎作伥，为国贼卖命，因此我要想方设法救两位恩人出去！"

几点水渍浅浅地从檐窗滑落，偶尔与肌肤相接，顿时有说不出的清爽。

"只是现如今的建康城已经风雨飘摇，被国贼毁得到处是废墟，连昔日繁华绮丽的乐游苑也被大火毁于一旦，到处是不堪入目的惨景。但城内防守严密，连蚊蝇飞入都很困难，何况是人？"

陶媚儿轻轻舒了口气："多谢！但此刻，还不能离去，我与他还有更重要的事情没有做……"

狱卒怔怔地看着两人。

陶媚儿紧紧握住徐子风的手，柔柔地说道："我们走吧，前边纵使是刀山火海，只要和你在一起，也一定可以安然度过……"

两人没有回头，朝宫阙深处缓缓走去。

侯景与太子看到徐子风终于出现，顿时松了口气。

"禀殿下、丞相，徐子风已带到！"

太子萧纲蹙眉看了一眼依旧拖在徐子风脚上的铁链，怒道："大胆，还不把徐太医的刑具除去！"

跟随的兵士慌乱地看了一眼侯景，跪在地上答道："他此刻还不能去除通敌的嫌疑，所以按照律例，在未查明身份之前，还不能……除去刑具……"

"啪！"萧纲手中的茶具已经摔落，那靛蓝色的荷花盏已经成了碎片。

"放肆！我乃堂堂大梁的太子、一国之储君，难道我说的话不算是律例？"

那兵士偷窥了侯景一眼，战栗无语。

侯景沉吟半晌，方才挥了挥手，笑道："不长眼的东西，看不到殿下在此？还不快除了刑具，以免溧阳郡主受了惊吓！"

那兵士应了一声，方才走过去，要卸了徐子风身上的刑具。

"慢！"徐子风阻挡了那兵士，"不必了，我就坐在这里问诊即可。"

陶媚儿点头，随着宫人进入内殿。溧阳郡主仍昏睡不醒，她的右腕尚有一线轻微的脉搏。

"舌上白苔，面部瘢疹如紫云，午前有烦渴之状，似邪气浮越于太阳经……"陶媚儿声音微弱，却知道外殿的夫君已经尽听在耳内。

"脉细如丝……是否身冷如冰？"

陶媚儿透过薄如轻纱般的帷幔，看徐子风的身形笃定，似乎已胸有成竹，方才轻轻舒了口气。

"殿下，郡主她此症因七情刺激所致，而疫病里热盛极之时，往往有似有似无之假象。因此要急用承气汤送下，方能转危为安。"

"好，烦劳救爱女一命。"不过一天，太子的额头上已多了几条深深的沟壑。

徐子风朝爱妻深深一瞥，陶媚儿眼中是信任和宽慰，不由得浑身激起豪情壮志："殿下安心，臣定当尽心竭力！"

他依然一身白袍，两只袖子高高挽起，从称量、捣药、配药到熬制亲自完成。陶媚儿将煎熬好的药汁筛滤，盛在兰花青瓷煲内，正欲亲自为郡主送去。

忽然面前出现一个身材窈窕的女子，那与生俱来的美丽让人忍不住为之一窒。

"女医，奴婢名叫青黛，请将汤药交与奴婢，待奴婢试药之后，就可以呈奉郡主了。"

"试药？"陶媚儿不解。

"女医有所不知，这试药本是宫廷的规矩。今虽非昔日可比，但宫廷礼仪不可废。"青黛那纤巧的红唇散发着动人的光泽。她左侧有一圃绚丽的木芙蓉，繁密的枝叶之后，似乎闪过一个黑影。再定睛看去，却只见清风中乱枝浮动。

虽名义为试药，实则是老贼对徐子风的防范。那老贼之前假意要拿下徐子风的脚链，也不过是在敷衍太子，安定人心。

青黛取了药，如释重负一般，匆匆朝溧阳郡主寝宫而去。

陶媚儿再看身后的徐子风，他正用清水清洗药罐。夜色已深，清凉的水汽打湿了衣襟。这一刻，难得的安静，只有他与她。

茫茫人世中，仿佛是上天注定，他生来就是要行这岐黄之道。

陶媚儿用丝帕擦拭他额头的汗渍，他深情的凝视就是她最大的幸福。这一刻，她似乎觉得身上的盔甲已除去，有了倚靠的人，心终于找到了停泊的地方。

"媚儿，我知道以你之力，是完全可以治愈这疫症的，你都是为了救我，才吃了这许多苦……"

"谁说的？你不要把我想象成无所不能的神仙！"陶媚儿秀眉如弯月，双靥浅笑，"没料到，昔日不可一世的神医居然也会说出这般浮夸之词。"

他停下手，凝望着水月人天共一色的旖旎，心中酥软一片。

"真不敢相信，在我面前的是你吗？"他嘶哑的声音传入耳中，温润祥和，丝丝暖人。

"不是我还是谁？"水中似有蛙儿游动，那水草中冒了几下水泡，回应着她的宽容和仁爱。

"媚儿，你为了我牺牲太多！若不是为了我，你是断不会离开百草堂一步的。"

"你做的是悬壶济世的好事，我是你的妻子，自然要与你同舟共济。"

"媚儿，"一双散发着浓浓药香的手揽住了她纤细的腰身，"为了你这一句话，让我为你死都愿意……"

陶媚儿转身嗔道："身为医家，怎能轻言去死？何况阎王未必肯收你。"

"什么？"徐子风被她一笑，有些惘然。

"人常说，阎王最恨的就是医者。你若去了，他一定不知道把你放进第几层地狱。"

"为什么？"

"你和阎王抢人，他还会轻饶你？"

徐子风胸膛中发出一阵愉悦的畅笑，道："媚儿，有了你，我再也不舍得去死。"

御膳房中散发出草药的清香，天上人间，正是人相守。刻骨铭心的伤痛正因为彼此的凝望而抚平。

天将晓，宫漏声声，敲断了一场相思梦。

"林女医，你可还在？"安生的声音恐慌而急促。

陶媚儿绾起了凌乱的碎发，羞怯地看着安生。

"不好了，林女医，是晏夫人差我来寻你们，快想想办法，先自救吧！"

"发生了什么事？"

安生恐慌地朝不远处看了一眼："青黛服用了你们配制的汤药，今天早上已经断气了，而溧阳郡主还在昏睡不醒。晏夫人担心，这一次你们在劫难逃。"

几声铁链的碎响，听到徐子风有些迟缓的脚步。

"不可能，那汤药方剂绝不会有问题，怎么会置人于死地？"徐子风摇头，惊愕地看着陶媚儿晕红的脸。

"晏夫人说，若郡主有什么三长两短，那您二位的性命堪忧啊！"安生不停地搓着手。

"此时，说这些未免太晚了！"忽然听到徐天琳冰冷的声音，"早知如此，何必当初？"

说着，耳边只听到铿锵的兵刃声，几把钢刀已经架落在徐子风和陶媚儿脖颈之上。

徐子风淡然一笑，说道："我自问问心无愧，不知太医丞此话何意？"

"人命关天，你就这般草菅人命吗？口口声声说什么天地良心，你的所作所为可对得起天地良心？"徐天琳发出了阵阵冷笑。

陶媚儿觉得心脏不可遏止的疼痛，这对同胞兄弟竟然成为不共戴天的仇人！

"郡主她明明是染了疫症，你却说她是伤寒，岂不是欺君罔上？哈哈哈！这一次你是自掘坟墓。"

徐子风大惊："我何时说郡主患了伤寒？"

"这伤寒感邪在六经，你却说感邪伏于膜原。那伤寒必有感受六淫之因，或衣单风露，或强力入水，或临风脱衣，而你却指为感杂气所致。伤寒初觉肌肤寒栗、四脂拘急、恶风恶寒、头疼身痛、发热恶寒、脉浮。瘟疫初起忽觉凛凛恶，但热不寒。你这庸医，误人误己，你还有何话说？"

徐子风脸色煞白，却一言不发，目光如炬，紧紧瞪着徐天琳。

欲加之罪，何患无辞？天琳终究不能放下那段恩怨，一心想走向极端之路。陶媚儿心急如焚，却被一兵士紧紧缚住。

徐天琳原本是有备而来，大有不达目的不罢休之势，再多说也无益。徐子风仿佛也已看透生死，并没有一丝惧怕神色。

"既然你已将我定了罪，还说什么？"徐子风柔柔地看了一眼陶媚儿，转身对徐天琳说道。

徐天琳一边嘴角咧开，阴笑了起来："怎么？看来有人始终难逃牢狱之灾……不，恐怕是杀身之祸！"

说完一挥手，立刻有人上前将徐子风双手箍住。

"不！"陶媚儿用力大呼一声，颈上已多了一道殷殷血痕，"方剂确实是治疗瘟疫的方剂，药材却是我所配制，不关他的事！"

只见徐子风的两道浓眉紧紧皱在一起，似乎浑身的禁锢就在那刀光剑影中土崩瓦解。

而徐天琳脸色铁青，似乎有无数的仇怨就在那顷刻间天崩地裂。

"她不过是协助我配药的女医，并不知情，我所做之事一人承担！"

徐天琳愣愣地盯了两人许久方才说道："林女医本是山外之人，断不会有僭越之心，强自出头，一切都是那假仁假义的徐子风所做！"

"慢着！"话音未落，只听得晏紫苏的声音由远及近，"丞相有命，林女医是太医丞的帮手，不在盘查之列。"

这时，那侍卫放下了刀刃，陶媚儿方才解脱了禁锢。

"既然已经无话可说，你们还等什么？"徐天琳忽然朝侍卫暴喝一声，立刻有人缚起徐子风，押解他离去。

"不！"陶媚儿不甘心，不舍的视线紧随那离去的身影而去。只见徐子风眷恋地看她一眼，宽慰的笑容带着一丝淡泊，似乎早将生死置之度外。

她愤怒地朝徐天琳瞪去，只见他泰然自若，仿佛卸掉了千斤重担，竟自呷了一口清茶。

"林女医，快去看看郡主，殿下和良娣正悲痛欲绝。"晏紫苏悄然道，"姐姐要想洗脱嫌疑，就要弄清缘由。"

陶媚儿内心一动，似有所悟："快带我去，我要去看青黛！"

晏紫苏忧心忡忡地看着她："可她已经死了，身体已经僵硬……"

"夫人，既然是因她而起，我便一定要弄个清楚明白，不能白白又枉送一条性命。"陶媚儿内心暗暗流泪，天琳，你作孽如此之多，就不怕天谴吗？男子汉大丈夫，错一次并不可怕，最可怕的便是一错再错……难道你真的要置你在世上唯一的兄长于死地吗？


青黛孤独地躺在一间冰冷的窄室中，正等待运送尸身的车辆前来。

缟素的白布之下裹着一具玲珑有致的身躯，昨日她如花的笑颜还流淌在那荷池的清韵之中。她带着对世间的留恋凄楚地离开。纤长手指相扣，搭在胸前，皮肤泛青，如果不是她双目紧闭，了无声息，谁会相信这美丽女子的灵魂已化为烟尘，飘离世间。

"她可是中毒而死？"陶媚儿仍然不愿意相信这个美丽女子的消逝。

"徐太医丞说，定是那汤药里含了剧毒，有人想对郡主不轨，结果让这可怜的青黛做了替死鬼。"晏紫苏凄然摇头，为青黛抱不平。

"我已经查看了青黛的身体，人死之后皮肤泛青本是再正常不过。指缝间洁净无比，丝毫没有中毒的症状。"陶媚儿疑惑地抬起青黛的左臂验看。

晏紫苏面色一肃："难道又是那徐天琳栽赃嫁祸？"

陶媚儿不想回答，也不愿意再承认罪魁祸首就是那两小无猜的徐天琳。

"夫人，能否帮我找些糟醋、葱、川椒、食盐、白梅？"

"要这些做什么？"晏紫苏一愣，不明所以。

"这些是用来验看伤痕的。"

晏紫苏点头，随即吩咐跟随之人去取。很快，东西都已经置齐。

只见陶媚儿不再言语，用水将那青黛的左臂打湿，再将葱白打碎，轻轻敷在那左臂之上，然后取来一张白纸，用醋浸透，再覆盖上去。约一个时辰之后，再用水洗净，果然看见那左臂上隐隐约约现出几条青黑的痕迹。

"天，这是什么？"晏紫苏捂住口，大惑不解地看着陶媚儿。

陶媚儿面色苍白，随即端起一碗清水，朝那青黑之处滴注。只见那皮肉僵硬，水滴便停滞不前。

"果然如此，果然如此！"陶媚儿按捺不住自己的惊愕，更无法抑制自己的伤痛。青黛的身体上果然有伤痕，显然在临死之前是受过酷刑所致，"她并非中毒而死。"

"难道、难道……她……"聪慧的晏紫苏仿佛已经意识到什么，刹那间嘴唇发了青。

如果青黛身上有重伤，那所有的一切都可昭示，徐天琳必是罪魁祸首。不但如此，青黛之死，他亦不能逃脱嫌疑。他必定是想将无法饶恕的死罪转嫁于徐子风，使他从此再无翻身之机。

陶媚儿心里颤抖起来，一个对兄长铁石心肠之人，令人难以相信青黛之死与他无关。

天空中忽然一声霹雳，听得有人几声骤呼之后，倾盆大雨竟然从天而降。

天琳，上天都不能饶恕你的罪过，你可知悔改？

"姐姐，你务必追查到底，否则那徐子风恐怕难以脱身。"

陶媚儿含泪再次点头，吩咐人取炭火来照那伤痕之处，但是那伤痕却仍然无法显示出来。

"姐姐，若不查出缘由，那青黛岂不是白白冤死？杀人凶手不能浮出水面，岂不是便宜了他？"

陶媚儿幽幽一叹，心中暗想，既然天琳他做着与正义良心背道而驰之事，也该让他受到上天的惩罚，方能对得起那些枉死的魂灵。

于是深深呼吸了一口，说道："如今只有最后一搏了。要想使那些伤痕显示在众人面前，须将白梅的肉剥下，加进适量的葱、川椒、食盐和在一起搅烂，做成饼子，放于火上烤得炙热，再用一张纸贴在需要验看的地方，把熟白梅放在上边烙熨，伤痕就会显示出来。"

晏紫苏不可思议地看着陶媚儿："姐姐真是博学，连这仵作之事也通晓。"

陶媚儿摇头叹息道："并非我博学，只是这天下医药之理，本是一脉相通，而我不过是偶尔看到城中仵作如此验看伤口而已。外行看的是热闹，而我却能看出端倪。”

晏紫苏点头，吩咐人照陶媚儿所说验伤，果然看到青黛雪白的肌肤上青痕遍布全身，胸前还有几道深痕，皮肉翻起，触目惊心。

“原来青黛果然受了重伤！”

“不仅如此，她的尸身显然已被人用药汁涂抹过，因此若不用特殊的法子，便无法看到这致命的伤痕。”

“这宫中居然有人私设刑堂，草菅人命。”

“如果我猜得不错，青黛所受的刑罚便是鞭刑。她身上一条条可怕的青痕都是受鞭打所致。”陶媚儿想起徐子风也曾饱受那生不如死的酷刑，心又开始疼痛起来。

“姐姐，这宫中有如此胆量能够操纵人生死的便只有他一人。”

陶媚儿在心里暗暗一声呼唤：“天琳，不要再作孽了！但愿不是你……”

正在这时，忽又看到安生急切而欣喜地进来：“夫人、女医，郡主醒了，听说身上不再发热。此时，正在喝羹汤……”

陶媚儿和晏紫苏四目相望，又惊又喜：“谢天谢地，果然是皇天不负苦心人！”

# 第十七章　远志不曾忘

匆匆赶到溧阳郡主寝宫，却见徐天琳已侧立一旁，太子萧纲和范良娣面露喜色。但见溧阳郡主面色已舒缓，正闭目休憩，陶媚儿方才舒了口气。

"徐太医和林女医的汤剂果然奏效，看来真是冤屈他们了。"范良娣一脸愧疚地看着陶媚儿。

晏紫苏冷哼一声，说道："我与女医已验看过青黛的尸身，并没有因中毒而挣扎扭曲的痕迹，只是因为被人殴打成内伤，后又忧惧过度，伤及脑部血淤而死。"

太子一脸愠怒，瞪向一直不语的徐天琳问道："难道这宫中已变成了杀人不眨眼的人间地狱？到底是谁如此丧心病狂？"

范良娣哭泣道："青黛是个温婉可人又善解人意的女子，素来与人无争，又未曾有旧疾在身，如今竟这般莫名离去了……"

"殿下与良娣莫要介怀。徐太医他身为医者，自然会理解患者之心。还请殿下派人速速将徐太医释放，以助溧阳郡主早日康复。至于青黛之死，民女相信天网恢恢，疏而不漏，那行凶之人必将浮出水面。"陶媚儿不忍看堂堂一国储君的哀凉之态，安慰道。

"哈哈哈！"谁料徐天琳听后竟负手大笑，"女医不仅精通药理，而且心思缜密、胆识过人，看来本太医丞并没选错炼丹之人。"

眼睁睁看着国难当头，本应同心协力、同仇敌忾之时，徐天琳却仍然执迷不悟，浪费诸多的金石和名贵药材做那虚无缥缈之事，在离心离德的路上渐行渐远。

"还请太医丞禀告丞相，溧阳她身体未愈，还需要多调理几日，诸多琐事恐怕要拖延了。"范良娣委婉地对徐天琳说道。

徐天琳一声冷笑，一言不发，似有满怀心事，甩了甩宽大的袍袖，转身离去。

不料他刚刚走了几步，复又折回，走到陶媚儿面前，低头逼近，说道："林女医，丞相已命你我二人即日开始闭关炼丹，七七四十九日方可出关，你可准备好了？"

陶媚儿一怔，欲向后退去，躲开他咄咄逼人的审视，却不料与他鼻尖相触。令人窒息的呼吸声带着熟悉的体温徐徐侵入，不由得心乱如麻。

"太医丞，溧阳还未痊愈，还需要林女医。"太子借机想挽留住陶媚儿。

"殿下多虑了，稍后便有那扶南女医的后人、号称神医的林子风为郡主调理，殿下尽可高枕无忧。"

"这……"太子眼看无法留住陶媚儿，叹了口气。

"殿下敬请宽心，陶媚儿此去，一定不负众望。只是请殿下要设法洗清那人莫须有的罪名。"陶媚儿心知目前尚无法摆脱徐天琳的控制，若忤逆了他，不知又会生出什么事端来，只是担忧徐子风还依然未洗清奸细之嫌。

太子慎重点头，似乎下了天大的决心："古语有云，大丈夫可杀不可辱。女医放心，我绝不允许有人践踏了我皇室的尊严！"

徐天琳无语冷笑，拂袖而去。一群侍卫顿时将太子和范良娣团团围住。

陶媚儿踩着碎落的花叶，萧索的冷风灌入全身。不远处隐隐约约似有铁链的拖移声。

透过枝叶的罅隙，可以看到徐子风正在一群侍卫的押解下，向含章殿而来。满脸的胡须爬满了他刚毅而憔悴的面庞，脚下的步伐依然一声一声，倾诉着从容和淡然的心境。

眼睁睁看着徐子风的身影渐行渐远，却又无可奈何。他与她正承受着聚少离多的苦楚，谁又能知，这场浩劫何时才会终了？

咬着唇跟随那让她无法恨起来、也无法再爱一分的男子——徐天琳。

炼丹的地方仍然是如此的宁静，竹叶色深如碧，似乎从来不知道外界的一切纷争，只有陶媚儿依然能够感受到它们已经濒临微寒之苦。

磨盘下一堆碾碎的粉末，正散发出浓烈的香气。

陶媚儿轻轻捻了一丝粉末，用鼻子嗅了嗅，立刻觉得心中浪涛汹涌。这是必栗香，用来断杀一切恶气。徐天琳最喜洁净，如今正是为了将天地之间的浊气一扫而空，为丹房留出一片清净之地，竟然不辞辛苦地制成这香。

不知为何，却不见他的身影。

一阵熟悉的淡香随着氤氲的热气飘入鼻孔，让陶媚儿心狂跳不止的是，那暗红方杌上放置的竟然是一杯热气腾腾的枣茶。

那杯具竟然是自己最喜欢的兰花瓷。

泪水变成了纷飞的细雨，随着水汽的腾旋溅落在杯中，他……

"这枣干是我珍藏已久的上佳水菱枣，煮后晒干，使其皮薄而皱，比其他枣更甜，是名副其实的天蒸枣。"

那熟悉而又陌生的声音真切地在陶媚儿耳边响起。

"我还记得有个女子说过，这大枣主心腹邪气、安中、平胃气、养脾气、通九窍、助十二经、补少气、少津液、身体虚弱等，是她生平最爱。每有患伤寒之人，病后口干咽痛喜睡，她便让那人将大枣十枚、小麦一升、甘草二两，合并后每取一两煎服，谓之'大枣汤'……"

一字一句如重锤敲击着陶媚儿的心，手中的兰花瓷微微倾斜，枣茶的清香似乎更为馥郁。

"那女子最与众不同的地方，便总是常说，这天地万物都是药材，甚至连那吐出的枣核都不让丢弃，说那是治腹痛的良药！"

这声音竟越说越激动，似乎要将前尘往事倾诉而出。

"太医丞为何要跟民女说这些？"陶媚儿硬起心肠，将自己的柔软暗暗掩藏。

徐天琳忽然从背后紧紧揽住她的腰身，她急切地想挣脱出来，只听到他哀切的呼声:"事到如今,你还要继续隐瞒吗?"

陶媚儿拼命抑制住内心的伤痛,不愿意想起他的不仁不义,仍然拒绝和他相认:"太医丞所说何意?恕民女愚钝……"

"陶媚儿!"忽听一声怒喝,他扳过她的身子,一双迷乱的双眸含着悲切和相思,"你还想瞒我到什么时候?"

陶媚儿轻轻掰开他的手,脱离他的禁锢,说:"太医丞认错人了。"

"不,不!"他狂躁地甩了甩两只宽大的袍袖,愤懑之气随袖飘荡,"虽然不知你为何变成这般模样,但二十多年的记忆,我已经将你深深烙在脑海中,任斗转星移、海枯石烂都不会变。即便你能瞒过天下人,也瞒不了我徐天琳!"

陶媚儿噙着泪,远远避他而去,不知如何谴责他的无情。眼前的男子早已不是她认识的徐天琳,便说:"民女与太医丞不过是一面之缘……"

"你说什么?"徐天琳不可置信地向后退去,正好撞到磨盘,剧烈的疼痛似乎撞击着他心中最脆弱的地方,滴滴眼泪飞泻而下。哽咽声中竟然掩藏着无限的伤感,"就算你忘记了我,但总还记得,你每年都要做茯苓糕给我……你总还记得,你答应做一只蚕枕与我……"

陶媚儿看他痛心疾首、不可遏止的样子,不由得心潮澎湃。

"你虽然改变了你的容颜,却改变不了你的清高,改变不了你的习性。那日初见你,我就被你熟悉的眼神所摄,那似曾相识的感觉竟然让我昼夜难眠。那一日,你识破了那魏人的奸细,就是靠他无法掩饰的生活习性。你却没有料到,恰恰是你唤醒了我的神志。"

"于是我开始悄悄观察你,直到那一天,你亲手掰了一块茯苓,我才确认,眼前的人就是你。常人用食指和拇指去掰,而你用的却是拇指与中指。你验看青黛伤痕之法,正是那年和我一起在城隍庙游玩忽发命案,看那仵作所施之术……我好傻!试问这世间还有几个和陶媚儿一般临危不惧、智谋过人,又深谙药性的女子?"

徐天琳边说边摇头,失望的痛泣声在静谧的深夜震撼着几株相思桐,叶簌簌而动,更添了几抹微凉。

陶媚儿此时早已眼泪横流。多年前那锦城花雨飘飞，两小追絮折柳的时光已经一去不返；如今的她与他，竟满载了万千的忧恨，绵绵无绝期。

"如今的建康城内，到处都是饿死之人，百草枯折，鸟雀殆尽……又有多少良工匠人被杀被掳，还做什么茯苓糕？还做什么蚕枕？"

一声声哭泣，都是控诉。

他完全忘记了家训，忘记了国难，只为了虚名薄利，只为了一己之私，竟断绝了手足之情。如今自己与徐子风，又因为他的肆意妄为，依旧劳燕分飞，无法相守。

"我不相信……陶媚儿，你对我全无一点情义？"

"并非我对你无情。你可知道，你将亲生手足置于牢狱，抛弃父母，不忠不孝，父亲他在天之灵都不可瞑目！"陶媚儿自知再也无法隐瞒自己的身份，便怒视着他，索性将积聚在体内的激愤一起泻出。

"你说什么？"徐天琳目瞪口呆，"父亲和母亲果真……"

"徐伯母因你离家而一病不起，纵使医术再高，也回天乏术了。父亲他被叛军杀死，而林子风，正是你同父异母的兄长。我如今已是你的嫂嫂，可你竟将他视为仇敌。你助纣为虐，敌友不分，还有何颜面谈情义？"

徐天琳听了这话，先是一愣，然后便是一阵狂笑："哈哈哈……不、不可能，你说的全不是真的……"

"昔日的济世堂恐怕如今已成为荒坟。难道你没有任何悔意吗？"

"不、不……"徐天琳踉跄着，歇斯底里地狂笑着跌倒在地，那笑声嘶哑而哀绝，令人窒息。

天琳，只希望亲情能唤回你失去的良知。若能真心悔悟，一切都可重来。陶媚儿默默祈祷着。

几缕稀疏的清风淡淡吹过，那清风如刀似剪，剪断了人间的烂漫与柔情。

良久，徐天琳终于回神，缓缓问道："你求大赦天下，也是为了他吗？"

陶媚儿凝敛心神，肃然道："如今我与他既是相濡以沫的夫妻，也是此生立志济世救人的医者，自然要知相知相守，风雨同舟，不离不弃。"

"不离不弃？"他喃喃自语，脸色晦暗，似乎是受伤的野兽，在慢慢舔舐内心的伤痛，又似乎在咀嚼苦涩的亲人离去之痛，"却又为何只弃了我一人？"

陶媚儿闻听，心中一紧："这又是何苦？"

不知为何，似乎有一股邪恶之念重新注入了他的血液和肌肤。他缓缓站起，面部扭曲着，目光中射出可怕的光芒。

"我不甘心，为何他所拥有的，都是我失去的一切……为何他能两全，而我却一无所有……"他咬了咬嘴唇，决然道，"他抢走了我的一切，我便束手待毙吗？"

他似乎忽然醒悟，方才那失落和伤痛竟渐渐消失。先是冷笑，然后又大笑，既而又是一阵痛彻心扉的狂笑："哈哈哈！苍天你为何要厚此薄彼？为何要如此不公？好一个相知相守，不离不弃！有我徐天琳在，我要你们生生世世永不相见。哈哈哈……"

陶媚儿感到不寒而栗，眼前那狂躁的男子仿佛已失心失德，灵魂出窍，彻底走向沉沦。

"媚儿，我要画地为牢，让你永远陪在我身边。一切正如你所想，青黛无意看了我炼丹的秘方，自然没有活路了。林子风从我手里抢走了你，如今我就要从他手里抢回你！"

陶媚儿感到彻骨冰凉，不相信徐天琳如此顽固不化，不可救药。

"天琳，没想到你在侯景那国贼手下日久，竟然丧失了本性。父亲在天之灵一定不会瞑目。"

"我为了重建徐氏的声誉，一洗过去被驱逐出太医院之耻，又有何不对？父亲他要是知道我即将成为大梁的太医令，理该宽慰，又岂会苛责我？"

"你！要建功立业无可厚非，却为何非要投靠那叛国的逆贼？"

"良禽择木而栖，何况当今圣上只会参禅念经，荒废政事。那太子只知道风花雪月，吟诗清谈。不贤昏君，祸乱朝纲，任谁都可以取而代之！"

陶媚儿连连摇头，无法将绝望的心落下。

"至于林子风，我永远不会承认他是徐家的长子，是我的长兄。他不过是扶南女医之后，算不得什么国医圣手，难登大雅之堂。"

"他所用医学却并非均是扶南女医之学，而是大梁徐氏的家传！"

"你所说的家传医学可是这个？"徐天琳从怀中掏出一厚厚手札。

陶媚儿惊愕万分："这手札如何到了你手？"

"哈哈哈！"徐天琳忽然又是一阵狂笑，"那日将他鞭笞，我方才解了心头之恨，这手札便是从他身上掉落的。我看到这手札，知道他所言非虚，父亲已将全部家传医学悉教传授于他。"他说着，双瞳似乎变成了血色，恨意汩汩而出，"他凭什么？凭什么将我徐氏的家传占为己有？我看他又凭什么做我徐氏的嫡传！只有我才是徐氏唯一的传人，只有我才能将徐氏多年未震的声名重新振作，只有我……"

"你伤了那许多人命，只为了那些虚无缥缈的声名吗？"陶媚儿空洞地看着眼前的狂傲男子，悲凉的泪水淌满衣襟。

"成大事者不拘小节，身为医者，手中又何尝不失数条性命？区区几条低贱性命，换取更多的珍方良药，又有何不可？"

"啪！"陶媚儿素手一抬，对面那男子脸上已经留下了一个清晰的掌印。

"什么？"徐天琳惊呆了，不可置信地看着她，"你也打我？"

"一点儿不错！"陶媚儿怒瞪着他，说道，"当初父亲打你，我也曾为你心痛。可如今我才知道，那一掌并非白打了你！我就是要和父亲一样，打醒你被蒙蔽了的心智。你枉为医者，已经丧失了医家的仁德和根本，玷污了徐氏的七世英名！"

"不，我不相信……"徐天琳仿佛已失去了神志，狂笑数声，奔向那磨盘，飞速地跑了起来。

磨盘发出了刺耳的声音，碾碎了竹林的清幽与静谧。

"来人，请女医进寝室休憩！"

不知从何处跑来企图偷生的小雀，惊慌地蹿出林子，冲向天空，渐渐化为一点。

已经丧失理智的徐天琳毫无悔改之意，反而把陶媚儿软禁在竹林的一隅。被软禁的孤独与清冷，使她不禁感慨万分。

透过那扇封闭的小窗缝隙，看到外面依旧清宁，许久没有听到徐天琳狂躁的呼喊声了，不知他人去了何处。

耳垂隐隐传来一阵麻痒，原来是一条细丝从高梁悬下。上面一张残破的蛛网挂满了弱小的飞虫，那轻薄的蛛网不能承受满载的负荷而垂了下来。

陶媚儿苦笑，贪婪之欲的结局不就是鱼死网破、两败俱伤？可惜，有人未参透其中深意。

窗外传来沙沙的声音，似有人在打扫庭院。忽然听到"哎呀"一声惊叫，一个男子高亢的声调响起："真是天下不安，蛇蚁横行，我金正曾几何时受过这等窝囊气？"

"金正？"熟悉的声音传入耳膜，没有料到居然在这里能够看到金正，陶媚儿又惊又喜，"怎么会是金正？"

于是连忙拍起那有些松动的窗棂，金正终于听到这边的响动，似乎忍着疼痛，说道："这里还有人？"

"金正，是我！"

窗外似乎一阵沉默，忽然又听到那熟悉的大呼小叫声："天哪，是小姐，小姐！"

"快把这扇窗打开，我与你细说。"

不一会儿，那木窗已被砸开，露出金正欢喜的笑容。

"你为何在这里？"

听到这话，金正由喜转悲，号啕大哭起来："小姐，你让我看守百草堂，可惜我有辱使命。不久前来了一群贼兵，找寻食物不成，便放火烧了百草堂。"

"啊？"陶媚儿心痛无比，"那兄长他……"

说到这里，金正停止了啜泣，忽然跪在地上叩头："小姐，你惩罚我吧，让我受什么样的刑罚都成，我对不起你，少爷他……"

一种不祥之感顿时涌上心头，陶媚儿按捺住心神，问道："怎么？"

"小姐，少爷他……那日神志忽然清醒了，看着那熊熊大火吞噬了百草堂，忽然趁人不备又冲了进去，待众人救出他时，他已经……只是怀中抱着一个红锦盒，里边是一根上等百年老参……"

陶媚儿无声无息地任泪水直流。这场祸乱毁了大梁百姓的安宁生活，让多

236

少人无家可归，妻离子散？又令多少亲人从此生死两茫茫永世不得相见？

"小姐，我对不起你，为了找到你，为了不被饿死，我将那百年老参献给朝廷，被安排这里做杂役，没想到遇到了天琳少爷……"

"金正，你做得很好，我不会责怪你。一切皆是缘，你我重遇就是最大的幸事。兄长他一定是含笑走的……糊涂了一辈子，总算在生命的最后做了一件让陶家永远都骄傲的事情。"

"小姐，可天琳少爷他变了，真的变了……"金正卷了卷袍袖，迟疑了片刻方说，"那日我无意中发现他正胁迫一个叫青黛的宫女试他新炼出的丹药，青黛不肯张口。听说之前试药之人无一能留住性命。我看到他双目发红，亲手鞭笞那宫女，直到她晕厥，鲜血染遍了他的全身……好可怕……"

陶媚儿面色苍白如纸，凄然道："他真的走向了那条不归路……那丹药炼制之方是假的，毁了他的神志了……"

金正惊愕道："小姐怎么知道是假的？"

"真药方被父亲封在陶家药典扉页，放置在一尊巨葫芦中……那尊巨大的药葫芦原本是两半，后来被黏合起来的。"

金正愣了愣，忽然从怀中掏出一本厚书，交到陶媚儿手中："小姐，你说的可是这本？"

那是一本被烟熏黄的古旧医典，是陶氏族人一代代相传的珍贵药学，如今正安然无恙地躺在陶媚儿手中。

她又惊又喜，连忙翻到扉页："你是如何得来的？"

"那日百草堂火势凶猛，浓烟弥漫，几乎什么都看不到。我找寻少爷不见，就冒着浓烟冲了出去，不料被一个葫芦砸中头部，我因悲怆过度，又失足摔在大青石上，这本书忽然出现在我面前……"

陶媚儿喜极而泣："金正，陶家人要谢你！有了这本典籍，哪怕百草堂已化为灰烬，终将会有重建的一天……"

她颤抖着翻开一页页发霉的、晦暗的纸张，里边夹着一片干枯的玉簪花，轻快地翻动了一下。一滴滚烫的泪珠落在那干枯的玉簪花上，花瓣的脉络在晶莹的泪水中越发清晰。

"我没保护好少爷……小姐，我对不起你……"

"不，金正，"陶媚儿边说边缓缓地抬头望向远方的天空，那耀眼的血光似乎仍然没有停息，"凡事只要对得起自己的良心即可。你为陶家，已经牺牲得太多……"

金正早已经泣不成声，而后脸色突变，捂着左腿跌坐在地上，再也站立不住。

陶媚儿收敛了痛楚之态，急道："怎么？"

金正哀声道："刚在那片竹林里被蛇咬了一口——"

"快把蛇毒吸出！"陶媚儿起身将身后的蜘蛛收起，交与金正。

"小姐，这蜘蛛是做什么用的？"

"你可还记得，我的婆母扶南女医曾用那花蜘蛛解了吴淑媛的蜈蚣之毒？这蜘蛛既能治蜈蚣之毒，便能治蛇毒。快将这蜘蛛研汁辅涂即愈。"

金正信任地照陶媚儿所说试用，果然奏效，不久面色随即缓和下来。

"小姐，我看你平时只是对那花鸟虫鱼钻研良久，原来还有这许多简单易用的方子可医病。"

"幸亏我平日积攒了这些简易有效的方法，不然，当面临急难之时早就捉襟见肘，无计可施了。"

"可我发现天琳少爷还在向朝廷索要炼丹的黄金和贵重的药材。"

陶媚儿叹气说道："纵然是三皇五帝，又有哪个不想长生，永享富贵？于是这世上就多了许多不择手段、利欲熏心之人。一个人若不能遏止贪念，早晚必然引火烧身。"

此时她已彻悟，徐天琳掳她前来，并非想要与她一同炼丹，只不过为了一己之欲，令她与夫君永远相隔。

一个睚眦必报、不顾纲理伦常的医者，怎么会成为万人敬仰的太医令？太医令虚位已久，只因为此职非德才兼备者莫能居之。天琳已完全被老贼蒙蔽，怎会知老贼只是在利用他？

想到这里，想再对金正说些什么，忽然听到徐天琳满足的阴笑声："主仆二人终于见面了。媚儿，这世上还有谁比我更知你心？"

陶媚儿脸色一沉，说道："你既然知晓我的心境，想必也知道我平生最恨什么！"

时值深秋，金正胆怯地看着只着一件单衣、衣袂飘飘而神色空洞的徐天琳，小声说道："我还是先去炼制丹砂好了……"

徐天琳闭目默许，说道："不要忘记了我的嘱咐，要研末重筛，再用醇酒浸泡成泥！"

金正偷偷瞥了一眼陶媚儿，点头称是，随后退了出去。

徐天琳垂首叹道："媚儿，再过些时日，你就知道我的苦心了。"

陶媚儿扭转了头，朝远方望去。草木已到衰季，失去了往日的繁茂和清新。干枯的玉簪花从药典中飘落在地上。

徐天琳默默盯着陶媚儿不语，轻轻地走过去，捡起那玉簪花。

"你还保留着我母亲最喜欢的玉簪花，可知你是念旧之人。你嘴上虽硬，心中却并非对我无情。"

陶媚儿心神一动，他又怎知，玉簪花是那日夫君徐子风亲自采来，戴在自己发髻之上的。

"天琳，"陶媚儿强自按捺住自己内心的愤懑说道，"若你肯改过向善，我便把陶家的药典也赠予你。你有了徐陶两家的医药精髓，何愁不能成为德高望重的大国医，何愁太医令的高位不落于你手？"

徐天琳看着陶媚儿手中的药典，眼神随即迷茫而深远，似乎在思索什么。

"天琳……"陶媚儿再一次呼唤，"你现在醒悟还来得及，为何还要做亲者痛仇者快的事？"

"哦，"他回过神来，苍白的面色愈来愈冷，"你还不相信我能办到那医圣所做之事吗？"

陶媚儿缓缓摇头，叹道："办成如何？办不成又如何？"

徐天琳听后并不回答，只是淡淡点了点头，忽然拉起陶媚儿："你随我来！"

穿越了一条狭长的小径，绕过一泓碧绿的潭水，方才转回那炼丹之地。四周仍然飘荡着那必栗香的味道。

"你可知道这是什么地方？"

陶媚儿再摇头。

"这是当今圣上游玩的乐游苑，昔日这里百草繁花、珍禽异兽，满目琳琅……令人蒙住你的双目，是怕你看了那凄凉之景心生惆怅。你可知道这片清幽之地是乐游苑仅剩的一处好景了。我知你不喜奢华之地，心想既然此时无处可去，不如就将这里作为我们的暂居之地，等劫乱过后，再图他策。"他的瞳孔中卸去了恨意，竟然让人不由得动容。

"你看，这是什么？"他走近磨盘，不知按了何处，磨盘的下部居然斜开出一空洞。他从中取出一个锦盒，微微有些颤抖，拿出一颗雪白的药丸，放松地微笑起来。

那药丸如裹了千层雪，在万千仙景中夺去了百花的芳菲。

"你可知这是什么？"

"难道……"看他双目浸着温润的水汽，陶媚儿惊异地问道，"这是你炼制出来的丹药？"

"哈哈！"他一甩袍袖，畅笑起来，"你可知道，这便是飞雪丹？当年陶弘景先生曾将它进献当今圣上，圣上服用后身轻体健，方能够成为迄今为止不多见的长寿帝王。而我终于成功了！昨日逼你前来，就是为了让你和我一同分享这快乐，可你却……"

字字句句竟都是他的深情表白。

陶媚儿大恸，默默看他把飞雪丹小心翼翼地放回盒内。在他灼热目光的注视下，感到被窥破心思的窘迫，不由得心头一惊，情不自禁地向后退去。

"你可知道这飞雪丹是何种药材所制？"

"有朱砂、曾青或者雄黄？"

他点点头，双手背在身后，身躯竟然有些消瘦。他双目深沉地一瞥，那眼中射出的居然是许久没有见过的柔情。

"陶媚儿果然是陶媚儿，只用肉眼便知道它由何所制！"

陶媚儿躲避着他越来越近的逼人气息，装作漫不经心地看着香炉中袅袅上升的轻烟，慢慢退到方机前。

谁料他却步步紧逼："我从来没有料到自己竟能提前炼出飞雪丹。不仅如此，我还要专为你炼制玉容丹，恢复你的琼花玉貌！"

陶媚儿看他有些涣散的眼神蒙上了一层轻薄的雾气，心越来越沉："难道你向朝廷要那贵重药材就是为了那玉容丹？"

徐天琳喜极，说道："媚儿，你终于懂得我的心了……"

"不！"陶媚儿不由得发出一声凄凉的呼喊，挣脱了他的侵犯，向远处跑去。他费尽心思，不顾亡国之恨，穷己之力，也不过为了炼制所谓的玉容丹？她试图唤醒他的神志，她不要忘家负国的男子，也不要这般专横自私的邻家兄长！但却发现自己变成了泪人，哽咽着，再也说不出一个字。

她的手臂酸痛起来，他的大手早已经钳制住她。他原本就有些凌乱的发髻披散开来，遮挡住他的面容。

她索性迎向他，愤然说道："飞雪丹已经二十多年不曾出现于人世，难道你真要将它进奉圣上？你可知道，若是不成功，你就会成为弑君的谋逆之人，身首异处——"

未等说完，便觉得右臂又是一阵酸痛，她纤细的腰身已经被他紧紧裹住，他的鼻尖即将与她的碰触。

徐天琳终于与她肃然相对，深沉地望向她："看来你还关心我的生死。"

陶媚儿看他的双目中红丝隐隐，杀气颇重，不由得感到浑身冰凉。

"你果真要将我禁锢七七四十九天吗？"陶媚儿说完，冷冷地迎上他的双眸，自己的心已化为一把绝情的利刃，将他与她一刀两断！

他果然有些迟疑，怔怔地看着她的冷淡，慢慢放开了手。

"天琳少爷，小姐……"金正忽然又匆匆折回。

徐天琳与陶媚儿同时惊道："出了什么事？"

"宫里来人了，听说是圣上病重，奉丞相之命来请太医丞和林女医为陛下会诊。"

几番折腾，陶媚儿觉得自己的气力在渐渐消失殆尽。如今听说圣上病危，再也承受不住多日来的疲惫和感伤，缓缓倒了下去。

"快备车回宫！"耳边似乎传来了徐天琳焦急无奈的声音，之后便觉得一片茫茫黑幕铺天盖地而来。

陶媚儿没料到，她这一睡竟然是一天，待悠悠醒转时，已是天幕沉沉。一阵熟悉的龙脑香轻轻沁入鼻孔，兰花锦绫的丝润滑腻添了几多辗转。

只不过短短一日，她便重新回到台城内苑。七七四十九天的禁锢因为当今圣上的忽然病重而结束。

看四下无人，她便挣扎着爬起，跄跄地朝圣上所居的净居殿而去。

净居殿内一片恐慌，本就缟素的帏帐如今已破烂不堪，至善大师不停地敲着木鱼，口念佛经，仿佛这一切都是尘世琐事，与方外之人无关。

地上趴满了叩头如捣蒜的太医，太子殿下愁容紧锁："徐太医，父皇他……"

她的夫君徐子风此刻正站立在病榻之前，绝望地摇头，子风叹道："陛下气息短促、脉搏无力，似正在弥留之际，为臣恐怕回天乏术了。"

太子萧纲听后，愤怒地看了一眼侍立在周围的贼兵，骂道："忘恩负义的东西！父皇一生以仁慈治国，可曾亏待你们，你们……却一口蜜汁也不拿来与他喝……这是欺君罔上的死罪，你们可知道？"

四周众人均不敢应声，只听一片低沉的啜泣声。

"不要……"这时，忽见圣上眼皮微微颤动，双目瞪圆，张开干瘪的手掌，缓缓指向至善大师。

刚刚抬起的手臂，瞬间又放下，凄然驾崩。四周顿时哭号一片。

太子悲痛欲绝，直到哭得浑身无力，方才看了一眼仍然在念经的至善大师："父皇他一生向佛，几次舍身，均是因佛缘难解，临去之时仍然不忘与大师切磋佛理，可谓至诚至善……要多抄些佛经与他超度……"

众人点头称是。

陶媚儿在帐帷之后远远看那绰绰人影，知道徐子风定在其中，却不得与他相见，满腹惆怅油然而生。

正思虑中，忽听"喵呜"一声，只见一只黑花肥猫蹿了过来，一阵逼人的杀气随风而入。只见侯景摇摆着健硕的身躯，带着徐天琳等人进入内殿。

"陛下，微臣来迟了！"侯景跪在圣上的遗体前，虚情假意地号啕大哭起来。

太子萧纲忍着满腔的怒火，冷哼一声，扭转了头。

只见侯景号哭一阵，方才缓慢爬起身来："陛下许久以来龙体不适，都是微臣疏忽了，请殿下恕罪。"

"我父皇素来宽和淡泊，与人为善，若不是寝食不供，怎会落个如此凄凉……"太子话未说完，便又掩袖而泣。

侯景佯装发怒，怒目扫视左右，呵斥道："本丞相是如何叮嘱你们的？如今你们护驾不周，一律死罪！来人，把左右侍奉者拉去砍了，为陛下陪葬！"

众人一听，顿时脸色煞白，整个殿堂中哀戚之声接连不断。

"罢了，"太子萧纲闷声道，"不要再屠戮性命了，父皇在天之灵，定会不安的。"

"殿下冤枉微臣了。微臣派人近日侍奉陛下滋补龙体，也算忠义两全了。如今天有不测风云，微臣也是悲恸欲绝……"侯景边说，边朝徐天琳摆手。

徐天琳上前行礼后，便说道："陛下生前有久喘病，食欲大减而脾胃之气已伤，龙体消瘦，再加年事已高，因此……"

"慢，太医丞不要再说了。徐太医，你前日为父皇诊治得如何？"太子挥手让徐天琳退下，让徐子风上前。

徐子风淡淡看了一眼侯景与徐天琳，眸子中情不自禁地泄露了无限隐忧和痛心："殿下，臣曾经切陛下龙脉，与太医丞所说无异。"

徐天琳得意地暗笑了几下，仍然不屑一顾。

"臣曾用人参白术汤为陛下补脾益气和胃，大补丸降阴火，因药证相符，经治七日痊愈。不承想，短短不足半月，竟驾崩了……是臣护驾不周，请殿下治罪！"徐子风自知回天乏术，只好自请罪罚。

"殿下，如果臣猜得不错，眼前这无耻小人便是弑君的元凶！"徐天琳指着兄长，不阴不阳地说道。

此言一出，众人大哗，啜泣声顿时变为惊愕之声。

听到此刻，陶媚儿心如坠冰窟。万万没料到徐天琳居然平地生波，陡生事端。

"人参得天地精英纯粹之气以生，与人之气体相似，故于人身无所不补。

一方之中，兼用无碍，且能相济，用人参以建中生津，托出邪气，更为有力，又有何不可？"徐子风泰然自若。

徐天琳脸上肌肉似抽动了一下，目光深邃起来，道："殿下，这人参并非谁都能用得适宜……物极必反，若用得不好，不但不能救人，反而是杀人。可曾听过有人因食人参一夜之间七窍流血而死？"

"啊？"众人听了这话，不由得均倒吸一口凉气。

太子萧纲大惊失色，征询般地望向徐子风。

徐子风苦笑摇头："这世间疑难病症诸多种种，如何用药千变万化，最可怕的不是用药，而是人心。若要颠倒是非，信口雌黄，那就无话可说了。"

"哼，你这般说法，是说我污蔑你？"徐天琳冷笑道。

"不求有功，但求问心无愧。"徐子风淡然自若，没有一丝一毫慌乱，"陛下确因精损、气弱、神失而崩。"

"看来你是不到黄河心不死！"徐天琳抬手一挥，立刻看见一个瘦小的男子瑟缩着进来。

陶媚儿看到此人，惊讶之余，几乎失声。

那人原来是金正。

"你是哪里人士？那百年老参可是你所献？"

"小的是京城人士，自小在百草堂做药童，人参正是小的所献……"金正不知所以，低头不敢再看。

"这人参的药效你可知道？"

"人参是上等神草，补五脏、安精神、止惊悸，明目益智，人尽皆知。"金正搔了下头，忽转话锋，"可是，我听陶师傅说过，如今诸多医家不管病去多少，一律都用此物，又有谁能够知道这人参长于补虚，短于攻疾。不论病已去未去，不管病久或体弱，但凡富贵之人，皆必用参。一则过为谨慎，一则借以塞责，而病家都以用参为尽慈孝之道。却不知病未去而用参，则非独元气不充，而病根遂固，诸药罔效，终无愈期。"

众人又是一片惊骇之声。太子萧纲疑惑地看着徐子风问道："难道……"

金正怔怔地看着徐子风，似乎意识到什么，正要开口说话，已被人按住带了下去。

徐子风脸色苍白，不再语言，只是对徐天琳怒目而视。

"事实确凿，你还有何话说？"徐天琳丝毫不以为意，得意地朝徐子风冷笑。

陶媚儿看到此时，心中大急，正欲冲进殿内，却发觉被人扯住衣襟。

"姐姐，不要去，不要给他人落下口实！这里不是女子该出现的地方。"

陶媚儿已听出是晏紫苏的声音，不由得转头说道："若再晚了，怕是他将性命不保。"

"可姐姐若强出头，失去的也许就不仅仅是两条性命！"

陶媚儿心头一震，本想早日解救夫君出这牢狱，没料到她与他却陷入这泥潭沼泽，无法自拔。

"殿下，这徐太医犯的可是弑君之罪。"一直观望的侯景闷声一咳，"老臣看他已不适合在殿下身侧，就先交给老臣处置可好？"

"这……"太子萧纲面红耳赤，显然因无法预料到这突如其来的局面而懊恼。

"既然殿下不下诏，那老臣就僭越了！走……哈哈哈……"侯景仿佛舒了口气，挥手示意将徐子风带走。

只听得铁链铿锵有力地砸在地面，震碎了陶媚儿的心。

"堂堂乾坤，难道真没有王法了？"陶媚儿焦急万分，不知道这劫难何时才能结束。刚刚解了那地钱草之危，没有料到竟又陷入在那百年人参的束缚中。

"还有什么王法？老贼说的就是王法！徐太医虽然有凶险，但未必会失了性命。"晏紫苏说道。

陶媚儿心中一动，顿有所悟："那老贼这般居心叵测，并非有什么忠肝义胆，而是为挟制太子？"

晏紫苏幽幽一叹，咬着嘴唇道："老贼不过是为了逼太子就范，早日将溧阳郡主许配于他。只是徐太医以后在老贼的眼皮底下，再想脱身，恐怕就难上加难了。"

陶媚儿心中一恸，几乎要跌倒，幸被晏紫苏扶住。天下最可悲的事情，就是一个人被一张密不透风的网所覆盖，而编织这网的便是嫡亲的兄弟。

难以遏制的痛楚，再一次铺天盖地袭来。

净居殿内，满地的纸钱在飘曳的烛火映衬下，凄凉而悲怆。一阵清风吹来，飞舞着几片烧残的纸片。

待众人渐渐退去，只剩至善大师闭目而坐，一手默默捻着佛珠，一手轻敲木鱼，空洞的梵音徐徐漾在空中。

缓缓走到至善大师面前，陶媚儿低声道："打扰大师了，民女有事相询！"

至善大师慢慢停止敲击木鱼，睁开双目，射出疑惑的目光："阿弥陀佛，施主请说……"

"大师也是饱学之士，为何今晨看那一场无聊的闹剧而无动于衷？"

"阿弥陀佛……人治不如心治，贫僧若能止住这场灾祸，可又能阻止下一场？即便救了那徐子风，又怎知不会有更多的人惹祸上身？"

陶媚儿心中一怔，眼前的一片迷雾渐渐散开。以那老贼之残暴本性，断断不会将护驾不周的责任揽入自己身上，牺牲了徐子风一人，便救了那些随侍之人。

身为医者，到头来是舍了自己，成全了他人。这就是上天赋予医者的责任吗？

"即便如此，陛下病重已久，大师随侍身边，却又为何不以医药救人？"陶媚儿不相信心中敬仰的大师能够对一切坐视不理。

"贫僧并未在陛下身侧，而是陛下独自在偏殿抄写经书。直到陛下弥留之际，贫僧才应召入内。待贫僧到时，陛下已回光返照了。"

"大师所抄经书是什么？"

"是先帝生前反复吟诵《金刚经》。"至善大师毫不理会陶媚儿的质疑，摸索着从身后取出一本经书。

又一阵清风飘来，烛光猛然跳跃了数下，骤然熄灭了，天地顿时漆黑一片。

一本厚厚的经书已经递到陶媚儿手中，陶媚儿镇定了片刻，说道："民女误会大师了，请大师见谅。"

"阿弥陀佛……"又一声佛号，就再无声息了。

# 第十八章　首乌九九劫

太清三年五月二十七，梁太子萧纲即皇帝位，大赦天下。侯景逼迫萧纲驾临私宴，封自己为宇宙大将军、都督六合诸军事，越发猖狂无度。

因昔日的溧阳郡主、今日的溧阳公主不喜男医，陶媚儿已经成为她的专属医者。当今的皇帝萧纲忍着屈辱和难堪，被迫将所有军国大权尽交老贼。

徐天琳不知为何，忽然间消失不见了。

御花园中的荷池碧绿幽深，一片片水藻浮在水面轻轻摇曳，不时冒着水泡。陶媚儿的心莫名地疼痛，终于觉察出那原来是刻骨的相思。

如今才明白，徐子风的身影已经渗入自己的血液和四肢百骸，已经与自己融为一体。

水面上掉落了几片残花败叶，凭空增添了几分惆怅和凄凉。

"林女医，陛下有请！"

"是……"陶媚儿收敛了神态，整了整衣襟，向含章殿而去。

溧阳公主不甘心被老贼摆布，索性每日任性妄为，摔碟破碗，不进饮食，弄得整个宫廷中一片恐慌和忙乱。

含章殿已被重整一新，四面悬珠帘锁窗，文石瓮地，帏帘皆锦绣，香风拂深阁，看得出侯景的刻意讨好。

远远只见圣上萧纲和昔日的范良娣、今日的范淑妃站立殿外唉声叹气，唏嘘不已。

"因国丧未逾，新帝登基，本想侯景老贼必有所忌惮，溧阳暂时可安然无忧……但又恐怕那老贼为蛮人，素来不理什么纲常伦理，想必也拖不了多久……"范淑妃涕泣道。

萧纲长长叹了口气，苦笑道："朕虽已称帝，但不过是个傀儡皇帝，生死难测，又如何护佑他人？"

范淑妃忽听到萧纲如此颓靡，一时悲从心来，号啕大哭起来。

萧纲皱眉看了一眼，呵斥道："快去看看溧阳，听说又水米不进了，你在这里涕泣又有何用？"

范淑妃止住了哭声，怯怯地看了一眼萧纲，点头欲离去。

"陛下，这医病先医心，就请让民女去为溧阳公主解郁舒心。"陶媚儿想到，早日医好了溧阳公主，也许老贼欢喜，自己便能早日见到徐子风。

萧纲点头道："烦劳女医了。"

陶媚儿跟随范淑妃身后，匆匆向内殿而去。

病愈之后的溧阳公主恢复了花容月貌，只是双眉隐隐带有一丝愁绪。她披散着一头如瀑如缎的青丝，手中拿着一把黑木梳，对着一面镶满宝石的天竺镜呆呆不语。

走近前的范淑妃掩面啜泣不止："可怜的溧阳，你不该生在帝王之家。若是百姓，也许可逃过一劫……"

"母亲，不要再说了！"溧阳公主忽然喝了一声，左手食指却依然不停地在木梳齿上滑动，仿佛要拨开那难以接近的尖锋。

范淑妃的哭泣戛然而止，不可思议地看着她。

"他是不是已经把我的几位兄长全部关押起来了？"溧阳公主的声音透露出沉沉的仇恨和凄凉。

"那老贼不顾天怒人怨，早就该下地狱！"

"母亲，我生得美，是罪过吗？"

"什么？"范淑妃不解地看着自己的女儿，不知道她想要做什么。

"如果生得美丽也是一种错误，那不如，毁了它吧……"话音未落，溧阳公主已经拿起木梳高高举起，尖利的木齿对准自己姣美的面庞，狠狠地戳了下去。

"啊！"猝不及防的呼声震碎了每一个人的灵魂，使众人如泥塑菩萨，僵化了一般。

美如桃花的脸上几个豆大的血珠开始蔓延，渐渐变成了燃烧的火焰……溧阳公主因急怒攻心已经晕厥，修长的手指却仍然紧紧握着那木梳。

"女医，快来救溧阳……"范淑妃悲恸过度，身子一仰，也晕了过去。

到处是慌乱的脚步声和惊呼声，陶媚儿早已经把住溧阳公主的脉搏，这个贵为金枝玉叶的女子在茫茫无助的绝望中，不顾一切，欲以毁容了断这段孽缘。

高贵的血统令她不甘俯首，在绝望中以血的代价来抗争。此刻虽无性命之忧，但恐怕那绝世姿容会留有瑕疵。

陶媚儿一边叹息，一边取出金疮药止血。

黑木梳已被抛到一边，触目的血痕犹在，仿佛割裂了自己的喉咙，让人感到窒息。

陶媚儿终于将母女两人安顿好，方才起身。待回首看那玲珑华贵、洞悉一切的宝石镜，竟然也覆有一颗硕大的血珠。那是血泪铸就的珍珠，令人哀痛的珍稀之物。

悠悠醒转的范淑妃因哭泣太久，声音已经嘶哑："我可怜的女儿，怕是从今以后更不能安生！那老贼不能随心所愿，必将迁怒于人，不知道会有多少条无辜性命因此而断送……"

"殿下她未曾解开心结，夫人慢慢劝解吧……"

"女医，请与我实说，溧阳这伤瘢可能复原？"触摸着女儿苍白的脸，范淑妃掩饰不住自己的隐忧。

陶媚儿幽幽一叹说道："若说太平盛世，民女便可保殿下她复原。可惜这御用之药已断，又到哪里去找寻上好的金疮药？"

范淑妃神色黯然，两排珍珠泪又潸潸而下，道："并非我狠心如此，若让我牺牲自己的性命去换溧阳，我都愿意。只是我无法替代她……她皇祖父已被那老贼活活逼死，若不舍了她，大梁的江山社稷，她父皇、兄弟和众多的臣子百姓恐怕性命不保……"

"最好的伤药莫过于琥珀了，但是这琥珀本就来之不易，何况是如今？"

"琥珀？"范淑妃目瞪口呆，再也站立不住，缓缓跌坐在椅上，"听说大梁宫本是有琥珀杯的，可是早已失窃难寻了……这可如何是好？"

"母亲，我毁了面容，让你这般失望吗？"不知何时，早已醒来的溧阳公主呆坐一旁，面如死灰，了无生机。

"你？"范淑妃又惊又喜，"你好些了吗？"

"母亲可是要用我一人，去换取大梁的安宁？若真是如此，我还比不了前朝去塞外和亲的公主，她们毕竟是去找寻另一方天地。而我，却是羊入虎口，再无活路……"

范淑妃一阵辛酸啜泣："溧阳，母亲对不住你……"

溧阳公主别过脸去，不再言语。

范淑妃求助般地看向陶媚儿，只见陶媚儿轻轻拿出一个木盒，轻轻打开，对溧阳公主说道："殿下请看这是什么？"

溧阳公主转身，不屑地看着那一颗颗棕黑色的、带刺的小球："这是田间杂草所生，我怎么能见到？"

陶媚儿笑了，小心捏起一颗，说道："公主说得不错，这本是田间最不起眼的一株杂草所生，名叫苍耳，这便是它的果实。可不能小看了这苍耳子，它虽普通，却能治肝热、明目、治一切风气、填髓、暖脚、治疥疮。炒香了浸酒，去风补益。"

听到这里，溧阳公主已目不转睛地盯着那一颗颗小小的苍耳子。

"殿下，可听过示弱求存的道理？"

溧阳公主疑惑地看着陶媚儿，轻轻摇了摇头。

"这世间纷繁鲜果，芳香本草，自然是最招人注目，因此也很快便被取之用尽。可苍耳却长在田间杂草中，不为人知。可谁又能知道，它既可以炊熟食用，又可以做良药方剂，即使在这乱世纷争中，也许被人随之割去，但是它留下的苍耳子却粘在人的衣襟之上，随遇而安，待来年春天，便又重生。"

250

溧阳公主怔怔不语，似有所思。

"它虽然弱小，也曾经任人宰割，但却留下了生的希望，生生世世，永不放弃。"陶媚儿说着，眼前已朦胧一片。

范淑妃忧郁地看着女儿的神情，说道："溧阳，也许有一天，你终究会明白生在皇室的悲哀……"

一阵香风掀起了帏帐，只见溧阳公主的神色笃定，如玉雕一般，光彩照人。


夜色沉沉，月挂中天，偌大的皇城暂时放下了创痛，呈现出难得的安宁。

苦于没有伤疮良药的陶媚儿，怔怔地坐在御药房中。

闻了闻久违的药香，她掰断了几块茯苓，残渣掉落在案上。一个长屉被拉来，里边的黄连根稀落散乱。窗口的破洞中不时送来凉夜的几分悲怆，昔日忙乱的御药房竟然空无一人。

徐父曾说过，在御药房供职的足足有上百人，日日忙碌，穿梭于宫廷之内。闻着煎煮中的药香配药开方，也是从医之人难得的享受。只可惜，那繁华的场景已不复存在了。

即便药材如此短缺，恐怕这也是整个建康城中最富有的药房了。

吱呀一声，忽然看到那斑驳的门缓缓被打开。

陶媚儿凝神问道："谁？"

没有人回答，只传来断断续续的咳嗽声。稍后，一个修长的瘦弱身影在暗墙上摇曳。

惊骇中的她，立即放下手中的药材，向僻静处躲去。

"不要躲，"那声音沙哑无力，一边摸索着木椅迟缓坐定，一边大口喘着气，"我的眼睛已经几乎看不到了，不会对你怎么样，不要怕……"

"您是？"陶媚儿没有料到宫中此时还会出现这样一个扑朔迷离的人。

"这正是我要问你的，我是御药房的李方丞，在宫中待了四十年了，却从来没有见过你。你到底是谁……"他一口气说完话，憋闷了许久的喉咙又开始响动，然后又是一阵剧烈的咳嗽。

"禀大人，当今圣上命我来寻药配方，为溧阳公主治疗伤症。"

251

"哦？"李方丞眯起了混浊的双目，干笑起来，"我倒是不知，这宫里的太医们都死绝了吗？怎么让一个女子来诊治？"

陶媚儿淡淡一笑，说道："大人，民女也是偶入宫中，并不是什么太医。承蒙陛下抬爱，才放手一试，请大人不要见笑。"

李方丞伸出一只干枯的手掌摇了摇，闷声说道："我就是诧异，区区几个叛贼就让大梁的几十万雄兵缴械投降，堂堂天子也被软禁不得自由，太医都找不到几个。"

"一切皆是天意……"陶媚儿想起至善大师的话，顿时感慨万千。

"唉，"李方丞叹了一口气，用右手轻捶了捶前胸，"如果当初徐太医一家还在，这药房中必然少不了他们的身影。要论忠义，这满朝的医士都比不了徐家。"

陶媚儿捂住呼之欲出的心脏，强自镇定，问道："大人说的可是那七世为医的徐家吗？"

"一点儿不错！"李方丞眯着的双目忽然睁开，射出炫目的精光，"难道你见过他们？"

陶媚儿低头说道："听人说徐家是因为误伤了皇孙，又失去了御用的药物才被罚出宫，但徐家并未离开京城，一直在京城救死扶伤，口碑甚好。"

李方丞扶住方案，颤颤地起身："那徐氏族人心地慈悲，想必名声不会差了。只可惜，坏事就坏在他们太善良了……"

"大人此话怎讲？"陶媚儿内心有些窃喜，如将徐父的冤屈之事平反昭雪，徐氏祖先在九泉之下也可瞑目了。

李方丞又是长吁短叹一番，两行浊泪流下："如今大梁的气数已尽，多少陈年往事都已随风而去，你我不知何时身首异处，我便说给你听。"

点点烛火将熄，却又忽然迸跳起来，恰似死水微澜，风波又起。

"其实当时为那皇孙治疗的场景我依然记得清清楚楚，那日我和义子高铭就在旁边协助，起先一切都风平浪静，谁料不过一夜工夫，就丢了三条性命……"

"徐氏父子惊慌不安，我也百思不得其解，便去找我那义子，却发现他蜷缩在一床被下，瑟瑟发抖。我大惊失色，问他为何。"

"为何？"

李方丞又粗重地喘了几口气，缓缓说道："是他不小心打翻了皇孙的汤药，害怕被责罚，于是便自作主张开了一张方子配药，谁料竟然医死了皇孙。这是灭门之罪，我也惊慌失措，便以他母亲身体不适，让他回家侍奉为名，尽快离开皇宫。宫里少了个小药童并不是什么稀罕之事。"

"啊？"陶媚儿骇道，"身为医家，做了这样忤逆之事，难道不怕天谴吗？"

李方丞听了，仰天凄凉地一笑："上天确确实实惩罚了我，我夫人因难产而死，一尸两命，使我终生没有子嗣。最可恨的就是我那义子，临出宫时竟然偷走了宫里的珍贵物品琥珀杯。"他说着，那笑声竟然变成了哭泣，"我日日夜夜被噩梦所扰，直到今天都没有找回那个逆子，还有丢失的琥珀杯……"

"做错了并不可怕，最可怕的便是明知有错，却一错再错，不思悔改。"

陶媚儿的话铿锵有力，犹如重锤。

李方丞忽然面色惨白，佝偻的身躯飘摇了起来："我那时竟昏聩无比，因害怕祸及自身，就移花接木，略施小计，将那琥珀杯遗失之事也嫁祸给徐家。"

"大人施用了什么巧计？"陶媚儿轻擦了一下眼角的泪水，陈年往事竟这样揭开了谜底。

"那一晚，我从窗外看到徐佑才之子徐立康和扶南女医在御药房中似乎暧昧不清，便灵机一动，差人唤徐佑才前去。"

"徐家本已经是戴罪之身，多一项罪责不多，少一项罪责不少，是吗？大人既然为医数十载，也应自知从医之人忌生恶念，倘若身怀不良之心，如何心平气和地诊治开方呢？"

"你？"李方丞似乎醒悟了什么，伸出一指指向陶媚儿，"你到底……是……谁？你怎知我心生妄念？"

"大人无须问我是何人，这人心如谷种，到处都是生机，只因为物欲掩盖了生机，眼中便只有狭隘了。"

李方丞怔了怔，不再激昂，似乎悟出了什么："果真是我错了，当年我只嫉恨那徐立康事事都在我之上，便狠了狠心，一不做二不休，让他落入万劫不复之地。谁料也让自己走向不归路……"

"以虚养心，以德养身，似乎才是医者之道。"

"不错，"他额头上的皱纹愈来愈深，"我这一错，就用我一生的愧疚和遗憾来惩罚自己。如果时光可以倒流，重新来过，我一定会还那徐氏清白。"

"大人有此心，一切心结都可结了。但如今国难当头，再叙往事无益。要想心安，不如行善吧……"

他长长叹了一口气："我已经行将就木，但愿此生还能有机会……姑娘你在此找寻什么？"

陶媚儿心中不由得怅然："我本是看这偌大的药房竟然空无一人，进来只想搜寻一下有没有可用的草药。"

"那姑娘可曾搜到什么？"

"唉，所剩的都是一些零星草药，不堪大用。若当年那琥珀杯还在，也许就会有大用了。"

"琥珀杯……"李方丞额头青筋似乎抽动了一下，"我知道它在哪里。"

"什么？"陶媚儿一惊，"大人不是说那琥珀杯被你的义子盗走了？"

"不错，我本以为此生再也看不到他了，但是却在前几日听一宫人念方子，便知道是他来了。"

"何以见得？"

"那宫人说是给刚刚驾崩的先帝所用的御方，他念到用胡桃肉与生姜嚼服——这种药物的配伍是我独创，只教授给他一人——随后那宫人笑道，这大师好奇怪，总是在方剂最后画一个圈。"

陶媚儿听到此，心中一动，道："他……大师？"

"我无论如何也不曾想到，他居然入了佛门，听说是武帝最信任的禅师，不仅精通经史，还擅长医药。"

"大人，你说的那人可是……"陶媚儿顿了顿，下定决心说了出来，"至善大师？"

李方丞的眼神似乎凝固了，怔怔地看着陶媚儿："我看你这女子，实在是洞察微毫又深明大义。不知为何，虽和你素昧平生，却不知不觉把憋闷了多年的话和你说出，我这胸中的沉疴终于解脱，即使是死了，我也知足了……"

"那琥珀杯的去处大人可知道？国家逢乱，百姓伤痛，还有更多的人等着这琥珀来疗伤呢。"

"那琥珀就在宫中，这般珍贵的疗伤圣药，只有带在身边才是最安全的。"此时的李方丞一口气说了诸多的话，竟没有再咳嗽一次。

陶媚儿的心已经缩紧，没料到在心中疑惑了许久的谜底终于揭开。最让人难以接受的就是那德高望重的至善大师却有这样一段不为人知的隐情。

"若他真的投身佛门，改过向善，我倒也安心了。可是他却……"李方丞叹了口气，继续说道，"有一天深夜，我看他悄悄溜入御花园中，在一株奇怪的老槐下观望……"

"且慢，大人不是身患目疾吗？"

李方丞诡异地笑了笑，道："我这目疾也是奇怪，尤其是我的左眼，越到深夜，反而越看得清楚……他在我身边待了十多年，他身上的气息我还是能够感应到的……"

"大人说的那株槐树可是一株死后又重生的双槐？"

"正是！"李方丞点头，"那株槐树自我入宫以来就在那里了。"

"大人的意思是，他每日并非只图清净去坐禅，而是为了……"陶媚儿恍然大悟，原来这世上即使亲眼所见也未必真实，人心隔肚皮，谁又知道那遁入空门之人也贪恋财物和富贵呢？

"我一定要找他问问，难道这些年他的良心都让狗吃了？全然忘记我对他的养育之恩了？"李方丞说着，又开始捶胸，咳嗽起来。

正说着，又听到外边一阵喧闹，只听李方丞说道："这大梁的皇宫现在已是乌烟瘴气，鼠辈横行，不成体统了，唉……"

"大人，民女先去探看究竟。一月之后，在这里等大人，还有事情求教。"

"我与你一见投缘，还说什么客套话？去吧……"李方丞闷声忍住了咳嗽，挥了挥手。

陶媚儿深深施了一礼，匆匆离去。

听说有人潜入藏书阁，偷盗了先帝亲自编撰的经史书籍，并且用刀砍伤了

255

看守藏经阁的侍卫。

王伟又带着一群人到处搜寻。虽然已是深夜，宫里却人声鼎沸，灯火通明，乱成一片。

走到僻静之处，正与一人相撞。

"安生？"

只见安生惊慌失措，举着一双手大呼："女医快救救我！"

陶媚儿惊诧万分，连忙领他到灯火通明之处。只见他的十指发黑，高高地肿了起来。

"发生了什么事？"

"那经书上有毒！"安生惊骇地看着陶媚儿，额头上已是大汗淋淋。

陶媚儿不可置信地看着他，昨日安生看到那本《金刚经》，说要去参禅，谁料不过一日就发生了如此匪夷所思之事。

至善大师在那《金刚经》中竟下了毒？

"昨日我翻到内页，发现内页那张纸居然是血红色的，好奇之下，便用手指搓捻了数下，没有发现什么端倪，但手指却不知不觉发黑疼痛、肿了起来……"

陶媚儿未等他说完，已将几支银针刺向安生的手部要穴，一片黑血顿时淌了下来。

安生的痛楚之态渐渐缓和，颤抖着说道："这佛家圣经为何也会有这阴狠之物？"

陶媚儿摇头，为何自己却没有中毒，而安生却难逃厄运？知人知面不知心，至善大师难道本非良善之辈？

连连发生这许多蹊跷之事，令人思绪难解。更令陶媚儿愧疚的是，虽然也为安生敷用了一些解毒的草药，那肿痛渐渐除去，可是从此安生那一双手却僵直笨拙，无法再如从前那般灵巧。

这许多日子，陶媚儿夜夜无眠，寂寥随着晚风灌入脖颈。如今建康城到处是焚烧过后的焦煳和疮痍。繁花似锦的岁月已成空断，又有谁能力挽狂澜，重建那安居乐业的盛世情景？

朝朝暮暮，几多烦愁，又有谁人能知医家之烦恼？愧为人医，却不能医人，亦不能医己。

想着想着，不知不觉朝那双生树走去。

眼前忽然一阵微弱的火光一闪，一个黑影闪过，躲入假山之后。

"请回去禀告湘东王殿下，新帝虽无实权，却依然吟风诵月，看来侯景还不想背个弑君的骂名，想保全名声。"

"殿下珍爱先帝亲自编校的经史书稿，怕毁于贼人之手，你要多想办法保全。"

"请殿下放心。"

"殿下虽然爱才若渴，不想让大梁的良工巧匠尽遭杀身之祸，但若是有人阻碍了殿下的大业，势必要除之而后快。"

"若是这些人爱慕富贵权力，倒是好收买。唯独那医术高超的徐子风和女医林惠淡泊名利，不贪富贵。"

"若不能为我所用，他人也别想得到。明白了吗？"

"殿下放心，那林惠颇为多事，我已经下了我的独门秘制毒药，哈哈，可惜了她那一双手，再也无法施针弄药。徐子风更不用我等担忧，有人会帮我等除之。"

两人一阵轻狂笑声之后，身形一闪，就消失在乱花残枝中。从山石后边走出的时候，陶媚儿手中已经攥着几株干枯的草叶。借着微弱的灯光，依然能够分辨出这小草便是那荆州到处都长满了的地钱草。

唯一不同的是，那草叶上却微微掺杂着一股檀香的味道。闻惯了百草清香的陶媚儿，稍有异常，便瞒不了她。

湘东王果然在隔岸观火，伺机而动。宫闱之争，尔虞我诈，险恶丛生，丧失了人伦与亲情，却让人欲罢不能。

陶媚儿心中渐渐浮起了一个熟悉的身影，只是……让人不愿意相信的就是那个貌似洞悉一切、仁德宽宏的高僧居然是隐藏已久的内奸！没有证据，又有何人相信自己？夫君的腿因此人而伤，因此人而蒙受不白之冤，何时能一洗耻辱？

脚步软软的，再也无法支撑起心里的创伤。深夜的露水打湿了裙摆，一眼望不到尽头的苍穹，繁星点点，诉尽苍凉。

　　李方丞果然在那月圆之夜等她。御药房的窗棂已破，月色一览无余。

　　陶媚儿心急如焚，恨不得早日将那奸细绳之以法，与徐子风离开这是非之地。

　　"大人，可曾验证那至善的真实身份？"

　　李方丞点头道："那日我为圣上送呈方药，偷听到他与圣上清谈……我虽看不真切，却听得出他便是我的义子高铭。"

　　"如今他蒙受圣上宠信，谁又肯相信他便是湘东王的奸细？"

　　"你说什么？"李方丞一听大急，一口痰涌了上来，几乎要晕厥。

　　陶媚儿连忙近前救治，待他缓过气来，叹道："民女万万没有料到，他便是那找寻已久的奸细。"

　　"他劣性不改，居然以佛门为掩护，伤害忠良，简直是衣冠禽兽……"李方丞话音未落，便听到一阵轻笑。

　　"真是什么都瞒不了林女医，我韬光养晦多年，不过是为了扬眉吐气，可是到最后却还是棋差一着，险些栽在你林女医手里。幸亏我察觉得早……"

　　门被重重地推开，高铭阴毒的双眸直望过来，震慑了陶媚儿的心。

　　"你，逆子！"李方丞长长喘了一口粗气，左手指向他，"忘恩负义的东西！背弃了家国，你良心何安？"

　　高铭狰狞地朝他瞪去，怒道："我忘恩负义？你又何曾光明磊落了？要不是你，徐氏何以会流落民间？你将我赶出皇宫，我无依无靠，要到哪里栖身？若不是湘东王收留了我，我今天不知会沦落何处。"

　　李方丞肩膀剧烈地抖动，不甘心地挣扎着："你……"

　　"若不是看你对我有养育之恩，你早就去见阎王了！"高铭目空一切地扫视着空空如也的药屉，冷漠如冰，"这许多年，你在皇宫内苑享受帝王之敬，又何曾惦记我的生死？"

　　陶媚儿看他一身佛衣，空灵淡泊的神态尽数退去，毫不掩藏那卑劣无耻的行径，不由得心痛万分。

"大师说过，多行不义必自毙……"

"哈哈哈……什么佛能度人？那不过是天子为了教化愚民所生。我是一个曾经叛离宫廷的人，若不是隐入佛门，吃斋念佛，受那难堪的苦寒，又怎能投帝王所好，重入宫中，一洗过去之耻？"

"我……"李方丞怒声说，"我要大义灭亲，去陛下那里告发你。即便是侯景老贼也未必能饶得了你！"

"嘿嘿，"高铭又一声阴冷的狂笑，"恐怕已经来不及了，昨日你是否饮了圣上御赐的长春酒？"

"什么？"

李方丞和陶媚儿脸色大变。

"那药如今也该发作了……我也在其中下了毒，那毒药的配方还是你传授我的，无色无味，杀人于无形。我曾做过改良，现在连你自己都识别不出来了吧？"

"你……无耻……"陶媚儿怒极，连忙去看李方丞，他正恐惧地掐着自己的喉咙，嘴角殷红一片。

"丧尽天良……"陶媚儿的谴责声已淹没在眼前这个亵渎佛门的无耻小人的狂妄笑声中。

只见李方丞佝偻的身躯再次抖动了几下，双目一翻，再无声息。

陶媚儿的心在流血，怒视着眼前这个卑鄙之人。

黑暗中一阵窸窣作响，高铭不知从何处取出一把尖利的刀，抖动了几下，泻出一片凛冽的寒光。

"林女医，知道得太多，未必是好事。如今我也只有打发你去了。"

陶媚儿一步一步地后退去，心中没有一丝恐惧，凉风从破窗钻入，吹醒了她有些混乱的思绪。

"有人来了！"陶媚儿忽然大喝一声，趁高铭一愣，飞起一脚，踢落了那把尖刀，随后在黑暗的掩护下，迅速向外冲去。

"往哪里逃？！"身后是高铭气急败坏的喝声。

陶媚儿看远处似有灯火，便不停地飞奔而去。

"林女医，原来你在这里！"陶媚儿一惊，被王伟一张惊喜的脸挡住了去路。

紧跟其后的高铭无法收回脚步，完全暴露于众人之前。

"大师也在此？丞相近日左足肿痛得厉害，让我宣你二人进昭阳殿为丞相会诊。正好省事了，二位一同随我去吧。"

陶媚儿吁了一口气，暗暗看了高铭一眼，他的面孔苍白生硬，尖刀早已藏入袖中。

好险，终于躲过了一场杀劫。陶媚儿暗暗下了决心，从此刻起，绝不再让他有杀戮的时机。

既来之，则安之。二人匆匆赶往昭阳殿，首先映入眼帘的一幕却让陶媚儿心胆欲裂。

# 第十九章　连翘似人心

　　一个侍卫将一把长刃架在徐子风的脖颈之上，不远处一镂空雕花锦榻上，侯景老贼半躺半仰，一只青壶斜躺地上，不时淌出几滴透明的玉液。

　　当今圣上萧纲和范淑妃坐在一旁，两人均面如死灰，不知所措。

　　徐子风仿佛察觉到什么，抬头望见一脸惊惧的陶媚儿，双眸顿时迷乱起来。

　　子风。陶媚儿暗暗呼唤着他的名字，与他的视线紧紧锁在一起。这许多日子，你可还好？

　　"怎么？你想害死本丞相？"侯景呻吟着，不满地说道，"若不是本丞相爱才若渴，你早就身首异处了！"

　　徐子风淡笑了一声，说道："医海无涯，臣杯水已满，无法再替丞相诊治了。"

　　"哼，本丞相看你是心结未解，有什么心事就说出来吧。"

　　徐子风摇头不语，只是淡笑。

　　"民女斗胆，敢问是何事让丞相发怒？"陶媚儿自知以徐子风之高傲，必然不肯对老贼俯首帖耳，因此借故推辞，但恐怕会因此激怒老贼，使性命不保。

　　"徐太医说本丞相这肉瘤虽可切除，但因连接筋脉，恐怕会引起其他变故，致使左足麻痹，不能行走。"老贼边说边露了一个白眼，皱眉不悦，"徐太医还说要用烧红的烙铁烙破脓疡，使脓液流出。"

陶媚儿看了徐子风一眼，说道："大体确实如此，只是对丞相犯了大不敬之罪……不过，丞相，民女有一秘方，要献与丞相。"

"哦？"侯景似乎提了些精神，"快快写来！"

陶媚儿四下望去，只见徐子风、圣上和范淑妃俱都轻轻摇头，试图阻止她。

"丞相看了我这方子必然大悦，病自然就痊愈得快了。"陶媚儿笃定地点了点头，似乎下了决心做着一件大事。

侯景挥了挥手，那持刀的侍卫随即撤离了内殿。陶媚儿看徐子风已经脱离了险境，悬浮的心方又落下。

大殿内鸦雀无声，众目睽睽之下，陶媚儿强自按捺住心神，拿笔的右腕在微微颤抖。

方剂呈上，侯景看了，眼神凝重了片刻，说道："这方剂确实能去了本丞相的一桩心病。"

众人惊愕，不知道陶媚儿写的是什么。

"至善大师，那你有何高见？"侯景面无表情地看着高梁上的雕花兰琉。

"阿弥陀佛……"高铭收敛了杀机，流露出一种怪异的表情。他双手一合，稽首道："贫僧以为，以活血化瘀、通络攻毒之药内服外敷，以稳妥为宜。"

侯景闷声哼了一声，转头对萧纲说道："陛下，大梁御药房可有微臣所用之药？"

"这……"萧纲沉吟不语，再转头求助似的望向陶媚儿。

陶媚儿恨恨地瞪了一眼高铭说道："御药房药材寥寥无几，如今连侍奉皇室几十年的李方丞也被忘恩负义的无耻小人所杀。"

此言一出，满堂皆惊。高铭的苍白脸色逐渐被一种绝望的神情所替代。冥冥之中，仿佛一切早已注定。作茧自缚的人终究不是别人，而是自己。到头来，只是将自己陷入无法挣脱的樊笼。

"来人，将那湘东王的奸细与我拿下！"只听侯景一声断喝，立刻有侍卫上前将高铭缚住。

所有人都怔怔不语，不明白为何将德高望重的至善大师当作奸细。

"陛下！"高铭挣脱了侍卫的禁锢，奔向当今圣上萧纲。

萧纲顿时又气又怒："林女医，弄错了吧？大师在先帝和朕身边日久，怎么会是奸细？"

原来陶媚儿呈与侯景的并不是什么方剂，而是写明至善大师即为湘东王奸细的原委。侯景老贼最忌讳的便是湘东王，又怎能放过他？

"陛下，他并不是什么至善大师，而是一个道貌岸然的伪君子，是杀害老方丞的真凶，也是湘东王派来的奸细！"

"你信口雌黄，仅凭你一面之词就能断定我是湘东王的奸细？"高铭冷眼看了陶媚儿一眼，企图顽抗到底。

"高铭，可惜了你的聪明才智。若能救国救民，改过自新，也算是功德一件。可你是非不分，作恶太多！"陶媚儿痛心疾首地说道，"你可知道，正是你的自信泄露了你的身份？"

高铭一怔："何出此言？"

"俗语说江山易改，本性难移，你的目光中隐隐流露出一股戾气，和佛家的淡定似乎有所不同，此其一；你曾经给我一部抄写好的《金刚经》，那纸张竟是珍贵的藤纸，而最后落款处有一处如雨点般大小的墨圈，民女觉得熟悉，那时竟不曾想起在哪里见过……"殿堂之中，只听到陶媚儿脆语连珠，"那日听老方丞说起，民女方才想起，你就是那日前来百草堂寻医问药的老者。你并非为了医病而去，而是想查看徐氏在民间的境况。"

说到此，陶媚儿深深地看了一眼徐子风，就是那个傲气的男子在那一天夺走了自己的心；也是因为那男子，她更洞悉了这人世间的真情。

高铭听到这里，神情渐渐萎靡。

"虽然你易了容，伪装了声音，却依然没有改掉那蘸笔的习性。民女自幼就与本草朝夕相处，自知用药稍有懈怠就会祸及性命，因此便养成了观察细微的习惯。没料到正是由于如此，才发现你的身份可疑。那日你看到徐氏在民间被恩怨情仇所扰，虽绝尘而去，心中却甚为快意。"

高铭目瞪口呆，绝望地摇了摇头："可叹我用尽心机，竟因为你一个普通女医而功亏一篑……"

"还有其三，在没有确凿证据之前，民女仍然不敢轻易确信你就是那日在假山之后与他人交谈之人，可如今……"陶媚儿无奈地向下望去，高铭手中依然在不停地捻动那串乌木佛珠，"到如今我才确信天网恢恢，疏而不漏，正是你的思乡情怀让你无所遁形。你因思乡情重，以那地钱草为凭传递消息，却阴差阳错中害徐子风入牢狱，让他蒙受不白之冤。"

再看徐子风，他眼中流露出惊喜的神采，专注地看着自己。

圣上和范淑妃听了愧色难当，不由得连连叹气。侯景老贼竟似在看一桩好戏，非但一言不发，还似乎意犹未尽。

听到这里，高铭的身躯已经剧烈地晃动起来，虚弱地说："原来我在女医眼中早就无所遁形了……"

陶媚儿点了点头，继续说道："你的佛珠每到那菱角之边缘，便会减慢了捻动的进程。"

高铭听到此话，手中猛地一捵，那乌木佛珠竟然被扯断，乌黑圆润的珠子七零八落滚了一地。一个物件啪的一声掉落在地。

陶媚儿轻轻走近前，扒开凌乱的乌木佛珠，捡起那个三角菱，说道："同样是菱，却分为几种，苏州的折腰菱多生两角，而有一种菱有三角而无刺，恰恰是荆州的郢城菱。"

周围众人已经听得倒吸一口凉气，纷纷自语："原来此中有诸多破绽，我等竟毫无察觉！"

高铭呆愣片刻，再也抑制不住自己的失落，忽然狂笑起来："哈哈哈！看来我想不承认也不行了。没错，若论谋略筹谋，自然知己知彼，百战不殆，你中有我，我中又有你……我为锄奸惩恶，拯救国运而死，纵然担了奸细的骂名又有何妨？"

"高铭，你害的何止一人？你欲害我不成，却使安生的一双巧手从此成为残疾。你的所作所为岂不是亵渎了我佛慈悲的本意？"

"那又如何？我佛普度众生，为何能救众生，不能普度我一人？"高铭轻

264

蔑一笑，"兵不厌诈，这有何蹊跷？"

"你枉修了这许多年佛理，却未能真心向佛！"陶媚儿一字一句，痛斥着这个执迷不悟的人。

"陶媚儿，是我昏聩糊涂，太低估了你！湘东王才是天之骄子，锄奸之重任必然落入他手，这等功勋大梁能有几人？"

圣上萧纲痛心地说："朕终于明白，为何你眼睁睁看着父皇饿死却不施以援手。亏父皇对你信任有加，终日与你论经理佛，视你为忘年之交，你却做出了这等忘恩负义、假仁假义之事！"

"哈哈哈……"高铭狂笑中不乏凄凉，"不错，先帝临终前指向我，是因为我曾告诉他，我是他至爱的湘东王派来监视他的，想逼他在临终前将帝位传给湘东王，可惜他怒极之下昏厥过去。他确因积郁成疾、受饥饿而崩，并非用药不慎而亡……"

徐子风听到这里，不禁释然一笑，深情的视线又向陶媚儿寻来。

"岂有此理！"侯景已将胡须高高地吹了起来，"本丞相竟然放纵这样一个猪狗不如的东西在皇城！来人，把他押下去一刀砍了！"

"且慢！刀下留人！"陶媚儿和徐子风异口同声道。二人再次深情相望，随即会心一笑。

"丞相，这城中只有他知道那琥珀杯的去向，有了那琥珀杯，溧阳公主面庞上的疮疤就可完全治愈了。"

"哦？"侯景沉吟了一会儿，方才点头。

正在这时，只见高铭从袖中掏出短刀，朝距离最近的徐子风冲了过去。风云突变只在转瞬之间，高铭的尖刀已放到徐子风的脖颈上。

"你果真不可救药了！"陶媚儿气急，恨不得那刀是架在自己身上。徐子风因脚下铁链未除，又有腿伤，行动不便，才无法及时脱困。

"你只管杀！"徐子风并不畏惧，静静地说道，"如果杀了我一人，能解了你心头之恨，就请动手好了。"

"不！"一声撕心裂肺的呼声，震慑了每一个人的灵魂。原来是陶媚儿，她不顾一切，冲近前去。

徐子风忧心忡忡地看着她，连连摇头。

"你恨的是我，要杀要剐就请冲我一人来！"陶媚儿一步一步向前走去。

高铭显然被她的行径所震撼："我只想毁了他，让大梁从此无良医可用，也为湘东王除了后顾之忧！"

陶媚儿连连摇头，她不想失去了自己最心爱的男子。他若死了，纵然自己独活，也是了无生机。

"慢！"高铭看她无所畏惧，不停向前走来，莫名地胆寒起来，"你到底是谁？和他又有何渊源？为何以死相救？"

陶媚儿两行珠泪碎断落下，看得所有人惊骇万分："我是陶媚儿，是他的妻子！是我使你落入这万劫不复之地，你就取了我的性命如何？他已是残疾之人，何必咄咄相逼？"

四周是一片惊诧之声。侯景双目瞪得如铜铃般大小，而圣上嗟叹连连，范淑妃已热泪盈眶。

"胡说！"不料徐子风却驳道，"可笑！看你年龄一把，姿容平庸，就算是长了菩萨心肠，也不必乱认夫君。快快躲开，不关你的事！"

陶媚儿泪眼婆娑，眼前的面孔一片模糊："我是医家，以药易容算不得什么稀奇事。子风，我已决心和你生死相依，永不分离，即便是死，此生也足矣！不要再逃避了……"

"哈哈哈……众人可曾听说世上有这般神奇的易容药？"徐子风不屑一顾笑道。

"别人或许不得，但身兼徐陶两家医药之长的陶媚儿拥有此药！"

"你，不可理喻……"徐子风摇头苦笑，"你这又老又丑的女子，快快离开此地，让人看着心烦意乱！"

陶媚儿充耳不闻，继续向前走去。

正当众人都为两人捏了一把汗，却见高铭忽然手一松，将徐子风推向陶媚儿。

陶媚儿感受到那熟悉的胸膛，万千思念化为短暂的幸福，将他紧紧拥住。任百炼钢亦化为绕指柔，眼前的冰山终于雪融冰消。待陶媚儿抬首，只见徐子风憔悴的双目深深凝视着她。

只听得高铭凄婉地一叹，拂袖掩面："陶媚儿，我佩服你，你是这世上一等一率真性情的好女子！我终于明白了，建康是藏龙卧虎的福泽之地，即使我杀了你们，还会有更多的医者出现……只可惜，我已经无颜再眷恋尘世了……"

听到这里，陶媚儿和徐子风大惊失色，一同奔向前去。只是晚了一步，高铭将那把短刀深深插进了自己的胸膛，他面色绀青，气息短促，已到了弥留之际。

"本相不许他死，快，快……"早已发现有变的侯景气急败坏地挥袖大呼。

"双树双生，参商互离……"高铭气若游丝的声音断断续续传入陶媚儿耳膜，她不由得感慨万千。

高铭在临终前终于做了一件善事，他不愿意使琥珀杯落入叛贼之手，因此告诉自己，那琥珀杯就藏在双生树下。

"他说的什么？快撬开他的嘴，让他说出琥珀杯的下落！若找不到琥珀杯，我就将你们一干人等碎尸万段！"

陶媚儿顿觉手暖暖的，被一只厚重的手覆盖。徐子风目不转睛地看着她说道："自古邪不胜正，媚儿，我们赢了……"

"很好，贤伉俪情深意切，助本丞相除了眼中钉、肉中刺，要何奖赏？"侯景眯缝着眼，心满意足地笑着。

陶媚儿与徐子风对视一笑，说道："民女与夫君志不在此，只想过闲云野鹤的日子，请丞相成全。"

"哦？"侯景沉吟了片刻，在卧榻上重新躺了下来，呻吟道，"陛下，臣的肉瘤还没有割除，臣想借徐太医夫妇二人之力医好这痼疾，陛下看可好？"

圣上萧纲听了此话，不由得浑身一颤。老贼想借他之力迫使陶媚儿和徐子风夫妇为他治疗。看这对苦难夫妻历尽千辛万苦方才走出困境，却又要让一道枷锁将他们紧紧缚住，圣上有些不忍，欲言又止。

谁料范淑妃忽然朝他二人跪下，泣道："恳请徐太医夫妇怜恤我母女，溧阳她面瘫未愈，丞相他，辅佐陛下劳苦功高……"

她抱住陶媚儿的衣裙涕泣不止，却再也说不下去。

陶媚儿心中不忍，知道她话中之意，连忙扶起她。如今萧梁皇族均被老贼所挟持，稍有不慎，就会伤及无辜，慑于老贼淫威，不敢再说。

"夫人行此大理，折煞陶媚儿了。"陶媚儿望了一眼徐子风，缓缓说道，"也罢，等医好了公主的面瘫和丞相的痼疾，便是我们隐退之时。"

"多谢！"

"不过民女有两个请求，还望陛下和丞相恩准！"

"请说！"萧纲欣慰之余，连忙应允。

老贼听到这里，也释怀大笑："若除了本丞相这痼疾，就是天上的月亮也能为你摘下来。"

陶媚儿与徐子风的手紧紧相握，虽未多说，对方已知她心意。

"御药房如今缺医少药，医治这外伤便成为无米之炊，民女和夫君只能另辟蹊径，找寻过去的医案观摩，商定对策，请陛下和丞相解了我夫君这脚镣，并允许我夫妇去回春阁查阅医案。"

多日的坎坷经历，陶媚儿已经懂得，多拖延时日，就是给自己多了几分胜算。如今之计，只有慢慢拖延时日，才能想出万全之策，早日脱身而去。

"两位需要多久？"

"大约一月有余即可。"

侯景老贼上眼皮轻翻了几下，无可奈何地点头答应。

圣上和范淑妃均颔首默认。

陶媚儿和徐子风携手悄悄退出，卸掉了脚镣的徐子风走路平稳了许多，多日郁积的心情豁然开朗。


夜晚的回春阁，在水天一色中越发沉敛。绕过水榭，一片红芍耀眼无双。

推开那道封了许久的门，仿佛看到过去太医们孜孜不倦、秉烛夜读的情景。一排排暗红的书柜架空了岁月的流逝，一张用以坐卧的竹簟覆盖着厚厚的灰尘，不由得凭空增添了几多惆怅，几多嗟叹。

陶媚儿轻轻掸落那寂寞的尘土，将一部部珍贵的医学古籍收好。

徐子风并不言语，如饥渴的人遇到喷涌而至的水源，埋首苦读起来。

"媚儿，我现在才知道自己如井底之蛙，目光短浅。这茫茫医海，你我所采撷不过点滴而已……"

陶媚儿含笑不语，心底如盛开的白莲，在清风中飘舞。

"若问这世上女子心机计谋，有谁能比得上陶媚儿？"徐子风宠溺地看着她笑道，"高铭既然已经说出那琥珀杯的下落，陶女医却仍然不去取来，真可谓心思缜密呀！"

陶媚儿继续整理书籍，不理会他的调侃。既然选择了"拖"字诀，便要沉得住气，越早医好了公主的面瘫，就越是把公主往绝路上逼。

以静制动，静观其变，才是上上之策。

"你不怕耽误了时日，使公主的面瘫果真留下痕迹？"

"陶媚儿有一百分的把握，就不劳徐太医烦心了。"

徐子风手中依然不停地翻阅那暗黄的书页，翻到最后，却掩饰不住失落："媚儿，我有一件事情没有对你说……"

陶媚儿也没有停止搜寻自己想要的方剂，忽然听不到对方的动静，抬头看到烛光下的徐子风一脸肃然。

"什么？"

"我母亲没有告诉我，那易容药的解药是什么……"

他的鼻尖渗出了汗珠，失望中掺杂着悔意。原来他来此的目的并非为了寻找切割肉瘤的医案，而是为了那易容药的解药。早该想到，那老贼死不足惜，又有谁心甘情愿为他效力？

陶媚儿心中徐徐漾起一片柔情，道："你是说，我的容貌将无法恢复，永远会如此？"

徐子风歉然地看着她，似乎无法原谅自己。

"不要说！"陶媚儿伸手堵住他的口，"若我永远是这样平庸的容貌，你会不会嫌弃我？"

徐子风紧紧地盯着她，一言不发，忽然夺过她手中的书札。仔细看去，原来陶媚儿找寻的都是治疗伤腿的良方。

"媚儿，"陶媚儿还没站稳，就被裹入一片宽阔的胸膛，"你待我如此，我怎么会舍弃了你？"

浑身由于锢紧而酸痛，陶媚儿闭上双目，体会着他缱绻的爱恋。药物有酸、甜、苦、辣、咸，兼有升、降、浮、沉之性，又有谁能比得上医家的体会？

身后的高阁似乎被惊扰，微微颤动了几下，伴着呛人的粉尘，重重掉落一件物品。

徐子风松开了陶媚儿，拾起来，仔细看去，原来那是一个医者的读书札记。每一页是对原来的方剂所持的怀疑，随之便是自己的见解。他惊喜地继续翻看了下去，从医之人知道，这是比任何珍贵古籍都重要的临床见证。

翻到最后一页，是一段题外记载，署名是徐立康。

"是父亲！"两人欣喜若狂，没料到从这里居然找到父亲当年在太医院亲自写的读书札记。

两人仔细看去，最后一页居然记载的是非医类笔记，而且是徐立康自己的情感所归。

原来，徐立康爱的并不是木恩诡异莫测的医术，而是她一颗善良的心。正是由于她的仁爱，才使徐立康如一潭死水的心重新焕发了生机。

那日，蕲州进贡了几条白花蛇，豢养在太医院。徐立康听说白花蛇能祛风邪，对中风有奇效，便偷偷溜进后院想观看它的形态。

谁料到了后院，便看见那如影随形的扶南女医已先他一步，放出了那几条白花蛇，正用一种食物来逗弄它们。

徐立康又惊又怒。那几条蛇头似三角，嘴中长着四颗牙齿，背后有着二十四块斑纹，腹部也是斑斑点点，确实不同于其他蛇。其中一条正睁大了眼睛，盯着木恩，吐着长长的芯，似乎想将对方一口吞下。

木恩丝毫不以为意，毫不惧怕地对着那白花蛇嬉笑。

徐立康顿时气得腹大如牛，这不知死活的女子！若是有一条潜逃出去，咬伤了皇亲贵戚，那么太医院的一干人等都将性命不保。

于是愤怒地大喝一声："你在干什么？还不快逮住它们！"

木恩丝毫不知道利害，朝他粲然一笑："你来啦！"

"你！"徐立康正欲再发作，忽发现那蛇似乎受了惊吓，一低头，纷纷朝草丛滑去。

糟糕！徐立康捡起一药叉，朝那蛇追了过去。

"我这食物它们不喜欢？"木恩一脸无辜和委屈的神情令徐立康胸中波涛汹涌，几乎要炸裂开来。

"还不快捕蛇，都要被你害死了！"

木恩受了惊吓，竟杵在那里，呆呆地看着徐立康。

徐立康怕失去了捕蛇的机会，便不再理她，朝一条正蹿向芙蓉花丛中的白花蛇奔去。

正在这时，一个手端汤剂的药童兴高采烈地冲了出来。那条屡次受惊的白花蛇恼怒了，忽然抬起头张开嘴，朝药童扑了过去。

徐立康一惊，汗水顿时湿透了衣襟。

没等他眨眼，只见木恩不知从哪里跳出来，一把推开了药童。药童手中的汤剂洒了一地，可是这时木恩身后的另外一条白花蛇一口咬在她的小腿上。她惊叫一声，跌倒在地。

徐立康的心脏莫名地一痛，看着木恩的腿肿得越来越高，茫然不知所措。

这时，木恩忍着剧烈的痛楚，取出一支奇怪的乐器，朝那白花蛇吹起来。

说来奇怪，那白花蛇听到乐声，竟从四面八方游了回来。

"你用那一些细沙朝那蛇狠狠掷过去，蛇怕痛……一定会俯首就擒……"木恩此时已将那乐器扔到一边，气息微弱。

徐立康和那药童怔了片刻，方按照木恩的办法朝那蛇扔细沙。那白花蛇遇到沙土，果然如面粉遇水一般，蜷缩在一起。然后徐立康用药叉朝白花蛇的颈部叉去，一只手抓住蛇的七寸，那蛇果然再也无法发威。

待捕完了那白花蛇，徐立康急忙奔向木恩，她已经昏迷过去。徐立康顾不得男女有别，撕开她的裤脚，发现她的小腿高高肿了一片，蔓延着一股可怕的黑气。于是容不得思索，他低头用口拼命地吸出那毒。

"我并不是想逗弄那些蛇，我是看到那条蛇身上有伤痕，便想用药救它……"半昏迷中的木恩说，原来她给那条蛇吃的是混了草药的食物。

傻瓜！徐立康大吼了一声："你要救的不是人，是毒蛇，治好了它，它也会

271

咬死你的！"

"我……我不管……我只知道它受伤了……我才不管它是不是毒蛇……"木恩任性地一噘嘴，就再也无声息了。

徐立康鼻腔一阵酸，差点流出男儿泪。这个奇异的女子，眼中从来没有善恶之分，只有病患与否。她宁肯自己被蛇咬了，也要救他人一命。

看着她越来越苍白的脸色，徐立康周身血液流窜，心中的恐惧越来越深。他，已经不可自拔地爱上这个异族女子了，爱在骨髓深处，爱得无法呼吸。

太医院不会使用木恩那诡异的医术，只能用针灸通脉，配以汤药疗之，幸亏徐立康及时吸出那毒，否则木恩也许真的会香消玉殒。

只是，她昏迷了整整三天三夜。这是徐立康一生最难熬的时刻，他心不在焉，神思恍惚，生怕从此会看不到她。

直到那天黄昏，她悠悠转醒。醒来的第一句话便是："贵嫔的气喘病好些了吗？"接着继续虚弱地说着，湘东王的眼睛看到了吗？御花园中那只小兔子的伤好了吗？"

她仿佛忘记了自己刚经历过一场生死，只记得那些伤患。在暗处偷偷窥视她的徐立康再也忍不住内心的震动，偷偷跑到无人的僻静之处，失声痛哭起来。

"你为什么哭？"不知何时，一只柔若无骨的玉手攀上了他的右肩。

是她！他停止了哭泣，猛地拉下她的手，将她紧紧裹在怀里："木恩，我不能没有你！"

那一日，徐立康尝到了她做的茯苓糕。茯苓糕丝丝细滑，入口即化，从外到里，均是蜜一般的甜。


看到这里，陶媚儿已经眼泪横流。原来这医家之恋竟然是这般刻骨铭心，怪不得徐父最喜欢的便是茯苓糕。

"一切以病患为本，方为医家本色。"最后一行，便是这一句。

徐子风的眼中一片水光，神情舒缓而感动。他现在才明白，父母之爱，果然是气断江南、无限惘然的遗恨。虽无从相聚，心事已成非，却荡气回肠，华发苍颜而不悔。

他将自己的手与陶媚儿相叠："媚儿，我终于知道自己是作茧自缚，愧对父母……"

"也许，我们都错了……"陶媚儿如今才明白，何谓以病患为本。

环顾这回春阁的每一个角落，似乎听到了父母的叮咛。


不知何时，双生树的树干之上多了几处焦痕。令陶媚儿窘迫的是，琥珀杯并不在此处，而一旁树下却多了一片新土。

人之将死，其言也善。陶媚儿不相信，高铭临死之言竟然是一番谎言。

这一晚，圣上身体不适，宣召徐子风前去。陶媚儿独坐窗前，百思不得其解，那琥珀杯到底在哪里？

"站在这里像门神，吓死我了，还不快给本夫人消失……"外边的人一声娇呼，原来是晏紫苏。她故意奚落着一个看守的侍卫，那侍卫不敢忤逆她，快快而退。

"夫人这么晚了怎么没睡？"陶媚儿惊讶地看着晏紫苏手中端着一个巨大的红色食盒。

"这宫中如此吵闹，我如何睡得着？不如去试试姐姐前几日教我做的茯苓糕，快来尝尝！"晏紫苏最厌恶侯景贪恋的那群舞姬，夜夜笙歌，不知人间寒暑。

茯苓糕？陶媚儿的视线落在那雕花细致的糕点上。童年的记忆依稀还在，从她懂事开始，每到中秋，便亲手和徐伯母一起做那香甜可口的茯苓糕，而第一个品尝的便是徐天琳。如今的他，再也回不到过去了。

"姐姐教我的东西我都记住了，近几日忙于药膳炖补，丞相甚为满意。药补不如食补，今日这款茯苓糕我特意加了松仁、桃仁、蜜糖和桂花。"

陶媚儿鼻孔散发出一股淡淡的酸气，晏紫苏刻意讨好侯景老贼，不过是为了用柔情拖延老贼强娶溧阳公主的时日。

"夫人兰心蕙质，能让这茯苓糕的做法锦上添花，实在是令人佩服至极。"

晏紫苏故作无谓地笑了："那老贼近日夜不成寝，心神不安，似乎有心事……姐姐说过，茯苓能安心养神，与人参、远志、酸枣仁配伍，效果更佳，

"所以我才会不惜一切，让他老贼每日在温柔乡里乐不思蜀，但只怕也拖不了几日……"

"公主的面瘫未愈，暂时不必担忧。"

"对那作恶多端的叛贼，姐姐也能悉心救治，真是大慈大悲。"

陶媚儿叹了口气："徐陶两家一个主医，一个主药，却有一个共同的宗训，便是一切以病患为重，在医家面前，没有好恶之分，只有病患与否。"

"姐姐请尝用这茯苓糕。"晏紫苏不以为然，岔开了话题。

陶媚儿轻咬了一口那茯苓糕，它外层的薄皮因为轻微的碰触而迸裂，伴随着浓郁的桂花香入齿即化，好似那多年前自己做的茯苓糕。

晏紫苏已然发现她眼角的晶莹之光，委婉地说道："我与姐姐相处多日，知道姐姐是重情重义之人，也知姐姐有不得已的苦衷，没想到姐姐与那徐子风和徐天琳渊源匪浅，到如今才知道原来姐姐乔装易容的医药世家出身。我不怪姐姐隐瞒实情，这朗朗乾坤，你我前景未卜，自然是坚守心中那一方天地了。"

陶媚儿看她目光迷离，似乎有无限的遐思。

宫禁森严，殿阁重重，再想和夫君像从前一般携手行医济药都成为奢望。如今，两人陷入在这深潭虎穴中，想再逃离，便是难上加难了。

"姐姐可是想和徐子风一起出宫？"晏紫苏面色一肃，似乎看穿了陶媚儿的心事。

陶媚儿看四周无人，连忙点头。

"姐姐若信得过我，我一定会帮姐姐弄到出宫的令牌……"晏紫苏神色沉敛，淡定地说道。

陶媚儿默默看着晏紫苏那含笑的清丽面庞，如晨露中经风沐雨的海棠红。

"夫人难道不想出宫过平凡而快乐的日子？"

"姐姐，问这世间女子，谁不想拥有生死不弃之爱？又有谁不想张开翅膀飞翔在广阔的碧空？想必姐姐的故事定是刻骨铭心……可我已是残花败柳，孤身一人，出了宫，又能如何？"晏紫苏的笑容凄婉，却有着倾城的美。

"夫人，蝼蚁尚且偷生，与其死得萧索寂寞，不如放弃了浮华，找寻山水之美。"

"姐姐，我能吗？"

陶媚儿慎重地点头："我一定不会弃你于不顾。"

"就凭姐姐这份情义，我一定不会放弃希望。"

晏紫苏的珍珠泪潸潸而下，几声响雷过后，雨幕遮天而来，分不清哪些是泪，哪些是雨。

陶媚儿送走了晏紫苏，望着黑蒙蒙的天空，不时闪过一道惊人的光亮，心渐渐明亮起来。

这时，一个身材窈窕的蒙面黑衣女子，夹带着一股冷风飞旋而入，房门被人紧紧闭拢。

"女医姐姐……"黑衣女子摘下面巾，白皙的肌肤下露出一张带有深深浅浅瘢痕的面容，欲行大礼，"是我！"

陶媚儿大惊失色，连忙扶起她，回顾看看，问道："民女不敢受此大礼！殿下深夜来访，所为何事？"

"父皇说你是百年药堂的陶氏后人，是七世医的徐氏夫人，你一定有办法救我！"

"殿下，请慢慢说来。"

"女医姐姐，我想好了，我愿意嫁与那老贼侯景。"溧阳公主娇媚的模样瞬间变得僵冷，似乎变成了另外一个人。

"殿下，你……"

"今日那老贼设宴，逼父皇起舞，父皇借酒醉拖延，那老贼竟然发怒，让我的一位兄长试他炼成的丹药……"

"啊！"陶媚儿不禁捂住自己的口，那丹药的配方有误，祖父曾经做了更正，并放在陶氏药典的扉页。那日为挽救徐天琳，陶媚儿下定决心牺牲一切，将陶氏药典送给他，可谁知他却不以为然。

"我兄长吃了那丹药，竟在牢狱中抓破自己的衣衫，七窍流血而死……"溧阳公主呜咽着，再也忍不住内心的悲恸。

徐天琳不听规劝，依然在那不归路上越走越远。陶媚儿心碎如絮，眼前一阵眩晕。

"我思量过了，若牺牲我一人能换回大梁的社稷江山，能保住父皇和众多兄长的性命，那也是值了……就请女医快想办法恢复我的容貌！"说着，她竟纤尊降贵，又朝陶媚儿拜了下去。

"殿下，不可……"陶媚儿大急，"这又是何苦？"

"女医姐姐，我知你见惯了生死离别，是个大仁大量的女子，而且早就想离开这生不如死的樊笼。只是如今奸臣当道，仍然无法脱身而出。你成全了我，就是成全了一个乱世公主力挽狂澜的救国之行，从此大梁皇族血脉得以延续……我也一定不会食言，助你早日脱离那老贼的控制。"

溧阳公主仿佛忽然间长大，一个金枝玉叶，竟要以纤弱之躯，阻挡千军万马的屠戮和叛贼的刀剑。

陶媚儿幽幽一叹："殿下放心，我正在找寻伤疮良药。"

"女医姐姐，那老贼气急败坏，只给了我父皇十日。说是每隔一日无效，就要杀我的一个兄弟……"

陶媚儿心中的愤怒早已随着溧阳公主的泪水涌上喉咙，血腥的味道难以忍受。

若还要继续给那老贼疗伤，岂不是真正成为大梁的罪人？父亲，您告诉我，我将如何才能做好济世救人的良医？看着窗外天昏地暗、狂风大作的情景，陶媚儿暗暗把泪咽回腹中。

"若有一天能将那老贼伏法，我必寝其皮，食其肉！"溧阳公主恨恨地说，"我要让他血债血偿，用他的血肉祭奠死去的英魂！"

一个如花似玉的公主被逼得如此悲绝，众多的女子载着万千的恨，却无法惩治那窃国的叛贼。

陶媚儿知道其中的悲苦和无奈，眼睁睁地看着肆虐的叛贼屠戮了无数条性命，却还要想方设法去救那反复无常的小人，让人情何以堪？

# 第二十章　金盏勿雪耻

昔日的昭阳殿，东西长廊通幽，廊上置楼，并安长窗，珠帘垂曳，通向内阁。高梁长檐石刻的珍禽异兽，或蹲或踞，或逐腾往来。每到朝会，皇帝临轩，百官列位，宫人尽数登楼奏乐，只见丝竹竞发、金石合鸣，内外通阁，流水珍木香草，布满阶庭，一番盛世景象。

可如今流水枯竭，百草尽折，一片空旷死寂。

最令人恐惧的是在昭阳殿正殿内，却摆着一个巨大的刑具。这刑具叫作锉锥，是老贼命王伟制作而成。它分为上下两层，上层有大木轮，轮上置刀、下层设舂臼。行刑时，将人卧于上层，轮子转动，将人从脚到头切成片状，落入下层的舂臼里，再舂成肉酱。但凡皇亲国戚、臣子良工，若有违抗命令者，一律上此刑具。

陶媚儿与徐子风一同看到这锉锥之时，正是当今圣上的寿诞之日。侯景借口祝寿，其实却在大施淫威，杀鸡儆猴，威逼圣上答应他诸多的无理要求。

"陛下，请看老臣的杰作。谁要是不服，陛下就用这个惩治他……"老贼阴阳怪气地说着，举起酒樽毫无顾忌地自饮起来。

只见圣上萧纲与范淑妃浑身颤抖，嘴唇青紫，一句话都说不出来。溧阳公主蒙着面纱，盛装艳抹，如雕像一般，僵直地坐在侯景身边。

陶媚儿与徐子风心绪如潮，忍痛向侯景及圣上施礼。

侯景看到他们，放声大笑："怎么？徐太医与陶女医夫妇可曾定好医好公主和老臣的方法？已经一月有余了，本丞相已经没有耐性了……"

"丞相……"圣上似乎想替他们说些什么，但很快就被侯景凌厉的声音吓得缩了回去。

"禀丞相，臣与拙妻商量已久，要想完全割除丞相的肉瘤，不留痕迹，不伤筋脉，先用臣的独门秘方制成汤剂浸泡百日才可施术。"

侯景眯着眼睛朝两人身上扫了又扫，良久方说："你的意思是说，让本丞相再等一百天？"

陶媚儿说道："丞相这痼疾是多年形成的病囊，若不谨慎从事，怕是功亏一篑！"

"啪！"侯景忽然起身，将手中的荷花樽掷于地上，"陶女医，你可知道，运筹帷幄一百天足够呼风唤雨、改朝换代，决胜千里之外！"

说到这里，他似乎觉得不妥，连忙轻咳了一声，继续说道："本丞相已不能再承受百日之苦了。三日之后，便要为本丞相去了这病。只能成功，不许失败，若有意外……"

他不再说什么，只是慢慢走到那锉锥面前，用力一转，只见那刀刃闪着寒光，随着轮子飞快地旋转起来。

范淑妃再也忍不住，轻"啊"了一声，啜泣起来。圣上萧纲叹了口气，软弱地摇了摇头。

"丞相，天有四时五行，日出月落，寒暑交替；而良医用药疏导，以针灸给予救治，都须顺应自然天势，丞相若要逆行，只会欲速而不达——"徐子风试图说服侯景，但话未说完，便被侯景挥手示停。

"陶女医，难道你也认为本丞相要等那一百天吗？"老贼显然已露不悦神色，双目射出精锐的光芒。

陶媚儿向前一步，将徐子风拉到身后，用眼神阻止他。这叛贼心狠手辣，若再惹恼了他，怕会是连累更多的人遭殃。

"丞相当然不必等一百天！"忽然一声呼喊，在偌大的殿堂中隆隆作响。

陶媚儿的心狂跳不止，失踪多日的徐天琳仿佛从天而降。他身穿一袭黑衣，两袖收风敛月，一双精目与往日不同。

侯景有些惊喜，立刻转移了对陶媚儿的逼迫，对徐天琳说："太医丞终于来了！怎么？那飞雪丹……"

徐天琳得意地一声畅笑："臣有幸不辱使命，那飞雪丹经过臣的改良，原有的症结已完全消失。有了这飞雪丹，丞相不必受那皮肉之苦，只要按照臣所说服用，自然会百病全消、身轻体健！"

说着，他从怀中掏出一个红色的锦盒，打开锦盒，从中捏出一颗雪白的丹药。

侯景双目放出异样的神采，兴致勃勃地盯着那颗飞雪丹。正欲接过，忽然似想起什么，迟疑了片刻，随即朝圣上和范淑妃阴笑道："陛下、夫人，这飞雪丹既然是人间仙药，本丞相自然要先进奉陛下和夫人……"

圣上和范淑妃怔怔不语，不敢去接那飞雪丹。

陶媚儿看那侯景竟然要圣上和范淑妃亲自试药，怒气渐渐上涌。正欲上前，忽见一旁的溧阳公主站起身来，一把夺过那药丸，一口吞咽了下去。

徐天琳一怔无语，侯景却目瞪口呆，愕然道："殿下，这是何苦？"

只听溧阳公主恨恨地说："够了！不要再逼父皇和母妃了！丞相，我答应你，三日之后与你成亲，只要你不嫌弃我的面瘢就好。"

"这……"侯景的嘴角轻轻抽动了一下。

"这有何难？有了疗伤圣药琥珀杯，还怕那小小的面瘢？"徐天琳摇头又是一阵轻狂的大笑，一缕散发垂下来，遮住了前额。

琥珀杯？众人惊诧得几乎要呼出声来。只见徐天琳又掏出一个黑色锦盒，从中取出那精巧玲珑的琥珀杯。

多日来苦苦寻觅的琥珀杯竟然在徐天琳的手中，陶媚儿心绪如潮。怎么可能？他究竟是从何而得？手被一个人轻轻攥住，只见徐子风面色肃然，沉静如水，陶媚儿心随之安定了下来。

"哈哈哈……本丞相果然没有看错人，太医丞才是本丞相的良臣股肱。"侯景贪婪地看着那颜色如血的琥珀杯，欢喜异常。

溧阳公主一双美目盯着琥珀杯，绝望地淌下了珍珠泪。该来的终究要来，又何苦再拖延下去，害了众多的性命？

"陛下，陛下，天助我也，老臣的夙愿要全部得偿了……"

圣上的身躯如泥塑一般，僵硬而冰冷，再也没有说话。范淑妃搂着女儿，闷声涕泣起来。

"丞相曾答应臣，若臣能炼成飞雪丹，找到琥珀杯，就请圣上封臣为太医令。"徐天琳竟然得寸进尺，想早日登上那觊觎已久的太医令之位。

侯景紧紧盯着刚刚吞下飞雪丹的溧阳公主，见公主并无异样，终于松了一口气。

"好！本丞相今日心想事成，太医丞功不可没，确实应该封赏。陛下，你看如何？"

圣上呆呆地看着琥珀杯，满怀心事，终于说了一句："就依丞相之意。"

"哈哈哈……"侯景摸了摸光秃的头顶，对徐天琳笑道，"你现在就是万人敬仰的太医令了，还不谢过陛下！"

徐天琳阴冷地笑着，朝圣上跪了下去："谢陛下隆恩，臣当尽心竭力，为大梁效力！"

圣上轻哼一声，别转过头，不再言语。

徐天琳却依然跪在地上不起。

"怎么？太医令还有何事？"侯景早已架空了圣上，俨然以一国之君自居。

"请问陛下、丞相，若臣做了太医令，有人不服气，臣该如何？"

"你做了太医令，这天下医者都要听命于你，你还怕何人不服？"

"谢陛下，谢丞相！"徐天琳起身，朝陶媚儿和徐子风走来。

陶媚儿知道徐子风早已将生死置之度外，因此与他手挽着手，以笃定的眼神向徐天琳迎了上去。

"两位历尽艰辛，终于相聚了！可惜生不逢时，刚刚团聚却要再次分离，岂不遗憾？"

陶媚儿与徐子风相互对视，不知道徐天琳葫芦里卖的什么药。

"徐子风品行拙劣、医术浅薄，并无真才实学，只会虚张声势，拖延时机，怎配太医之称？先革职查办，罚去御药房碾药半年！"徐天琳的嘴唇一翕一张，面无表情，似乎断绝了人世间所有的情感。

陶媚儿大惊，没料到徐天琳多日来不但没有放下对徐子风的仇恨，反而更为深恨。受了腿伤的徐子风日日夜夜要用脚在铜碾药船上劳作，何其痛苦？天琳居然如此心狠手辣地对待自己的亲兄长，何其残忍？

"天琳，你！"陶媚儿怒对着眼前这个捉摸不透男子，似乎从来不曾认识他。

"陶媚儿，你虽然聪颖，却被这个阴险小人所蒙蔽……我暂时不追究你的过失，本太医令炼丹还需要你，暂且让你将功补过。"

"什么？"

徐子风痴痴地望着陶媚儿，依然没有作声。

"来人，将徐子风带下去！"徐天琳冷笑。

"不，"陶媚儿迎向徐天琳，说道，"若你还念一点儿兄弟情分，就请收回你的话！"

"媚儿，我如今为天下医者之首，自然要秉公办事，不然如何面对悠悠众口？"

陶媚儿看徐天琳丝毫没有改过之意，心中陡然冰寒，而侯景老贼似乎无意主持公道，反而暗暗助长了徐天琳的气焰："既然太医令不给这个薄面，就让民女与夫君暂时话别……"

徐天琳冷哼一声，拂袖转过身去。

陶媚儿看徐子风依然不发一言，只是深情地看着自己，不由得心颤。

"子风，你为何不为自己辩解？"

徐子风看了看徐天琳僵硬的背影，嘴角浮起一个浅浅的微笑，道："媚儿，我早说过，是我亏欠的，就由我自己来弥补……"

"可是……"陶媚儿眷恋地看着夫君，泪如雨下。如今的他，经历了生死离合、刀光剑影般的动乱，已不是原来那充满仇恨的盗匪，而是一名平淡宽容的仁医。在他眼中，人世间只要有伤痛，他就有医治的责任。何况是自己的骨肉兄弟，为了挽救他飘忽不定的灵魂，纵然牺牲自己又有何妨？

"放心，不过是碾药而已，又不是赴汤蹈火！"

他愈说得淡定，她愈觉得心痛难忍。最伤他的并不是皮肉之苦，而是欲重修兄弟之情的夙愿无法完成，在他们之间横着一道无法逾越的鸿沟。

"答应我，保重自己！"

徐子风点头，对徐天琳的背影说道："我自知你不会谅解我，一切都是我的错，和媚儿无关。只是你要答应我一件事：等平息了战火，让媚儿重回百草堂，她在那里才是最幸福的。"

徐天琳并没有转身，只是从鼻腔中发出一声："不劳你费心了！"说完，便挥手示意，让人带走徐子风。

几个侍卫上前，强行拉走他。他萧索而寂寞地转身，掩饰着深深的眷恋和不舍。没有回头，只是挣脱了侍卫的挟制，一步一步走出了殿堂。

时空似乎凝滞了，众人皆被这伤感的离别所沉浸着，沉默中饱含着愤懑和不满。徐子风为何将自己托付给那个无良无德之人？陶媚儿被他那奇怪的嘱托所慑，一股莫名的恐惧遍袭全身。

"砰！"又是一声脆响，只见溧阳公主站起身来，趁人不备，将那琥珀杯狠狠地摔在地上。她苍凉凄美的眸子噙满了泪水，似乎想将这世上的一切愁苦在那破碎和瓦解中尽数祛除。

圣上萧纲和范淑妃惊讶地看着自己心爱的女儿，默然不语。

"既然早晚要碎了它，我倒要看看，这琥珀碎了是什么样子……"她低下高贵的身躯，拾起一块碎片，笑道，"这般破碎之物，就能左右一我堂公主的命运？"

侯景心疼地看着那已成碎片的琥珀杯，稍后便做出一副无所谓的模样："公主摔得好！只要能治了公主的面瘫，就是将天下的奇珍异宝都摔了也不妨！"

溧阳公主从嘴角挤出了一丝满足的笑容，对徐天琳说道："我要陶女医立刻为我治伤。至于你那儿还有多少丹药没炼好，我不管！"

徐天琳一怔，欲言又止。

侯景暗暗摆手，制止了他，然后便一脸讪笑，说道："老臣就听殿下的，让陶女医先为殿下治疗……"

陶媚儿感激地看了一眼溧阳公主，知道公主是不遗余力帮自己解困。

圣上和范淑妃唉声叹气地被人搀扶离去了。溧阳公主暗暗朝陶媚儿点头，近身附在耳边低语道："我就是不想让那老贼得了这大梁的珍稀宝物，若不毁了它，老贼未必肯舍得拿给我做伤药。"

陶媚儿看到大义凛然的溧阳公主，知道她并非全是为了毁坏那琥珀杯，而是为了大梁牺牲自己做。

徐天琳无可奈何地看了一眼陶媚儿，陶媚儿故意不再看他一眼，跟随着溧阳公主身后而去。

夜深人静之后，陶媚儿将亲自研好的琥珀屑小心翼翼地敷在溧阳公主的脸上，安顿好一切，疲惫地走出含章殿。

空中，一层隐隐的黑气渐渐弥漫着，遮住了半边月亮。

不知为何，心头似攒着千头万绪，不知如何解开。越是寂寞萧条的时候，就越发担忧徐子风的伤腿。每到阴天，他的骨头就再也承受不住那椎心的痛楚，如今还要受那碾药的双重之苦，不知他又如何熬过这漫漫长夜。

宫禁森严，到处是贼兵把手。与他的距离似乎永远都不能接近，难道真的是上天的惩罚？陶媚儿摇了摇头，徐天琳刻薄自私，注定不是自己的良人。

但如今自己和徐子风仍然割舍不下那份亲情，又不知何时才能冰释前嫌。血浓于水，再化解不了失爱的仇恨，也许自己才是罪魁祸首……

一夜辗转难眠，陶媚儿早早地便来到荷池边，呼吸那短暂的清新之气。不多时，浮躁的尘土又会飞扬在台城上空，无休无止地肆虐着，让人无法呼吸。

稀落的菡萏还没有盛开却似乎已颓败，孤零零的只有一枝金莲独自绽放。晶莹的露水浸透了不再翻飞的碧玉盘，却没有人收取那一盈珍珠泪。

"姐姐，这是御膳房中最后一块石蜜，本是当今圣上的膳食之一，可是居然被老贼克扣了下来。我以制作茯苓糕为由，要了过来，除去茯苓糕所用，还余这一块，请姐姐收好，以备不时之需……"

晏紫苏不知何时来到她身后，她的眼圈灰黑暗淡，似乎有满怀的心事未解。

看着晏紫苏苍白的面庞，陶媚儿不忍："夫人还是留作自用，这石蜜对你的身体很有益处。"

晏紫苏苦笑着，仍然将石蜜紧紧裹好，塞到陶媚儿手中。

"这东西在我手中，不过是润了几番脾胃，但到了姐姐手中，也许就能救一条人命，何必浪费了？"

看晏紫苏今日和往日似乎有所不同，她强作笑颜，漆黑的双眸多了几分空洞。

"只是夫人你的气色不佳……"

"不会，你看，我毕竟还未到年老珠黄之时，还是有几分姿色，那老贼还不曾嫌弃于我。今早刚刚喝过了徐子风为我调配的汤药，看姐姐为公主之事烦心，怕打扰姐姐……"

陶媚儿听说是徐子风开的药剂，急忙问道："他可好？"

"姐姐放心，我已经买通了宫监和侍卫，不会为难他。徐天琳忙于炼制最后一炉丹药，暂时还顾不上他。"

陶媚儿备感欣慰，正欲朝她拜谢，谁料晏紫苏避了开去，随手摘下一枝海棠，对着荷花池轻插在发髻左侧，说道："姐姐，你看我还美吗？"

陶媚儿知道眼前的晏紫苏心中的仇恨，犹如江南的淫雨绵绵不绝，日积月累，已经待发在即，不由得心焦。

"我有一个帮助夫人美颜的秘方，待将来这惨绝人寰的浩劫过后，等到春暖花开之时，采李花、梨花、白葵花、樱桃花、红莲花、川椒各六两，桃花、木瓜花、青黛、沉香、青木香、钟乳粉各三两，蜀水花一两，黄豆末七合，一同研成细末用瓶装起来，每日用它洗手洗脸，百日后便会洁白如玉。"

"不，我要姐姐亲手为我配制那玉容膏。"晏紫苏发髻上的海棠随风轻曳，娇艳欲滴，似乎在诉说着诸多的无奈。她随手将一粒小石头轻轻抛了出去，荷池轻浅地泛起了几圈涟漪。

陶媚儿听到晏紫苏有些言不由衷，似是怀了满腹心事。以往听到如此有效的美颜方子，她早已兴奋不已，如今却只有黯然消沉。

"姐姐，我走了，保重……"稍后，晏紫苏扶了扶散落的碎发，凄美地笑道。

"等等。"陶媚儿轻轻喊住了她，将亲手烹制的一碗莲藕羹端到她手中，"今年瑞莲虽然不如往年繁茂，但如今台城之外，百姓已经饥不饱腹，这里的莲藕浪费了实在可惜。吃了这莲藕可消渴耐饥、解除烦忧。"

"姐姐抬爱了，我本一卑贱女子，不知道能苟且到何时，怕是枉费了姐姐一片心……"晏紫苏的声音里竟了无生机。

陶媚儿把莲藕羹捧到近前，说道："看着这满池莲荷，虽败犹生。尤其是莲藕，本为灵根，生于污泥而不染，洁白自若，质柔而实坚，居下而有节，孔窍玲珑，丝丝内隐。生于嫩芽，而后长为茎、叶、花、实，又复生芽，以续生生之脉……夫人也要如此，切莫颓靡。"

"多谢姐姐……"晏紫苏接过莲藕羹，一勺一勺吃了进去，泪水却流了满面。

看她渐渐消失在长廊曲榭中，化为一只翩翩蝴蝶，掩入玉楼宫殿。陶媚儿的心莫名地狂跳，却不知那份恐惧来自何处。

忽然一张巨大的黑网从天而降，陶媚儿的头似乎被什么重重一击，无数的金星乱溅，之后便不省人事了。

待她醒来，却发现自己又回到了那片宁静的紫竹林，熟悉的磨盘依然僵硬地坐落在清净的庭院中。

徐天琳一脸通红，衣襟散乱，双目迷蒙，浑身散发出熏人的酒气。

"媚儿，你不要怪我！我不能没有你！"他一边往口中灌酒，一边喃喃自语。

陶媚儿冷冷地看着他，说道："若要让我不怪你，就放了你的兄长！"

"他不是我的兄长！"他狂喊了一声，看到她已醒来，似乎也从混沌状态中回过神来，连忙奔过来，扶起她。

"媚儿，你醒了？可有哪里不舒服？我与你诊治……"

陶媚儿狠狠瞪了他一眼，别转过头。

"唉……"他叹了口气，随即站起身来，说道，"我只是想让徐家这一姓氏千秋万世永留人世，我到底有什么错？徐子风他不识时务，非要为那傀儡皇帝卖命，有何前途？"

"你……"看他与那窃国的奸贼狼狈为奸，却不知悔过，陶媚儿伤痛欲绝。

"他就要死了，你可知道？"

陶媚儿的心神一震，回转过来，看他一脸快意，诅咒自己的兄长，不由得怒从心生，质问道："你说什么？他是你的兄长，你居然如此无情？"

徐天琳仰头大笑起来，直到笑出了泪："你以为单凭我个人之力，就能翻手为云，覆手为雨吗？"

"怎么？"陶媚儿大惊，心高高地悬了起来。

"你以为丞相是那般容易欺骗的人吗？他纵横沙场多年，又岂能看不出你们这些伎俩？丞相本看他有几分医术，想收罗为己用。可是谁料他执迷不悟，死心塌地跟随那懦弱无能的圣上，因此早想将他置于死地。若不是我将你掳来，今日怕你也会随他遭殃……"

陶媚儿听到这里，心如坠入无底的深渊，在茫茫的空洞中找寻不到自己的方向。原来那老贼如此阴险狡诈，是自己低估了他！

"丞相之所以没有当机立断，一直拖到今天，是因为还不到时机……不仅仅是他一人，还有那晏夫人。丞相已发现她有异心，早就对她提防了，现在恐怕也即将香消玉殒了……"

"不！"陶媚儿惊骇莫名，不知从哪里生出了力量，猛地站起身来，朝紫竹林外跑去。没跑多远，早已被徐天琳有力的手臂紧紧箍住。

"媚儿，你现在如果去了，就是去送死。只有你在我身边，才能保住你的性命。丞相还有用我的地方……"

陶媚儿额头已大汗淋淋，悲痛欲绝，奋力挣脱了他的桎梏："徐天琳，子风若死了，我决不会独活！没有了他，你面前的陶媚儿就是行尸走肉，没有心，也没有魂灵！"

徐天琳听了这话，竟似被重锤击了一下，愣愣地看着她问道："原来他始终比我重要？你与他不过短短一年，难道就胜过你我两小无猜的情分吗？你为了救他，屡屡犯险，不惜牺牲自己的性命。如果换了是我，你也会如此吗？"

"并非我对你无情，只是我的心，早已给了他，再也无法容下别人了……"陶媚儿不敢再去看他的双眸，那双眸已经化为利刃，似乎随时会将她抽筋剥皮。

"为什么？为什么？我这般真心相待，却换不来你的一点儿垂青吗？"对面的他，喷着烈酒的烧灼，将全部的情感都倾注在这一瞬间。

陶媚儿的身躯被剧烈地摇晃，他的脸上呈现出一种可怕的神情，似乎要与她一同粉身碎骨。

她说不出口，也不想说。他做的错事太多，如今仍然在变本加厉，让她情何以堪？此刻的心，已飞回夫君的身边，纵然不能同生，便是死在一起也无憾事了。

徐天琳此刻双目通红，声嘶力竭地狂呼起来："陶媚儿，你为何这般无情？哪怕是欺瞒我一刻，我也是心满意足了……可是，你却连一丁点儿情分都不给我吗？"

陶媚儿呆呆地看着他，摇头不语。

"哈哈哈！"他的面孔由红转白，歇斯底里地狂笑起来，几片竹叶被震落，落在磨盘上，"苍天无眼，让那南人之后抢了我的媚儿，我不甘心，不甘心……"

"你若从今悔改了，我和子风依然可以当你是亲兄弟。"

他骤然停止了笑，苍白的脸上呈现出几分狰狞，双目如燃烧的火焰，烧红了半边天空。

"既然你无情，便不要怪我无义了！我得不到的，他也休想得到！"他说完，狠狠地瞪着陶媚儿雪白的脖颈，恶毒地说道，"是你逼我的，你逼的……"

陶媚儿被他的神情所慑，还没来得及说话，便听到哧啦一声，半边袍袖已被扯掉，露出了如莲藕般圆润的玉臂。

"你要做什么？"陶媚儿一只手摸向脖颈，所幸那玉莲蓬还在。

"媚儿，只要你属于我，我就会改……"他不再言语，向她步步紧逼。

陶媚儿的嘴唇已被自己咬破，泪水混杂着绝望，那股撕心裂肺的疼痛裹着殷红的血液，吞咽进腹中。

眼前的他不再是那自小对自己关怀备至的邻家兄长，而是一个可怕的魔鬼！他已不再继续保护自己，而是放任心中的贪恋和欲念，欺凌着自己的善良。

她的手渐渐触到玉莲蓬的细柄处，心念顿起。

她与他渴望的眼神再一次碰撞，在步步惊心的较量中感到不寒而栗。混乱的鼻息、惑人的酒气，带着他的霸道和无理朝她的嘴唇凑来。

手指冰凉，那玉莲蓬却带着温暖的希望，叩开了封存的门。细微的粉末挥散开来，进入他的口鼻。

　　她已感到，自己无法再对抗对方那股强大的力道，却依然不顾一切地拼力挣扎。

　　"你——"徐天琳混乱的眼神就在那一刻凝固，手中的力道渐渐松弛，一点点松开她的肩膀，沉重的身躯砰然倒地。

　　四周一片尘土飞扬，如羽化后进入仙境，朦胧氤氲，模糊不清。

　　她的手颤抖着，因吸入少量的迷香而有些短暂的眩晕。她立刻服下袖中的醒神丹，渐渐恢复了气力。

　　眼前的徐天琳已被玉莲蓬中暗藏的迷香所迷，昏倒在紫竹林畔。生平第一次对人用迷香，而施放的对象居然是他！

　　陶媚儿抹去了一脸的泪水，疑惑地看着他。不知道这迷香是什么奇药，居然在玉莲蓬中放置了这么多时日仍未失效，果然神奇无比。

　　抬起头来，四处环顾，飞奔过去找寻出去的路径。

　　没料到正与一人相撞，陶媚儿骇然不语，绝望的感觉冲向头。如果逃不出这樊笼，看不到夫君，岂不是永生的憾事？

　　"小姐！"对面的人依然大呼小叫，改不了那浮躁的性情。

　　陶媚儿任自己的喜泪重流，金正他从天而降，在这即将令人绝望的时刻，带来了丝丝希冀！

　　金正看到躺在地上一动不动的徐天琳，惊讶莫名。陶媚儿忍痛将他的所作所为告诉金正，直听得金正气愤不已。

　　"小姐，我正要对你说，徐天琳这些时日躲在这里是得到了老贼的默许，他用牢狱中的死刑犯来试药。可他却借着试药之名，在那些死囚身上发泄自己的怨气。我亲眼看到了他用皮鞭将死囚抽打致死，还有的服用药后口吐白沫抽搐而死……那惨绝人寰的情景我无法忘记。"

　　陶媚儿长叹了一口气，道："我一生最遗憾的事就是难以让他回头，真没料到他竟然变成了如此丧心病狂之人……"

　　"小姐，徐天琳派我用马车去拉从朝廷那里搜刮来的药材，车就在外边，我这就送你过去找姑爷！"

陶媚儿点头，坐上马车，向宫殿飞奔而去。

从安生那里传来不幸的消息，一切果然如徐天琳所说，在自己走后，正在碾药的徐子风忽被带走，以心怀不轨，将毒药掺在汤剂中杀害丞相侧夫人之名重陷囹圄。

陶媚儿只觉得四肢绵软，险些跌倒。好狠毒的老贼侯景，竟然一箭双雕，将所有的眼中钉彻底拔去。

他老谋深算，所犯罪行，令人发指。虽然去除不了身体的肉瘤，但心中的肉瘤是无论如何都不能留，他才是真正懂得以静制动的高手，不动声色地等待着猎物一步一步地走向自己早已设好的陷阱。

怎么办？所有的皇亲贵戚都被老贼所困，所有的人都随时濒临着死亡的险境，到此时陶媚儿才发现自己已经无路可退。前边似乎真的是一条死路，如今，一切似乎都不过是在苟延残喘。

晏紫苏。这个名字忽然在狂风的凌虐中渐渐消失……

陶媚儿的心重重地沉了下去，再也不敢想下去，心中有一万个"不"冲向灵霄。那娇艳如花的女子，她……

狂奔到她的寝室，可怕的是那里已空无一人，被褥帷帐依然红艳的色彩，透露出血光之灾的警示。床榻中间一片血红的牡丹，此刻竟多了几分狰狞和罪恶。

茯苓糕，茯苓糕……陶媚儿的嘴唇发冷，遍体冰凉。早知道她学做茯苓糕是为了将毒药慢慢侵入那老贼的体内，一定会阻止她走向毁灭。可是谁又能知道，那只狡猾的老狐狸早已经洞穿她那幼稚的伎俩，每日把茯苓糕喂给一只恶黑猫。

苍天，那恶猫呜呼之际，就是晏紫苏香消玉殒之时。

在那老贼阴森恶毒的笑容之下，是杀机重重，是请君入瓮的得意忘形。

一丝若有若无的腥气在室中渐渐弥漫，口鼻中闻不到那涂壁的麝香味道，只有桌案上残留着一道凄凉的血痕。

陶媚儿软软地跌了下去。

是我害了你！为什么？你原本已经答应过我，和我一起出宫，去过平安的日子，可是你却按捺不住复仇的愿望，铤而走险……

"快点，天色已黑，再晚宫门一关，我们就不能出去了。"

从门口望去，两个宫监正抬着一个破旧的草席卷成的包裹朝宫门走去。

"你说这世道，还有活路吗？昨日还千娇百媚、独宠一时的大美人，转眼间就成了孤魂野鬼……"其中一个年轻的宫监叹息道。

"轻声点儿，以免惹祸上身。这宫里死的人多了，又何止这一个？快些吧，不要耽误了时辰！"

破草席的一角露出了一缕碎发，发束上还残留着一片海棠花衰败的花瓣。

陶媚儿热泪满眶，她仍记得今晨晏紫苏摘下海棠花戴在发髻上的娇媚模样，如今却成为永远的过去，不得再现。于是她拼着一股气力朝那两人追了过去。

手臂一紧，前进的步子并没有迈出去，她的口已经被捂住，一人将她拉住。那人蒙着面，借着昏暗的光线和树木的掩隐将她拉到一处僻静之所。

"你是谁？"眼前的人身形轮廓如此熟悉，似乎在哪里见过。

# 第二十一章　紫苑诉心酸

那人拉下蒙面的方巾，脸部的轮廓在远处的几盏稀疏的宫灯下清晰无比，原来是那日在牢狱救过徐子风的狱卒。

"怎么会是你？"陶媚儿惊喜万分，急于探听徐子风的下落。

狱卒迫不及待地对陶媚儿说道："陶女医，我就是为了徐大医的事情冒险前来寻你！原定三日后行刑，不知出了什么变故，那老贼刚下了命令，明日午时三刻就……"

"啊？"陶媚儿大急道，"那该如何是好？"

"这宫里你们是不能待了。我有一个表弟，每天三更之前要运送尸首出去焚烧。今晚夜深人静，我便安排你们偷偷出宫。"

陶媚儿感激地向那狱卒行礼，他睁着一双虎目，说道："要是没有陶女医和徐大医救助，我早就没有性命了，何必还要客气？"

陶媚儿点头，与那狱卒找到金正，装扮成宫人，向牢狱而去。徐子风并没有睡去，听到动静随即抬头。

"子风！"陶媚儿看到徐子风的衣衫血迹斑斑，面容憔悴疲惫，心痛地扒开他的衣袖，上下打量，急切地问，"你哪里受伤了？"

徐子风忧郁的视线紧紧锁住陶媚儿："我没事，那是一个囚犯被殴打后吐出的血。你这傻女子，为什么还要来送死？"

陶媚儿泣道："没有你，这世上就没有陶媚儿了。"

他攥住她的手，温润如玉，任时光流淌，眼中只有彼此。

"两位快换好衣衫，再过一刻，运尸首的车就要来了。只是我这里只有一块出宫的腰牌，"那狱卒扼腕叹息，"恐怕只有先走一位了……"

"子风，老贼要对付的是你，我暂时还有溧阳公主的庇护，老贼不达目的，必然有所忌惮。我和金正再找机会出去就是了。"陶媚儿不假思索，立即将腰牌挂在徐子风身上。

徐子风含笑摇头，将腰牌重新挂在陶媚儿身上。媚儿啊，她又怎么知道，她已经是他的全部生命，没有了她的陪伴，他的存在又有何意义？

两人默默对视良久，不约而同看向金正。

陶媚儿将身上的陶氏药典和那腰牌塞到金正手里，郑重地说："金正，这宫里不能久待，你先逃出去，待将来天下安定了，就去百草堂，将百年的药店重新建起来，陶家人会感激你的……"

金正收住往日的嬉笑，断然说道："我本是一个孤儿，若没有陶家的恩德，就没有我金正的今天，我是万万不能只顾自己逃出去的！"

狱卒听罢，急切地说："再拖延下去，宫门一闭，任何人都插翅难逃！"

金正忽然捶了下头说道："看我几乎忘记了，这里还有安生交给我的包裹，听说是晏夫人让他交给小姐的。"

紫苏？陶媚儿眼前又浮现出那女子哀怨的愁容，颤抖着打开那包裹，竟然是一个漆黑的木牌。

"令牌？"陶媚儿辛酸地淌下泪水，为了这块出宫的令牌，晏紫苏失去了自己的性命！这份恩情，让她如何来还？

"好极了，陶女医，有了两块令牌就好办了。不过还是有一人要扮成死人了。"那狱卒无奈地说道。

徐子风自嘲道："身为医者，见惯了生生死死，却没有想过，终于有一天自己也要靠假死求生。"

"好了，时间不多了，快些！出了这门，往右转百米，车就停在那里。然后一直往西而去，出了台城，穿越西华门，再从防守最松的西明门出去。"

大家匆忙装扮好，正准备离开，忽然看到狱卒趁人不备，朝自己头上狠狠敲了一棒，倒在地上不动了。

陶媚儿感激地看了一眼，扶起徐子风，匆忙向外走出。

这时，一阵细碎的脚步声打破了深夜的沉静，一盏明亮的宫灯越飘越近。

陶媚儿的心随着那晃动的光影忐忑不安，那绰绰人影渐渐逼近了他们。也许，走不出这重重宫阙，成为那血雨腥风的陪葬品，才是他们的宿命。

手挽手静静地站着，等待着迎接那一场劫难，将永恒的眷恋埋入深深的遗憾中。

几个宫监走在前边停住了，走在最后的是一名身材窈窕的女子，那女子揭开面纱，露出一双哀怨而高贵的凤目，原来是溧阳公主。

"陶女医，我是来救你的。"

"殿下……"

"女医成就了我一生最伟大的凤愿，我要为大梁的社稷感谢你！今日将老贼灌醉，用他的印玺写了这张通行令，令上写你们是为皇室采办药材的。这一去，就不要再回来了！"

"殿下，我……"陶媚儿知道公主定是忍着生平未曾受过的屈辱，用美色将那老贼迷惑，才得到了印玺。这张通行令，是金枝玉叶的她用比性命还重要的尊严换取来的。

手中拿到通行令，心却浮动着："作为医者，本来该我去救人，如今却让殿下来救我，陶媚儿将无颜面对世人……"

"陶女医，你此言差矣。我贵为大梁的公主，自然知道孰轻孰重。我保护的并不只是你们，而是大梁的医术。我大梁的一切都尽毁于那老贼，我自然不想让你们再继续遭受那贼人的屠戮了。保护你们，才是一个大梁公主的责任。"

溧阳公主的面色笃定，双眸如水，心却坚如磐石。她再也不是那个任性的公主了，国破家亡的磨砺，让她真正地看透尘世，勇于承担自己的责任。

"可是公主你的面瘫……"

"陶女医请放心，你看……"那张姣美的脸上浅浅的一层，已经好转了许多，"女医不是给我留下了方子吗？我相信，用不了多久，我就会重现过去的花容月貌。"

溧阳公主一双美丽的凤目蒙上了雨雾，她轻咳了一声，强挤出笑容。

"媚儿，谢过殿下，我们走吧！"徐子风深沉地看了陶媚儿一眼，朝溧阳公主行了一礼。

也许此刻，成全了公主的心愿，才是最明智的选择；也许，明哲保身才是医者的本分，因为还有更多的百姓需要医者的智慧和力量。

徐子风和陶媚儿已深深懂得了溧阳公主的心愿，于是继续朝那长长的巷道走去。

马车果然已在等候，金正拉起了马缰绳，朝宫门驰去。

有了侯景老贼的通行令，果然有惊无险，顺利地到了最后一道贼兵的防线——西明门。

过了西明门，便是天高任鸟飞的广阔天地。陶媚儿的手心沁出了汗，她紧紧抓住徐子风的手，生怕自己不小心又失去了他。

"小姐，马上就到三更了，城门快要关了。"

"走吧。"陶媚儿和徐子风会心地微笑，等待着新的黎明。

"好！"金正应了一声，朝马挥了下鞭子，朝西明门飞驰而去。

守城的兵士正推着那两扇巨大的门，准备闭拢。

"慢！"金正吆喝了一声，将通行令拿给守门的军士，那军士疑惑地看了一眼说道，"今天丞相已下令禁止任何人出入！"

"怎么？难道那不是丞相的印玺吗？"金正故作不满地说。

那军士点头："确实是丞相的印玺，但我要禀报将军才能放行……"

"快！"金正有些焦虑，不由得有些失态。

徐子风听到这里，从车中走出，朝那军士说道："我们是丞相密令出城采购紧急药材的，要是耽误了时辰，你们可担得起责任？"

"可是，为何要深更半夜才出去？"

"城中困了众多的皇亲贵戚，这药材是用来救命的，自然要十万火急，所以丞相才命我等深夜出城！"

"好，那请稍等。"那军士进了城门侧的营帐。

那是临时搭建的布围营帐，营帐不远处还有一群衣衫褴褛的乞丐借着营帐里透露出来的微弱光亮，或蜷缩成一团休憩，或聚在一起互相为彼此捕捉乱发中的虱虫。

陶媚儿有些不忍，取出晏紫苏那日送给自己的石蜜，令金正将它送给那些乞丐们。那乞丐们惊讶地看着那石蜜，似乎不相信在食粮断绝的危急时候，竟然有人送食物给他们。他们安静地看着微笑的陶媚儿，一时间竟没有人去哄抢。

金正拉着脸，心痛地看着他们准备路途上充饥的食物转瞬间就被施舍了。在这兵荒马乱的时刻，众多的人也许只为了一块食物而以性命相搏。而陶媚儿在任何时候，总是先舍了自己，成全了别人。

陶媚儿看着徐子风，他早已习惯了仁慈的她，只给了她一个宽慰的笑容。

忽然刮来一阵冷风，营帐里边隐隐传出一阵阵粗犷的说笑声。

"怎么？可是一个瘸腿的？"那声音威严而浑厚，似乎在哪里听过，却无论如何也想不起来。

"那人似乎有一条腿不太灵便……"

"太医令，你要等的人终于来了……"

"哈哈哈！他们太小看了我徐天琳……"只听得徐天琳那一阵狂笑，得意扬扬地和一位蓝髯将军从营帐中走出。

怎么会是他？陶媚儿此时心乱如麻，那可怕的笑声任谁听了都会魂飞魄散，那被迷香迷倒的徐天琳居然这么快就醒过来，在这里耐心等待着即将入口的羔羊。

徐子风和金正已被一团团火光照亮，一群军士将两个人紧紧包围。

只见徐天琳慢步走到了徐子风面前，阴笑道："没想到吧？紫竹林四处早已撒下了驱毒辟邪的草药，区区一点儿迷香又能奈我何？徐子风，你已是我的手下败将，难道到现在还不服输吗？"

徐子风毫不介意他的奚落，洒脱地仰起了头："既然已经落到了太医令手中，要杀要剐随便！"

"死到临头了，还如此嘴硬！一个死刑犯越狱出逃，你再也没有翻身的机会了！"

"你不怕陶媚儿失望的话，就继续做好你的太医令吧。"

陶媚儿？听到这个名字，徐天琳和那蓝鬐将军的身躯竟然同时一震。只见徐天琳无奈地看了一眼马车的方向，随即恢复了神态，说道："徐子风，我只是想让你知道，只有我才能让媚儿幸福，我才是她一生可以倚靠的人！"

"徐天琳！"听到这里，陶媚儿再也忍不住，推开车帘，下了马车。只见她迎风站立在一群男子之间，毫无惧色，一双澄澈的眸子散发出从容、果敢和痛惜的光芒。

"若不是为了救你们兄弟，我自是可以靠这易容术保住性命。但我是陶媚儿，我不能！徐子风是我的夫君，我与他生死相依，不离不弃！莫说你是我们的兄弟，就是一个外人，我也不会置之不理。可是这么久了，到今天你仍然执迷不悟，在这条不归路上越走越远。若你还要继续助纣为虐，我便是死在这里，也是绝不会随你去的！"

"媚儿，你在怪我？"徐天琳似乎萎靡了些，但是仍然不死心，"是我对不起你，那琥珀杯是我盗的。那日我在回春阁听到你和徐子风的交谈，才知道是你将琥珀杯藏匿了起来。你为了一个不相干的人都宁肯委屈自己。但你可知道，我是怕你再继续与丞相相抗，会丢了性命，所以才提前去那双生树下取了琥珀杯。"

"天琳，我从来不知道，青梅竹马的邻家兄长竟然变得这般利欲熏心，将徐氏的家训弃之脑后。"

"媚儿，我只不过是嫉恨你与他……他才是罪魁祸首，是他从我手里抢走了你！这夺妻之仇，叫我情何以堪？"

"于是你便泯灭了天良，陷害你亲兄长，欲将他置于死地？"

徐天琳看着陶媚儿那疏离的目光深邃无边，心高高地悬浮了起来，说道："媚儿，丞相已答应我，只要你与我一起为他效命，便不再追究你的罪过，可是他……"

他恨恨地看了一眼自己的兄长，双目周围泛起一层若隐若现的靛青色，瞳孔却如充血的水晶，猩红而暴虐。

"你错了，不是他抢了你心爱的女子，而是你失了心！纵然没有他的出现，我早晚也会离你而去！"陶媚儿哀怨地看着他，摇头不已。

"为什么？"徐天琳猛地咆哮了一声，旁边的蓝髯将军疑惑不解地看着他，已将手中的刀收入鞘中。

"我做了太医令，飞黄腾达，挽回徐氏一门的声誉，这还不算光宗耀祖，以慰亡灵吗？你与我青梅竹马，从今以后与我夫唱妇随，有何不好？"

此时此刻，对面的男子仍然不懂得，大梁山河破碎、人心分崩离析，做这个所谓的太医令又有什么意义？陶媚儿的心尖似乎被什么轻轻刺了一下，可是这刺痛的感觉怎比得过心底的绝望？

"天琳，你可以让那些枉死的人重新活过来吗？你要医的是千千万万的百姓，不是只有权贵望族和皇亲国戚才能享受你的医术。每一个人，无论他的地位、权力和金钱多少，都是一条性命，没有什么不同。光宗耀祖固然重要，却不能因此不施药救人，反而利欲熏心，去害人……"她紧紧咬着唇，慢慢转身，看见徐子风希冀的双眼炯炯发亮。

徐天琳的声音忽然冷了下来，问道："我哪里比他差了？他抢了我的妻子，抢了我的父亲，还抢了我徐家长子的位置，我不甘心！你明白吗？"

"不错，也许你的医术并不比他差，但是论德行，你已经差得太多……"陶媚儿一只柔臂轻轻拨开那无数的刀剑，向夫君走去。

四周的军士仿佛被她圣洁的神情所折服，那一双双有力的臂膀此时却仿佛驾驭不了手中的兵刃，纷纷退让开去，让出了一条道路。

徐子风依然含笑伫立，脏污的袍子却掩饰不住那一身的正气和傲骨。

徐天琳似乎有些气急败坏，他大声喊着："将军，让你的军士将他们拿下！"

那蓝髯将军却似乎没听到他的话，只是紧紧盯着陶媚儿。

徐天琳无奈，只好皱眉看着陶媚儿一步一步走向徐子风。眼前的夫妇俩四目相望，仿佛忘记了一切，眼中只有彼此。

"子风，你我在一起，即使是死，也是值得了！"

徐子风的眼神中有满足，有骄傲，也有幸福，他拉过陶媚儿的手，说道："徐陶两家从此以后，只有真情，再无恩怨……"

陶媚儿唏嘘着，满腔的辛酸都化为感动。

徐子风朝徐天琳望了过去，说道："天琳弟，这是我最后一次劝你！我以前被仇恨蒙蔽了眼睛，做了很多让自己遗憾的事情。正是媚儿让我明白，这世间最割舍不掉的就是亲情，血浓于水，所有的恨都是惘然，放下了仇恨，眼前才会豁然开朗。"

徐天琳忽然失态地跳了起来，将衣衫胡乱抓了几下，似乎在抵抗心中那股莫名的烦躁。

"我知道你仍然执迷不悟，在服食飞雪丹。媚儿早就劝过你，你早晚会毁了自己……"

"住口！"徐天琳的脚步不稳，衣襟半敞，形似癫狂，"用不着你猫哭耗子，假仁假义！若没有了这飞雪丹，怎么能成就我的功业？"

徐子风摇头叹息，继续说道："你伤了我的腿并不要紧，我不怪你，是我亏欠于你！可是，你却伤了那么多无辜的性命，让徐氏家族蒙羞，七世的声名毁于一旦！"

"胡说！你不要危言耸听！"徐天琳向左右看看，似乎在躲避什么。

"我是不是在胡说，你心知肚明！那琥珀杯的来路可正？李方丞并非是喝了那高铭的毒酒而亡，而是你在那毒酒没来之前，便将毒药掺在了他的气喘药中。李方丞因气喘难安，并未服用那毒酒。我无意中查看了他喝剩的药渣，发现被人做了手脚。我一直不敢相信，那个人便是你。"

徐天琳一愣，继而大笑："原来是螳螂捕蝉，黄雀在后，你一直在窥探我的秘密？"

"不，并非我故意，只是凑巧遇上李方丞，与他切磋医术。他只是不知道我的真实身份而已。"

"既然你都知道，我便没有什么可隐瞒了。"徐天琳放肆地说道，"谁让他如此固执，不告诉我琥珀杯的去处！若是早点交给我，也不会那么快去见阎王了。"

听到这里，陶媚儿已经愤怒起来："你真的丧心病狂了吗？连一个手无缚鸡之力的老者都不肯放过！"

"哼，成大事者不拘小节。不过是一个垂垂老矣的废物，有何可惜？"

"你！"陶媚儿被徐天琳的冷酷激怒了，"你可知道，你的德行根本不堪太医令之称！"

徐天琳不以为然，发出了阵阵冷笑。

"媚儿。"徐子风将她拉至身后，对徐天琳责道，"若说你的罪行，根本就是罄竹难书！那日我在牢狱救了一个被你殴打吐血的侍卫，还有圣上身边一个叫作慈姑的宫女因不堪忍受试药之苦，被你将十指全部夹断。那女子绝望之余，怕再次受责，竟然上吊自杀。"

徐天琳脸色煞白，连连退了几步，慌乱地说道："媚儿，你不要相信他，那不是我……"

"那些人临死前都喊着你的名字，诅咒你早日下地狱。你可知道，我的心在流血……"

"够了！"徐天琳终于忍不住恼羞成怒，大喝一声，"你要离开这里，我答应你。只要媚儿留下，我便放你走。你从此去过你的山林生活，不要再来骚扰媚儿！"

众多的军士重新举起了刀刃，只听那蓝髯将军挥手道："打开城门，放他出去！"

两扇紧闭的沉重的门被渐渐拉开，一股清新的气息迎面扑来。

陶媚儿心神一震，对徐子风说道："看来又是我要食言了。你答应我，和金正先出去等我，他不会伤害我的。"

徐子风苦笑道："媚儿，你忘记我们的约定了？"

陶媚儿凝神不语，她又何尝不想与他携手天涯，共同进退？可是如今箭在弦上，不得不发，要想全身而退恐怕是一种奢望。只有见机行事，才可能有生机。

正在这时，忽然感到一阵风沙袭过，弥漫起漫天的尘土，恍惚间天地被风沙笼罩，只听得周围军士哄乱喊叫的声音，却无法看到对面的人。

眼前出现一个满脸灰尘的乞丐，说道："陶女医、林大医，你们快走！"

惊愕中，又见一乞丐拉来马车，说道："快上来，若不是今天我们一直偷看这场好戏，还不知道您就是我们的救命恩人！陶女医救过我的父辈，并且从来不要我们的药钱，现在正是我们回报你的时候了！"

陶媚儿与徐子风顿时释然，跳上马车，朝那乞丐说："大恩容后再谢！"

徐子风一勒马缰，朝城外冲了出去。

只见不知从哪里出来的一群乞丐，手端残碗，或手执棍棒，朝那些军士们走去，一起叫道："军爷，赏点吃的吧！小的们已经饿了大半夜了……"

混乱中人挤人，分不清谁是谁。

马车发出了凄厉的声响，在混乱中冲出了包围，朝城外空旷之地冲去。

没走出多远，却发现前边又一群人挡住了去路，那火把照得人明一块、暗一块，甚是恐怖。

"子风兄弟！"为首的那人一身灰色短打，满鬓的胡须，连接着杂乱无章的头发，赫赫生威的虎皮靴依旧，肩上扛着那把永不离身的锃亮的尖刀。

陶媚儿还记得，这就是当初和徐子风一起来济世堂闹事的匪首。他身后，是和他一起生活了多年的栖霞山的盗匪兄弟们。

"大哥！"徐子风冲下马车，与那匪首抱头相拥，"你怎么来了？"

"一直没有你的消息，兄弟们放心不下，正打算趁天黑偷进城去打探。"

"谢谢大哥！"患难才能见真情，这群虽不是亲兄弟，却情深意厚，能为了彼此以性命相托。

可是陶媚儿却始终无法高兴起来，一颗心随着四周的空洞越发悬了起来："子风，金正他，不见了……"

正在与兄弟聚谈的徐子风忽然一怔，义无反顾地说道："掉转马头，回去！"

他知道陶媚儿就算牺牲了自己，也不会丢下与她在百草堂相依为命胜似家人的金正，因此顾不得叙旧，立刻往回赶了起来。

"兄弟，我们一起去！"一群山匪，居然为了兄弟，不顾一切向龙潭虎穴闯去。

没走多远，就看到早已整顿一番的军士们整齐地在对面排成两排，森然伫立。徐天琳正对着蓝髯将军得意忘形地说道："怎么样？我猜得不错！若是他们放得下，那就不是陶媚儿与徐子风了……"

金正被一条粗绳五花大绑扔在旁边的地上，浑身沾满了泥土，四肢瑟缩在一起。

徐子风愤怒地朝徐天琳喊道："真没想到，你居然真的不可救药了！"

"哈哈哈！既是天意弄人，又何必再多废话？"徐天琳边狂笑边抖动着单薄的衣衫，一头乱发随风飞扬，遮住了那双利欲熏心的眼睛，他将乱发拂向一侧，狰狞地说道，"要想让他回去，就用陶媚儿来换！"

"不要说了，我随你去！晏夫人并非服用了徐子风的汤药而亡，而是我在莲藕汤里下了毒，所有的罪名都由我一人承担……"陶媚儿转头看了徐子风一眼，看到他的双目已经充血，瞳孔中的火焰蔓延开来。

"媚儿！你为何又要往自己身上揽，明明是他……"徐天琳不满地看着他们俩为了彼此而牺牲自己。

"媚儿，你明明知道，没有你，我是不会走的！"徐子风愤恨地看着胞弟无情地分离自己与媚儿。

"子风，你快走！"她趁他不备，猛然推开了他，在他不舍的挣扎中，决然地将情感掩藏，一步一步走向丧尽天良的徐天琳。她将自己流血的心坚强地冰封，不再犹豫，只为了一个医者的宽厚和大爱，无怨无悔。

可惜，四周刮起了越来越清冷的风。

众多的军士整弦待发，稍有不慎，便会万箭穿心。

眼前的徐天琳一副张狂肆意的神态，正因为心愿得偿而心花怒放，发出了响彻天地的畅笑："哈哈哈！徐子风，你输了，陶媚儿是我的……"

话音未落，他忽然眼一翻，猝然转身，指着身后的蓝髯将军，不可置信地质问："你……"

陶媚儿惊呼一声，徐天琳的背后正对着自己，他的鲜血浸透了轻薄的外袍，一把刺目的尖刀深深地插在他的脊背。

蓝髯将军面无表情，一把推开他，将他身后的刀拔出来，再一次狠狠地插了下去。

陶媚儿不敢再看，紧紧闭上了双目。真不敢相信，是那位蓝髯将军杀了他！

徐天琳不甘心地停住僵直的身躯，不肯倒下去，嘴唇发紫，似乎在微弱地翕张："为什么？"

那蓝髯将军怒目相视，说道："本将军从军多年，最看不惯的便是你这种心狠手辣之人！陶女医是我的救命恩人，若不是她，本将军早就一命呜呼了，怎么还会有今天？"

徐天琳似乎不解地看着他，想将脖颈扭转再看一眼陶媚儿，却始终不能如愿。

一切变慢了，陶媚儿的记忆慢慢划过似水流年，她似乎想起，原来蓝髯将军就是那日在城外中毒箭的叛贼将军。

"本将军在宫中找寻了很久我失散多年的妹妹都无结果，没想到她竟已死于你手，我要为她报仇，她的名字，叫作慈姑。"

徐天琳轰然倒地，再也不动了。他的怀中掉出一卷书札，便是被他从徐子风手中抢夺走的徐氏医札。

徐子风早已上前，将摇摇欲坠的陶媚儿拥在怀中："媚儿，一切都过去了。他有今天，是他咎由自取……也许，这才是他唯一的归途……"

早有人为金正松绑，他心有余悸地看着徐天琳，良久无言。

蓝髯将军将地上的书札捡起，塞到陶媚儿手中，说道："陶女医，趁天未亮，你们快快离开，暂时找个地方躲起来，百姓还需要你们！"

渐渐恢复了气力的陶媚儿不忍地说："将军，你放走了我们，该如何交差？"

"这世道，被乱民无故杀死的人又何止一个？何况他自己作恶太多，早晚会如此！本将军也已想过，不再为那老贼效力了。我只等着谁能解这建康之围，让天下大定，百姓安居乐业，我就归降于谁！"

"将军仁德，是百姓之福。谢谢将军……"

"本将是听了陶女医的话，感悟多日，终有所得。要是说谢，应由本将军先谢。"

偌大的两扇城门，带着浑身的刺痛和斑驳，将无数人的血和泪深深藏起。残破的宫墙离他们越来越远，血染的丹墀和断落的梁拱默默地控诉着乱世的狼烟。

建康城里依旧火光冲天，焦煳味和尸体的腐臭味在空中徐徐飘荡，曾经繁华一时的秦淮河正遭受着血的洗礼……陶媚儿和徐子风，带着一群患难与共的兄弟，向栖霞山而去。

栖霞山，犹如世外桃源，苍树绯花，溪流涧水，清澈见底。

陶媚儿正将一包本草的种子栽入那木屋周围的药圃中，忽然察觉身后有人正悄悄地向她凑近。

"徐子风！"陶媚儿没有回头，轻斥道，"让你教会兄弟们种植米粟，你可完成了我交代的任务？"

"陶女医，在山上修炼了这许多日子，还收不了你过于关心他人的性情……"徐子风不满地将她带着草泥的玉指指向自己的鼻尖，"你的眼中只要有我就足够了……"

陶媚儿看他忽然变成顽劣的孩童一般与她争执，不由得暗暗偷笑。

他的笑容一肃，拿过她手中的药锄放下，揽着她纤细的腰身，朝山下望去。

那远离山林的宫阙长廊，似乎仍能看到那燃烧后的白烟飞旋上空。

水深火热中的大梁百姓，渴望结束这动荡的日子。但遭受如此重创的城郭，可否能恢复它原有的威仪？

手仍然被他攥着，低沉的声音在耳畔响起："媚儿，那高铭临终前所说必定不是妄语。湘东王已经联手西江督护陈霸先，朝京城浩荡而来。那群乌合之众岂能是他的对手？建康之围不会太久了……"

"但愿湘东王此举不仅仅是为了称帝的野心，更是为了大梁的百姓早日解困。"

"媚儿，不管这乱世风烟延续到何时，也不管如何，你还在我身边。"徐子风将她的香肩又拥紧了些，"只要能看到你，我至死无憾……"

陶媚儿的心暖暖的，轻轻掩住了他的口："不要说！你我刚刚死里逃生，为什么又说这样晦气的话？"

徐子风望了一眼淡灰的天空，断断续续地舒展着几朵青云，忽然眉头紧锁，深深地凝望着她。

"我有一件事情想告诉你，那是我一生所做的唯一龌龊的……"

303

"什么？"看他郑重的样子，陶媚儿的心怦怦地剧烈跳动起来。

"那玉莲蓬里的迷香是……我……放的……"

"啊？"陶媚儿大惊失色，不明所以，犹豫了片刻方才问道，"为何？"

"那是一场冬雪过后，凝思的母亲忽然对我说，风儿，你长大成人了，该娶妻了，可是母亲在想，你要什么样的妻子呢？她把玉莲蓬亲自交给我，告诉我，将来我遇到喜欢的女子就把玉莲蓬交给她……"

陶媚儿看他紧绷着脸，似乎在抑制着自己的情绪，继续问道："后来呢？"

"我想要一个貌若天仙又心地善良的女子……那一天，我本是带着满腔的仇恨到济世堂的，谁料刚刚踏入那门槛，怀中就撞入一个紫衫美人……就在那一刻，我心中的仇恨竟然一点点消失……你那双充满灵性的双眸，透露出人世间难得的慈善，于是……"

"于是你就强掳民女，做出如盗匪一般的行径？"陶媚儿的脸开始烫了，嗔笑着。

"不！是情不由己！"徐子风摇头，"如今我庆幸那时自己从那一刻生起的盗匪之心，不然如何能够得到你的垂青？那里头的迷药是有一次在你熟睡后我偷偷放进去的。我想，若你再对我无情，我便不顾一切，将你迷倒，掳到栖霞山，然后生米煮成熟饭……"

"你！"陶媚儿一记粉拳朝他前胸捶去，他没有躲避，硬硬地接了过来，将她搂得更紧，直到几乎无法呼吸。

感受到他胸腔中的心脏跳动得越发急促起来，陶媚儿越发体会出他对自己的一片痴心。原来就在当初相撞的那惊鸿一瞥中，彼此都已深深进入对方的灵魂。

十指相扣，温情在青山绿水中缓缓流淌。

"莲花落了生成莲蓬，莲蓬多子多福，那玉莲蓬的含义就是让你为我早生贵子，让徐氏子孙光耀门庭。"徐子风脸上飘荡着一股幸福的笑意。

陶媚儿羞窘地想挣脱他的禁锢，然而最终都是徒劳。

"我已经是丑陋的老妪了，你果真不嫌弃我？"

"谁告诉你扶南女医的后人对这简单的易容药束手无策？"

"很好，若我能够恢复以前的容貌，我便先将你这个瘸腿的霸道男子赶走！"

宽阔的胸膛不停地震颤，话语中笑意更深："那我宁肯一生一世都守候着一个不堪入目的老妪……"

林中横穿出几只黄莺，振动着轻盈的双翅，朝晨曦微露的方向掠去。

# 后　记

　　南北朝是我钟爱的朝代，它的清傲与绮丽弥漫在烟雨楼台中，渐渐消散，至今仍然能够闻得到红妆蝶舞的味道。

　　在那个纷乱的时代，所有的一切都在铁骑的践踏下变成满目疮痍。

　　如果说在那香红藕腻、横波转盼的秦淮河的女子能够留下说不尽的脂粉艳情，又有谁能够知道晓风催战鼓、落红满地的凄凉秋风也曾经飘荡在烟波浩渺的氤氲水汽中？血与火的洗礼，更让人缅怀那不离不弃、缠绵不已的爱情故事。

　　三国两晋南北朝时期，中国社会长期处于动乱割据的状态，一方面不仅是一场场战役的频繁、一个个政权的覆灭，社会生产力遭到了极大的破坏，众多珍贵的文化产品也遭到了可怕的毁灭；但是从另一方面来说，中医药方剂、伤科、针灸学，以及养生保健等方面也取得了长足的进步。古代医者在战乱中的救治实践中得到了更多的临床经验，用自己的坚韧和耐心创造出无数的医学奇迹，这也正是我们所骄傲的。

　　我相信，在那战火纷飞的时代，和陶媚儿一样机智勇敢、重情重义又医术高明的女子一定不在少数，那些古代女子用智慧与医术和男子一样救死扶伤、悬壶济世。也许，历史没有记录下她们的名字；也许，她们所经历的，和无数在厮杀掠夺中片片碎落的丝锦一样，染满了殷红的鲜血和离弃的泪水，但是我们依然能够感受到她们那百折不挠的气息，以及她们在来年一望无际的红蕖中悄悄退隐的淡薄之心。

历史上能够留下名姓的女医有汉代的义妁、晋代的鲍姑、唐代的胡惜、宋代名医郭敬仲的母亲冯氏、明代的谈允贤等，她们以女性特有的细腻和柔婉，在那些特殊的历史时代，在医学领域中默默奉献着自己的智慧和力量。

这本书虽然是我以南北朝七世十二位名医的徐氏家族为蓝本虚构的一个故事，集中反映魏晋南北朝时期的中医历史文化，涉及脉学、针灸学、药物方剂、伤科、中医理论、临床经验、草药药理、中医典故等内容，同时，以徐陶两家在乱世中的爱恨情仇来诠释中医阶段性的文化成就，展示中医在社会的进步和历史的发展进程中所发挥的作用。

陶媚儿是我心目中最为理想的一个女性，她善良、宽容、睿智，在动乱的年代书写了一个又一个更胜于男子的传奇，让风雨飘摇的历史如一片散发出浓烈药香的园圃，让人遍览之后依然怀念着它的余香。我想，她也许不是最美丽的，但确实是值得细细品味的。她在使用易容术之后，仍然让爱恋她的男子痴心不已，她所凭靠的正是那份独一无二的人格魅力。

关于溧阳公主，在写完《荷殇·半面妆》以后，就有读者告诉我，希望能够看到后续关于这个传奇中的公主的故事。但是历史上对她的记载仅仅就那样寥寥几笔，在南梁末年那一场毁灭性的浩劫之后，很多人发现，史书上再也没有她的踪迹。也许她在那刀光剑影之中难逃香消玉殒的噩运，也许她已经看破红尘，悄悄隐退，与青灯古佛共度一生。历史的空白给了我们无数的想象空间，我们甚至也可以相信，她得到了真爱，从此过上了范蠡和西施那般逍遥自在的隐居生活。本书中我对于她，尽我所能，继续丰满了她的形象。可以想象，在那样的历史环境中，一个濒临国破家亡的公主是如何战胜内心的彷徨，去接受血淋淋的现实，去更大程度地挑战自我。不同的社会环境，确实能让一枝温室中的娇弱花朵化为一朵傲然的冰山雪莲。

扶南女医的素材是我对异国文化的特殊情结。古代南北文化和与异国文化的冲击中，我想，同样会产生更多的情感火花，也许这也是我的一种憧憬吧！我猜想，也许有的读者更喜欢看徐立康和扶南女医的爱情故事，但是也许你不曾想过，徐立康和徐夫人在漫长几十年的相依相守中就不曾有刻骨铭心的故事吗？徐夫人能够得到徐立康那样痴情和执着的男子一生的敬重，难道就仅仅是为着她在平淡如水的生活中相夫教子吗？我们不难想象出在她温柔娴熟之后的个性魅力。她的美就在那默默寡言中悄悄隐藏着，此时无声胜有声的境界，大概莫过于此了。

时间可以改变一切，却改变不了一个人在心中扎下的根。不管多少年过后，只要有温暖的阳光和雨露，那根就会发芽。一个女人倘若相貌丑陋且也不温柔，但最后她却成为爱情和事业的双赢者，只因为她有强大而包容的内心。这种柔韧的力量足够赢得与之匹配的尊重和爱。

# 附录 关于扶南国

《中国历史百科全书》里记载：

中国史籍所载1—7世纪印度支那半岛南部的古国名。又作夫南，跋南。约在1世纪初建国。其领土当包括今柬埔寨、越南南部、泰国东南部一带，鼎盛时达老挝南部至马来半岛南端。

自三国孙吴黄武四年（公元223年）至南朝陈祯明二年（公元588年），扶南不断遣史来华。3世纪中期，朱应、康泰奉吴大帝孙权之命出使该国，回国后著有《扶南传》《扶南异物志》。梁天监三年（公元504年），梁武帝曾授其国王侨陈如阇耶跋摩以安南将军、扶南王之号。扶南和中国的经济、文化联系颇为频繁。"扶南大舶"远近闻名，"扶南乐"早在三国时即传入中国。隋代和唐初被列为九部乐之一。南北朝时期，伏南僧人来华在扶南馆驿馆等初译经。番禺（今广东广州）的佛寺中曾供有扶南国所造石像。6世纪下半期，其北部属国真腊崛起，扶南都城南徙，与中国来往渐稀。唐武德、贞观间曾再度来朝。迄7世纪中期，遂为真腊所取代。

《南史·卷七十八·列传第六十八》记载：

扶南国，在日南郡之南，海西大湾中，去日南可七千里。在林邑西南三千馀里。城去海五百里，有大江广十里，从西流东入海。其国广轮三千馀里，土地洿下而平博，气候风俗大较与林邑同。出金、银、铜、锡、沈木香、象、犀、孔翠、五色鹦鹉。

扶南国俗本裸，文身被发，不制衣裳，以女人为王，号曰柳叶。年少壮健，有似男子。其南有激国，有事鬼神者字混填。梦神赐之弓，乘贾人舶入海。混填晨起即诣庙，于神树下得弓，便依梦乘舶入海，遂至扶南外邑。柳叶人众见舶至，欲劫取之。混填即张弓射其舶，穿度一面，矢及侍者。柳叶大惧，举众降混填，填乃教柳叶穿布贯头，形不复露，遂君其国，纳柳叶为妻，生子分王七邑。其后王混盘况以诈力间诸邑，令相疑阻，因举兵攻并之。乃选子孙中分居诸邑，号曰小王。盘况年九十馀乃死，立中子盘盘，以国事委其大将范蔓。盘盘立三年死，国人共举蔓为王。蔓勇健有权略，复以兵威攻伐旁国，咸服属之，自号扶南大王。乃作大船穷涨海，开国十馀，辟地五六千里。次当伐金邻国，蔓遇疾，遣太子金生代行。蔓姊子旃因篡蔓自立，遣人诈金生而杀之。蔓死时有乳下儿名长在人间，至年二十，乃结国中壮士，袭杀旃。旃大将范寻又攻杀长而代立。更缮国内，起观阁游戏之，朝旦中晡三四见客。百姓以蕉蔗龟鸟为礼。

国法，无牢狱，有讼者，先斋三日，乃烧斧极赤，令讼者捧行七步。又以金镮、鸡卵投沸汤中，令探取之，若无实者手即烂，有理者则不。又于城沟中养鳄鱼，门外圈猛兽，有罪者辄以饲猛兽及鳄鱼，鱼兽不食为无罪，三日乃放之。鳄大者长三丈馀，状似鼍，有四足，喙长六七尺，两边有齿利如刀剑，常食鱼，遇得獐鹿及人亦啖之，苍梧以南及外国皆有之。

吴时，遣中郎康泰、宣化从事朱应使于寻国，国人犹裸，唯妇人着贯头。泰、应谓曰："国中实佳，但人亵露可怪耳。"寻始令国内男子着横幅。横幅，今干漫也。大家乃截锦为之，贫者乃用布。

晋武帝太康中，寻始遣使贡献。穆帝升平元年，王竺旃檀奉表献驯象，诏以劳费停之。其后王憍陈如本天竺婆罗门也，有神语曰应王扶南。憍陈如心悦，南至盘盘。扶南人闻之，举国欣戴，迎而立焉。复改制度，用天竺法。憍陈如死，后王持犁陀跋摩，宋文帝元嘉十一年、十二年、十五年，奉表献方物。齐永明中，王憍陈如阇邪跋摩遣使贡献。梁天监二年，跋摩复遣使送珊瑚佛像，并献方物，诏授安南将军、扶南王。

图书在版编目（CIP）数据

百草媚 / 苏曼凌著. 一北京：现代出版社，2018.5
（倾世大医系列）
ISBN 978-7-5143-6696-9

Ⅰ. ①百… Ⅱ. ①苏… Ⅲ. ①长篇小说—中国—当代
Ⅳ. ①I247.5

中国版本图书馆CIP数据核字（2018）第023977号

百草媚

作　　者：苏曼凌
责任编辑：曾雪梅　朱文婷
出版发行：现代出版社
通讯地址：北京市安定门外安华里504号
邮政编码：100011
电　　话：010-64267325　64245264（传真）
网　　址：www.1980xd.com
电子邮箱：xiandai@vip.sina.com
印　　刷：三河市金泰源印务有限公司

字　　数：305千字
开　　本：710mm×1000mm　1/16
印　　张：20
版　　次：2018年5月第1版
印　　次：2018年5月第1次印刷
书　　号：ISBN 978-7-5143-6696-9
定　　价：46.00元